MIRA®

Der Preis dieses Bandes versteht sich einschließlich
der gesetzlichen Mehrwertsteuer.

Umwelthinweis:
Dieses Buch wurde auf chlor- und säurefreiem Papier gedruckt.

Sara Bennett

Die schöne Herrin von Somerford

Roman

Aus dem Amerikanischen von
Dr. Holger Hanowell

MIRA®

MIRA® TASCHENBUCH
Band 25173
1. Auflage: März 2006

MIRA® TASCHENBÜCHER
erscheinen in der Cora Verlag GmbH & Co. KG,
Axel-Springer-Platz 1, 20350 Hamburg
Deutsche Taschenbucherstausgabe

Titel der nordamerikanischen Originalausgabe:
The Rose and the Shield

erschienen bei: Avon Books, New York
Published by arrangement with Avon,
an imprint of HarperCollins Publishers, Inc.

Konzeption/Reihengestaltung: fredeboldpartner.network, Köln
Umschlaggestaltung: pecher und soiron, Köln
Redaktion: Claudia Wuttke
Titelabbildung: „John Ennis“ bei Thomas Schlueck GmbH, Garbsen
Satz: Buch-Werkstatt GmbH, Bad Aibling
Druck und Bindearbeiten: Ebner & Spiegel, Ulm
Printed in Germany
ISBN 3-89941-231-1

www.mira-taschenbuch.de

PROLOG

Burg Somerford im Südwesten Englands, 1072

Rose lehnte am Fenstersims der Kemenate und blickte in die Dunkelheit. Seit vier Jahren war sie schon die Herrin von Somerford. Nachdem sie vor einem Jahr Witwe geworden war, bestimmte sie allein über die Geschicke der Burg und ihrer Bewohner. Doch nun stand sie einsam in der Nacht und fürchtete, ihren Besitz zu verlieren. Jetzt war sie nur noch eine Frau mit einer ungewissen Zukunft.

In dieser Nacht war kein Mond am Himmel zu sehen, und nur wenige Sterne funkelten. Verträumt folgte Roses Blick dem Lauf des schwach silbrig glänzenden Flusses Somer bis zu der Furt, die ihrem Herrensitz den Namen gegeben hatte. Unten in der Dunkelheit lagen das Dorf, die Weiden und Felder und die dicht bewaldeten Anhöhen, die Somerford in einem schützenden Halbbogen von Süden nach Westen umgaben. Doch in Nächten wie dieser wanderten Roses Blicke immer nach Norden. Fort vom Festland zu dem schimmernden Wasser und dem Nebel, der sich wie weißer Atem über die feuchten Landstriche legte.

Die Burg Somerford lag am Rande des *Mere* – eines großen, salzigen Marschlandes nahe der See –, das weite Teile von Somerset bedeckte. In einigen Gegenden nannte man dieses Gebiet Avalon, in anderen die Levels, aber in der Gegend von Somerford hieß es einfach nur *Mere.* Hier wuchsen Riedgras, Binsen und Stechginster, die Einwohner lebten auf kleinen Inseln, pflanzten auf dem kargen Boden Getreide an und benutzten Boote, um sich fortzubewegen. Manchmal legten sie Pfade an, die sie mit Pfählen befestigten, in der Hoffnung, dass die Winterfluten nicht all ihre Mühen zunichte machten und sie erneut vom Festland abschnitten.

Mit den ersten Sonnenstrahlen würde Rose die Inseln sehen können, aber noch deutlicher würde die hohe, aus dem Nebel aufragende Kuppe des Burrow Mump ins Auge fallen, der sich wie ein seltsames, geheimnisvolles Tier aus dem Wasser erhob. Gerüchten zufolge war der Hügel eine alte keltische Grabstätte, und in ihrem Aberglauben verbanden die Bewohner von Somerford unzählige Geschichten mit diesem Ort.

So erzählten sie sich, dass in dunklen Nächten wie dieser, wenn das Mere in völliger Stille lag und das Land in dichten Nebel gehüllt war, eine große Anzahl der alten Götter dem Hügel entstieg. Auf ihren Streitrossen preschten sie über das trügerische, nebelverhangene Marschland. Und nie stolperten sie oder versanken in den Sümpfen, denn die Hufe ihrer magischen Rosse schwebten über dem Boden. Sie ritten in einer großen Wolke, wie in einem nahenden Sturm, und manchmal hörte man ein dumpfes Grollen, wenn die Horde sich näherte. Sie hatten große Hörner auf ihren Helmen, wie einst die räuberischen Wikinger. Ihre Brust war unbedeckt, und in ihren Augen glomm ein furchtbares Leuchten. Und falls jemand, so hieß es, unvorsichtig war und in die Dunkelheit spähte, um etwas erkennen zu können, nahten die alten Götter mit einem schrecklichen Rauschen heran und ergriffen den törichten, neugierigen Menschen.

Und trugen ihn fort.

Wohin? fragte Rose sich, als sie die kalte Nachtluft auf ihrer Haut spürte. Waren die Unglücklichen in den düsteren Hallen unter der Erde zu ewiger Gefangenschaft verdammt? Drohte ihnen ein furchtbarer Tod? Hielten die Götter sich gar Frauen? Denn, so dachte Rose, wenn die wilden Geschöpfe des Burrow Mump allesamt Männer waren, sehnten sie sich bestimmt nach den zarten Armen einer Frau. Genauso wie sie sich nach den Armen eines Mannes sehnte – eines starken Mannes, der nur sie lieben würde.

Aber für wahre Liebe und ehrliche Zuneigung war in ihrem Leben kein Platz.

Lady Rose, verwitwet, einsam und von Sorgen um ihren Herrensitz und ihre Leute geplagt, musste oft an den Burrow Mump denken. Sie war nicht besonders abergläubisch, doch manchmal, in dunklen Nächten, öffnete sie ihr Fenster und lehnte sich hinaus, als wollte sie die Aufmerksamkeit der Götter auf sich lenken.

Oft träumte sie von diesen geisterhaften Wesen, wenn sie allein in ihrem Bett lag. In ihren Träumen ritt sie auf dem Ross eines Kriegers und spürte die salzige Luft des Marschlandes auf ihren Lippen. Ein kraftvoller Arm legte sich besitzergreifend um ihre Taille, unnachgiebig und doch beruhigend. *Du bist mein,* vernahm sie eine überirdische Stimme. Und wenn sie sich dann in ihrem Traum umdrehte und aufschaute, sah sie die schemenhaften Umrisse des Mannes, der sie gefangen nahm. Sein Gesicht konnte sie nie sehen, denn es war stets von Nebelschleiern verhüllt. Vergeblich bemühte sie sich, genauer hinzuschauen, doch die Gesichtszüge blieben ihr verborgen. Nie würde sie erfahren, wer dieser Krieger war.

Vielleicht ist es besser so, dachte sie nüchtern. Vermutlich ersparte ihr der Krieger eine Enttäuschung, indem er sich ihren Blicken entzog.

Und doch … Rose lehnte sich gefährlich weit aus dem Fenster und starrte in die Nacht hinaus. *Und doch wünsche ich mir, ihn zu kennen, und ich werde niemals glücklich sein, solange ich sein Gesicht nicht sehe.*

1. KAPITEL

Die kleine Söldnerschar verließ den schattigen Wald und machte Halt. Die grelle Junisonne blendete so sehr, dass ihr Anführer Gunnar Olafson sofort die Augen zusammenkniff. Angestrengt blinzelnd schaute er über die Kornfelder. In der Ferne sah er den Bergfried und die Befestigungsanlagen aufragen, hinter denen sich die riesigen Marschgefilde weit ins Land erstreckten.

Vor ihnen lag die Burg Somerford, aber der Herrensitz war anders, als er ihn sich vorgestellt hatte.

Auf seinen Reisen durch England hatte Gunnar viele trostlose Landstriche gesehen. Fruchtbare Böden, die brachlagen, weil zu wenig Männer da waren oder der Wille fehlte, die Äcker zu bestellen. Obwohl Gunnar kein Bauer war, deprimierte ihn der Anblick dieser öden Gegenden.

Das Eindringen der Normannen hatte nicht nur eine neue Regierung, sondern auch eine neue Lebensart und Kultur mit sich gebracht. Doch es würde noch lange dauern, bis sich das Land grundlegend gewandelt hatte und der Wohlstand nach England zurückkehren würde.

Gunnar hatte damit gerechnet, dass in dem Lehen Somerford Armut wie im übrigen Land herrschte. Stattdessen erblickte er ein üppiges Kornfeld und einen wohl bestellten, ertragreichen Boden. Im Stillen fragte er sich, ob Lady Rose dafür verantwortlich war.

Er sollte darüber nicht länger nachsinnen.

Von dieser Frau wollte er nichts Gutes denken.

Gunnar verkehrte selten mit normannischen Edelfrauen, und genau diese Normannin war seine erklärte Feindin. Obwohl er Lady Rose gar nicht kannte, wünschte er ihr Böses.

„Der Burghof ist von starken Holzbefestigungen umgeben."

Ivo, sein Vertrauter, deutete auf den Herrensitz hinter den Feldern. „Und innerhalb der Wallanlage steht ein Bergfried aus Stein – es gibt nicht viele steinerne Wohntürme bei Herrensitzen dieser Größe. Fürwahr, die Verteidigungsanlagen sind in gutem Zustand, Captain. Sie sind vorbereitet."

„Vorbereitet auf was?" erwiderte Gunnar. „Hoffen die Bewohner, Lord Radulfs Feinde abhalten zu können? Oder gar Lord Radulf selbst?"

Somerford grenzte an das Land des einflussreichen Lord Radulf sowie an die Ländereien der Barone Fitzmorton und Wolfson. Gunnar wusste, dass keiner der beiden Barone ein Verbündeter von Lord Radulf, dem legendären „Schwert des Königs" war. Vielmehr warfen beide Edelmänner begehrliche Blicke auf Radulfs Besitztümer.

Lord Radulf hatte Boten nach Wales zu Gunnar und seinen Gefolgsleuten geschickt, da er um die Zukunft von Burg Somerford fürchtete. *Dieser Herrensitz ist mir ein Dorn im Auge*, hatte er mit seiner tiefen, heiseren Stimme zu Gunnar gesagt. Zufällig hatte er ein versiegeltes Schreiben abgefangen, das von Burg Somerford zu Lord Fitzmorton gebracht werden sollte. In diesem Brief bat Lady Rose darum, ihr Söldner zur Verteidigung der Burg zu schicken. Lord Radulf hatte Gunnar gebeten, ihren Plan zu durchkreuzen, ohne jedoch seine Gemahlin, Lady Lily, zu verstimmen, die Lady Rose zu ihrem Schützling auserkoren hatte …

„Glaubst du wirklich, dass Lady Rose gemeinsame Sache mit Lord Radulfs Feinden macht?"

Gunnar tat Ivos Frage mit einem Achselzucken ab. „Genau das müssen wir herausfinden."

„Werden wir ihnen nicht verdächtig vorkommen?"

„Die Herrin von Somerford hat nach Söldnern geschickt, und nun sind wir hier. Warum sollten wir ihnen verdächtig vorkommen? Es weiß ja niemand, dass wir Lord Radulfs Befehle ausführen."

„Und wenn wir gute Arbeit leisten, wird Radulf dafür sorgen, dass du die Burg Somerford als Belohnung erhältst, Captain."

„Genau. Und diejenigen unter euch, die bei mir bleiben wollen, werden dort willkommen sein. Diejenigen, die gehen wollen, werden eine angemessene Entschädigung erhalten."

Die anderen murmelten zustimmend, doch Ivo sah seinen Anführer unsicher an. „Wir hatten es nie zuvor mit einer Frau zu tun, Gunnar."

„Ein Verräter ist ein Verräter, sei es ein Mann, eine Frau oder ein Kind. Wir werden unseren Auftrag erledigen, wie immer, Ivo. Vielleicht ist es unser letzter", versuchte Gunnar Ivos Zweifel zu zerstreuen.

Ivo nickte und kratzte sich am Kinn. „Möglicherweise. Aber ich werde wie immer an deiner Seite stehen, Captain."

Ernst wandte Gunnar sich um, sah den Getreuen ins Gesicht und spürte, dass jeder Einzelne von ihnen ihm in den Tod folgen würde. Diese fünf Männer begleiteten ihn nun schon so lange, dass er sich kaum noch erinnern konnte, wie sie sich kennen gelernt hatten: Ivo, Sweyn, Alfred, Reynard, und Ethelred. Sie vertrauten ihm, verließen sich auf seine Kraft und Besonnenheit und gaben ihm wiederum einen Grund, weiterhin in einer Welt zu leben, die jeglichen Glanz verloren zu haben schien.

„Folgt mir", sprach er leise. Aber das war überflüssig, denn er wusste, dass sie ihm treu ergeben waren.

Gunnar und seine Gefährten verließen den schattigen Waldsaum und ritten auf einem holprigen Pfad zur Burg Somerford. Zu beiden Seiten wiegte die Sommerbrise die Ähren der Weizenfelder.

Wie es wohl wäre, als Herr von Somerford über all dies zu gebieten? Gewiss würde es ihm keine Schwierigkeiten bereiten, Land und Leute zu schützen und zu verteidigen. In all den Jahren als Söldner hatte er gelernt, wie man sich einem Kampf stellte und siegte. Aber ein Mann konnte nicht immer kämpfen. Würde er vielleicht eines Tages doch heiraten, was seine Mutter ihm seit Langem ans Herz legte?

Ich bin eine alte Frau. Ich brauche Enkelkinder, mein Sohn. Und du brauchst eine Gemahlin. Wenn du allein bleibst, wirst du verbittert und unausstehlich werden, und das willst du doch nicht, Gunnar?

Er musste lächeln, als er sich an den Klang ihrer Stimme erinnerte. Vielleicht war jetzt der Augenblick gekommen, um den Wunsch seiner Mutter zu erfüllen. Wenn die Zukunft sich nach seinen Vorstellungen gestaltete, würde er bald eine Gemahlin brauchen. Nicht eine normannische Edelfrau – sie waren den Wohlhabenden und Ehrgeizigen vorbehalten, zu denen er sich nicht zählte. Nein, eine gute, bodenständige Frau vom Lande würde genügen. Eine, die nicht gleich bei der ersten Umarmung zu zerbrechen drohte, eine, die sich küssen ließe und nicht zuvor auf den Knien um Erlaubnis gebeten werden wollte. Eine einfache, gute Frau, die ihn in der Nacht wärmte. Das war es, was er brauchte, um sich von der Schwermut zu befreien, die ihn seit Kurzem befallen hatte.

Ja, eine Frau in seinem Bett, und das eigene Land vor seiner Tür!

„Das Tor ist offen“, unterbrach Ivo ihn in seinen Gedanken. Gunnar runzelte die Stirn. Das Tor stand in der Tat weit offen. Ein solcher Mangel an Wachsamkeit konnte fatale Folgen haben. Eine Horde Banditen hätte ungehindert in den Burghof reiten können, um die Bewohner im Handstreich zu töten.

War man in der Burg Somerford so nachlässig geworden, dass bereits die einfachsten Sicherheitsvorkehrungen missachtet wurden? Jeder Burgherr, der Menschen und Besitz nicht schützte, verdiente Verachtung.

Gunnar und seine Gefährten ritten über die schmale Brücke, die sich, von starken Pfosten gestützt, über den tiefen Burggraben außerhalb der Holzbefestigung spannte. Die Brücke war ungefähr so breit wie ein Karren, sodass nur je zwei Pferde nebeneinander reiten konnten und eine leichte Beute abgaben für Pfeile oder Steinschleudern von der Befestigung – wenn es Männer gab, die ihre Waffen zu handhaben verstanden. Gunnar fiel auf, dass es in Somerford nicht einmal einen Wachposten gab, der ihn und seine Truppe ankündigte.

Seine Miene verfinsterte sich.

Die Herrin von Somerford wird mir einige Fragen beantworten müssen, dachte er grimmig.

„Ich werde für uns sprechen“, rief er seinen Getreuen in Erinnerung, als die Schar den Burghof erreichte. „Folgt mir. Und denkt daran, wir sind Männer, die bei angemessener Bezahlung alles tun ... und sei es, dass wir jemand anderem die Treue schwören.“

Als Ivo nickte, wurde Gunnar von einer Woge der Zuneigung und Dankbarkeit für seinen düster und nachdenklich wirkenden Freund erfasst. Viele Male in der Vergangenheit hatte er sich darauf verlassen können, dass Ivo hinter ihm stand, und jetzt würde es nicht anders sein. Vielleicht war es das letzte Mal.

Im Burghof herrschte reges Treiben, und einen Augenblick lang schien niemand die Ankömmlinge zu bemerken. Zwei Ochsen sträubten sich lautstark, als sie vor einen mit Holz beladenen Karren gespannt wurden. Ein Schmied war an seinem Ofen beschäftigt, und der Geruch von Feuer und Metall war Gunnar so vertraut, dass er genüsslich die Luft einsog. Drei Frauen holten Wasser aus einem Brunnen, wobei sie vergnügt plauderten und lachten. Aber plötzlich hielt eine nach der anderen inne und starrte erschrocken auf die berittenen Fremden. Sie folgten Gunnar mit ihren Blicken, während sich ihre Augen vor Bewunderung weiteten.

Gunnar beschloss, den gaffenden Weibern keinerlei Beachtung zu schenken. Diese Blicke kannte er schon, seit er zu einem jungen

Mann herangewachsen war. Gewiss hatte es Zeiten gegeben, in denen er die Bewunderung genossen hatte. Aber er wusste, sie galt nur seiner Erscheinung und nicht dem Menschen, der er wirklich war.

Sein Kettenhemd ließ ihn noch größer und breitschultriger erscheinen, als er ohnehin schon war. Und als er den Helm abnahm, schimmerte sein kupferfarbenes Haar im Sonnenlicht.

Gunnar war von großer Statur, und er glaubte, seinem Vater Olaf ähnlich zu sein, als dieser jung gewesen war. Schon früh hatte er neben seinem Vater, der Waffenschmied war, an der Esse gestanden, und sein Körper war durch den ständigen Gebrauch von Schwertern und Streitäxten seines Vaters kraftvoll geformt. Sein dunkelrotes Haar reichte ihm bis auf die Schultern, wie es der angelsächsischen Mode entsprach, und war zu zwei Zöpfen geflochten. Seine Augen waren dunkelblau wie das Meer, das seine Vorfahren einst überquert hatten, um die ungeschützten Küstenstriche zu plündern.

Ganz allmählich war das geschäftige Treiben im Burghof zum Stillstand gekommen. Voller Spannung waren nun sämtliche Augen einzig und allein auf die Neuankömmlinge gerichtet.

Gunnar war bewusst, welches Bild er und seine Gefährten abgaben – hartgesottene Krieger in groben Lederrüstungen und Kettenhemden, für den Kampf gewappnet. Männer, die vor keinem Verbrechen zurückschreckten.

Sie waren wie ein Rudel Wölfe in einem Taubenschlag.

„Ah“, sagte Gunnar. „Jetzt haben sie Angst. Vielleicht fällt ihnen ein, dass sie das Tor besser hätten schließen sollen.“

„Es gibt keine Wachen“, fügte Ivo hinzu, während er sich umschaute. „Nur wenige Männer, doch die sind entweder noch halbe Kinder oder Greise. Vielleicht ist das Tor offen, weil niemand die Kraft hat, es zuzumachen.“

Sweyn lachte leise, doch plötzlich schwand das Grinsen aus seinem Gesicht. „Da kommt jemand, Captain.“

Mit einer gleichgültigen Miene schaute Gunnar auf. Die Gestalt, die sich näherte, war ein Mann mittleren Alters mit kurz geschnittenem, leicht angegrautem dunklen Haar. An der Hüfte hing ein Schwert, und unter seinem fein gearbeiteten braunen Umhang kam ein stämmiger und kräftiger Körper zum Vorschein. Er war offensichtlich ein normannischer Ritter – das verrieten der überhebliche Gang und die finsteren Blicke, mit denen er die Söldner bedachte. Gunnar wusste, dass es sich bei diesem Mann womöglich um den Geliebten von Lady Rose handelte, der ein Verräter und Mitverschwörer war.

„Sir Arno d'Alan", raunte Gunnar seinen Gefährten zu.

Schweigend sah die Söldnerschar den Mann auf sich zukommen. Gunnars Männer waren es gewohnt, von hochnäsigen Leuten wie Sir d'Alan beleidigt zu werden, und dem Gesichtsausdruck des Ritters nach zu urteilen, würde es heute nicht anders sein.

„Nennt Euer Begehr", forderte der Normanne sie auf, während er die Augen argwöhnisch zusammenkniff. Missbilligend musterte er die Krieger, die allzu lässig auf ihren Pferden saßen. Obwohl er zu Fuß war, schien er durch sein Auftreten signalisieren zu wollen, es mit der berittenen Schar jederzeit aufnehmen zu können.

„Mein Name ist Gunnar Olafson", erwiderte Gunnar gelassen, ohne zu erkennen zu geben, dass er wusste, wer der Ritter war. „Captain Olafson. Und dies sind meine Männer. Wir sind gekommen, weil Somerford um Krieger gebeten hat."

„Olafson ...?" Sir Arno wurde nachdenklich, doch plötzlich glätteten sich die Falten auf seiner Stirn, als er begriff. Seine überhebliche Miene wich einem berechnenden Lächeln. „Die Söldner. Ah, Captain, nun verstehe ich. Ich bin Sir Arno d'Alan, und dies ist Burg Somerford. Ich habe gehört, dass uns eine Schar Männer zu Hilfe eilt, aber ich habe nicht so rasch mit Eurer Ankunft gerechnet."

„Das Tor stand offen."

Gunnar starrte den Mann mit ausdruckslosen blauen Augen an, wobei eine Hand auf dem Knauf seines Schwerts ruhte. Eigentlich schwang in dieser Bemerkung kein Tadel mit, doch Sir Arno schien die Kritik nicht entgangen zu sein. Seine Rolle als Herr von Somerford schien infrage gestellt zu sein.

„Es steht offen, sagt Ihr?“ Arno schaute auf die Torflügel, als sei ihm erst jetzt aufgefallen, dass der Burghof für jedermann zugänglich war. „Vermutlich hat Lady Rose die Anweisung gegeben. Ihr braucht Euch darum nicht zu kümmern.“

Einen Moment lang überlegte Gunnar, ob er den Ritter eines Besseren belehren sollte, hielt sich dann aber zurück. Sir Arno würde noch früh genug begreifen, dass er sich an jedem Ort, wo er seiner Arbeit nachkam, um alles kümmerte.

„Nun, Ihr wisst, warum Ihr hier seid?“ Arnos Stimme klang scharf und gebieterisch. In seinem wachsamen Blick lag etwas Verschlagenes.

„Weil wir von Euch bezahlt werden.“

Das entsprach der Wahrheit. „Ja“, erwiderte der Normanne und zog die Worte ungewöhnlich in die Länge, „ich werde Euch bezahlen. Und deshalb werdet Ihr genau das tun, was ich von Euch verlange.“

Gunnar nickte, während er den Ritter mit seinen blauen Augen kalt ansah. „Wir tun fast alles für Geld, aber wenn wir Frauen und Kinder töten sollen, verlangen wir einen höheren Sold.“

Nun war Sir Arno tatsächlich verwirrt. Doch der Normanne fasste sich schnell wieder, indem er sich an seine edle Herkunft erinnerte und an seine Stellung, die er in Somerford bekleidete.

„Gut“, meinte er schließlich, scheinbar unbeeindruckt. „Aber ihr tötet niemanden ohne meinen ausdrücklichen Befehl.“

Ivo stieß einen unwirschen Laut aus.

Gunnar umschloss den Schwertknauf noch fester, aber er blieb ruhig. Bislang hatte Sir Arno sich nicht falsch verhalten. Überheblichkeit und Grausamkeit, gepaart mit Selbstgefälligkeit, stellten noch kein Vergehen dar.

„Captain?“ Ivo hatte die Stimme nicht gehoben, doch in seinem Tonfall schwang etwas wie Überraschung oder gar Warnung mit. Sofort schaute Gunnar auf.

Es war eine Frau, die direkt auf ihn zuschritt. Als er sie sah, wurde er von einer heißen Woge des Verlangens erfasst.

Ihr rotes Gewand war aus feiner Wolle gefertigt und schmiegte sich eng an ihren langen, wohlgeformten Körper. Sie trug einen geflochtenen goldenen Gürtel, an dem eine Börse und mehrere Schlüssel befestigt waren. Er konnte ihre betörende Gestalt sehen, die langen Schenkel und die vollen Rundungen, die sich deutlich unter dem Stoff abzeichneten. Unter den weichen Falten ihres dünnen weißen Schleiers ließen sich dunkle Augen, ein voller Mund und milchweiße Haut erahnen.

Es hatte immer Frauen in seinem Leben gegeben – mehr als genug. Und wenn ihn ein Verlangen überkam, wusste er es zu stillen. Doch jetzt erschrak er, wie sehr sein Körper auf diese weibliche Erscheinung ansprach, als sei er ein unerfahrener Jüngling. Am liebsten hätte er sie sofort auf sein Pferd gehoben, ihre Lippen mit seinem Mund verschlossen, um von ihrem Liebreiz zu kosten.

Für gewöhnlich trat er beherrscht auf, doch nun wütete ein schier unbezähmbares Verlangen in ihm, das er seit Jahren nicht mehr verspürt hatte.

Vielleicht noch niemals.

Großer Odin, lass dies nicht Lady Rose sein! Doch kaum war das Gebet ausgesprochen, da wusste Gunnar bereits, dass Odin ihn nicht erhört hatte, denn Sir Arno hob den Kopf

„Dort kommt Lady Rose. Noch ein Wort, Captain. Ihr werdet nicht erwähnen, wer Euch geschickt hat. Unsere Herrin legt ihre Geschäfte nicht vor den anderen Burgbewohnern offen", murmelte er ihm zu.

Gunnar nahm die Warnung kaum wahr. Sein Blick war einzig und allein auf die Frau gerichtet, die nun auf ihn zuging.

Der Anblick dieser engelsgleichen Gestalt, der ihn fesselte, kam ihm äußerst ungelegen, da so viel auf dem Spiel stand. Leise stöhnte er auf. Hatte er wirklich geglaubt, sein letzter Auftrag ließe sich leicht ausführen?

Die betörende Schönheit, die sich ihnen näherte, war niemand anders als die lüsterne und verräterische Lady Rose von Somerford – die Frau, die er eigentlich vernichten musste.

Rose hatte die Ankunft der Söldner nicht bemerkt.

Sie war im Lagerraum gewesen, um sich ein Fass mit Pökelfleisch anzuschauen. Das Fleisch roch schlecht, doch in den vier Jahren in Somerford hatte Rose gelernt, Vorsicht walten zu lassen. Es war ratsam, alles aufzubewahren, sogar übel riechendes Fleisch, bis es durch frisches ersetzt werden konnte. Außerdem gab es Mittel und Wege, halb verdorbenes Fleisch wieder essbar zu machen. Zum Beispiel, indem man es gründlich mit Essig abrieb, oder es einen Tag lang im Erdboden vergrub. Dennoch sollte niemand davon essen, solange ihnen keine andere Wahl blieb. Und selbst dann – Rose rümpfte angewidert die Nase – müssten sie sich in einer schlimmen Notlage befinden!

Aber schon rief sie sich in Erinnerung, dass ihre Lage alles andere als beruhigend war. Die Burg Somerford hatte zu wenig Männer und war daher jeglichen Angreifern schutzlos ausgeliefert. Und seit einiger Zeit lag irgendjemandem sehr viel daran, die Bewohner von Somerford zu demütigen.

Die Sorgen hatten damit begonnen, dass einige Dorfbewohner bestohlen worden waren und ein Holzhaufen in Brand geraten war. Eines Nachts war ein Schwein von Unbekannten geschlachtet worden, die das wertvolle Fleisch mit sich nahmen. Und dann waren im letzten Monat in der Nacht Fremde ins Dorf eingedrungen und hatten den Bewohnern Angst eingejagt, indem sie unter derben Rufen und Gegröle Steine auf die Strohdächer geworfen hatten.

Die Dorfbewohner gaben den Leuten aus dem Marschland die Schuld. Rose wusste, dass ihre Leute abergläubisch waren, und seit den ersten Scherereien war die Stimmung immer angespannter geworden. Ihre Leute waren mürrisch, ängstlich und verunsichert. Die alte Feindschaft zwischen den Siedlern des Marschlandes und den Dorfbewohnern war aufs Neue aufgeflammt. Nun musste Rose handeln.

Sie selbst hatte vorgeschlagen, Söldner anzuwerben, und schließlich war es ihr gelungen, Sir Arno davon zu überzeugen, dass sie keine andere Wahl hatten.

„Wenn wir einige kampferprobte Männer hätten, Sir Arno, oder zumindest solche, die den Anschein erwecken, würde ich die Angelegenheit in den Griff bekommen. Diese Unruhestifter, seien es nun die Marschlandbewohner oder sonst wer, würden sich zurückziehen und uns keinen Ärger mehr bereiten."

Arno hatte betroffen ausgesehen. „Ich werde unsere Männer ausbilden, Mylady. Sie werden bald zu Eurer Verfügung stehen."

„Das sind doch keine Krieger, Sir Arno! Die meisten von ihnen sind noch junge Burschen. Wir haben kaum genug Männer, um unser Tor zu bewachen; wie sollen wir da einen möglichen Angriff abwehren?"

Sir Arno d'Alan hatte nur mit den Achseln gezuckt, sichtlich getroffen von dem fehlenden Vertrauen seiner Herrin. Rose hatte sich verzweifelt gefragt, wie sie sich durchsetzen könnte, ohne den Stolz ihres Ritters zu verletzen.

„Es ist nur für eine kurze Zeit. Bis unsere Schwierigkeiten aus dem Weg geräumt sind."

„Und Lord Radulf? Habt Ihr ihm Eure Pläne unterbreitet?"

Rose hatte Arnos Blicke gemieden und verstohlen ihre Fingernägel begutachtet. „Nein, noch nicht."

„Mylady …"

„Wie soll ich das Lord Radulf beibringen? Er wird denken, ich sei unfähig, Somerford zu verwalten. Er wird mich für eine schwache Frau halten! Ihr habt mich des Öfteren davor gewarnt, Sir Arno! Er wird mir das Lehen Somerford entziehen, und was soll dann aus mir werden?" machte sie ihrem Unmut Luft.

Wenn sie Somerford verließ, müsste sie wieder in die Obhut ihres Vaters zurückkehren, was ihr eine äußerst unliebsame Vorstellung war. Allein bei dem Gedanken an ihren strengen, unberechenbaren Vater trat ihr kalter Schweiß auf die Stirn.

Arno hatte sie scheinbar mitfühlend angeschaut, doch in seinen Augen hatte sie berechnendes Funkeln wahrgenommen. Kostete er ihr Eingeständnis, mit den Problemen in Somerford nicht fertig zu werden, aus?

„Ihr glaubt, Lord Radulf lässt Euch beobachten, um einschätzen zu können, wie Ihr das Gut verwaltet?"

Davon war Rose überzeugt. Manchmal hatte sie das Gefühl, als würde Radulf sie von seiner fünf Meilen entfernten Burg mit seinen dunklen Augen mustern. Und die ihr wohlgesonnene Lady Lily, Radulfs Gemahlin, konnte sie nicht behelligen, denn sie bereitete sich auf die Geburt ihres zweiten Kindes vor. Sie musste allein zurechtkommen. Wenn sie für kurze Zeit die Dienste von Söldnern in Anspruch nehmen könnte, wären die Probleme in Somerford rasch behoben und alles wäre wieder so wie früher. Lord Radulf brauchte nie von ihrem Vorhaben zu erfahren.

„Söldner sind keine zahmen Katzen", hatte Arno sie gewarnt.

„Sie werden nicht schnurren und das tun, was Ihr wollt, wenn Ihr sie streichelt."

Roses Augen blitzten auf. „Nein, aber sie werden lernen, sich nach ihren Mahlzeiten zu recken, bevor sie gar nichts zu essen bekommen! Macht Euch keine Sorgen, Sir Arno, mit denen werde ich schon fertig. Ihr braucht nichts weiter zu tun, als mir welche zu beschaffen."

Und so war es geschehen. Bruder Mark, der Burgkaplan, hatte das Schreiben verfasst, Rose hatte es mit dem Siegel versehen, und Arno hatte den Brief auf den Weg gebracht. Inzwischen erzählte man sich, die Söldner seien bereits auf dem Weg nach Somerford. Obgleich Rose das Angebot von fünf Silbermünzen zu hoch erschienen war, hatte Arno ihr versichert, dass die Entlohnung durchaus angemessen sei. Dennoch widerstrebte es ihr, eine solche Summe zu bezahlen, da es um die Einkünfte des Lehens im Augenblick schlecht bestellt war. Auch wenn die diesjährige Ernte viel versprechend aussah und die Schafswolle noch nicht verkauft war, wollte sie immer noch einen Notgroschen für Unvorhergesehenes zurückhalten.

In den vier Jahren auf Somerford hatte Rose gelernt, sich auf die Unwägbarkeiten des Lebens einzustellen. Nie wusste man, welches Unheil als Nächstes drohte. Das Geld würden sie womöglich für Arzneien, Nahrung oder für warme Kleidung zurückhalten müssen. Der Gedanke gefiel ihr deshalb nicht, Männer mit Schwertern zu entlohnen.

Angesichts ihrer Sorgen war es nicht verwunderlich, dass sie manchmal mitten in der Nacht voller Unruhe aufwachte.

Der stechende Geruch des Pökelfleisches verursachte ihr Übelkeit – dieses Fass war gewiss nicht mehr zu retten.

Rose verschloss die Tür zum Lagerraum mit einem der Schlüssel, die an ihrem goldenen Gürtel hingen, und erklomm die enge, gewundene Treppe, die vom Keller zu den Küchenräumen führte.

Dort oben war es warm, und der Duft frisch gebackener Brote hing in der Luft. Rose sah, dass die graue Küchenkatze Junge bekommen hatte und nun in einer warmen Ecke neben dem Ofen lag. Gewiss hatte sie etwas Zeit, sich die Jungen anzuschauen. Nur für einen Moment, denn kleine Kätzchen waren immer so verlockend …

Plötzlich hörte sie die Stimme ihrer Zofe Constance.

„Mylady!“

Rose schaute rasch auf und wandte sich vom Ofen ab. „Constance? Was gibt es?“

„Die Söldner sind eingetroffen, Lady Rose. Sir Arno spricht gerade mit ihnen. Am besten macht Ihr ihnen sofort klar, dass Ihr hier das Sagen habt, damit keine Missverständnisse auftreten.“

Mit gerunzelter Stirn glättete Rose die Falten an ihrem roten Gewand und rückte den weißen Schleier zurecht, bis ihr dunkles Haar vollkommen verdeckt war. Constance hatte trotz ihres Alters einen wachen Geist und einen scharfen Verstand. Die kleine, hutzelige Frau mit dem faltigen Gesicht kam nun näher und schaute zu Rose auf. Rose überragte die Alte um fast zwei Köpfe – es bereitete ihr im Stillen Freude, dass sie sogar mit sämtlichen Männern von Somerford auf gleicher Augenhöhe war.

„Die Söldner sind hier?“ wiederholte Rose aufgeregt.

Als Constance ihre Unruhe spürte, tätschelte sie aufmunternd ihren Arm.

„Du hast Recht“, murmelte sie schließlich und straffte die Schultern. „Ich muss mich ihnen zeigen. Wer weiß, was Arno ihnen inzwischen erzählt hat oder gar anbietet? Er hat keinen rechten Verstand, wenn es um Geld geht. Wenn er sich selbst zu wichtig nimmt, verdoppelt er womöglich die Summe, auf die wir uns geeinigt haben!“

Rose hatte es sich zum Ziel gesetzt, die Bezahlung der Söldner so niedrig wie möglich zu halten.

„Dann geht, Mylady, und zaudert nicht“, ermahnte ihre Zofe sie. „Ihr seid hier die Herrin, oder etwa nicht?“

Rose reckte das Kinn empor. „Das bin ich in der Tat, Constance.“

Sie atmete tief durch, bevor sie aus der Küche in den Burghof eilte.

Es war ungewöhnlich still.

Warum war es auf dem Burghof, wo sich viele Menschen aufhielten, so ruhig? Die Stille war äußerst merkwürdig. Rasch erfasste Rose die bleichen und erschrockenen Gesichter und suchte nach dem Grund für diese Furcht, bis eine Reiterschar ihre Aufmerksamkeit erregte, auf die sämtliche Augen gerichtet waren.

Zäh und gefährlich.

Das waren die Worte, die Rose in den Sinn kamen, als sie die Fremden erblickte. Sie sahen aus, als schauten sie dem Tod jeden Tag ins Angesicht. In ihrer Aufregung rief Rose sich in Erinnerung, dass genau das die Aufgabe von Söldnern war. Die Männer, die sie erblickte, trugen Kettenhemden oder schwere Lederrüstungen, die mit Ringen gestärkt waren. Der große Dunkelhaarige trug einen dicken Mantel aus Wolfspelz. Die Schar wies eine ganze Anzahl erprobter Waffen auf. Schwerter, Schilde und Streitäxte. Und ihr Anführer ... in diesem Augenblick konnte Rose keinen klaren Gedanken mehr fassen.

Ihre Augen weiteten sich ehrfurchtsvoll.

Der Anführer glich keinem Mann, den sie bislang gesehen hatte. Er wirkte fremd und außergewöhnlich, und doch sehr männlich. Ein matt schimmerndes, kurzes Kettenhemd bedeckte seine breiten Schultern und die Brust; das Metall wies unzählige Unebenheiten auf, als habe er noch vor Kurzem hart um sein Leben gekämpft. Über Rücken und Schulter hing ein Rundschild, auf dessen rotem Hintergrund ein wilder schwarzer Wolf gemalt war. Er trug eng anliegende schwarze Beinkleider, unter denen sich kraftvolle Oberschenkel abzeichneten, während sich sein graues Pferd ungewöhnlich ruhig verhielt. Langes dunkelrotes Haar fiel ihm bis auf die Schultern, und zwei dünne Zöpfe umrahmten sein Gesicht und verliehen ihm das Aussehen eines Barbaren.

Eines keltischen Kriegers, oder eines …

„… eines Wikingers." Als Rose das Wort flüsterte, schnürte sich ihr die Kehle zu. Seine Erscheinung war barbarisch und wild, und doch hatte sie noch nie einen so gut aussehenden Mann gesehen. Das kräftige Kinn, die sonnengebräunte Haut, das kühle Blau seiner Augen. Es schien ihr unerklärlich, warum ein Krieger wie er so anziehend war. Eigentlich müsste er hässlich und von unzähligen Narben entstellt sein. Gaukelte die Natur ihr nur etwas vor? Benebelte seine äußere Erscheinung ihre Sinne und verwirrte sie, damit er zuschlagen konnte? Oder wie eine Natter zubiss?

Er ist anders als wir.

Rose zitterte. Was hatte sie sich bloß dabei gedacht, Männer wie diese anzuwerben? Sie nach Somerford zu bringen, unter all die Leute, die sie zu beschützen hatte!

Gütiger Gott, habe ich richtig gehandelt?

„Sir Arno?" rief sie.

Als Arno sie auf seine vertraute Art anlächelte, war Rose mit einem Mal vollkommen verwirrt. Neben ihr stand ihr Ritter, und doch wirkte er so blass und unbedeutend neben dem Anführer der Söldnerschar. Kein Zweifel, dies war ihr unbeirrbar treuer Arno, der Freund ihres Gemahls Edric. Am Totenbett hatte Arno seinem Herrn und Freund vor Zeugen das Versprechen gegeben, Rose zu gehorchen und sie zu beschützen.

Als Rose ihren Ritter ansah, spürte sie plötzlich nicht mehr das gewohnte Vertrauen, das sie sonst hatte. Warum gab ihr das Gewohnte nicht länger das Gefühl von Sicherheit?

Das musste an dem Anführer der Söldner liegen.

Sein Anblick war so ungewohnt und sein fremdes Aussehen verwirrend.

Ihre Wahrnehmung schien beeinträchtigt. Mit Entsetzen stellte Rose fest, dass sie sich gerade durch das Fremdartige zu diesem Mann hingezogen fühlte. Die Anziehungskraft behagte ihr nicht, doch sie war nicht von der Hand zu weisen. Es schien ihr, als wäre sie von einem wilden, exotischen aber gefährlichen Tier fasziniert.

Sie atmete tief durch und versuchte sich zu beruhigen. *Hör auf damit!* Sie war kein törichtes Weib, das sich von einem hübschen Gesicht blenden ließ; nie ließ sie es zu, dass Männer ihre Gefühle beherrschten. Sie war Lady Rose von Somerford, eine umsichtige Frau, die mit anpackte und stets einen wachen Verstand bewies. Diesem verblendeten Verhalten musste Einhalt geboten werden.

Nach einer kurzen Pause fühlte Rose sich stark genug, um dem Söldner in die Augen zu sehen.

Es war ein Fehler.

Seine Augen waren so blau wie die See im Sommer, über die ein Unwetter hinwegzieht. Als er sie direkt anschaute, verspürte sie ein flaues Gefühl im Magen. Eine heiße Woge von unbeschreiblichen Empfindungen durchflutete sie, Empfindungen, vor denen sie sich stets gefeit glaubte. Voller Entsetzen merkte sie, dass ihre Gedanken sich in ihrem Kopf zu drehen begannen, und zum ersten Mal in ihrem Leben war sie nicht mehr die Herrin ihrer Gefühle. Ungläubig und verstört zugleich hörte sie ein Flüstern in ihrem Kopf.

Ist das Begehren?

2. *KAPITEL*

„Mylady!“

Arno. Der gute, verlässliche Arno. Erleichtert, die vertraute Stimme zu vernehmen, unterbrach Rose den Blickkontakt mit dem Söldner und schaute ihren Ritter an. Ihr war ein wenig schwindelig. Offenbar hatte sie unbewusst die Hand ausgestreckt, denn sie spürte, wie Arno sie ergriff und sich zu einem Handkuss hinabbeugte. Noch völlig verwirrt von ihren unwillkommenen Gedanken, zwang sie sich, dem Ritter zuzuhören.

„Lady Rose, dies sind die Söldner.“

„Ich verstehe, Sir Arno. Können sie mich ... ich meine, sprechen sie unsere Sprache?“

„Captain Olafson!“ Missbilligend schaute der Normanne zu dem Anführer der Söldner auf. „Steigt ab und erweist der Dame Respekt. Vor Euch steht Lady Rose von Somerford!“

Sir d’Alan redete wie mit einem widerspenstigen Kind, das zurechtgewiesen werden musste. Kein Laut durchbrach die Stille. Gewiss fragte sich jeder im Burghof, ob der stattliche Söldner etwas auf Arnos Maßregelung erwidern ... oder ihm auf der Stelle die Kehle durchschneiden würde.

Unruhig begann Roses Herz zu pochen, doch sie wusste nicht genau, woran es lag. Vielleicht war es Arnos barscher Tonfall, vielleicht lag es aber auch daran, dass sie abermals in jene wasserblauen Augen geschaut hatte. Die wundervolle Färbung betörte sie, doch dieses Mal wurde ihr mit Schrecken bewusst, dass dies zugleich die kältesten und gefühllosesten Augen waren, die sie je gesehen hatte.

Offensichtlich war Captain Olafson durch Arnos Worte nicht verstimmt. Hatte er sie überhaupt vernommen? Mit einer auffallend anmutigen Bewegung, die man diesem großen Krieger gar nicht zugetraut hätte, schwang er sich von seinem grauen Pferd und stand nun vor Rose und ihrem Ritter.

Zu nah, dachte Rose. Sie wollte schon einen Schritt zurücktreten, doch dann hielt sie inne. Nein, es war kein guter Einfall, diesem Mann zu zeigen, dass sie Angst vor ihm hatte. Wenn er nur halb so wild war wie er aussah, würde er sich sicherlich an ihrer Furcht weiden.

Sogar Arno schien für einen Augenblick über die Größe des Wikingers erschrocken zu sein. Inzwischen stiegen seine Mitstreiter von ihren Pferden, sodass die Harnische und Waffen leise rasselten. Wie eine Meute wilder Tiere standen sie nun im Burghof.

Ein weinendes Kind war zu hören, das von seiner Mutter beruhigt wurde. Plötzlich erkannte Rose, dass ihre Leute Angst hatten, die Aufmerksamkeit der Söldner durch irgendein Geräusch auf sich zu ziehen – und womöglich damit ihren Zorn.

Ihr wurde zudem bewusst, dass sie nach langer Zeit wieder zu einem Mann aufschauen musste, um in sein Gesicht zu sehen.

Kein besonders beruhigendes Gefühl.

Erneut fragte sie sich, ob die Krieger die Bewohner von Somerford im Schlaf erschlagen würden. Bot ihre Bezahlung genügend Garantie, dass sie sich treu und zuverlässig verhalten würden? Waren solche Männer überhaupt gewillt, von irgendjemandem Befehle zu empfangen, abgesehen von den heidnischen Gottheiten, die sie verehrten?

Rose atmete tief durch. Nun lag es an ihr, den Söldnern begreiflich zu machen, dass *sie* die Befehle gab! Sie war die Herrin dieser Burg, und solange die Männer hier waren, würden sie ihre Anordnungen befolgen müssen.

Sofort besann Rose sich auf ihre Würde und streckte mit erhobenem Kopf ihre Hand aus. „Ich bin Lady Rose“, sprach sie ruhig.

„Die Burg Somerford gehört mir, und solange ihr hier weilt, werde ich euch sagen, was ihr zu tun und zu lassen habt. Habt ihr das verstanden?“

Captain Olafson starrte auf ihre Hand, als habe er dergleichen noch nie gesehen. Einen Moment lang durchzuckte es Rose, ob ihre herrschaftliche Geste überhaupt angemessen war, doch bevor sie ihre Hand zurückziehen konnte, umfasste er sie mit seiner.

Seine Finger waren erstaunlich warm.

Hatte sie erwartet, sie wären kalt?

Sie wollte die Hand zurückziehen, aber mittlerweile war es zu spät, und der Fremde hielt ihre Finger umschlossen. Er musste spüren, wie sie die Hand bewegte, doch er ließ sie nicht los. Im Gegenteil, er drückte sie fester. Da jede ängstliche Bewegung ihrer Würde abträglich war, blieb Rose nichts anderes übrig, als stehen zu bleiben und dem Söldner seinen Willen zu lassen.

Der große, dunkelhaarige Mann hinter ihm schmunzelte. Fanden die Söldner dies lustig? Waren gute Manieren ihnen so fremd, dass sie darüber lachen konnten?

Rose stieg die Zornesröte ins Gesicht, und sie wollte ihre Hand wieder zurückziehen, doch es war zu spät. Sie spürte den festen Druck seiner Lippen auf ihren Fingerspitzen, während sein langes Haar über ihre Haut strich. Unwillig schaute sie zu Boden, als Captain Olafson sich wieder aufrichtete. Die dünnen Zöpfe schwangen hin und her, sein heller Bartansatz glitzerte im Sonnenlicht und seine Zähne erstrahlten weiß, als er sie zufrieden anlächelte.

„Von Euch lasse ich mir gerne sagen, was ich zu tun oder zu lassen habe … Mylady“, sagte er in fehlerfreiem Französisch.

Heißer Zorn erfasste sie. Er hatte sie soeben gedemütigt und zur Belustigung seiner Männer seinen Spaß mit ihr getrieben.

Sir Arno stieß einen unwirschen Laut aus, der einem Grollen glich. „Eure Manieren, Captain!“

Der Söldner schenkte dem Normannen keine Beachtung. Mit einem Mal war Roses Zorn verflogen, denn in diesem Moment durchfuhr es sie, dass diese Männer ihren getreuen Arno auf der Stelle töten könnten, ohne mit der Wimper zu zucken. Das durfte sie nicht zulassen. Sie legte Arno eine Hand auf den Arm, um ihn zu warnen. Captain Olafsons Augen folgten ihrer Bewegung. Sein Blick war noch unerbittlicher als zuvor. Als er sie schließlich ansah, konnte sie Verachtung in seinen Augen lesen.

Behandelt er Arno geringschätzig, weil er sich von mir etwas befehlen lässt?

Er hatte sich bereits wieder von ihr abgekehrt und Sir Arno zugewandt, der ihn nach wie vor mit finsteren Blicken bedachte.

„Es sieht nach einer reichen Ernte aus", sagte der Söldner beinahe wie ein kundiger Händler.

Rose bemerkte, wie Arno durch diese Worte verwirrt wurde, denn er verstand nichts von Feldarbeit. Doch der Normanne tat wissend, nickte gewichtig und betonte, dass das Korn so hoch wie schon lange nicht mehr stehe.

„Das ist gut", fuhr der Söldner fort, ohne Rose zu beachten, „denn die Bezahlung, die Ihr bietet, ist uns nicht genug."

„Nicht genug?" wiederholte Arno verdutzt.

Captain Olafson nickte. „Zehn Silbermünzen, oder wir verlassen sofort die Burg. Es ist uns ein Leichtes, woanders Arbeit zu finden."

„Zehn Silbermünzen!" Rose machte ihrem Zorn Luft, als sie die unverschämte Forderung vernahm. Zehn Silbermünzen waren ein Vermögen. „Das ist zu viel."

Captain Olafson warf ihr einen kurzen Blick zu, bevor er seine Aufmerksamkeit wieder auf Arno richtete, als ob nur *seine* Entscheidung zählte. Rose kochte vor Wut.

„Wir sind weder Leibeigene noch Sklaven", fuhr er mit einer

angenehm tiefen, doch eiskalten Stimme fort. „Wir werden keinen Bedingungen zustimmen, die uns nicht gefallen."

Ungeduldig rang Arno nach Luft. Rose konnte sehen, dass diese Verhandlung ihm genauso wenig behagte wie ihr, doch sie wusste zugleich, dass es unter seiner Würde war, zu feilschen. „Ich bin sicher, dass wir uns einigen werden ...", hob er an.

Entschlossen trat Rose einen Schritt vorwärts und stellte sich zwischen ihren Ritter und Captain Olafson.

„Sir Arno hat Euch bereits den Lohn für die Arbeit eines Monats geboten", sagte sie mit brüchiger Stimme. „Fünf Silbermünzen sowie Essen und Unterkunft. Ich dachte, das Abkommen wäre längst getroffen. Wollt Ihr etwa Euer Wort brechen, Captain?"

Als er auf sie hinabblickte, versuchte Rose, sich ihr Unbehagen nicht anmerken zu lassen. „Ich verhandele nicht mit Euch, Mylady. Ich sage Euch lediglich, was ich verlange. Es hat kein Abkommen gegeben", entgegnete er kühl und beherrscht.

Rose kniff die Augen zusammen, aber nun war ihr Wagemut zum Leben erwacht. „Eure Antwort gefällt mir nicht, Captain. Wir haben Euch ein treffliches Angebot gemacht. Ich lasse mich nicht zu einem anderen Abkommen drängen."

Der große, dunkelhaarige Krieger mit dem Mantel aus Wolfspelzen tippte seinem Anführer auf die Schulter. Rose entging nicht, dass er einen schwarzen Lederhandschuh trug. Ohne den Blick von ihr zu wenden, lauschte der Söldner den Worten, die sein Gefährte ihm zuflüsterte. Nach seiner gerunzelten Stirn zu urteilen, schien es ihm nicht zu gefallen, was er hörte. Rose hielt seinen Blicken stand, obwohl ihr Herz wie wild in ihrer Brust pochte. Allmählich glätteten sich die Falten auf Captain Olafsons Stirn, und sein Blick wurde erneut kalt und gefühllos.

Dann nickte er kurz und bestimmt, und der Dunkelhaarige trat einen Schritt zurück.

„Nun gut, sechs Silbermünzen."

Rose wollte sich auf keinen Fall auf diesen Betrag einlassen, doch bevor sie etwas entgegnen konnte, rief Arno rasch dazwischen: „Abgemacht!" Wohlweislich mied der Ritter ihre Blicke. „Das ist ein guter Handel, Mylady", fügte er mit gespielter Fröhlichkeit hinzu.

Rose biss sich auf die Lippe. Vermutlich war der Handel in ihrer Lage durchaus vernünftig. Sie konnten es sich leisten, *sofern* die Ernte wirklich gut ausfiel. Doch das erklärte nicht Arnos ungewöhnlich rasches Einlenken – wollte er die Söldner um jeden Preis hier behalten? Machte er sich womöglich mehr Sorgen um Somerforts Sicherheit, als er sich hatte anmerken lassen? Das schien die einzige Erklärung zu sein.

Der Söldner schwieg und schien die Angelegenheit als erledigt zu sehen. Er ist hochmütig, dachte Rose. Ein Mann, der seine Befehle nur von einem anderen Mann erhalten kann. Doch was konnte man schon von einem wilden Wikinger erwarten?

„Wie viele bewaffnete Männer habt Ihr hier?" fragte er. „Ich habe einen oder zwei gesehen. Gibt es noch mehr?" fragte er gebieterisch.

Sir Arno, der unsicher von einem Bein aufs andere trat, zögerte mit der Antwort. Er glaubt, dass die Wahrheit ein schlechtes Licht auf ihn wirft, dachte Rose, aber der Söldner hatte das Recht, sich nach der Besatzung der Burg zu erkundigen.

„Wir haben drei fähige Männer in der Burg, aber im Augenblick arbeiten sie auf den Feldern", antwortete sie mit fester Stimme.

„Ihr lasst Eure Krieger auf den Feldern arbeiten, Mylady?" Einen kurzen Moment lang flammte Erstaunen in seinen hellen Augen auf.

„Wir müssen uns um die Ernte kümmern, Captain, sonst werden wir alle verhungern. Auch Krieger brauchen Nahrung. Ich selbst habe bei der Aussaat geholfen. Somerford ernährt uns alle, und deswegen müssen wir alle arbeiten."

Kaum merklich nickte er, als habe er verstanden. „Wo sind die restlichen Männer Eurer Truppe, Mylady? Scheren sie etwa die Schafe?"

Rose versteifte sich bei dem unüberhörbaren Spott in seiner Stimme, doch sie ließ sich ihre Entrüstung nicht anmerken. „Die anderen Männer sind zu Lord Fitzmorton übergelaufen", antwortete sie wahrheitsgemäß.

Wie sie es erwartet hatte, gab er sich mit dieser Aussage noch nicht zufrieden, denn er schaute sie fragend an.

„Lord Fitzmorton und Lord Wolfson sind zwei einflussreiche Männer, die ständig wetteifern, wer der Mächtigere ist. Zur Weihnachtszeit sind sie aneinander geraten, und dabei wurden einige ihrer Leute getötet. Beiden fehlten bewaffnete Männer, und so hielten sie Ausschau nach neuen Kämpfern. Bei der Auswahl sind sie alles andere als wählerisch ... so richteten sie ihre Blicke auch auf Somerford, und ich konnte nicht so viel Sold bieten wie sie. Unsere Burg ist nicht die Einzige, die betroffen ist – andere haben ebenso wie wir ihre waffenfähigen Leute verloren. Und dennoch", fuhr Rose selbstbewusst fort, „haben wir zwanzig Leibeigene, die an zwei Tagen in der Woche ihren Dienst tun. Allerdings sind die meisten von ihnen entweder sehr betagt oder noch sehr jung, und einer ist verkrüppelt."

„Und warum verlasst Ihr Euch auf alte und verkrüppelte Leibeigene, um Somerford zu beschützen?" fragte er dann mit einer unheilvoll ruhigen Stimme. „Sind Eure tauglichen Leibeigenen ebenfalls zu Lord Fitzmorton übergelaufen?"

Rose kam sich allmählich wie ein Kind vor, das seinen Vormund wegen eines Fehlverhaltens mit leeren Ausflüchten zu beschwichtigen suchte.

„Unsere tauglichen Leibeigenen sind tot, Captain. Bevor ich nach Somerford kam, gab es einen Aufruhr gegen den König. Mein Gemahl, Edric, stellte sich gemeinsam mit Lord Radulf den Rebellen entgegen, und viele unserer Männer folgten ihrem Herrn in den Kampf. Lord Radulf errang einen glorreichen Sieg, doch nur wenige Männer aus Somerford kehrten nach Hause zurück. Mein Gemahl wurde für seine treuen Dienste und den tragischen Blutzoll mit einem goldenen Kelch belohnt."

Rose ließ sich ihre Empfindungen nicht anmerken und sprach scheinbar gleichgültig über das Schicksal von Somerford – gleichwohl ging ihr der Verlust von Menschenleben sehr nahe. „Sir Arno hat damit begonnen, einige der jüngeren Burschen auszubilden, aber es wird noch einige Jahre dauern, ehe sie für den Kampf gerüstet sind. Ich habe meinem Ritter vorgeschlagen, dass auch die Frauen Wache halten könnten, bis ihre Söhne herangewachsen sind. Viele von ihnen sind die Witwen der Leibeigenen, die während des Aufstands ihr Leben gelassen haben, und sie sind bereit, die Pflichten ihrer verstorbenen Männer zu erfüllen. Vielmehr ist dies für sie selbstverständlich."

Eartha, die Köchin von Somerford, war besonders begierig darauf gewesen, Wache zu halten oder die Burg zu verteidigen. Frauen können genauso gut wie Männer kämpfen, wenn es sein muss, hatte sie behauptet, und Rose hatte ihr Recht gegeben. Arno war allerdings anderer Ansicht gewesen.

„Sir Arno findet den Vorschlag, Somerford von Frauen bewachen zu lassen ..." Nicht annehmbar? Abstoßend? Bedrohlich? Rose fragte sich, wie sie Arnos Meinung am besten in Worte fassen könnte. Aber bevor sie die richtigen Worte gefunden hatte, wurde sie vom Söldner unterbrochen.

„Eine Burg, die von Frauen bewacht wird." Er verzog keine Miene, doch seinem Tonfall war zu entnehmen, dass er belustigt war. Seine Männer lachten. „Man kann etwas Besseres mit Frauen anstellen, anstatt sie zu töten."

„Captain!" Rose kochte innerlich vor Wut. Sie befürchtete jeden Moment, etwas zu sagen, was sie womöglich alle in Gefahr brachte.

„Schickt lieber die jungen Burschen in den Kampf."

Rose zwang sich zur Ruhe, obwohl die Worte des Söldners sie aufgewühlt hatten. Sie vermochte ihre Anspannung kaum zu unterdrücken, als sie entgegnete: „Es kümmert mich nicht, was Ihr in Eurer Heimat tut, Captain, aber in Somerford schicken wir unsere Kinder nicht in den Tod."

Die blauen Augen verengten sich, aber dann zuckte er gelangweilt die Schultern.

„Ihr schickt also eher Eure Frauen in den Kampf?" fragte er mit einer kühlen Neugierde.

„Wenn sie es wollen, ja. Sie würden für ihr Zuhause und das Leben ihrer Kinder kämpfen."

„Das mag so sein, Mylady." Es freute sie, dass er ihr beipflichtete, doch die folgenden Worte ließen ihr das Blut in den Adern gefrieren. „Manchmal ist es notwendig, dass Frauen *und* Kinder kämpfen. Und gemeinsam sterben."

Es liegt etwas Barbarisches in seinem Blick, dachte Rose. Etwas ausgesprochen Wildes. Etwas Seelenloses. Hatte sie wirklich Verlangen nach einem solchen Geschöpf verspürt? Vermutlich hatte sie fleischliche Lust mit Furcht verwechselt.

Er ist anders als wir.

Wie sollte sie einen solchen Mann jemals bändigen? Einen Mann, der nicht davor zurückschreckte, Kinder in den Kampf zu schicken. Bei diesem Gedanken lief ihr ein Schauer über den Rücken. Gewiss wären sie besser beraten, ihre Probleme selbst zu lösen. Oder wäre es vielleicht klüger, Lord Radulf um Hilfe zu bitten, ganz gleich, was er dann von ihr denken mochte? *Auch wenn er dir Somerford wegnimmt und dich wieder zu deinem Vater schickt?* Ja, auch dann! Rose sah zu Arno hinüber, denn sie glaubte, auch er wäre zu diesem Schluss gekommen, doch zu ihrer Verwunderung mied er ihre Blicke.

„Frauen verstehen sich nicht auf das Kriegshandwerk", sagte Arno mit einer solch altväterlichen Stimme, dass Rose am liebsten vor Wut laut aufgeschrien hätte. Doch sie biss die Zähne zusammen und wandte sich wieder dem Söldner zu. Mit einer kurzen Handbewegung lenkte sie seine Aufmerksamkeit auf die Burg.

„Unsere Verteidigungsanlagen sind stark – nach dem Aufstand hat Lord Radulf meinem Gemahl geholfen, die Wehrmauern zu verstärken. Wenn es zu einem Angriff kommt, wird jeder in der Burg Schutz finden. Im Falle einer Belagerung haben wir einen tiefen Brunnen, und nach der Ernte werden wir ausreichend Nahrung haben, um uns für Monate zu verpflegen. Obwohl ich nicht bezweifele, dass Lord Radulf uns in einer Notlage unverzüglich zu Hilfe eilen wird."

„Das mag stimmen, Lady Rose, aber …"

„Sir Arno hätte Euch davon in Kenntnis setzen müssen, dass Ihr nur hier seid, um Eindruck zu machen, Captain Olafson. Aus keinem anderen Grund. Die Bewohner des Marschlandes haben das Dorf bestohlen, aber sie sind eher eine Plage als eine ernsthafte Bedrohung. Im Augenblick glauben sie, mit uns leichtes Spiel zu haben, doch sobald sie Euch und Eure Männer gesehen haben, werden sie sich von Somerford abwenden. Das ist alles, was wir von Euch verlangen, Captain. Ihr sollt die Marschlandbewohner ein für alle Mal fortjagen. Und Ihr seid in der Tat bestens für diese Aufgabe geeignet!"

Er tat so, als hätte er ihren abfälligen Tonfall nicht gehört. „Wenn diese Leute aus dem Marschland das Dorf bestehlen können, so habt Ihr Eure Dorfbewohner fett und träge werden lassen", entgegnete er abweisend.

Abermals spürte Rose, wie ihr die Zornesröte wegen dieser Beleidigung in die Wangen stieg. Obwohl sie sich zwang, ruhig zu bleiben, funkelten ihre Augen wütend, als sie den Söldner ansah. „Somerford lebt seit vier Jahren in Frieden, und meine Leute haben sich allmählich wieder daran gewöhnt, ohne Angst zu leben, weil man keinen Feind im Rücken vermutet. Und das ist gut so."

„Es ist niemals gut, unvorbereitet zu sein. Der Tod lauert jedem Mann auf."

„Vielleicht lauert der Tod manchen mehr auf als anderen!" entgegnete sie kühn. „Ihr versteht mich nicht, Captain. Ihr irrt Euch. Bei den Marschlandbewohnern handelt es sich nicht um bösartige Plünderer. Von einem Schwein abgesehen, ist niemand durch sie zu Schaden gekommen. Ich bin gewiss, dass sie uns in Ruhe lassen, sobald sie von Eurer Anwesenheit hier erfahren."

„Wenn sie klug sind, werden sie fortbleiben, sind sie es nicht, werden sie sterben", entgegnete Gunnar mit einem kalten Lächeln.

Ein zustimmendes Gemurmel erhob sich in der Schar seiner Gefährten. Wie ein kaum zu bändigendes Rudel Wölfe rotteten sie sich enger zusammen.

Rose wollte ihnen klarmachen, dass dies ein friedlicher Ort war, wo Kampf und Blutvergießen keinen Platz hatten. Doch die Söldner waren jetzt da, und in ihrem Herzen wusste sie, dass sie ihre Dienste brauchte. Anstatt sie fortzuschicken, was sie am liebsten getan hätte, sagte sie leise: „Das ist kein Krieg, Captain."

Er wirkte nachdenklich, während sein Blick auf einen Punkt in der Ferne gerichtet war. „Euer Tor stand offen."

Mit gerunzelter Stirn wanderten Roses Blicke von Arno zu dem Söldner. „Es stand offen?" wiederholte sie verdutzt. „Aber … die Marschlandbewohner haben uns Schwierigkeiten gemacht. Daher war es notwendig, das Tor offen zu lassen, damit die Dorfbewohner Schutz suchen konnten. Das offene Tor ist doch keine Gefährdung, oder?“

Arno hatte ihr versichert, dass es ihnen nicht zum Nachteil gereichen würde. Sie wartete darauf, dass er ihr beipflichtete. Doch als sie ihn anschaute, mied er nach wie vor ihren Blick. Er wirkte unsicher.

„Wenn ich Euch hier beschützen soll, Mylady, wird das Tor geschlossen bleiben, falls ich nicht den Befehl gebe, es zu öffnen. Ist das klar?“

„Ich verstehe nicht, warum ...“

„Wären wir Feinde von Somerford gewesen, würden jetzt sämtliche Burgbewohner in ihrem eigenen Blut liegen. Im Galopp wären wir durch das Tor gestürmt. Niemand hätte uns aufgehalten, und meine Leute hätten jeden hier im Burghof erschlagen. Ivo hätte sich Sir Arno vorgeknöpft, bevor er sein Schwert gezogen hätte, und ich hätte mich Euch gewidmet, Mylady. Versteht Ihr mich nun?“

Arno brauste auf, doch niemand schenkte ihm Beachtung. Der wilde Wikinger schaute Rose lange unverwandt an, und mit einem Mal wurden die Schreckensbilder, die er geschildert hatte, vor ihrem geistigen Auge lebendig. Menschen rannten schreiend um ihr Leben ... Sie, allein in der Kemenate, hörte Schritte auf den Steinstufen, bis die Tür mit einem Krachen aufgestoßen wurde ... Er stand im Türrahmen, und sie schaute voller Furcht auf die lebendigen Farben seiner Haare und Augen. Und dann kam er auf sie zu und zog sein fürchterliches Schwert aus der Scheide ...

Doch plötzlich verblasste das Bild mit dem gezückten Schwert. Sie sah ihn auf sich zukommen und malte sich aus, wie er sie in die Arme zog und ihre Lippen eroberte.

Rose merkte, wie sie nickte. Ihr war schwindelig, und sie spürte ein heißes Prickeln in ihrem Körper. *Hör auf damit, hör endlich auf damit!*

„Nun gut, Captain Olafson“, brachte sie schließlich hervor. „Das Tor bleibt geschlossen.“

Mit dieser Antwort schien er sich zufrieden zu geben, und er wandte sich von ihr ab.

Zumindest diese Angelegenheit habe ich für mich entschieden, ging es Gunnar durch den Kopf. Es war ihr offensichtlich schwer gefallen, ihm Recht zu geben. Die Zustimmung war ihr nur widerwillig über die Lippen gekommen, aber von nun an sollte das Tor fest verschlossen bleiben. Weitere Fragen mussten noch geklärt und andere Absprachen getroffen werden, aber Gunnar beschloss, es fürs Erste dabei zu belassen, denn er war im Vorteil.

Als er Lady Rose in die Augen geschaut hatte, waren Gunnar Dinge in den Sinn gekommen, die mehr mit körperlicher Befriedigung als mit Fragen der Sicherheit zu tun gehabt hatten. Selbst nachdem er ihr den Rücken gekehrt hatte, konnte er noch ihren süßen Duft riechen. Er konnte sie förmlich schmecken. Und mit einem Mal vertraute er nicht länger seiner sonst so verlässlichen Selbstbeherrschung.

„Wir sind heute weit geritten, Sir Arno. Zeigt uns, wo wir unsere Pferde unterstellen können“, sagte er. Ohne das beabsichtigt zu haben, hatten seine Worte nach einem Befehl und nicht nach einer Bitte geklungen.

Arnos dunkle Augen verengten sich, aber er ließ es nicht auf einen Wortwechsel ankommen.

Gunnar spürte die Blicke der Burgherrin in seinem Rücken, als er fortging. Sie zitterte wie ein aufgebrachtes Kätzchen. Dennoch könnte es ihr in den Sinn kommen, sich mit ihren messerscharfen Krallen auf ihn zu stürzen. In ihren dunklen Augen hatte er Leidenschaft entdeckt. Frauen wie Lady Rose ließen sich nicht ohne Weiteres bezwingen. Mehr als ein Jahr lang hielt sie allein die Zügel in Somerford in der Hand. Daher würde sie ihre Stellung nicht leichtfertig aufgeben.

In seiner Fantasie hatte er sie sich anders vorgestellt.

Gunnar hatte erwartet, Lady Rose wäre wie alle anderen normannischen Edelfrauen. Bislang waren jene Damen hochnäsige, abweisende Geschöpfe gewesen, die sich etwas auf ihre edle Abstammung einbildeten und sich absichtlich von ihm fern hielten, weil er niederer Herkunft war. Andere hatten schwächlich gewirkt und waren der Ohnmacht nahe gewesen, wenn sie ihn erblickt hatten.

Für gewöhnlich wussten normannische Edelfrauen überhaupt nicht, wie ihr Besitz zu schützen war. Sie schickten ihre Krieger nicht auf die Felder, um sie neben den Leibeigenen arbeiten zu lassen, und sie arbeiteten schon gar nicht *selbst;* sie kleideten ihre Frauen nicht wie Männer, um sie als Wachposten auf die Wehranlagen zu schicken! Gunnars Meinung nach waren die Vorstellungen dieser Normannin bemerkenswert, und obgleich er ihre Ansichten nicht teilte, fand er sie … bewundernswert? Nein. Er wollte sie nicht bewundern – das entsprach nicht seinem Auftrag.

Sein Auftrag lautete, sie zu vernichten.

Und doch hatte er vom ersten Moment an, als sie auf dem Burghof auf ihn zugekommen war, Abstand von seinem Vorhaben genommen. Was für einen himmlischen Anblick sie geboten hatte! Vielleicht hatten seine Leute ihm angemerkt, dass es um seine sonst durch nichts zu erschütternde Ruhe nicht zum Besten bestellt war, denn sie hatten sich um ihn geschart, als wollten sie seinen Rücken schützen.

Sie hatte Angst vor ihm gehabt – vor seinen Männern, doch insbesondere vor ihm. Warum hätte sie ihn sonst so angestarrt, nachdem sie ihn auf dem Burghof erblickt hatte? Doch in ihrer Furcht hatte sie sich nicht davon abbringen lassen, um ein paar lumpige Silbermünzen zu streiten. Warum bloß hatte er sie gewähren lassen? Immerhin war er keiner ihrer Leibeigenen oder gar ein zahmer normannischer Ritter wie Sir Arno d'Alan.

Sie hatte sich geweigert zu zahlen – als sei er das Silber nicht wert! Zu seiner Überraschung hätte er beinahe die Geduld verloren, was ihm sonst nie passierte. Ivo hatte ihn leise daran erinnern müssen, was der wahre Grund ihrer Ankunft war. Die Bezahlung war unbedeutend – sie würden in Kürze reichlich entlohnt.

So habe ich beinahe die Geduld wegen fünf Silbermünzen verloren?

Nein, nicht deswegen ... Ungern rief Gunnar sich in Erinnerung, wie sie Arno am Arm berührt hatte. Es war eine vertraute Geste gewesen, die Eifersucht in ihm ausgelöst hatte. Er, Gunnar Olafson, war eifersüchtig! Er war *nie* eifersüchtig; er hatte keinen Grund dazu. Frauen kamen zu *ihm;* sie waren diejenigen, die für gewöhnlich eifersüchtig waren! Doch nun malte er sich wunderschöne, große dunkle Augen aus, eine weiche, feine Haut, volle feuchte Lippen und einen wohlgeformten, verlockenden Körper. Der Gedanke, dass ein anderer Mann all dies besaß ... Er biss die Zähne zusammen. Es kam ihm so vor, als habe er noch nie eine Frau gehabt.

Unter anderen Umständen hätte er sie mit seinem Charme umworben, sie für sich gewonnen und sie dann genommen, um sein Verlangen nach ihr zu stillen. Doch ein ganz anderer Grund hatte ihn hergeführt, ein geheimer Auftrag, und den Gerüchten zufolge gewährte sie ihre Gunst dem Ritter.

Ist es demnach gut, dass sie Angst vor dir hat? Hast du es genossen, als du sie davon überzeugt hast, dass du es zulassen würdest, Kinder im Kampf niedermetzeln zu lassen?

Nein, dachte Gunnar. Die Worte sollten d'Alan einschüchtern und ihn von unserer Grausamkeit überzeugen. Und wenn ich damit die Dame abgeschreckt habe, dann ist das gut so. Doch sie hatte weder die Hände gerungen, noch war sie ohnmächtig zu Boden gesunken. Zugegeben, sie war bleich geworden, aber dennoch hatte sie sich auf einen Wortwechsel eingelassen.

Ein kleines Lächeln umspielte Gunnars Lippen, als er sich an diesen Moment erinnerte. Sie war keine schwache Frau. Sie war stark und zugleich – er entsann sich der abgekauten Fingernägel an ihrer schlanken Hand – verletzlich. Die Verbindung dieser Eigenschaften gefiel ihm.

Doch dann schwand sein Lächeln. Er hatte die ganze Zeit geglaubt, Lady Rose sei eine unschuldige Person. Er wusste es besser. Wenn es eine Verschwörung in Somerford gab, dann musste sie zweifellos dahinter stecken. Immerhin war *sie* es gewesen, die um Söldner gebeten hatte; d'Alan war nur der Überbringer der Nachricht gewesen. Das Schreiben, das Radulfs Männer abgefangen hatten, stammte auf jeden Fall von ihr, denn sie hatte den belastenden Wortlaut mit dem Siegel von Somerford versehen – nur der Herr oder die Herrin einer Burg durften ein Siegel benutzen. Dieses Schreiben war der Grund, warum Gunnar nun hier war. Nein, Rose war kein unschuldiges Opfer. Das nächste Mal, wenn er sie sich in sein Bett wünschte, sollte er sich daran erinnern, dass sie eine Verschwörerin war.

„Auf ein Wort noch."

Als er Arnos Stimme hörte, drehte Gunnar seinen Kopf um, schaute hinab auf das schüttere Haar des Ritters.

„Es geht um Lady Rose", sprach Arno, als hätte er Gunnars Gedanken erahnt. „Sie ist eine liebenswerte Frau, aber sie hat keinen Sinn für … die alltäglichen Belange einer Burg. Sie versteht die Dinge nicht, die von Männern erledigt werden, und daher überlässt sie die Angelegenheiten mir. Ich bin derjenige, der hier die Befehle gibt, Captain Olafson. Habt Ihr das verstanden?"

Der strenge Blick des Ritters barg etwas Unversöhnliches, und der barsche Ton verhieß ein streitsüchtiges Wesen. Gunnar sah ihn unverwandt an und wusste, dass Arno log. Die Frau, die er soeben kennen gelernt hatte, würde Arnos eigenmächtige Befehle gewiss nicht gutheißen. Wenn Arno hingegen ihr Liebhaber war, versuchte er dann vielleicht auf diese Weise ihren Verrat zu decken? Schützte er sie?

Oder sich selbst?

„Ich habe Euch verstanden", erwiderte Gunnar ruhig.

Arno kam näher, bis Gunnar den scharfen Geruch von Schweiß unter der edlen Kleidung des Ritters wahrnahm. In der Stimme des Normannen schwang Spott mit.

„Gewiss habt Ihr mich verstanden. Schließlich verfolgen wir beide dasselbe Ziel."

Mit selbstzufriedener Miene schritt Arno voran und zeigte der Söldnerschar den Weg. Die Krieger folgten ihm, spielten das Spiel mit und grinsten, während sie vorgaben, sich dem Willen des Normannen zu fügen. Doch sie würden sich niemandem unterordnen.

Ivo trat an Gunnars Seite. „Wie hat er das gemeint? Von welchem gemeinsamen ‚Ziel' hat er gesprochen?"

Gunnar schüttelte den Kopf. Von Lord Radulf waren sie zu Lord Fitzmorton geritten, und dort hatten sie ihre Rolle gut gespielt. Fitzmorton hatte sie nach Somerford geschickt. Bislang war es schwierig, den Überblick zu behalten.

Ivo wirkte unruhig. „Glaubst du, hier ist eine Verschwörung im Gange?"

Gunnars Stimme war ruhig. „Das kann ich noch nicht beurteilen. Wir werden sehen."

Hinter ihnen machte Sweyn einen Scherz, woraufhin die anderen lachten. Ivo rückte noch näher an seinen Anführer heran. „Wie steht es um dein Schwert, Gunnar?"

Verwundert schaute Gunnar seinen Freund an und sah ein schelmisches Glitzern in seinen Augen.

„Vorhin bist du dermaßen für die Frau entbrannt, dass ich schon dachte, dein Schwert würde schmelzen. Ich habe noch nie gesehen, dass du von dem Anblick einer Frau so überwältigt warst – für gewöhnlich ist es genau andersrum."

Gunnar lächelte grimmig. Konnte man ihm seine Gefühle an der Nasenspitze ansehen? „Ich wünschte, mein Schwert wäre geschmolzen, Ivo. Dann wäre mein Problem gelöst."

Ivo lachte kurz auf. „Und die Frauen wären enttäuscht. Ihr Wehklagen würde man im ganzen Land hören. Es würde mich wundern, wenn diese Frau dir nicht genauso rasch ins Bett folgt wie all die anderen."

„Frauen sind eine willkommene Abwechslung. Doch ich habe zu tun, Ivo; selbst wenn sie so lieblich und unschuldig wie die Blume ist, nach der sie benannt wurde, hätte ich keine Zeit, mich auf Lady Rose einzulassen."

Die Worte klangen so überzeugend, dass er sogar selbst daran glaubte.

3. KAPITEL

Rose war innerlich aufgewühlt; sie brauchte Zeit für sich selbst. Captain Olafson hatte sie in einer Art und Weise erregt, die sie nicht nachvollziehen konnte – und auch nicht wollte. Er war ein kaltherziger, gefährlicher Barbar, vor dem sie sich nach außen hin in Acht genommen hatte. Und dennoch hatte seine ganze Erscheinung tief in ihrem Innern ganz unbekannte Saiten zum Schwingen gebracht. Seit dem ersten Moment ihrer Begegnung spielte sich etwas zwischen ihnen ab, was sie nicht greifen konnte. *Als habe,* dachte Rose voller Unbehagen, *die rohe, sinnliche Kraft des Söldners in mir einen willigen Partner gefunden.*

Rose war mehr als nur aufgewühlt; sie hatte Angst.

Ja, sie brauchte Zeit für sich allein.

Langsam erklomm sie die steinernen Stufen, die zu ihrem Gemach führten, der Kemenate. Dies war das Gemach einer normannischen Edelfrau, ein Ort, an dem sie sich allein oder in Gesellschaft ihrer Zofen aufhalten konnte. Dort durfte sie niemand ohne ihre Erlaubnis stören. Edric hatte ihr einst die Kemenate zugewiesen.

Als er und Lord Radulf den Bergfried von Somerford errichten ließen, hatten sie sich für einen Steinbau entschieden. Steinerne Türme waren noch selten in England, insbesondere in den kleineren Burganlagen. Doch Somerford war einzigartig. Es grenzte nicht nur an die Ländereien des mächtigen Lord Radulf, sondern auch an die Besitztümer von zwei einflussreichen Baronen.

Lord Radulf war der Ansicht gewesen, ein steinerner Turm sei ebenso wichtig wie eine starke Befestigungsanlage, und Edric hatte die Vorschläge seines Lehnsherrn eifrig befolgt. Nicht zuletzt, weil er Ehrfurcht vor ihm hatte. Die Baukosten waren gewaltig gewesen, und daher hatte Radulf die Steine und die Arbeiter zur Verfügung gestellt und auch die zusätzlichen Kosten übernommen. Aber

Edric war ein älterer Gemahl angelsächsischer Abstammung mit einer jungen, edlen Gemahlin, die er verwöhnen wollte. So hatte er darauf bestanden, dass sie innerhalb des neuen Bergfrieds eine Kemenate erhielt, ein eigenes Gemach, das nur sie nutzen durfte. Und er hatte Wert darauf gelegt, dass er für die zusätzlichen Kosten aufkommen würde – dieses Ansinnen hatte ihn mehr gekostet, als er sich je vorgestellt hatte, doch er hatte Rose dafür nie die Schuld gegeben.

Edric war im Alter von sechzig Jahren verschieden. Er war ein freundlicher und zuvorkommender Mann gewesen, und Rose wusste, dass sie mit ihrem Gemahl Glück gehabt hatte – im Gegensatz zu ihrer Mutter.

Auf halber Treppe blieb Rose stehen und berührte mit der Hand das kalte Mauerwerk.

Von frühester Kindheit an hatte sie beobachtet, dass ihre Mutter ihrem Gemahl in einer selbstzerstörerischen Liebe verfallen war. Er hatte es ausgekostet, seine Frau zu verletzen, indem er ihr keine Beachtung schenkte, und Rose hatte mit ansehen müssen, wie der Lebensmut ihrer Mutter allmählich erlosch. Als die Zeit für Rose gekommen war, verheiratet zu werden, war sie von Angst erfüllt gewesen. Doch sie hatte nicht die üblichen Ängste anderer junger Frauen durchlebt – dass der zukünftige Gemahl herzlos wäre, viel zu alt, oder womöglich hinterhältig. Nein, Roses wahre Angst hatte stets darin bestanden, dass sie sich womöglich in den Auserwählten verliebte. Es war die *Liebe,* die ein Leben vernichten konnte, und die auch ihr Leben zugrunde richten könnte, genauso wie ihr Vater das mit ihrer Mutter getan hatte.

Doch Edric, ein gerissener angelsächsischer Witwer, der seinem neuen Lehnsherren gefallen wollte, indem er eine Normannin ehelichte, war nicht der Mann, für den man in leidenschaftlicher Liebe entbrannte. Nie hatte er ihre Liebe zu entfachen gewusst. Die Ehe hatte er beinahe nüchtern und mit wenig Unannehmlichkeiten vollzogen, und dafür war Rose dankbar. Sie war ebenso dankbar für seine freundliche Art und seine Rücksichtnahme wie für die Freude, die ihre Gespräche und ihre Gesellschaft ihm bereiteten.

Da sie als schüchternes Mädchen in einer Furcht einflößenden und von Gewalt bestimmten Umgebung aufgewachsen war, konnte sie in ihrer neuen Rolle als Ehefrau zwar einen Haushalt führen, hatte aber sonst nur wenige Fähigkeiten. Es war Edric gewesen, der ihr das Selbstvertrauen gegeben hatte, in die Stellung der Herrin von Somerford hineinzuwachsen. Und als die Jahre vergingen, wurde ihr bewusst, dass ihre Mutter, ihr Vater und ihr Bruder ihr nur eingeredet hatten, es läge nicht in ihrer Macht, ihr Schicksal selbst zu bestimmen. Nach Edrics Tod im vergangenen Jahr hatte Rose den Mut aufgebracht, allein zu herrschen.

Jetzt spürte sie abermals die alte Furcht in sich aufsteigen.

Das lag nicht allein an den Unannehmlichkeiten, die sie mit den Bewohnern des Marschlandes hatten. Es lag auch nicht an dem fehlenden Geld, obschon sie deswegen manch eine Nacht wach lag. Auch nicht daran, dass Lord Radulf als ihr Lehnsherr über Somerford verfügen konnte, wenn ihr Verhalten ihm missfiel. Edric hatte Radulf Lehenstreue geschworen, genau wie Rose, doch das allein gab Somerford noch keine Sicherheit – sie mochte sich nicht ausmalen, was alles geschehen konnte. Selbst die Tatsache, dass die angeworbenen Söldner viel wilder waren als sie geglaubt hatte, war nicht der Grund ihrer Unruhe – Arno hatte Recht gehabt: Diese Männer waren keine zahmen Katzen, die man streicheln konnte.

Nein, Rose hatte Angst vor sich selbst.

Angst vor dem, was sich in ihrer Seele verbarg.

Dass sich tief in ihrem Innern ein bislang unentdeckter Quell der Gefühle befand, der nur darauf wartete, seine Wasser freizugeben. Einmal entfesselt, würden die dunklen Wasser unaufhaltsam ins Freie drängen, sie mit sich fortreißen und sie schließlich zerstören. Genauso wie ihre Mutter in der Flut ihrer Empfindungen untergegangen war. Atemlos erinnerte sie sich erneut an jenes Schwindel erregende Gefühl auf dem Burghof, als sie Captain Olafson zum ersten Mal gesehen hatte. Das Pochen ihres Herzens, ihre zittrigen Knie, das flaue Gefühl in ihrem Magen ...

Solche Empfindungen hatten sie nie zuvor überkommen, und sie wehrte sich jetzt dagegen. Rose straffte die Schultern, hob das Kinn und atmete tief durch. Die kühle, feuchte Luft des Treppenaufgangs war wie Balsam für ihren verwirrten Kopf. Waren diese vorübergehenden Gefühle, die der Wikinger in ihr ausgelöst hatte, nur eine Laune des Moments? Lag es am Mond oder an ihren Monatsbeschwerden? Denn wieso konnte sie auch nur im Entferntesten daran denken, sich wilden und leidenschaftlichen Liebesspielen mit diesem rohen ... herzlosen ... gewissenlosen Wikinger hemmungslos hinzugeben?

Als Rose die Kemenate erreichte, sah sie, dass der Raum nicht leer war, wie sie gehofft hatte. Constance saß auf einem Schemel und stopfte ein abgetragenes Leinenhemd, das sie offenbar um jeden Preis erhalten wollte. Neue Kleidung war dringend notwendig, aber Rose brachte es nicht fertig, sich selbst Kleider zu kaufen, wenn ihre Leute kaum etwas anzuziehen hatten. Zum hundertsten Mal hoffte sie, nach der Ernte wäre ausreichend Geld vorhanden.

Constance blickte neugierig von der Näharbeit auf. „Habt Ihr mit den Söldnern gesprochen?"

„Habe ich." Rose wollte ihr nicht in die Augen sehen. „Sir Arno zeigt ihnen, wo sie die Pferde unterstellen können. Vermutlich werden sie sich die Bäuche voll schlagen."

Constances Lippen zuckten. „Meint Ihr die Pferde oder die Söldner?"

„Beide!"

Argwöhnisch beäugte Rose ihre Zofe, denn normalerweise war Constance zurückhaltend.

„Vielleicht solltet Ihr dem Anführer sein Schlaflager zeigen. Kümmert Euch um sein Bad“, fuhr Constance fort, wobei sie sich bemühte, unbeteiligt zu wirken. „Glaubt Ihr, wir haben einen Zuber, der groß genug für ihn ist?“

„Das möchte ich bezweifeln“, erwiderte Rose trocken. „Hast du jetzt deinen Spaß gehabt? Wie ich merke, hast du Captain Olafson gesehen.“

Jegliche Zurückhaltung wich von ihr. Constances Augen strahlten wie helle Edelsteine. „Ich habe ihn in der Tat gesehen, Mylady! Er sieht wie eine Gottheit der Wikinger aus!“

Fassungslos schüttelte Rose den Kopf. Musste sie nun nicht nur sich selbst, sondern auch die Alte vom Gegenteil überzeugen? „Vielleicht ist der Mann ein Gott, aber er ist auch ein Wilder. Ein gefühlloses Untier. Er hat kein Herz und keine Seele. Wenn du glaubst, dass *er* der neue Gemahl ist, den du für mich suchst, so irrst du dich gewaltig.“

Bei der zittrigen Stimme ihrer Herrin war Constance ganz beklommen zu Mute. Irgendetwas hatte sie aufgewühlt. Seit dem Tag, als Edric den Befehl gegeben hatte, einem Leibeigenen wegen Diebstahls die Hand abschlagen zu lassen, hatte sie Rose nicht mehr so erschüttert gesehen. Dabei hatte der Burgherr den Übeltäter schon zweimal auf frischer Tat ertappt und ihm lediglich einen Verweis erteilt.

„Aber er sieht so gut aus!“ schwärmte sie und legte das einst feine Leinenhemd zur Seite. „Wie kann ein Mann, der so gut aussieht, eine schwarze Seele haben?“

„Woher soll ich das wissen?“ entgegnete Rose grimmig. „Aber glaube mir, es ist so. Seine Seele ist so schwarz wie die Schwinge eines Raben und so verdorben wie ein Haufen Unrat. Gib dich mit dem Anblick seines Gesichts zufrieden, Constance, denn das ist das einzig Sehenswerte an diesem Mann."

Constance seufzte und schwieg, als Rose Platz nahm.

„Sechs Silbermünzen", murmelte ihre Herrin mit düsterer Miene. „Dazu Nahrung und Unterkunft! Nun, lass uns beten, dass sie das Geld wert sind. Doch ich fürchte, sie werden uns nichts als Schwierigkeiten bereiten." Aufgebracht ergriff sie den dünnen Reif, der den Schleier auf ihrem Haupt hielt, und nahm den Schleier ab. Ihr dichtes, schwarzes Haar war zu einem langen, dicken Zopf gebändigt, der ihr über den Rücken fiel, während dunkle, glänzende Locken ihr erhitztes Gesicht umspielten. „Ich wünschte, ich hätte Arno nie gebeten, mir diese Söldner zu suchen!"

„Wo hat er sie gefunden?"

„Das weiß ich nicht – über einen Freund, sagte er. Ich habe sämtliche Vorkehrungen ihm überlassen. Oh, hätte ich mich nur selbst darum gekümmert!"

„Ihr seid in Rage, Mylady", merkte Constance an.

„Ich bin müde", antwortete Rose. Die Herrin von Somerford hatte hart und zäh zu sein. Sie musste dem Gericht vorsitzen und das Urteil über diejenigen fällen, die das Gesetz gebrochen hatten, ihre Pacht nicht zahlen konnten oder ihren Pflichten in der Burg nicht nachgekommen waren; sie musste Männer in den Kampf oder gar in den Tod schicken; sie musste gebieten und Recht sprechen bei Diebstählen, tätlichen Übergriffen oder gar Mord. Sie musste über Leben und Tod entscheiden, und das jeden Tag.

Aber Rose hatte ein weiches Herz, und das war angesichts Somerfords schwieriger Lage die schlimmste aller erdenklichen Schwächen. Und doch hatte sie, eine Normannin, gerade durch ihre Nachsicht die Zuneigung ihrer angelsächsischen Untertanen gewonnen.

Nach Edrics Tod wäre es so einfach gewesen, nachzugeben und

Arno die Leitung von Somerford zu überlassen, doch gerade als Rose im Begriff gewesen war, zuzustimmen, hatte Constance ihr die Augen geöffnet. Sir Arno war den Leuten nicht in der gleichen Weise zugetan wie Rose. Gewiss verfolgte er gute Absichten, war treu und durchaus in der Lage, der Burgherr zu sein, aber er hatte kein Mitgefühl mit dem angelsächsischen Volk. Würde er Eier zur Seite legen für das kranke Kind des Schmieds oder im Winter an das Knochenleiden des alten Edward denken und ihm zusätzliches Brennholz zukommen lassen?

Gewiss nicht! Arno wäre wahrscheinlich der Ansicht, Eier seien für ein krankes Kind reine Verschwendung, und ginge es nach ihm, sollte der alte Edward ruhig erfrieren.

Vielleicht hatte Arno Recht, und sie irrte sich. Doch Rose dachte anders als er, und sie würde Gewissensbisse haben, wenn sie es zuließe, dass solche Verhaltensregeln hier in Somerford Einzug hielten. Daher hatte sie all ihren Mut zusammengenommen und der Stimme in ihrem Kopf – die erstaunlicherweise wie die ihres Vaters klang – keine Beachtung geschenkt. Sie hatte der Versuchung, Arno die Führung zu überlassen, widerstanden und danach darauf beharrt, dass sämtliche Entscheidungen, die zuvor von Edric getroffen worden waren, nun in ihrer Hand lagen. Somerford gehörte nun ihr, und solange sie dazu in der Lage war, würde sie ihre Leute schützen.

„Wir sind alle erschöpft“, antwortete Constance, „aber es gibt noch genug Ruhe nach dem Tod. Wenn Ihr diesen Söldner mit dem schwarzen Herzen loswerden wollt, dann wendet Euch an Lady Lily. Sie hat Euch immer unterstützt. Sie mag Euch; sie wird Euch Gehör schenken.“

„Lady Lily hat ihre eigenen Sorgen, Constance. Ihr ist ständig unwohl bei dem zweiten Kind, das sie unter ihrem Herzen trägt, und ihr erstes ist noch so klein.“

„Radulf ist ein gesunder und kräftiger Gemahl."

Rose zog die Stirn in Falten. „Dann hätte sie eben Nein sagen müssen."

Constance belächelte die Einfältigkeit ihrer Herrin. „Habt Ihr das so mit Edric gehandhabt? Und ich möchte darauf wetten, dass er folgsam war und Euch Euren Schlaf gelassen hat. Oh, Mylady, Ihr versteht nicht. Wäret Ihr mit einem jungen, kräftigen Mann verheiratet, den ihr begehrt, würdet auch Ihr ihm nicht Nein sagen können!"

Rose war erzürnt. Wie konnte Constance es wagen, sie als unbedarfte Jungfrau darzustellen? Als ob sie nichts über die Beziehung zwischen einem Mann und einer Frau wüsste? „Das geht dich nichts an, alte Frau."

„Nein. Jetzt werde ich mich wieder der Näharbeit widmen und meinen Mund halten, *Mylady.*"

Die Alte verdiente Schelte, und Rose hatte sich gerade die passenden Worte zurechtgelegt, als ein gellender Schrei die Stille zerriss. Erschrocken fuhren die beiden Frauen zusammen.

Rose eilte sogleich zum Fenster, und als sie sich hinauslehnte, war der Schrei erneut zu hören. Er hallte im Burghof wider, auf dem nach der Ankunft der Söldner das gewohnte Treiben eingesetzt hatte.

Constance stand unmittelbar hinter ihr und umklammerte Roses Arm. „Was ist geschehen, Mylady? Wird jemand getötet?"

Das war auch Roses Befürchtung gewesen, doch obgleich sie mit pochendem Herzen den Blick über den Hof schweifen ließ, konnte sie keine Anzeichen für eine Bluttat entdecken. Als der Schrei erneut ertönte, sah sie mit einem Mal das Kind. Es war ein kleiner Junge, der sich nur noch mit den Händen an den hölzernen Wehrgang klammerte, der hinter den Mauern errichtet worden war. Für gewöhnlich hielt dort oben ein Mann Wache, und im Falle eines Angriffs oder einer Belagerung würden die Leute von Somerford sich von dort gegen ihre Feinde zur Wehr setzen.

Der Junge mochte kaum älter als drei Jahre alt sein, und sein kleiner Körper baumelte in beträchtlicher Höhe über dem Boden. Wenn er losließe, würde er sich verletzen oder sogar in den Tod stürzen! Und den kläglichen Lauten nach zu urteilen, die er von sich gab, konnte er sich nicht viel länger festhalten.

„Jesus, nein", keuchte Rose und presste eine Hand an ihr Herz. Schließlich rief sie den Leuten unten im Burghof zu: „Helft ihm! Bitte ... einer muss ihm helfen!"

Doch bevor sich irgendjemand regen konnte, betraten Captain Olafson und seine Gefährten den Burghof. Rose verschlug es beinahe den Atem, während hinter ihr Constance einen Laut des Erstaunens von sich gab. Der Söldner hatte sein Kettenhemd und sein Wams abgelegt und stand nun mit bloßem Oberkörper in der Sonne. Ein kraftvoll geformter, gebräunter Leib mit breiten Schultern und beeindruckenden Armen. Trotz der gefährlichen Situation kam eine Erinnerung an Edric in Rose hoch – blasse, dürre Beine, der einst feste Leib gebeugt und schlaff vom Alter. Der halb bekleidete Söldner unter ihrem Fenster dagegen war eine Offenbarung.

Ich frage mich, wie es wohl wäre, wenn ich ihn berührte? Würde er sich so hart anfühlen, wie er aussieht?

Das Bild hatte kaum Gestalt angenommen, als Rose bewusst wurde, dass der Wikinger sein Schwert gezogen hatte. Offenbar hatte er bei den Schreien mit einem Angriff auf die Burg gerechnet. Die Klinge war aus geschwärztem Stahl, und sie schimmerte düster, als er die vier Fuß lange, todbringende Waffe gekonnt in Händen hielt. Der Krieger war Furcht einflößend und abschreckend. Gleichzeitig war sie von dem Anblick wie gefesselt und spürte, dass die Faszination, die sie bei der ersten Begegnung empfunden hatte, größer wurde.

Mochte er auch gefährlich sein, Rose verspürte ein so tiefes Verlangen nach ihm, wie sie es nie für möglich gehalten hätte.

Die Leute liefen auseinander, um ihm Platz zu machen. Gänse suchten schnatternd das Weite, eine kleine Ziege sprang auf dünnen Beinen davon. Eine Frau sank ohnmächtig zu Boden und ließ ihren Korb mit Eiern fallen. Einer der Hunde jagte nicht mehr länger hinter den Gänsen her, sondern leckte gierig das Eigelb auf.

Ehe Rose irgendetwas tun oder sagen konnte, hatte der Söldner die Situation erfasst und schob das Schwert wieder in die aufwendig verzierte Scheide. Abermals schrie das Kind, und seine dünnen, bloßen Beine suchten Halt in der Luft. In diesem Moment begriff Rose, dass jeder dort unten entweder zu verängstigt oder zu benommen von dem Anblick des Söldners war, um dem kleinen Burschen zu Hilfe zu eilen. Sie wollte den Leuten schon Anweisungen geben, etwas zu unternehmen, aber der Wikinger kam ihr zuvor.

Mit großen Schritten ging Captain Olafson zu dem Wehrgang. Zwischen den hilflosen Zuschauern wirkte er wie ein Riese. Gerade streckte er die Arme in die Höhe, als der Junge einen letzten Hilfeschrei ausstieß und den Halt verlor. Das Kind fiel in seine Arme, und mit einer rauen Behutsamkeit, bei der Rose ein Prickeln auf der Haut verspürte, untersuchte der Söldner den Burschen auf Verletzungen. Doch das Kind schrie auf und trat wie wild um sich. Schließlich setzte der Wikinger den Kleinen ab, der auch sogleich mit lautem Wehklagen auf den Bergfried zustolperte.

„Vermutlich hat ihn sein Retter mehr erschreckt als ein möglicher Sturz", murmelte Constance und schüttelte den Kopf. Sie vermochte kaum die Blicke von der bloßen Brust des Wikingers zu wenden. „Habt Ihr den Burschen erkannt? Ich glaube, es war Earthas Sohn."

Aber Rose gab ihr keine Antwort. Ihre Hände umklammerten

den Fenstersims, während sie bewegungslos dastand, denn ihr Blick war gebannt auf Captain Olafson gerichtet. Wie dumpfe Trommeln dröhnte ihr Herzschlag in den Ohren. *Ich kenne ihn. Woher kenne ich ihn bloß?* Es war etwas Vertrautes an ihm, obgleich er keinem Mann glich, der ihr bislang begegnet war. Ein vertrauter Fremder? Das ergab keinen Sinn.

Zaghaft holte Rose Luft. Er hatte sich nicht von der Stelle bewegt, nachdem der Junge fortgerannt war, und die Sonnenstrahlen fielen auf seine bloße Brust und verliehen seinem kupferfarbenen Haar einen unwirklichen Glanz. Die dunklen Beinkleider wirkten wie eine zweite Haut, und eine Hand ruhte auf dem Knauf des bedrohlichen Schwerts. Plötzlich hob der Söldner den Kopf und schaute auf zum Bergfried. Seine blauen Augen fanden Rose am Fenster der Kemenate, als hätte er sie die ganze Zeit dort oben vermutet.

Er schaute sie geradewegs an.

Ihr war es so, als seien ihrer beider Blicke wie Zündstein und Zunder. Als seien Funken entfacht worden, die Roses Körper in Flammen setzten – eine glühend heiße Lohe. Sie fühlte sich wie zu neuem Leben erweckt! Als hätte sie bis jetzt geschlafen, traumwandelnd, und mit einem Mal war sie hellwach und begierig auf ein neues Leben …

Doch noch im gleichen Augenblick wich sie taumelnd vom Fenstersims zurück. Erschrocken machte sie sich bewusst, dass dieser Blickwechsel nicht sein durfte. Der Söldner drehte sich auf dem Absatz herum und schritt hastig zu den Stallungen zurück. Die Gefährten wichen ihm aus und wagten nicht, ihren Anführer anzusprechen, sondern folgten ihm stumm.

Constance lachte leise in sich hinein und schüttelte den Kopf. „Und er soll eine rabenschwarze Seele haben?“ fragte sie. „Nein, Mylady, da irrt Ihr Euch. Wie rasch er dem Kind zu Hilfe eilte.

Ich denke, Ihr habt einen Helden angeworben. Was sagt Ihr zu dem Vorfall?“

Rose fand schließlich ihre Stimme wieder. „Jeder Narr wäre in der Lage, ein Kind zu retten.“

„Ja, aber würde er es auch tatsächlich tun? Es war nicht die Aufgabe des Söldners, einzugreifen, und dennoch hat er es getan. Ich habe jedenfalls nicht gesehen, dass Sir Arno dem Kleinen zu Hilfe geeilt ist.“

Fürwahr, dachte Rose aufgebracht, für Arno wäre das unter seiner Würde gewesen. Er war ein Ritter; das Kind aber nur der Sohn der Köchin. Arno war sich der Standesunterschiede immer sehr bewusst.

Sie wandte sich ab und wärmte sich an dem kleinen Feuer, das im Ofen brannte. Ihre Hände zitterten, und Rose wusste, warum, obgleich sie sich Constance niemals anvertrauen würde. Captain Olafson war der Grund. Ihr war nicht klar, weshalb, aber er hatte sie bis ins Innerste getroffen. In der kurzen Zeitspanne seit seiner Ankunft in Somerford kreisten ihre Gedanken nur noch um ihn.

Nein! dachte sie verärgert. *So ist es gar nicht. Wieso sollte es so sein? Er ist ein Unbekannter, ein mir fremdes Wesen, ein Mann, dessen Leben nichts mit dem meinigen gemein hat …*

Warum hat er das Kind gerettet?

Die Frage ließ sie nicht mehr los. War er wirklich ein Held, wie Constance gesagt hatte? Warum hatte er ihr dann gesagt, man müsse Kinder in Kämpfen opfern, wenn es nötig wäre? Warum hatte er ihr weismachen wollen, er besäße kein Herz? Ein herzloser Mann würde nicht im nächsten Augenblick das Leben eines wildfremden Kindes retten. Sein Verhalten musste einen ganz guten Grund haben, der nichts mit den wirren Deutungen ihrer alten Zofe zu tun hatte.

Wenn sie eine Erklärung für seine Haltung fände, könnte Rose in ihm wieder das ungezähmte, seelenlose Geschöpf sehen. Und sobald ihr das gelänge, würde sich ihre ganze innere Unruhe sofort wieder legen. Mit einem Mal sehnte sie sich nach dem gewohnten Tagesablauf.

„Ich gehe jetzt am besten in die Küche", sagte Rose, ohne auf ihr immer heftig pochendes Herz zu achten. „Eartha und die anderen Frauen bedürfen meiner Hilfe. Es müssen viele Speisen zubereitet werden – ich befürchte, diese Söldner werden mehr essen als wir alle zusammen! Sollten wir nicht sogar eines der Schweine schlachten, die für den Schinken gedacht waren?"

Ehe Constance etwas erwidern konnte, war Rose bereits aus der Kemenate geeilt.

Die alte Frau ließ sich beim Feuer nieder und starrte in die Flammen. Sie brauchte keine Seherin zu sein, um zu erkennen, dass der hünenhafte Söldner ihrer Herrin Angst einflößte. War es seine Körperkraft, die sie ängstigte? Sein Broterwerb? Oder seine Männlichkeit? Constance hatte in ihrem ganzen Leben noch keinen Mann gesehen, der die Aufmerksamkeit sämtlicher Frauen auf sich zog – ein Blick in den Burghof genügte!

Constance saß vor dem knisternden Herdfeuer und lauschte versonnen den Geräuschen, die durch das offene Fenster nach oben drangen. Wer auch immer er war – wenn dieser Mann ein Kind rettete, da kein anderer dazu in der Lage zu sein schien, dann war er offensichtlich ein besserer Mensch als Sir Arno. Wahrscheinlich würde es zwangsläufig zu einem Kräftemessen zwischen den beiden kommen. Constance mochte vielleicht nicht die Gabe haben, in die Zukunft zu sehen, aber sie verfügte über einen guten Instinkt.

Es braute sich Unheil zusammen, und wer auch immer aus dem Kampf als Sieger hervorginge, würde Somerford als Eigentum erhalten.

Und Lady Rose.

Ivo leerte seinen Bierkrug in einem Zug, während er mit seinen dunklen Augen wachsam um sich schaute. Gunnar saß auf einer Bank in der Ecke, seine Männer um ihn herum lachten, prosteten sich zu und machten untereinander aus, wer welchen Schlafplatz erhielt. Dennoch schien Gunnar mit seinen Gedanken woanders zu sein.

Ihr Captain war seit Kurzem merkwürdig in sich gekehrt. Nicht, dass er nicht zum Anführer taugte – Gunnar besaß eine ungeahnte innere Kraft und ruhige Besonnenheit. Stets führte er seine Vorhaben aus. Auf ihn war Verlass.

Bevor sie nach Somerford aufgebrochen waren, hatten Gunnar und seine Gefährten im Namen eines schwächlichen normannischen Barons an der walisischen Grenze gekämpft. Dort waren wir unser Geld wirklich wert, dachte Ivo grimmig.

Im Schutz der Berge und Waldstriche hatten die Waliser ihren ahnungslosen Opfern aufgelauert und mit ihren todbringenden Langbögen Unheil angerichtet. Gunnars Schar hatte ihre Schlagkraft erneut unter Beweis gestellt, doch Ivo hatte gespürt, dass sein Anführer mit seinen Gedanken woanders war.

Der hinterhältige Baron war wie besessen gewesen von seiner unstillbaren Gier nach Macht und hatte Land gestohlen, das ihm nicht gehörte.

„Warum“, hatte Gunnar zu bedenken gegeben, „sollen wir einen solchen Mann unterstützen? Warum setzen wir unser Leben aufs Spiel, damit dieser Schurke aus seinem Turmfenster sehen kann und sagt: ‚Das gehört alles mir‘?“

„Wir tun nur unsere Arbeit“, hatte Ivo entgegnet. „Hör auf, unser Handeln zu hinterfragen, Gunnar. Es ist gefährlich für einen Söldner, zu viel nachzudenken.“

Fürwahr, Wales war ein Ort voller Gefahren gewesen. Mehr als einmal hatte Gunnars Kriegserfahrung die ganze Schar davor bewahrt, wie Vieh abgeschlachtet zu werden. Und jedes Mal, wenn sie dem Tod um ein Haar entronnen waren, schien die Schwermut noch drückender auf Gunnar zu lasten. Eines Abends während einer Zecherei hatte sich der sonst so schweigsame Gunnar nicht zurückgehalten.

„Ich will nicht mit einem Pfeil in meinem Augen enden wie einst Harold Godwineson bei Hastings", hatte er gesagt. „Ich möchte nicht irgendwo sterben, wo mich niemand kennt und mir keine Träne nachweint."

„Welchen Weg willst du dann einschlagen?" hatte Ivo unsicher gescherzt, in der Hoffnung, seinen Freund ein wenig aufheitern zu können. Nein, das war nicht der Gunnar, den er kannte. Er, Ivo, war für gewöhnlich der Empfindsamere, während Gunnar unberührt von dem Treiben um ihn herum schien. „Könntest du dir vorstellen, ein Bauer mit einem Pflug zu werden? Ich kann nicht glauben, dass du in aller Frühe aufstehst und im ersten Licht des Morgens Gerste und Erbsen aussäst. Obgleich ich mir vorstellen kann, wie du zwischen den Schenkeln einer willigen Frau liegst."

Aber Gunnar hatte nicht gelacht.

„Vielleicht könntest du ein Waffenschmied wie dein Vater werden", hatte Ivo rasch hinzugefügt. „Große Schwerter schmieden für ruhmreiche Krieger und schwere Kettenhemden anfertigen für Lord Radulf."

Bei diesen Worten hatte Gunnar wie eine Eule geblinzelt.

„Doch die Wahrheit ist, mein Freund", hatte Ivo ihm leise und aufmunternd zugeraunt, „du bist für das geschaffen, was du jetzt tust."

„Ja, du hast Recht, Ivo. Ich bin zu nichts anderem geschaffen als zum Kämpfen und Töten. Doch was macht ein Söldner, wenn er alt ist? Vielleicht ist es besser, jetzt zu sterben und es hinter sich zu bringen."

Aufmunternd hatte ihm Ivo auf die Schulter geklopft. „Du bist noch nicht alt, Gunnar! Du hast noch viel Arbeit und jede Menge Frauen vor dir!“ Und schließlich, nach ein paar weiteren Zügen aus dem Bierkrug, hatte Gunnar seinem Freund zugestimmt, dass er Recht hatte.

Jetzt, als Ivo sich noch etwas Bier eingoss und beobachtete, wie Gunnar vorgab, Sweyns Scherzen zu lauschen, erinnerte er sich an jene trunkene Nacht. Am nächsten Morgen, als wäre der Wunsch in Erfüllung gegangen, hatten die Gefährten eine Nachricht von Lord Radulf erhalten. Man brauchte ihre Hilfe auf Crevitch Castle – es ging um Verrat. Seit dem Auftrag war Gunnar wie neu belebt und in heiterer Stimmung, wie er es früher auch immer gewesen war.

Land. Die Burg Somerford. Die Güter standen Gunnar zu, sobald Radulfs Auftrag erfüllt wäre – sie mussten den Beweis finden, dass Lady Rose gemeinsame Sache mit Lord Radulfs Feinden machte, wie ihr Schreiben vermuten ließ. Sobald dieses Ziel erreicht wäre, könnten seine Gefährten bei ihm bleiben oder sich auszahlen lassen und weiterziehen.

Aus der Ferne hatte sich alles so einfach angehört.

Aber dieser Auftrag war nicht leicht zu erledigen, und trotz seines Berufs und seiner Fähigkeit, schamlos zu lügen, war Gunnar ein zutiefst ehrenhafter Mensch.

Ivo sprach ein stilles Gebet: *Lass Lady Rose eine boshafte, verleumderische Dirne sein.* Wäre das der Fall, würde alles gut sein. Gunnar könnte Somerford guten Gewissens übernehmen und bis zu seinem Lebensende dort verweilen. So hätte der Krieger den Hafen gefunden, nach dem er sich stets insgeheim gesehnt hat.

Doch Ivo befürchtete, dass Lady Rose einen anderen Charakter hatte, als sie annahmen. Sie war wunderschön, obgleich Gunnar schon zuvor schöne Frauen gehabt hatte. Sie war eine normannische Edelfrau, aber es hatte bereits einige wohlgeborene Damen gegeben, die ihre Finger nicht von Gunnar lassen konnten, doch sie hatten ihm nie etwas bedeutet. Ivo konnte sich nicht an eine einzige Frau erinnern, die Gunnar mehr bedeutete als ein kurzweiliges, leidenschaftliches Vergnügen.

Gegen seinen Willen erinnerte Ivo sich an die vergangenen Stunden. Als Lady Rose über den Burghof auf sie zugekommen war, hatte er Gunnars Gesichtsausdruck angesehen, dass er wie vom Blitz getroffen war. Nachdem er gerade das Kind gerettet hatte, war sein Blick zu ihrem Fenster gefolgt – Ivo hatte spüren können, dass seinem Anführer wahre Hitzewellen entströmten.

Ja, Gunnar wollte sie haben. Was für ein Pech, dass diese Frau zu diesem Zeitpunkt auftauchen musste, wo für Gunnar so viel auf dem Spiel stand. Womöglich stand Lady Rose seiner Zukunft und seinem Lebensglück im Weg.

4. KAPITEL

Zumindest fallen die Söldner nicht wie wilde Tiere über das Essen her, dachte Rose, während sie an ihrem Tisch saß und die Männer beobachtete.

Die Haupttafel stand auf einer Empore, und von ihrem Platz aus konnte Rose jeden in der Halle sehen. Vor der Empore, in der Mitte der Halle, speisten die Söldner und die Burgbewohner, doch niemandem war entgangen, dass die Fremden unter sich blieben. Die Leute aus Somerford beäugten die neuen Gäste mit einer Mischung aus Argwohn und Ehrfurcht, während die Söldner sich untereinander unterhielten, des Öfteren laut auflachten und sich offenbar nichts daraus machten, von niemandem angesprochen zu werden. Vermutlich waren sie es gewohnt.

Die Männer kamen Rose immer noch sehr fremdländisch vor, doch allmählich gewöhnte sie sich an den Anblick. Der große dunkelhaarige Mann mit dem schwarzen Handschuh hatte seinen Pelzmantel abgelegt und trug nun ein grob gewebtes Hemd. Sie konnte spüren, wie er sie beobachtete, sein Blick bohrte sich gleichsam in sie, sodass ihr unbehaglich zu Mute wurde. Der blonde Däne mit dem durchtriebenen Grinsen machte gerade einen Scherz, worüber der andere hellhaarige Mann lachte, wenn er nicht gerade gähnte. Der Angelsachse mit dem vernarbten Gesicht, den sie Alfred nannten, stierte mürrisch auf seine Mahlzeit, während der dunkle Gefährte namens Reynard zufrieden zuzuhören schien. Alle waren groß und kräftig gebaut, was für ihre Arbeit von unschätzbarem Wert war.

Rose war sich sicher, sobald die lästigen Bewohner des Marschlandes nur einen Blick auf die finsteren Söldner geworfen hätten, würden sie Hals über Kopf zurück in ihre Heimat fliehen.

Rose konnte sich nicht zurückhalten und blickte verstohlen

zur Seite. Von all seinen Männern war Captain Olafson der Einzige, der an der Tafel auf der Empore saß. Sir Arno hatte ihn dort zu Tisch gebeten. Dieses Verhalten war für den standesbewussten Arno ungewöhnlich, doch der Ritter, der zu Roses Rechten saß, hatte ihr zugeraunt, dass er den Anführer der Söldner lieber im Blick behalten wollte. Rose hingegen hätte Captain Olafson am liebsten einen Platz in der hintersten Ecke der Halle zugewiesen, aber schließlich hatte sie widerstrebend zugestimmt.

Bruder Mark saß zu ihrer Linken. Er war ein schweigsamer Mann mittleren Alters, der eher den irdischen als den himmlischen Dingen zugewandt war. Auf Bitten Arnos hin war der Geistliche vor sechs Monaten aus Wells gekommen, nachdem der alte Burgkaplan gestorben war. Bruder Mark war kein warmherziger Mensch. Weder die Leute in Somerford noch Rose mochten ihn sonderlich. Allzu oft hatte sie beobachtet, welch begehrliche Blicke er auf den goldenen Kelch warf, den Edric von Lord Radulf erhalten hatte, und der nun einen Ehrenplatz hinter der Tafel einnahm. Manchmal fragte Rose sich, ob das Glitzern in den Augen des Geistlichen sich für einen Mann Gottes schickte.

Constance, die Witwe des Verwalters, saß neben Bruder Mark am Ende der Tafel. Ihre Augen waren auf den Anführer der Söldner gerichtet, doch sie sah ihn nicht so verträumt oder gar schmachtend an wie manch eine andere Frau in der Halle. Die Alte bedachte ihn eher mit forschen, neugierigen Blicken, als wolle sie sein Inneres ergründen.

Aber was will sie unter dem stattlichen Äußeren entdecken? fragte Rose sich und schaute wieder in die Richtung des Söldners. Hat er noch andere, tiefer gehende Wesenszüge? Er ist nichts weiter als ein ungezähmter Wikinger, und mehr gibt es über ihn nicht zu sagen.

Darin könntest du dich täuschen, rief eine hartnäckige Stimme in ihrem Kopf ihr augenblicklich in Erinnerung, sodass sie ins Grübeln kam.

Wieso hat er das Kind gerettet? Warum sollte ein Wikinger den Helden spielen?

Was war der Grund dafür?

Rastlos fuhren ihre Finger über die Armlehne ihres hohen, massiven Stuhls. Einst hatte Edric dort gesessen, doch nun war es ihr Platz. Ein solches fein gearbeitetes Möbelstück durfte nur vom Herrn oder der Herrin von Somerford benutzt werden – die übrigen Burgbewohner in der Halle saßen auf Schemeln oder Bänken. Ihr Lehnstuhl war ein Symbol der Macht.

Der Stuhl war mit wunderschönen, ineinander verschlungenen Verzierungen versehen. Dicht verwobene Weinranken und andere Pflanzen, durchsetzt mit einer Vielzahl von fremdartigen Tieren und Schlangen, bedeckten die Rückenlehne und zogen sich hinab bis zu den Stuhlbeinen. Der alte Burgkaplan hatte den Stuhl stets mit Argwohn betrachtet und wiederholt gefragt, ob er noch aus der heidnischen Zeit stamme. Edric hatte darauf stets lachen müssen und gesagt, dass der Stuhl einem entfernten Verwandten in Wales gehört habe. Es war ein Brautgeschenk gewesen. Und dann hatte Edric stets mit einer gespielt geheimnisvollen Miene hinzugefügt, dass der Stuhl einer Legende nach wie von Geisterhand über die Meerenge von Bristol bis an die Küste im Norden gespült worden war. Schließlich habe er seine einsame Reise über das Marschland nach Somerford fortgesetzt.

Rose wurde in ihren Gedanken unterbrochen, als Bruder Mark sich ein saftiges Stück vom Bratenfleisch nahm und ein paar unverständliche lateinische Worte vor sich hin murmelte. Sie begann alles Mögliche in diese Worte hineinzuinterpretieren, denn er sprach ein Latein, das sie noch nie gehört hatte, aber immerhin war sie auch keine Gelehrte … Plötzlich bekam sie ein schlechtes

Gewissen, denn mittlerweile hinterfragte sie alles bei dem Geistlichen, nur weil sie ihn nicht mochte.

Rose wandte sich wieder Sir Arno zu. Mit seiner unnachahmlichen Selbstsicherheit sprach er über Somerfords Verteidigungsanlagen. Arno konnte Zuversicht verbreiten, und heute hatte er noch vor dem Essen dem Wein zugesprochen, der ihm nun die Zunge löste. Während Rose dem Gespräch lauschte, hörte sie, wie Arno ihre Aussagen wiederholte: Die Söldner waren nur zur Abschreckung angeworben worden.

„Ich glaube, die Unruhestifter stammen aus den Marschgebieten – aus dem *Mere,* wie man die Gegend hier nennt“, sprach er mit ungewohnt lauter Stimme. „Sie fristen ein kärgliches Dasein, und wenn sich ihnen eine Gelegenheit bietet, ihr Leben zu verbessern, werden sie diese ergreifen. Ich bin mir sicher, sobald sie begriffen haben, dass Ihr mit Euren Männern hier seid, Captain, werden sie uns in Frieden lassen.“

Als Arno merkte, dass Rose ihm zuhörte, wandte er sich ihr mit einem offenherzigen Lächeln zu. „Wir geben unser Geld klug aus, nicht wahr, Rose?“

Für gewöhnlich war Arno ein freundlicher Mann, und nur eine willensstarke Frau vermochte seinem Lächeln zu widerstehen. Rose hatte sich noch nie davon blenden lassen, doch im Augenblick ärgerte es sie, dass der Ritter sie in Gegenwart des Fremden so vertraulich mit dem Vornamen ansprach. Mit einer kurzen Kopfbewegung deutete sie auf den Söldner und bedachte Arno mit einem ungewöhnlich strengen Blick. In den Augen des Normannen flackerte etwas auf – war es nun Verdruss, Verärgerung oder gar beides? Seine Gesichtsröte nahm zu.

„Wein, Mädchen!“ verlangte er lauthals und hielt der Bediensteten den Kelch zum Nachfüllen hin.

Er trank in der Tat mehr als gewöhnlich. Vermutlich wäre es

Rose unter anderen Umständen überhaupt nicht aufgefallen, vielleicht hätte sie gar nicht das Bedürfnis verspürt, ihren Ritter dafür zu tadeln. Doch an diesem Abend missfiel ihr sein Verhalten. Überrascht stellte sie fest, dass sie der Vergleich mit dem Söldneranführer verdross. Denn während Sir Arno unaufhörlich trank und sich keinerlei Gedanken um seine Stellung und Pflichten zu machen schien, nippte Captain Olafson kaum an seinem Kelch.

Nur kurz hatte er vom Wein gekostet, obgleich Rose wusste, dass er gut war. Stattdessen ließ er seinen Blick durch die Halle schweifen, schaute zu den Türen und in sämtliche dunkle Ecken. Eingehend musterte er einige Leute, als wollte er ihre Gedanken lesen. Er beobachtete sie, um sich ein Urteil über all das zu machen, was um ihn herum war. Hätte Rose ihn nicht selbst in Augenschein genommen, wäre ihr die Anspannung des Söldners gar nicht aufgefallen.

Was soll seiner Ansicht nach geschehen? fragte Rose sich. Glaubte er etwa, die Marschlandbewohner könnten jeden Moment in die Halle stürmen und ihnen die Abendmahlzeit entwenden?

Captain Olafson schien nach Anzeichen von Verrat zu suchen, doch wenn er glaubte, Verräter in Somerford zu finden, irrte er sich gewaltig. Das Anwerben der Söldner war übertrieben gewesen. Eine so einfache Angelegenheit verlangte nach einer einfachen Lösung – eine Hand voll gewöhnlicher Bewaffneter hätte genügt, doch stattdessen hatten sie eine wilde Schar kampferprobter Männer mit einem barbarischen Anführer in die Burg gelassen. Rose beschlich das Gefühl, dass eine Ameise mit einem Amboss zerquetscht werden sollte.

Versunken in ihre Überlegungen, biss Rose in eine saftige Pastete und erfreute sich an dem herzhaften Geschmack. Schon seit einiger Zeit hatte sie nur wenig Appetit gehabt, doch diese Abendmahlzeit für die Gäste bot den willkommenen Anlass zum Schlemmen. Morgen, so redete sie sich ein, würden sie wieder alles in Maßen zu sich nehmen.

Roses Blicke wanderten durch die Halle, und sie vergewisserte sich, ob alle Anwesenden ausreichend mit Speisen und Getränken versorgt waren. Doch plötzlich fiel ihr Blick auf Eartha, und sie zog die Stirn in Falten. Die Köchin ließ sich nur selten während der Mahlzeiten in der Großen Halle blicken. Nun stand sie mit einem Weinkrug in der Tür, was Rose merkwürdig vorkam. Es war geradezu unpassend.

Während Rose zur Tür schaute, bahnte die Frau sich ihren Weg durch die Halle, vorbei an den voll besetzten Sitzbänken. Earthas Gemahl hatte in den Wirren des Aufstandes sein Leben gelassen. Mit ihren flachsblonden Haaren, den ungestümen blauen Augen und den ansprechenden Formen war Eartha durchaus begehrenswert. Seit sie Witwe war, hatte sie manch einen Verehrer in Somerford, und Eartha war den Angeboten offenbar nicht abgeneigt gewesen. Obwohl man ihr zugute halten musste, dass sie wählerisch und ihrem kleinen Jungen eine gute Mutter war.

Nun schritt sie direkt auf die Empore zu, während sie den Weinkrug an die Brust drückte. Rose fand es bemerkenswert, dass die Köchin auf ihrem Weg nicht strauchelte, obwohl sie die Augen ausschließlich auf Captain Olafson gerichtet hatte.

Aber sie war bei Weitem nicht die einzige Frau in der Halle, die auf die Empore schaute!

Die Frauen machen sich lächerlich, dachte Rose. Aber es waren nicht allein die Dienstmägde, die ihre Blicke nicht von Captain Olafson abwenden konnten. Frauen im fortgeschrittenen Alter sowie junge Mädchen, die kaum einen vollständigen Satz über die Lippen brachten, glotzten den Anführer der Söldner unverhohlen und lüstern an.

Doch Rose hatte Verständnis dafür. Mit einem Seufzer machte

sie sich klar, dass Somerford die meisten Männer im heiratsfähigen Alter verloren hatte. Und Captain Olafson war ein außergewöhnlich gut aussehender Mann. Aber konnten diese törichten Geschöpfe denn nicht sehen, dass die Schönheit des Söldners bloß eine Verkleidung war? Eine dünne Fassade, hinter der sich seine Grausamkeit verbarg? Mochte er auch gelassen auf der Bank sitzen und statt seiner Kriegskleidung ein hellblaues Hemd tragen, das seine breiten Schultern bedeckte und die Farbe seiner Augen noch unterstrich – Rose würde sich über seinen wahren Charakter niemals täuschen lassen.

Verstimmt und gespannt zugleich sah Rose, wie Eartha atemlos vor dem Söldner stehen blieb. Der Wein schwappte über den Rand des Kelchs und verschmutzte ihr Kleid, doch sie schien es nicht zu bemerken.

„Captain!" keuchte sie.

Als der Söldner aufschaute, blickte er sie mit seinen blauen Augen fragend an.

Eartha fuhr in stockendem Französisch fort: „Man nennt mich Eartha. Ich möchte Euch danken, dass Ihr meinen Sohn gerettet habt. Er ist noch ein kleiner Junge, und wenn er in die Tiefe gestürzt wäre ..." Von einem Schauer erfasst, trat sie näher an die Tafel und sprach mit leicht gesenkten Lidern: „Könnte ich mich in irgendeiner Weise erkenntlich zeigen ... Euch zu Diensten sein? Ich bin bereit."

Rose versteifte sich in ihrem Lehnstuhl – sie hatte auch ohne Arnos Auflachen begriffen, welches Angebot Eartha gemacht hatte. Offenbar sah sie nur eine Möglichkeit, sich bei dem Söldner für seine Hilfe zu bedanken – da sie weder Geld noch Einfluss besaß, brachte sie ihr hübsches Gesicht und ihren Körper ins Spiel. Derartige Vorgänge gehörten zum Leben, und Somerford war keine Ausnahme, wie sich Rose eingestehen musste.

Warum spürte sie dann aber eine unangenehme Enge in der Brust? Ein heißes Prickeln in ihrem Hals?

„Nun, Gunnar?" Im angetrunkenen Zustand neigte Arno zu vertraulichen Anreden. „Was ist heute Nacht besser, als dein Bett von einer hübschen Frau wärmen zu lassen? Ich sage, wenn sie dir ihre Dankbarkeit zeigen möchte, so lass sie!"

Rose runzelte die Stirn und fragte sich, warum niemand sonst am Tisch die Bemerkung anstößig zu finden schien – sogar Bruder Mark grinste. Für gewöhnlich ließ Sir Arno sich in ihrer Gegenwart nicht zu solchen derben Bemerkungen hinreißen, denn er war stets sehr auf sein vornehmes Auftreten bedacht. Was war an diesem Abend bloß in ihn gefahren? Und was war mit all den anderen los?

Plötzlich fühlte Rose sich in ihrer eigenen Burg wie eine Fremde.

„Du brauchst dich nicht zu bedanken, Eartha." Obwohl der Söldner leise sprach, wurde es in der Halle schlagartig still.

Voller Unmut sah Rose die ehrfurchtsvollen Gesichter, die auf den Söldner gerichtet waren. Captain Olafson schien von dem Angebot der Frau unbeeindruckt zu sein, doch Rose glaubte ihm nicht. Vermutlich malte er sich bereits aus, wann und wo er die Dankesbekundung annehmen würde.

Seine Antwort hatte Eartha verwirrt – selten wiesen Männer ihre Angebote zurück –, doch dann entsann sie sich des Weinkrugs und begann rasch, den noch vollen Kelch des Söldners zu füllen, wobei der Wein überlief. Als Eartha merkte, was sie tat, schaute sie auf und kicherte verlegen. Belustigt schauten die Gäste auf diese Szene.

Gunnar Olafson lächelte. Ein betörendes Lächeln, bei dem die Frauen in der Halle aufseufzten. Rose war von diesen Reaktionen angewidert, und nur zu gerne hätte sie die Weiber für so viel Einfältigkeit gescholten. Sie war wirklich *wütend* ...

Inzwischen füllte Earthas Roses Kelch. Erst jetzt bemerkte sie, dass ihre sonst so freundliche Herrin sie mit finsteren Blicken bedachte. Wie erstarrt ahnte die Köchin, ihr unmoralisches Angebot könne der Grund für Roses Verstimmung sein. Daher stammelte sie in ihrer Muttersprache: „Mylady, nichts für ungut. Ich ... Vergebt mir. Ich wusste nicht, dass Ihr ihn für Euch beansprucht."

In der Halle herrschte mit einem Mal beängstigendes Schweigen. Constance hustete und senkte den Kopf, um ihre Schadenfreude zu verbergen. Roses Wangen brannten, als wäre sie der Sonne zu nah gekommen. Es tat nichts zur Sache, dass die meisten Normannen nicht mitbekommen hatten, was Eartha gesagt hatte. Doch die Angelsachsen hatten jedes Wort verstanden, ebenso der Söldner.

„Du lässt dich gehen, Eartha!" schalt Rose die Köchin mit kalter Stimme, die gar nicht zu ihrem glühenden Antlitz zu passen schien.

Eartha sank in einen hastigen Knicks. „Verzeihung, Mylady", stotterte sie, bevor sie eilig davon eilte.

Nach und nach wich die Stille im Saal, als die Anwesenden ihre Gespräche wieder aufnahmen. Nichts weiter schien vorgefallen zu sein. Zu Bruder Mark gewandt, machte Constance einige Bemerkungen über das Essen, worauf der Geistliche seinerseits von dem ausgezeichneten Bratenfleisch schwärmte. Die Abendmahlzeit nahm ihren gewohnten Gang.

Langsam fiel die Anspannung von Rose ab. Doch unter dem Tisch zitterten ihre Hände. *Warum macht es mir etwas aus?* fragte sie sich wütend. *Was kümmert es mich, wenn er glaubt, dass ich ihn will, wie Eartha behauptet?*

Weil es der Wahrheit entspricht.

Bei dieser Einsicht stockte ihr der Atem. Nein, es stimmte gar nicht! Wie sollte es auch? Rose warf dem Söldner einen flüchtigen Blick zu.

Er blickte starr auf das verzierte Tischtuch, als übte es dieselbe Faszination aus wie sein Anblick auf die Anwesenden. Seine dünnen kupferfarbenen Zöpfe fielen ihm mit den übrigen Haaren ins Gesicht, und seine großen Hände ruhten neben dem Weinkelch. Rose konnte sogar die Narben erkennen, die hell von der sonnengebräunten Haut abstachen.

Gunnar. So hatte Arno ihn genannt. Im Stillen wiederholte Rose den Namen, und ein unerklärliches Prickeln nahm ihr den Atem, während ihr ein wohliger Schauer über den Rücken lief …

Hör auf damit, hör endlich auf!

Weil er dem Wein stark zugesprochen hatte, konnte sich Arno nur ungelenk zu dem Söldner hinüber beugen, um ihm einen Scherz zuzuraunen. Sogleich brach der Ritter selbst in schallendes Lachen aus und merkte viel zu spät, dass Captain Olafson keine Miene verzogen hatte. Rose sah, dass ein Ausdruck von Wut über Arnos Gesicht huschte, als wollte er sagen: *Der Kerl wagt es, einen Scherz unter Männern auszuschlagen!*

„Warum hast du den Bengel gerettet?" fragte Arno mit einem höhnischen Unterton. „Warum denkst du noch darüber nach, wenn du seine Mutter nicht im Bett haben willst?"

Gunnar Olafsons vernarbte Hand ballte sich zur Faust.

Rose hielt den Atem an, denn das war genau die Frage, die auch sie beantwortet haben wollte.

Sie hörte zu.

Gunnar konnte spüren, dass ihre ganze Aufmerksamkeit auf ihn gerichtet war, mehr als das – er konnte es *fühlen!* Wie eine warme Woge umspülten ihn ihre verstohlenen Blicke und brannten wie Salz auf seiner Haut. Nie zuvor hatte er die Anwesenheit einer Frau so intensiv wahrgenommen und alles andere um sich herum vergessen.

Er hatte die Worte der Köchin vernommen – *Ich wusste nicht, dass Ihr ihn für Euch beansprucht.* Gunnar fragte sich, ob die Behauptung der Wahrheit entsprach, doch er wusste, was *er* empfand. Er spürte ein Kribbeln auf der Haut und fühlte die untrüglichen Regungen in der Lendengegend. Noch hatte er sich im Griff, doch in seinem Inneren verspürte er ein Brennen, das ihm zeigte, wie unvorsichtig er gewesen war.

Es war leichtsinnig gewesen, unten im Burghof zu ihrem Fenster hinaufzuschauen, nachdem er das Kind gerettet hatte.

Obwohl er nicht hinsehen wollte, hatte er sich nicht mehr beherrschen können. Sie hatte sich weit aus dem Fenster gelehnt, der Schleier war verrutscht und ihr dicker, schwarzer Zopf war ihr über die Schulter gefallen. Schon hatte er sich ausgemalt, wie sie ihr Haar löste, und zarte, ebenholzfarbene Locken ihr schönes Gesicht umspielten. In Gedanken fuhr Gunnar ihr mit beiden Händen durch die dunkle, seidige Pracht und hielt sie in seinen Armen, während er ihren Mund mit einem Kuss verschloss und kurz davor war, ihren Leib zu erobern – immer und immer wieder.

Nein! Gunnar riss sich zusammen und rief sich in Erinnerung, was ihn überhaupt nach Somerford geführt hatte. Das Land gehörte ihm, wenn er seinen Auftrag erfüllte; er könnte sich seine Zukunft selbst gestalten. Für einen Söldner war es wie ein unerreichbarer Traum, ein eigenes Stück Land zu besitzen.

Irgendwie musste er seine Begierde zügeln und sich seiner Aufgabe widmen. Und um sicherzustellen, dass der Dame niemals sein unvergleichlicher Charme zuteil würde und sie sich womöglich in seinem Bett wiederfände, musste Gunnar jetzt dafür sorgen, dass sie ihn *wirklich* hasste.

„Warum ich das Kind gerettet habe?“ wiederholte er Arnos Frage gelassen und achtete gar nicht darauf, dass der Normanne bereits auf seinem Platz hin und her schwankte. „Weil ein solcher

Tod Unglück heraufbeschworen hätte. Hätte ich ihn sterben lassen, wäre ich gezwungen gewesen, ein Opfer zu bringen."

„Unglück? Ein Opfer?" stutzte Arno, denn offensichtlich traute er seinen Ohren nicht.

„Ja." Langsam und bedeutungsvoll legte Gunnar eine Hand an den Knauf seines Schwerts. „Seht Ihr das?"

„Das ist ein Schwert." Arno blinzelte dümmlich.

„Fürwahr, aber es ist nicht irgendein Schwert. Es ist Fenrir. Fenrir, benannt nach dem wilden nordischen Wolf. Dem schwarzen Wolf. Er verlangt Blut, immer mehr Blut, obgleich ihm schon reichlich vergönnt war. Wenn der Junge durch den Sturz gestorben wäre, hätte sein Tod uns Unglück beschert. Fenrir hätte Blut verlangt, und ich hätte seinen Durst stillen müssen."

In stiller Freude weidete Gunnar sich an Arnos Verwirrung, als der Ritter in seinem betrunkenen Zustand nachzuvollziehen versuchte, was Gunnar soeben gesagt hatte. Doch Gunnar wollte nicht den Ausdruck auf Lady Roses schönem Gesicht sehen. Wenn sie ihn bislang noch nicht für hoffnungslos verloren befunden hatte, so würde sie es jetzt tun. So sei es. Er war nach Somerford gekommen, um seinen Auftrag zu erfüllen, und wenn er sich dadurch den Hass einer schönen und verräterischen normannischen Dame zuzog, entsprach das genau seinem Vorhaben.

Doch Gunnar hatte sie wieder einmal unterschätzt.

„Derartige heidnische Bräuche sehen wir hier in Somerford ungern, Captain." In ihrer Stimme lag ein hochnäsiger Befehlston. „Bruder Mark hat das Heidentum verbannt. Ihr tätet gut daran, Fenrir oder andere von Euren hässlichen nordischen Geschöpfen nicht mehr an diesem Ort zu erwähnen."

Sie tat so, als habe er keine blutige Drohung ausgestoßen, sondern von irgendwelchem Gewürm gesprochen!

Sein Mundwinkel zuckte, doch er hielt ein Lächeln zurück. Sie überraschte ihn, und am liebsten hätte er vor Belustigung laut aufgelacht. „Die nordischen Gottheiten lassen sich nicht so leicht missachten, Mylady", sprach er betont langsam und suchte ihren Blick. „Odin, Thor, Loki, Freya ... Sie sind alt und mächtig. Sie bestehen darauf, dass ihre Gelüste gestillt werden."

Genauso wie ich meine stillen möchte.

Sie schien von seinem Mund fasziniert zu sein, als habe sie beobachtet, wie er jedes einzelne Wort geformt hatte. Wie würden ihre Lippen schmecken? Was wäre, wenn er sich über den Tisch beugte und ihren Mund durch einen feurigen Kuss öffnete? ... Bei dem Gedanken daran durchfuhr ihn ein ungestümes Verlangen.

Nach wie vor hielt sie ihren Blick auf seinen Mund gerichtet, mit leicht geöffneten Lippen und verräterisch geröteten Wangen. Ihr strenger Tonfall mochte einer unnahbaren Burgherrin entsprechen, doch ihre Augen verrieten etwas ganz anderes. Mit einem Schauer fragte er sich, ob Eartha Recht gehabt hatte. War es möglich, dass Lady Rose ihn begehrte?

Es tat nichts zur Sache.

Sie war nicht für ihn bestimmt. Dies war der falsche Ort und ein unpassender Zeitpunkt. Er durfte sich nicht von seinem Vorhaben abbringen lassen.

Gunnar zwang sich, gelassen zu bleiben. „Mylady?" fragte er nach, da er noch mit einer Antwort rechnete.

Sie zwinkerte, und ihr Blick kehrte zu ihm zurück. Einen Moment lang schien sie wie betäubt zu sein, doch dann erwachte ihr Geist. Sie hob den Kopf und straffte die Schultern. „Solange diese Gelüste *woanders* gestillt werden, Captain."

Jetzt musste er wahrlich lächeln.

Sie sah ihm fest in die Augen, doch Gunnar entdeckte Furcht in ihrem Blick. Blitzartig traf ihn die Erkenntnis, dass es nicht die Erwähnung von Fenrir gewesen war, die ihr Furcht eingeflößt hatte, sondern die glühende Anziehungskraft, die zwischen ihnen bestand.

„Wohl gesprochen, Mylady“, antwortete Bruder Mark, während Rose seinen unangenehm heißen Atem an ihrem Ohr spürte. Schließlich gelang es ihr, den Blick von dem Söldner zu wenden. Sie drehte den Kopf zur Seite und schenkte dem Geistlichen ihre ganze Aufmerksamkeit.

„Mylady“, fuhr dieser ernst fort und verschränkte seine kurzen Finger ineinander. Erst jetzt nahm Rose wahr, dass auch der Burgkaplan Narben eines Kampfes auf dem Handrücken hatte, was für einen Geistlichen ungewöhnlich war. „Wir haben bereits über die Notwendigkeit einer neuen Kirche gesprochen.“

„Ich erinnere mich.“ Sie waren in der Tat darauf zu sprechen gekommen, doch für ein zusätzliches Gebäude war kein Geld mehr da. Bruder Mark schien die Ansicht zu vertreten, eine neue Kirche wäre wichtiger als Nahrung oder warme Kleidung. Da Rose die alltäglichen Nöte kannte, war sie aber anderer Meinung.

Nun war der Burgkaplan nicht mehr zu stoppen. In leuchtenden Farben malte er ihr das Gebäude aus. Es klang so, als spräche er von einem Kirchenbau, der der Kathedrale von Wells in nichts nachstand. Rose nickte und gab vor, genau zuzuhören, aber in Wirklichkeit war sie mehr an den Vorgängen am anderen Ende der Tafel interessiert.

Gütiger Gott! Sie blinzelte ungläubig. Wieder näherte sich eine Dienstmagd mit einem vollen Weinkrug! Hatten denn alle den Verstand verloren? Vielleicht sollte sie vorsichtshalber die Anweisung erteilen, dass niemand den Söldner ansehen durfte – zur Sicherheit der weiblichen Bewohner!

Das Mädchen kam näher. Würde es ihm auch ein unmoralisches Angebot machen? Wie würde Gunnar Olafson sich verhalten?

Erneut warf sie dem Söldner einen flüchtigen Blick zu. Fürwahr, sein Kelch war noch bis oben hin mit gutem Rotwein gefüllt. Was würden die meisten Männer in einer ähnlichen Lage tun? Rose hatte nur wenige Männer gut gekannt – Edric, ihren Vater und ihren Bruder. Obwohl Edric ein freundlicher Mann gewesen war, hätte er gewiss gelacht und das Mädchen in Verlegenheit gebracht. Roses Vater wäre erzürnt gewesen, ebenso ihr Bruder, denn sie gehörten nicht zu den Menschen, die über Humor und Gelassenheit verfügten.

Sie erbleichte. Was wäre, wenn Gunnar Olafson das furchtbare Schwert zöge und die Magd damit bedrohte? Oder einen heidnischen Fluch ausstieße? Vielleicht würde er den Kelch auch in einem Zug leeren, damit er nachgefüllt werden konnte. Voller Spannung wartete Rose ab.

Arno hielt der Magd bereits den Kelch hin – schon wieder. Der Ritter sprach auffallend undeutlich und prahlte mit seinen einflussreichen Verwandten in der Normandie, sodass er die scheue Frau kaum wahrnahm. Sie schritt auf Gunnar zu und blieb erwartungsvoll stehen. Verlegen trat sie von einem Fuß auf den anderen, denn es war ihr offenbar nicht möglich, in Gegenwart eines so beeindruckenden Mannes ruhig stehen zu bleiben.

Rose hielt gebannt den Atem an und rechnete schon mit dem Schlimmsten.

Gunnar Olafson bedachte die Magd mit einem knappen Lächeln und schüttelte den Kopf. Die Bewegung war so unauffällig, dass kaum jemand sie wahrgenommen hatte. Das Mädchen errötete, erwiderte das Lächeln und entfernte sich dann von der Tafel.

Freundliches Benehmen war in der harten Welt, in der Rose lebte, selten. Seltsam, aber ausgerechnet dieser Mann, den sie zu keiner Gefühlsregung fähig glaubte, verhielt sich zu einer Dienstmagd freundlich. Tränen brannten in ihren Augen, und sie senkte den

Kopf, um sich ihre Schwäche nicht anmerken zu lassen. Die Herrin von Somerford durfte sich nicht von Gefühlen leiten lassen.

Gunnar Olafson hatte ihnen erklärt, warum er dem Jungen zu Hilfe geeilt war – es war ein heidnischer Brauch gewesen. Mit Erleichterung hatte Rose vernommen, dass der Söldner dem Jungen nicht aus Mitgefühl, sondern aus einem ganz anderen, gefühlskalten Grund geholfen hatte. Sie lag mit ihrer Vermutung über den wahren Charakter dieses Mannes also richtig. Constance musste sich irren; wie konnte ein Mann wie er ein Held sein? Helden waren keine Männer mit feuerroten Haaren, stahlharten Armen und vernarbten Händen. Sie besaßen keine Schwerter namens Fenrir mit einer beinahe vier Fuß langen Klinge, und sie trugen auch keine Schilde, auf welche knurrende Wölfe gemalt waren. Und gewiss töteten sie nicht gegen Bezahlung.

Doch jetzt, da sie sich in ihrem anfänglichen Urteil bestätigt sah, verhielt er sich in einer Weise, die man nur als freundlich bezeichnen konnte. Bedacht. Sogar ehrenhaft.

Unruhig umfasste Rose die Armlehnen ihres Stuhls, denn es kam ihr so vor, als würde sie auf die offene See getrieben. Doch glücklicherweise gewannen Zweifel die Oberhand und ließen sie ihre Schlussfolgerungen nochmals überdenken.

Es war unvorstellbar, dass ein ungezähmter Wikinger freundlich war. Manchmal waren es ihr Vater und ihr Bruder gewesen, doch sie hatten sich bloß verstellt, um andere zu beeinflussen oder um ihr Ziel zu erreichen. Das musste es sein, was Gunnar Olafson im Schilde führte. Er würde sich die Angebote für die kommenden Wochen aufbewahren. Jede Nacht eine andere Frau!

Denn welche Frau sollte ihm widerstehen, dachte Rose düster, wenn er nicht nur freundlich, sondern außerdem noch gut aussah?

Sie führte den Kelch an die Lippen und nahm einen Schluck von dem Wein, doch sie verschluckte sich sogleich.

„Mylady?" Bruder Mark betrachtete erstaunt ihr vollends gerötetes Gesicht.

„Rose?" Arno wagte es, ihr einen missbilligenden Blick zuzuwerfen. In seinem trunkenen Zustand hatte er erneut vergessen, der Burgherrin Respekt zu zollen.

„Es heißt *Lady* Rose, Sir Arno", rief sie ihm unmissverständlich in Erinnerung.

Arno d'Alan versteifte sich und kniff die Lippen zusammen. Rose vermochte nicht zu sagen, ob er wütend war oder nicht. Er schmollte, so viel stand fest, aber in seinen Augen lag ein ihr unbekanntes Glitzern. Einen Moment lang war sie dadurch verunsichert, doch dann fasste sie sich wieder. Wenn sie Arnos Gefühle verletzt hatte, so war es nur zu seinem Besten – in den letzten Tagen war er viel zu selbstsicher aufgetreten, und sie hatte ihn gewähren lassen, ohne sein Verhalten zu maßregeln.

„Ich bitte um Verzeihung, *Mylady*", sagte er scheinbar zerknirscht, doch in seiner Stimme schwang Spott mit.

„Übt Ihr immer eine derartige Wirkung auf die Frauenwelt aus, Captain?"

Constance hatte diese Frage gestellt, und mit einem Mal hatte Rose eine neue Sorge. *Jesus, hindere die alte Frau daran, ihrer Hoffnung Ausdruck zu verleihen, eines Tages einen neuen Mann für mich zu finden!*

Gunnar Olafson hatte sich Constance zugewandt und schaute nun an Rose vorbei. Seine Miene war wieder vollkommen ausdruckslos, als trage er eine Maske.

„Ich habe etwas an mir, was Frauen gefällt ..." Er sagte bloß die Wahrheit. „Daher will ich ihnen nicht das Vergnügen nehmen, mich anzuschauen."

Das Vergnügen, mich anzuschauen! Was für ein überhebliches Gehabe, was für ein eingebildeter Kerl!

„Und wenn sie mehr wollen als nur schauen?“ wagte Constance zu fragen, denn offenbar schien sie zu glauben, ihr fortgeschrittenes Alter gäbe ihr das Recht, neugierig zu sein. „Bereitet Ihr ihnen auch dieses Vergnügen, Captain Olafson?“

Arno prustete und schnaubte vor Lachen, als wolle er Roses Verdruss auskosten.

„Manchmal“, erwiderte Gunnar mit einem durchtriebenen Lächeln. „Ich dachte, Ihr würdet keinen Gedanken mehr an die Vergnügungen verschwenden, die im Schlafgemach stattfinden, Mylady.“

Constance bog sich vor Lachen. „Was habt Ihr gemacht, bevor Ihr ein derartiger Glücksritter wurdet, Captain?“ erkundigte sie sich weiter, und ihre Augen leuchteten vor Neugierde.

Überrascht blickte er auf, während sich sein Gesicht merklich verdüsterte.

„Ich war ein Krieger.“

„Und habt Ihr bei Hastings gekämpft? Wie lautet noch gleich der alte Name?“

„Senlac“, antwortete er mit grimmiger Miene.

„Ja, Senlac. Habt Ihr bei Senlac gekämpft, Captain Olafson?“

Rose rechnete mit einer ausweichenden Antwort, mit einer Bemerkung, dass viele Männer bei Hastings gekämpft hätten, doch er hatte diese Ausflüchte nicht nötig. „Ja, ich habe bei Senlac gekämpft. Ich stritt an der Seite von Harold Godwineson und den Angelsachsen. Da Ihr mir nun ein Geheimnis entlockt habt, gebt Euch damit zufrieden.“

Constance lächelte und entblößte die Lücken ihrer Zahnreihe. „Oh, ich bin zufrieden, Captain. Für heute.“

„Ihr habt mit den Angelsachsen bei Senlac gekämpft?“ fragte Rose erstaunt nach. Ihre Stimme war lauter, als sie beabsichtigt hatte.

Das Stimmengewirr in der Halle verstummte. Rose merkte,

dass die anderen Söldner mit einem Mal das Gespräch mit Spannung verfolgten.

Gunnar Olafson seufzte und sah sie aus zusammengekniffenen Augen an. Dennoch schien er nicht verstimmt zu sein.

„Ja, Mylady, das tat ich“, erwiderte er nach kurzem Zögern. „Habt vielen Dank, dass Ihr meinen Ruhm über den Erdkreis verbreitet.“

Eine heftige Röte überzog Roses Gesicht, doch sie weigerte sich, die gaffenden Leute im Saal wahrzunehmen. „Ich war bloß überrascht“, entgegnete sie scheinbar gelassen. „Mir war nicht bewusst, dass niemand Eure vergangenen Taten erfahren soll, obgleich Euch die Leute hier in Somerford dafür mögen werden. Sie erinnern sich voller Sehnsucht an jene Zeit vor den Normannen. In diesen Tagen gibt indes kaum jemand zu, für die angelsächsische Sache gekämpft zu haben. Jeder möchte auf King Williams Seite stehen.“

„Dann sind viele Männer Lügner.“

Seine Offenheit gefiel ihr und nahm sie anders gefangen als seine körperlichen Vorzüge.

Sir Arno lachte spöttisch auf. „Sie lügen, da sie auf der Seite der Verlierer standen!“ grölte er. Constance warf ihm einen Blick voller Abneigung zu, während Bruder Mark in seinen Weinkelch hineinlächelte.

„Ja, wir haben verloren“, räumte Gunnar ein, „aber wir haben an jenem Tag tapfer gekämpft, und wenn wir nach dem langen Marsch von Stamford Bridge nicht so erschöpft gewesen wären, hätten wir schließlich gesiegt. Und ich tötete viele Normannen. Bei Senlac hat mein Schwert Fenrir seinen Blutdurst gestillt.“

Arnos Gesicht lief vor Zorn rot an. „Ihr vergesst Euch, Captain“, brachte er wütend hervor. „Lady Rose hat ihren Bruder bei Hastings verloren. Ich selbst verlor viele meiner Freunde und Gefährten.“

Die Zurechtweisung war durchaus angebracht. Die blauen Augen des Söldners wanderten zu Rose, doch sie wich seinem Blick aus. Hatte er womöglich ihren Bruder mit seiner finsteren Klinge getötet? Und was würde Arno sagen, wenn sie ihm gestehen würde, dass es sie nicht kümmerte? Ihr Bruder hatte sie abscheulich behandelt, und als sie von seinem Tod erfahren hatte, war sie erleichtert gewesen. Gott möge ihr vergeben, aber es war ihr egal, *wer* ihren Bruder erschlagen hatte.

„Mylady!“

Rose war so in ihre Gedanken versunken gewesen, dass sie die Unruhe im Saal zunächst nicht bemerkte. Einer der Wachen lief auf sie zu – es war der alte Edward. Er trug sein gefüttertes Wams und einen altertümlichen Helm, der noch an die Zeiten von King Alfred erinnerte. „Mylady!“ Die Augen starr auf sie gerichtet, erreichte er humpelnd die Tafel und vergaß in seiner Eile, sich zu verbeugen oder die Stimme angemessen zu senken.

Sir Arno versuchte, sich von seinem Platz zu erheben und rief: „Was ist geschehen?“, doch er taumelte so stark, dass Rose ihn stützen musste. Er zitterte am ganzen Leib und rang mühsam nach Luft.

„Edward?“ fragte Rose voller Unruhe. „Was ist geschehen?“

Der alte Mann war sehr aufgeregt, seine trüben Augen zuckten und sein ganzer Unterkiefer zitterte. „Die Dorfbewohner fordern lautstark Einlass vor dem Tor, Mylady! Sie sagen, sie würden angegriffen und ihre Häuser stünden in Flammen. Bitte, Mylady, gebt mir die Erlaubnis, das Tor öffnen zu dürfen, damit sie in die Burg können!“

5. KAPITEL

Entsetzen erfasste Rose, doch im selben Augenblick hatte sie sich wieder gefangen und erhob sich von der Tafel. „Gewiss musst du ihnen das Tor öffnen und sie hereinlassen! Auf der Stelle!"

„Und wenn es nur ein Vorwand ist?" Die tiefe, besonnene Stimme schien ganz nah bei ihrem Ohr zu sein.

Hinter ihr stand Gunnar Olafson.

Rose warf ihm einen ungeduldigen Blick zu und versuchte, sich nicht anmerken zu lassen, wie sehr sie durch seine Nähe verunsichert war. „Edward ist kein Narr, Captain. Er kennt seine Freunde und Verwandten. Lass sie herein, Edward!" Der alte Mann eilte davon, bevor ihn irgendjemand daran hindern konnte. Rose wandte sich an Arno und schenkte dem Anführer der Söldner keine Beachtung mehr. „Wir müssen Männer ins Dorf schicken, Sir Arno. Wenn die Angreifer noch da sind, werden wir ihrer habhaft. Falls sie schon fort sind … nun, dann müssen wir helfen, wo wir können."

Sir Arno stierte sie aus glasigen Augen an. „Marschlandbewohner", murmelte er und stieß ein trunkenes Lachen aus. „Die Leute aus dem *Mere* fangen? Seid Ihr dazu in der Lage, Mylady?"

Der Wein hatte seine volle Wirkung entfaltet, denn der Ritter wusste nicht mehr, was er redete. Rose hätte verärgert sein müssen, doch sie fühlte sich allein gelassen. Arno war zu betrunken. Sie würde sich also selbst auf den Weg machen.

Rose trat einen Schritt vorwärts, aber im selben Augenblick spürte sie eine kräftige, angenehm warme Hand auf ihrer Schulter. Erschrocken drehte sie sich um und schaute in Gunnars dunkelblaue Augen.

„Mylady, sind wir nicht genau aus *diesem* Grund hier?"

Warum war ihr das nicht eingefallen? Schon hatte sie geglaubt, alles würde wie immer nur auf ihren Schultern lasten. Und plötzlich gab es diesen rätselhaften Captain Olafson, der die Bürde auf sich nehmen wollte.

Sie wollte sein Angebot ablehnen, doch die Aussicht auf Hilfe war allzu verlockend. Mit einem Mal fiel Rose das Atmen schwer.

Konnte sie ihm trauen? Wollte sie ihm überhaupt ihr Vertrauen schenken?

Rose machte einen Schritt zurück, bis die Wandbehänge ihren Ärmel berührten. Als könne er ihre Gedanken lesen, folgte Gunnar ihr langsam. Er war so groß, dass er ihr die Sicht auf die Halle versperrte, bis sie nur noch ihn wahrnahm, seine breiten, blau gewandeten Schultern, den Pulsschlag an seinem Hals. Sein Gesicht lag halb im Schatten, die Augen waren wie zwei dunkle Male, und nur sein Haar schimmerte im Kerzenschein wie flüssiges Feuer.

Sie schaute zu ihm auf und hoffte, ihre gebieterische Haltung könnte ihre innere Unruhe verbergen.

„Captain, ich wünsche nicht, dass irgendjemand zu Schaden kommt, es sei denn, es ist absolut unvermeidlich. Habt Ihr mich verstanden?"

Starr blickte er ihr in die Augen.

Kann ich ihm vertrauen? Oder legt er sich jetzt gerade eine Lüge zurecht, um mich zu beruhigen? Es fiel Rose schwer, das Leben ihrer Leute in die Hände dieses Mannes zu legen. Warum gab er ihr keine Antwort? Vermutlich lag es nur daran, dass sie eine Frau war, von der er keinen Befehl entgegennahm. Sie musste ihn auf der Stelle eines Besseren belehren!

„Ihr mögt denken, Sir Arno herrscht hier in Somerford", fuhr sie mit fester Stimme fort, „aber ich bin die Burgherrin und erteile die Befehle. Wenn Ihr Euch damit nicht abfinden könnt, Captain Olafson, so tretet zur Seite und lasst mich stattdessen gehen."

Etwas flackerte in seinen Augen auf. „Es macht mir nichts aus, den Befehl einer Frau zu befolgen", sagte er leise. „Ich fragte mich lediglich, ob Ihr mir jetzt vertrauen würdet, da Ihr wisst, dass ich gegen Euren Bruder kämpfte."

Rose zögerte, um die richtigen Worte zu finden. „Der Tod meines Bruders gibt mir keine Veranlassung, Euch nicht zu vertrauen, Captain. Viele Bewohner von Somerford stritten für Harold, und jeder von ihnen könnte meinem Bruder den tödlichen Hieb beigebracht haben. Ich hasse niemanden für diese Tat."

Er blickte sie immer noch unverwandt an und schwieg, als hätte sie etwas Bemerkenswertes gesagt.

„Nun also …?" erkundigte sie sich ungeduldig. „Sind wir uns einig geworden?"

„Wenn ich einen dieser Rebellen finde, werde ich ihn nach Somerford bringen, Mylady", bot er an.

Sie versuchte, seine Miene zu deuten. Der unergründliche Ausdruck war aus seinen Augen gewichen, sodass er geradezu begeistert wirkte. „Warum wollt Ihr das tun?"

„Der Gefangene wird uns seine Geheimnisse offenbaren."

„Warum sollte er?" entgegnete sie.

Als er sich zu ihr hinunterbeugte, spürte sie die Hitze seines Leibes und seine ungeheure Kraft. Sein Oberschenkel streifte ihr Gewand. Sein Atem legte sich warm auf ihre Haut. „Weil ich mich noch besser als Constance darauf verstehe, Männern ein Geheimnis zu entlocken. Ich habe da meine eigenen Methoden."

Gewiss, dachte Rose. Sie bekam eine Gänsehaut bei dem Gedanken, welche Mittel ein Söldner wie er einsetzen würde, um einen Mann zum Geständnis zu zwingen. Grausame Folter, die sich jeder Vorstellung entzog. Doch was blieb ihr für eine Wahl? Sein Vorschlag, einen Bewohner des Marschlandes zu fangen, ergab Sinn. Sie legte sich ihre Antwort zurecht, doch ihre Kehle war wie zugeschnürt.

„Unternehmt … nichts, bevor ich den Mann gesehen und mit ihm gesprochen habe. Es darf keinen Totschlag geben. Könnt Ihr mir das versprechen, Captain? Schwört Ihr, mir zu gehorchen?“

Er blickte ihr lange und unverwandt in die Augen. Sie spürte, dass er einen inneren Kampf focht, obgleich sie seine Gedanken nicht lesen konnte. Dann stieß er einen Seufzer aus, ein kaum wahrnehmbarer Laut, und seine Stimme klang ruhig und überzeugend.

„Ja, Mylady, ich schwöre es.“

Für ihn war die Angelegenheit geregelt. Rose sah, wie er sich von ihr abkehrte und die Halle mit großen Schritten durchmaß. Mit einem kurzen Kopfnicken gab er seinen Gefährten zu verstehen, ihm zu folgen. Im nächsten Moment war die Söldnerschar verschwunden.

Rose fühlte sich ausgesprochen angeschlagen und fiebrig, als hätte sie einen Albtraum durchlebt, doch sie wusste, dass ihr Zustand nicht allein auf ihr brennendes Dorf und die Not ihrer Leute zurückzuführen war.

Gunnar Olafson glich keinem Mann, der ihr bislang begegnet war. Er unterlag keinen Weisungen, die andere Männer erfuhren. Er lebte nach seinen eigenen Regeln. Er war ein Heide, ein Wilder und ein Krieger, der in den Kampf zog und tötete, denn das konnte er am besten. Und dennoch vertraute Rose ihm.

Er hatte ihr ein Versprechen gegeben, und tief in ihrem Herzen wusste sie, dass er es halten würde.

„Rose?“

Arno beobachtete sie vom Tisch aus, seine braunen Augen wirkten etwas wacher als zuvor. In seinem Blick lag unverhohlener Argwohn. Rose fragte sich, ob er das Gespräch mit dem Söldner mit angehört hatte, und hielt es für das Beste, den Ritter zu beschwichtigen, falls sie seine Gefühle verletzt haben sollte. Mochte Arno auch nicht zu den verlässlichsten Männern gehören, doch er war

Edric treu ergeben gewesen und hatte auch vor ihr einen Treueeid abgelegt.

„Ich habe die Söldner ins Dorf beordert, Sir Arno. Deshalb sind sie schließlich hier. Doch sie werden meine Anordnungen befolgen. Unser Captain sollte sich daran halten, wenn er seine sechs Silbermünzen haben möchte."

Arno reagierte auf ihren trockenen Tonfall mit einem trunkenen Lächeln. „Ist das alles, was Euch an dem gut aussehenden Söldner gefällt?"

Constance kniff die Augen zusammen. „Er kann zumindest aufrecht stehen."

Arno warf ihr einen finsteren Blick zu. „Hüte deine Zunge, altes Weib", grollte er, „oder ich schneide sie dir mit meinem Dolch heraus!"

„Wenn Ihr Euren Dolch noch in der Hand halten könnt."

Rose zuckte die Schultern und beschloss, die beiden sich selbst und ihren Nettigkeiten zu überlassen. Draußen erhellten Fackeln den Burghof, und die Stallburschen sattelten die Pferde für die ungeduldigen Krieger. Als sich die Torflügel knarrend öffneten, drängte eine aufgeschreckte Menge in den Hof. Eine Frau schluchzte heftig, während ein Mann von zwei Gefährten gestützt wurde. Im unsteten Schein der Fackeln wirkten die Gesichter geisterhaft, bleich und verängstigt. Aufgeregt redeten die Menschen durcheinander.

Plötzlich war in dem Lärm eine tiefe Stimme zu hören.

„Ivo! Nimm Alfred und Reynard mit und reite um das Dorf herum. Der Rest folgt mir. Edward, schließ das Tor hinter uns!"

Die Söldner lenkten ihre Rosse zum Tor. Augenblicke später donnerten die Hufe über die schmale Holzbrücke, und die Schar verschwand in der Nacht.

Rose blickte ihnen nach, und Edward, von seiner Aufgabe beflügelt, schickte sich an, das Tor zu schließen. Die milde Abendbrise, die Roses Schleier umfing, brachte den Geruch von brennenden Strohdächern mit. Der Geruch von Zerstörung. Für einen kurzen Moment malte sie sich aus, welchen möglichen Gefahren sich Gunnar Olafson aussetzte, doch dann verwarf sie die Bilder. Es gab noch so viel zu tun.

Rose stieg die Stufen zum Burghof hinunter, um die Dorfbewohner zu beruhigen.

Gunnar saß auf seinem grauen Pferd, während um ihn herum das Feuer wütete und das Dorf in ein orangerotes Flammenmeer verwandelte; der Rauch raubte ihm den Atem. Hitze drohte seine Haut zu versengen. Das Feuer hatte offenbar auf den Strohdächern begonnen und sich inzwischen bis zu den Holzwänden durchgefressen. Obwohl die Dorfbewohner und die Männer aus der Burg verzweifelt gegen die Flammen angekämpft hatten, waren einige Gebäude hoffnungslos verloren. Ein jähzorniger, alter Leibeigener namens Hergat war von einem herabstürzenden Balken getötet worden, weil er sich geweigert hatte, sich in Sicherheit zu bringen.

Als Gunnar und seine Gefährten im Dorf angelangt waren, hatten sie ein heilloses Durcheinander vorgefunden, doch die Angreifer waren bereits geflohen. Da niemand wusste, in welche Richtung die Übeltäter gelaufen waren, hatte es keinen Zweck, in der Dunkelheit die Verfolgung aufzunehmen.

„Wir warten bis Sonnenaufgang", hatte Gunnar gerufen. „Wer diese Leute auch immer sein mögen, sie werden Spuren hinterlassen haben." Er trug seinen Männern auf, denjenigen Dorfbewohnern bei der Suche nach ihren Habseligkeiten zu helfen, die in der Burg Schutz suchen wollten.

Die Ankunft der Söldner hatte die Menschen beinahe genauso verschreckt wie der feige Angriff auf das Dorf. Doch nachdem Gunnar ihnen klargemacht hatte, dass er und seine Männer ihnen helfen würden, akzeptierten sie ihre Anwesenheit ... wenn auch argwöhnisch.

Gunnar selbst hatte tatkräftig zugepackt, um die Brände zu löschen, die noch nicht außer Kontrolle geraten waren – doch in manchen Häusern wüteten die Flammen bereits unbarmherzig. Mit lauten Geräuschen gaben die Wände aus Holz und Lehm nach. Schließlich kam er einer alten Frau zu Hilfe, die ein kleines geflecktes Ferkel in eine Ecke trieb, um es einzufangen.

„Das waren die Marschlandbewohner", hatte die alte Frau mit düsterer Miene gesagt, nachdem sie das quiekende Tier in einen Weidenkorb gezwängt und den Deckel geschlossen hatte. „Möge Gott sie für diese Tat verfluchen! Es ist wahr, dass sie uns schon immer hassen, ebenso wie wir sie, doch ich hätte nie geglaubt, dass sie eines Tages kommen würden, um uns in unseren Betten zu ermorden!"

„Du bist nun in Sicherheit", hatte Gunnar sie beruhigt. „Wir bringen euch in Lady Roses Burg."

Voller Hoffnung hatte sie zu ihm aufgeschaut. „Unsere Herrin ist einer von Gottes Engeln." Ihre Augen weiteten sich, als sie seine Gestalt musterte. „Ihr seid ein stattlicher Mann. Ich habe noch nie jemanden wie Euch in unserer Gegend gesehen."

„Du wirst mich von nun an öfter sehen, alte Frau. Ich bin hier, um die Marschlandbewohner ein für alle Mal dorthin zu treiben, wo sie hingehören."

„Ja, ich glaube, das könntet Ihr vollbringen!" antwortete sie, ohne auf das quiekende Ferkel zu achten.

Plötzlich musste Gunnar an die Marschgebiete, die Wasserflächen und die seltsamen, dunklen Inseln denken. War es wirklich möglich, dass die Leute aus dem *Mere* nicht mehr unter ihren alten Lebensbedingungen existieren wollten? Vielleicht waren in den letzten Jahren die reichen Ernten von Somerford eine zu große Versuchung gewesen. Womöglich trachteten die Marschlandbewohner danach, die Menschen aus dem Dorf zu vertreiben, um ihren Grund und Boden für sich zu beanspruchen.

Warum hatte Lady Rose heimlich nach Söldnern geschickt, ohne ihren Lehnsherren davon in Kenntnis zu setzen? Radulf hielt sie für eine Verräterin, eine Untergebene, die eine Gefahr darstellte, und Gunnar vertraute ihm, dem „Schwert des Königs", obwohl er ein Normanne war.

Er schüttelte den Kopf. An der ganzen Angelegenheit war etwas faul.

Ungeduldig trieb er sein Pferd voran und achtete nicht mehr auf die züngelnden Flammen, die Qualm und Asche hinterließen. Aufgeregt schnatternde Gänse kreuzten seinen Weg und entschwanden mit ihren geisterhaft weißen Federn in der Dunkelheit.

Ich habe ihr mein Wort gegeben.

Gunnars Hand umschloss Fenrirs Knauf; sodass sich das kalte, verzierte Metall bei der Berührung erwärmte. Ein Schwur bedeutete ihm viel, und wenn er einmal sein Wort gegeben hatte, würde er es niemals brechen.

Nun hatte er der Herrin von Somerford sein Wort gegeben. Genau der Frau, deren Schritte er belauern sollte, in der Hoffnung, ihr verräterisches schwarzes Herz bloßzulegen. Der Frau, deren Land er begehrte.

Warum hatte er ihr sein Wort gegeben?

Vielleicht lag es daran, dass sie so offen und ohne Arglist zu ihm gesprochen hatte – ihm waren nur wenige normannische Edelfrauen begegnet, die nicht ihre äußeren Vorzüge oder ihre weibliche Schwachheit dazu benutzten, um sich Männern gegenüber einen Vorteil zu verschaffen. In Somerfords Großer Halle hatte er einen Moment lang geglaubt, dass sie ein Schwert ergreifen, eine Rüstung anlegen und auf ein Pferd steigen würde, um das Dorf ganz allein zu beschützen!

Sie war mutig und entschlossen – das bewunderte er an ihr. Aber er vertraute ihr nicht, denn das könnte gefährlich für ihn werden. Wenn die Gerüchte stimmten, hielt sie bereits Sir Arno in ihren Fängen, und Gunnar hatte Anzeichen entdeckt, dass womöglich engere Bande zwischen der Burgherrin und ihrem Ritter bestanden …

Sie sind ein Liebespaar!

Er wollte der Wahrheit nicht ins Gesicht sehen. Die Vorstellung, wie Lady Rose Arnos Zärtlichkeiten genoss, machte ihn zorniger, als ihm lieb war.

Er war eifersüchtig.

Möge Odin ihm beistehen, falls er schon in ihren Bann geraten war!

Gunnar schüttelte den Kopf. Radulf hatte kein Wort darüber verloren, er solle enthaltsam sein. Wenn sich ihm die Gelegenheit böte, von Lady Roses Reizen zu kosten, würde er sie dann auch wahrnehmen.

„Captain!"

Dankbar für die willkommene Ablenkung, wandte Gunnar sich um und war sogleich hellwach. Alfred kam auf ihn zugeeilt und vertrieb die Dunkelheit mit der brennenden Fackel in seiner Hand.

Seine entstellte Gesichtshälfte geriet in den Lichtkreis der Fackel – aufliegende, weiße Narben und runzelige, rosafarbene Hautstellen. Alfred war der Sohn eines edlen Angelsachsen und hatte sich seine schweren Wunden in einem Gefecht mit den Normannen zugezogen, in dem sämtliche Familienangehörige ihr Leben gelassen hatten. Einst war er ein fröhlicher Junge gewesen, doch jetzt war er ein mürrischer Mann, der selten lächelte. Von all seinen Gefährten bereitete Alfred Gunnar die meisten Sorgen, und er hoffte, der junge Mann würde mit ihm in Somerford bleiben, sobald der letzte Auftrag erfüllt wäre.

Gunnars Pferd tänzelte unruhig auf der Stelle, als es den beißenden Geruch von Alfreds qualmverhangener Kleidung wahrnahm. „Hast du etwas entdeckt?"

Alfred drehte den Kopf und schaute auf die Mühle, die am anderen Ende des Dorfes stand. Daneben befand sich eine kleinere Behausung, die bereits bis auf die Grundmauern abgebrannt war. Seine Stimme klang grimmig. „Ja, Captain, ich habe einen Mann gefunden. Er ist tot. Es sieht so aus, als hätten die Flammen ihn eingeschlossen."

„Gehört er zu den Dorfbewohnern, wie dieser Hergat?"

„Nein, Captain, das glaube ich nicht. Kommt und seht selbst."

Gunnar nickte und folgte seinem Gefährten. Er ahnte, dass es mit dem Toten mehr auf sich hatte, als Alfred hatte durchblicken lassen, doch Gunnar wollte zunächst abwarten und sich selbst ein Bild machen.

Das Haus des Müllers war vollkommen ausgebrannt, die Mühle hingegen war seltsamerweise von den Flammen verschont geblieben. Vermutlich waren die Angreifer entdeckt worden, bevor sie die Mühle anzünden konnten. Als sie näher kamen, hörte Gunnar die rasch fließenden Wasser des Flusses rauschen. Zwei ungleiche Gestalten standen neben der abgebrannten Behausung – ein Kind und eine junge Frau. Im Schein der glimmenden Holzreste war zu erkennen, dass das Gesicht der Frau verschmiert und ihre Kleidung schmutzig war. Beim Anblick von Gunnar und des großen Pferdes umklammerte die Frau das Kind und schaute ihn ängstlich und trotzig zugleich an.

„Die Kinder des Müllers", murmelte Alfred. „Den Müller hat man bislang noch nicht gefunden."

Gunnar nickte den beiden zum Gruß zu – erst jetzt sah er, dass die vermeintliche Frau noch ein Mädchen war. „Wo liegt der Tote?"

„Dort drüben, Captain." Alfred führte Gunnar an die Längsseite des Hauses. Er hielt die prasselnde Fackel höher, als sie den Leichnam erreichten. Gunnar stieg von seinem Pferd.

Der Körper lag unmittelbar vor der niedergebrannten Hauswand, und obwohl das Gesicht und der Oberkörper verbrannt waren, schienen die Beine und Füße unversehrt zu sein. Gunnar glaubte, dass der Mann außergewöhnlich groß gewesen sein musste.

Er kniete neben dem Toten und betrachtete die aufwendig gearbeitete leere Schwertscheide und das feine Leder der Stiefel. Der Mann trug keine Sporen, doch an einem Stiefel hing ein kleiner Lederriemen, an dem einst eine befestigt gewesen sein könnte. Die Beinkleider waren schmutzig, während ein Hosenbein zerrissen war. Wahrscheinlich war dort etwas Scharfes in den Oberschenkel eingedrungen, was ihn getötet hatte.

Unruhig trat Alfred von einem Bein auf das andere.

Gunnar achtete nicht auf die Ungeduld seines Gefährten, sondern beugte sich weiter vor, um das zerfetzte Hosenbein des Toten eingehender untersuchen zu können. Die Wunde rührte offenbar von einer Lanze oder einem Speer her. Wer hatte den Toten angegriffen und überwältigt?

„Ist das hier der Müller?“ fragte er leise, obgleich er wusste, dass er es nicht war. Die Kleidung ließ wenig Rückschlüsse auf die Identität des Toten zu, aber die Schwertscheide stammte von einem Normannen. Soweit Gunnar unterrichtet war, handelte es sich bei dem Müller um einen Angelsachsen.

„Nein, Captain. Ich habe schon einige Leute befragt, aber niemand kennt den Toten. Abgesehen von Harold, dem Müller, wird auch keiner vermisst. Ich begreife das nicht.“

„Also haben wir hier einen der Angreifer?“

„Er stammt nicht aus dem *Mere,* Captain. Die Kleidung ist auffällig, und außerdem sind die Leute aus dem Marschland klein. Dieser Mann scheint seltsamerweise weder zur einen noch zur anderen Seite zu gehören."

„Ich vermute, wenn er ermordet wurde, werden die Dorfbewohner versuchen, die Tat zu leugnen. Sein Gesicht und seine Hände sind verbrannt. Vielleicht ist er gar nicht zufällig in die Flammen geraten, sondern ins Feuer geworfen worden, damit wir nicht herausfinden können, wer er war."

Während er sprach, verspürte Gunnar ein ungutes Gefühl in der Magengegend. Vorfälle wie diesen hatte er schon zuvor erlebt. Wenn man in England unter dem Normannenkönig William, der Eroberer, einen Leichnam fand, musste geprüft werden, ob es sich bei dem Toten um einen Angelsachsen handelte. Ein toter Angelsachse war unbedeutend, und den Umständen seines Todes wurde nicht weiter nachgegangen. Wenn der Tote hingegen ein Normanne war, sah die Vorgehensweise anders aus. Dann nämlich mussten die Ursachen der Gewalttat um jeden Preis aufgedeckt und der Schuldige abgeurteilt werden.

Normannen *wurden* von Angelsachsen ermordet, aus was für Gründen auch immer. Wenn es möglich war, einen gewaltsamen Tod zu vertuschen und die Lehnsherren davon zu überzeugen, dass es sich bei dem Toten um einen Angelsachsen handelte, so wurde die Angelegenheit für erledigt betrachtet. Gunnar hatte schon viele ungewöhnliche Maßnahmen gesehen, mit denen man versuchte, das glatt rasierte Gesicht oder den kurzen Haarschnitt der Normannen zu verbergen. Man hatte die Kleidung vertauscht, Stiefel entwendet, Gesichter zerschmettert ... Wenn dies nicht gelang, verlangten die normannischen Lehnsherren Vergeltung.

Auge um Auge. Zahn um Zahn, wie es in der Bibel steht.

Wenn dieser Mann weder aus dem Dorf noch aus dem Mere stammte, woher kam er dann? Warum entspricht seine Schwertscheide der normannischen Machart, und warum fehlt das Schwert?

Und wenn er ein normannischer Kämpfer ist, was treibt er dann hier mitten in der Nacht während eines Überfalls der Marschlandbewohner?

Plötzlich tauchte vor Gunnars geistigem Auge das Bild der bezaubernden Lady Rose auf. Steckte sie dahinter? Gehörte dies zu ihrem Plan? Und falls ja, spielte sie dieses Spiel allein? Und wenn sie Helfershelfer hatte, warum benötigte sie dann eine Söldnerschar?

Schlagartig fiel ihm die Szene ein, in der er vor dem prasselnden Herdfeuer in der Großen Halle von Crevitch Castle saß. Vor ihm auf dem Tisch standen köstliche Speisen und vorzüglicher Wein; ihm gegenüber saß Lord Radulf. Der Mann, für den Gunnars Vater als Waffenschmied gearbeitet hatte, der Mann, den Gunnar gut kannte und bewunderte.

„Ich brauche einen fähigen Mann in Somerford. Einen Mann, dem ich trauen kann."

„Vertraut Ihr nicht Sir Arno d'Alan?" fragte Gunnar rundheraus, denn der Burgherr war ein alter Freund.

„Er scheint treu zu sein, und doch … er ist Lady Roses Ritter – ihr ist er treu ergeben. Ich kann mir nicht vorstellen, dass er ohne ihre Zustimmung handeln würde." Unruhig rutschte Radulf auf seinem Lehnstuhl hin und her. „Warum sollten sie Söldner anwerben? Männer, die gegen Bezahlung die skrupellosesten Taten begehen ? Haben sie etwa die Absicht, einen Krieg anzuzetteln? Und warum schicken sie ein Schreiben zu meinem Feind Fitzmorton und ersuchen ihn in dieser Angelegenheit um Hilfe? Warum nicht mich, obgleich ich der Lehnsherr von Somerford bin?"

„Dieser Brief, der auf dem Weg zu Fitzmorton abgefangen wurde, war von Lady Rose mit d'Alans vollem Wissen verfasst? Wird sein Name erwähnt? Trägt das Schreiben das Siegel von Somerford? Es sieht so aus, als steckten sie unter einer Decke. Und d'Alan würde sich nicht gegen Euch verschwören, um seine Herrin

zu unterstützen?" Gunnar fand eine solche Vermutung merkwürdig und schwer nachvollziehbar – doch zu diesem Zeitpunkt war er Lady Rose noch nicht begegnet.

„Es gibt Zungen, die behaupten, dass er ihr Geliebter ist, obgleich Lily den Gerüchten keinen Glauben schenkt. Zugegeben … ich habe mich das auch schon gefragt. D'Alan ist äußerst höflich und aufmerksam."

Gunnars Ansicht nach war Radulf ungewöhnlich zögerlich, obwohl die Lösung so naheliegend war.

„Dann setzt sie ab, und ihn gleich mit! Unverzüglich! Es ist Euer gutes Recht. Warum soll ich mit meinen Männern nach Somerford aufbrechen, um ihre Verschwörung aufzudecken? Wir nehmen beide fest und bringen sie vor Euch, und Ihr könnt sowohl die Lady als auch den Ritter in Euer Verlies werfen lassen."

Besorgt strich Radulf sich unaufhörlich über das glatt rasierte Kinn.

„So einfach ist das nicht, Gunnar. Lily schätzt Rose. Sie würde nichts auf sie kommen lassen, und jetzt, da die Niederkunft so kurz bevorsteht, möchte ich sie nicht in Aufregung versetzen. Ich muss meine Zweifel auf anderem Wege ausräumen."

Gunnar begriff und lächelte.

„Ich weiß, ich weiß." Radulf seufzte verärgert auf. „Du magst mich für einen Narren halten. Aber wenn du eine Gemahlin hättest, mein lieber Wikinger, wärst du nicht so selbstgefällig!"

Gunnar lachte. Überrascht stellte er fest, dass Lord Radulf sich verändert hatte. Die Verbitterung, die ihn ständig begleitet hatte, war verschwunden. Er strahlte Zufriedenheit aus.

Aber es war nicht zu übersehen, dass sich Lord Radulf Sorgen um seine Gemahlin Lily machte, die ihr zweites Kind erwartete. Vor mir sitzt ein Mann, dachte Gunnar erstaunt, der über große Ländereien verfügt, zu den Freunden des Königs zählt und über alle Maßen wohlhabend ist, und doch fürchtet er nicht den Verlust all dieser Güter.

Nein, er macht sich Sorgen um eine Frau!

Gunnar erinnerte sich an jenen Augenblick, als er über Radulfs missliche Lage hatte schmunzeln müssen. In seinem Leben war bislang kein Platz für eine Gemahlin gewesen, zumindest hatte er sich das stets eingeredet. Sollte sie etwa zu Hause sitzen, monatelang auf ihn warten und immer in der Ungewissheit leben, dass er womöglich schon tot war?

Somerford, mein Freund, hatte Radulf gesagt, *wird dir gehören, wenn du beweisen kannst, dass Lady Rose sich gegen mich verschworen hat. Es gibt gewisse Gründe, warum ich sie gern los wäre, doch die kann ich dir jetzt nicht darlegen. Ja, überführe die Burgherrin des Verrats, und ich werde dir ihren Besitz überlassen. Das ist ein fairer Handel, Gunnar. Und ich hätte einen Mann in Somerford, dem ich voll und ganz vertrauen könnte.*

Mit der Aussicht auf eigenes Land hatten sich Gunnars Zukunftsvorstellungen schlagartig verändert. Würde er eine Frau finden, die ihm genauso viel bedeutete wie Lily Radulf? Jemand, der seine Gefühle erwiderte und die Bedürfnisse seines Geistes und seines Körpers befriedigte. Eine Frau, die zu ihm passen würde, als wäre sie nur für ihn allein geschaffen …

„Captain?"

Alfred musterte ihn mit einem merkwürdigen Gesichtsausdruck. Gunnar runzelte die Stirn und gab vor, angestrengt über die Todesumstände des halb verbrannten Mannes nachgedacht zu haben. Im Stillen schalt er sich indes für seine Unaufmerksamkeit. Vor ihnen lag ein Toter, während er sich die Frau seiner Träume ausmalte!

„Hat die Familie des Müllers diesen Mann gesehen, bevor er starb?"

Während Gunnar gedankenversunken am Boden gehockt hatte,

waren das Mädchen und das Kind zaghaft näher gekommen. Gunnar sah, dass das Kleid des Mädchens vorn zerrissen war. Mühsam hielt es die Stofffetzen über seinem schlanken Körper mit der Hand zusammen. Das Kind hatte die gleiche hellbraune Haarfarbe.

„Dies sind die Kinder des Müllers, Millisent und Will", erklärte Alfred.

Gunnar nickte und erhob sich zu seiner vollen, beeindruckenden Größe. Mit angstvoll geweiteten Augen versteiften sich die Kinder, doch sie wichen nicht zurück. Plötzlich bemerkte Gunnar, dass die Hand des Mädchens mit Brandblasen übersät war. Offenbar hatte es versucht, die Flammen zu löschen. An ihrem Hals war ein blutiger Kratzer zu sehen. Der Junge hingegen schien unversehrt.

„Wo ist euer Vater?"

Die Kinder warfen sich einen verstohlenen Blick zu, doch dann antwortete das Mädchen in gebrochenem Französisch, wobei es immer wieder englische Wörter benutzte. „Er ist fort. Ich weiß nicht, wohin. Vielleicht zu Lady Roses Burg."

Gunnar hatte viel Erfahrung mit Lügnern, und dieses Mädchen log ganz offensichtlich. Entweder wusste es ganz genau, wohin sein Vater gelaufen war, oder es konnte etwas über den toten Fremden sagen.

„Euer Vater lässt euch hier allein?"

„Wir wurden … getrennt. Vielleicht hat er geglaubt, wir wären schon fort."

„Vielleicht."

Erstaunen flackerte in Millisents Augen auf, dass der große Mann ihr so rasch zu glauben schien.

„Kennst du diesen Mann?" Während er auf den Leichnam deutete, sah er dem Mädchen unverwandt in die Augen.

Es schüttelte den Kopf und kehrte sich ab. „Nein. Er ist ein Fremder hier."

„Du hast ihn nicht gesehen, als er noch lebte?"

Während das Mädchen den Kopf erneut schüttelte, sah Gunnar, wie Tränen in seinen Augen aufstiegen.

Durch Fragen allein würde er nichts herausbekommen, so viel stand fest. Aber er wollte sich auch nicht den Ruf eines Unmenschen zuziehen, indem er härtere Methoden anwendete. Wenn der Tote ein Normanne war, würde er die Wahrheit morgen herausbekommen, oder am übernächsten Tag.

„Alfred, wir nehmen Millisent und ihren Bruder mit zur Burg. Dort sind sie in Sicherheit. Und schick Ivo zu mir."

Er sprach absichtlich in schnellem Französisch, und mit einem Mal wirkte das Mädchen erschrocken und blickte Alfred fragend an. Alfred kam näher, um es zu beruhigen. Erstaunt betrachtete es sein vernarbtes Gesicht. Offensichtlich war das Mädchen von den Ereignissen zu sehr mitgenommen, um den Anblick abstoßend zu finden. Es folgte Alfred gehorsam, während es die Hand seines Bruders fest umschlossen hielt.

Gunnar blieb stehen und starrte auf die Leiche. Ein unbekannter Toter in einem angelsächsischen Dorf, vielleicht ein Normanne. War es Mord? Das war eine ernste Angelegenheit für alle im Lehen Somerford. Sollte er Radulf davon in Kenntnis setzen? Die Antwort war ein klares Ja, und doch verspürte er Widerwillen. Er stand vor einem Rätsel, das er selbst lösen wollte.

Der Hufschlag von Ivos Pferd riss ihn aus seinen Gedanken, und er wartete, bis sein Freund ihn erreicht hatte.

„Was ist geschehen?" fragte Ivo, während er rasch aus dem Sattel stieg.

„Hier ist ein Toter, den niemand kennen will."

Ivo kniete sich hin und betrachtete den Mann. Als er genug gesehen hatte, sah er Gunnar grübelnd an. „Was wirst du tun?"

„Bring den Leichnam in Sicherheit. Wir müssen herausfinden,

wer der Tote war und wer ihn getötet hat. Es sieht so aus, als wäre der Müller fortgelaufen. Bei Tagesanbruch werden wir uns auf die Suche nach ihm machen."

Ivo nickte.

„Sind wir hier fertig?"

„Die Brände sind gelöscht. Die Dorfbewohner, die hier bleiben wollen, haben sich ein Nachtlager gesucht; die übrigen sind auf dem Weg zur Burg."

„Gut. Keine Anzeichen von den Marschlandbewohnern?"

„Nichts. Der Überfall wurde rasch und leise ausgeführt. Der Schaden war angerichtet, ehe irgendjemand ahnte, was geschehen war, und dann war es bereits zu spät. Alle schieben den Leuten aus dem *Mere* die Schuld zu, aber keiner hat welche gesehen."

Einen Moment lang schwiegen sie und dachten nach. Von all seinen Männern stand Ivo Gunnar am nächsten. Er war selbst ein normannischer Ritter, der in Ungnade gefallen und verstoßen worden war, bis er sich Gunnars Söldnerschar angeschlossen hatte. In ihrem Wesen unterschieden sie sich wie Tag und Nacht: Während Ivo aufbrausend war, blieb Gunnar stets ruhig, wenn er überstürzt handelte, ging Gunnar besonnen vor. Und doch waren sie wie zwei Brüder, und Gunnar zweifelte nicht daran, dass sie in diesem Moment dieselben Gedanken hatten.

„Was bedeutet das hier deiner Meinung nach?" Ivo konnte das Schweigen nicht länger ertragen.

„Es riecht nach Verrat, Ivo."

„Ja", erwiderte Ivo grimmig, „das denke ich auch."

Rose kam einfach nicht zur Ruhe.

Nachdem sie und ihre Bediensteten die verängstigten Dorfbewohner in der Großen Halle mit Essen versorgt und zum Schlafen untergebracht hatten, war Rose hinauf in die Kemenate gegangen.

Doch sie war zu aufgewühlt gewesen und rastlos vor den offenen Fenstern auf und ab geschritten. Immer wieder hielt sie inne und schaute in die Richtung, aus der ein furchtbarer Brandgeruch zur Burg herübergeweht wurde: Dort unten an der Flussbiegung hatte ihr Dorf gelegen.

An Schlaf war nicht zu denken, und daher legte Rose sich gar nicht erst hin. Sie beschloss, die Rückkehr der Söldner abzuwarten und so viel wie möglich über den Überfall der Marschlandbewohner zu erfahren. Sir Arno hatte sich bereits zurückgezogen, denn er war viel zu betrunken gewesen, um in dieser entsetzlichen Situation eine Hilfe zu sein, und Bruder Mark hatte sich schon vor Stunden in sein Gemach begeben.

Wieder einmal war sie allein.

Einsamkeit war für Rose nie ein Problem gewesen. Wenn sie in der angespannten Enge ihres Elternhauses oder in dem geschäftigen Treiben in der Burg ihres Gemahls Zeit für sich allein gefunden hatte, war es ihr stets wie ein Glücksfall vorgekommen, und immer hatte sie sich nach Augenblicken des Alleinseins gesehnt. Doch nicht in dieser Nacht, nicht jetzt. Plötzlich wusste Rose, dass sie viel darum geben würde, jemanden zu haben, an den sie sich anlehnen könnte, der ihr Halt böte, den sie … lieben könnte?

Rose zitterte. Liebe barg Unheil! Sich danach zu sehnen, bedeutete, ihren eigenen Untergang heraufzubeschwören.

„Ist Euch kalt?“ Constances Stimme kam von der Tür her. Der vertraute Klang war tröstlich. „Schließt die Blendläden und geht zu Bett. Es wird Euch gut tun.“

Rose schüttelte den Kopf. „Ich kann nicht. Sie sind noch nicht zurückgekehrt.“

„Wo ist Euer Ritter – Arno? Eigentlich müsste er unten sein und die Sache in die Hand nehmen.“

Rose schlang die Arme um ihren Körper und lächelte milde.

„Arno ist zu nichts mehr in der Lage und liegt schnarchend in seinem Bett. Weißt du, Constance, ich ertappe mich bei dem Wunsch, Edric an meiner Seite zu haben. Er hätte gewusst, was in einer solchen Lage zu tun wäre: Seine Leute liebten ihn, und sie vertrauten ihm. Stattdessen habe ich mein Schicksal in die Hände eines ungezähmten Wikingers gelegt, der womöglich mehr mit den feigen Angreifern gemein hat als mit mir und meinen Leuten."

Das stimmt nicht! rief eine innere Stimme. *Er hat dir sein Wort gegeben ...*

„Euer Gemahl war ein alter Narr", sagte Constance trocken. „Wenn Ihr Hilfe braucht, dann geht zu Lady Lily."

Constance griff nach einem pelzbesetzten Umhang, der auf einer Truhe an der Wand lag, und legte ihn Rose um die Schultern.

Dankbar lächelte Rose ihre Zofe an, doch ihre Antwort war unmissverständlich.

„Du weißt, das geht nicht. Ich kann nicht bei jeder Schwierigkeit zu Lord Radulf und Lady Lily rennen. In diesem Punkt hat Sir Arno Recht, wenn er sagt, dass man mich für schwach und unfähig halten wird, Somerford zu ..."

„Sir Arno!" unterbrach Constance sie mit unverhohlenem Spott in ihrer Stimme. „Dieser Ritter versteht sich trefflich darauf, mit Euch zu spielen, mein Kind. Wie einen Fisch zieht er Euch immer weiter aus dem Wasser. Eines Tages werdet Ihr zappelnd an Land liegen und nichts mehr ausrichten können."

Schmunzelnd schaute Rose die treue Alte an. „Arno ist ein Fischer, der mich fangen will? Wie meinst du das? Ich weiß, dass du ihn nicht magst, Constance, aber du solltest ihm nicht solche bösen Absichten unterstellen. Arno ist *mir* treu ergeben. Das merke ich. Und wenn er auch manchmal überheblich ist, nun ... das ist nun mal seine Art."

Constance warf ihr einen unheilvollen Blick zu. „Ich bete, dass es so ist, wie Ihr behauptet, Mylady, doch ich fürchte, eines Tages werdet Ihr feststellen, dass Ihr Euch in Eurem treu ergebenen Ritter getäuscht habt. Er hat ein Auge auf Euch geworfen, wisst Ihr das eigentlich?"

Erschrocken drehte Rose sich um und starrte die alte Zofe an. „Hat er nicht! Und außerdem ..."

„Außerdem kümmert Euch das wenig", vervollständigte Constance den Satz. „Dennoch schaut er Euch mit lüsternen Blicken an, Mylady, obwohl Ihr unerreichbar für ihn seid. Das ist nicht nur mir aufgefallen."

Verunsichert lachte Rose auf. „Ich denke, du bildest dir da etwas ein."

„Und ich denke, Ihr seid einsam, Mylady. Fünfundzwanzig Jahre alt und so schön." Sie schnalzte mit der Zunge. „Lord Radulf sollte Euch einen neuen Gemahl aussuchen, einen geeigneteren diesmal, einen starken und gesunden Mann. Seine eigensinnige Gemahlin hält ihn davon ab. Ich wette, ich weiß, wer in seiner Burg das Sagen hat!"

„Sei still, Constance! Was redest du da? Ich möchte keinen neuen Gemahl. Was ist, wenn er mich schlägt? Oder dich?" fügte sie hinzu, während sie ein Lächeln unterdrücken musste.

Was wäre, wenn ich mich in ihn verliebte?

Ihre Heiterkeit schwand, und Rose hüllte sich in ihren Umhang, als wäre ihr tatsächlich kalt.

„Ich glaube nicht, dass es dazu kommen würde", erwiderte die alte Frau milde.

Constance hing ihren Gedanken nach. Was für eine Schande, wenn ein liebreizendes Wesen wie Rose sich an einen schwächlichen und unbeweglichen Mann wie Arno binden würde. Constance seufzte. Sie war alt, und ihre Tage auf Erden waren gezählt. Wenn sie doch nur einen Mann fände, einen gesunden und kräftigen Mann. Einen Mann, der ihre Herrin verstehen würde, der begriff, dass ihr liebevolles Wesen keine Schwäche war, die man ausnutzen konnte, sondern eine Stärke. Eine Gabe. Rose brauchte die Liebe eines standhaften Mannes. Wenn sie, Constance, einen solchen Mann fände, würde sie ihm ihre Herrin von ganzem Herzen anvertrauen.

„Vielleicht habt Ihr Recht", räumte Constance schließlich ein. „Ihr braucht keinen zweiten *Gemahl.* Ein Liebhaber würde genügen. Ja, ein Beschützer."

„Constance, ich will keinen Mann – weder einen Liebhaber noch einen Gemahl! Ich bin zufrieden mit dem … was ich habe." Erneut wandte sich Rose zum Fenster und schaute hinaus. Sie ließ den Blick über das flache Land schweifen, bis sie im matten Sternenlicht die dunklen Umrisse des Burrow Mump erahnen konnte.

Heirat, dachte sie voller Grimm. Was war das schon? Ein Vertrag, um den Wohlstand zu mehren und an Einfluss zu gewinnen. Um Kinder in die Welt zu setzen und dadurch noch mehr Reichtum und Macht zu erhalten. Begierde? Nun, jedes Tier war der Fleischeslust fähig. Und Liebe? Liebe war nichts als ein Traum, ein Hirngespinst … ein geisterhafter Krieger ohne Gesicht.

Bist du damit zufrieden?

Ja, redete Rose sich unaufhörlich ein, *das bin ich.*

Der Hufschlag unten vor dem Torhaus lenkte ihre Aufmerksamkeit wieder auf dringlichere Probleme. Große Männer auf stattlichen Pferden ritten über die Holzbrücke, die den Graben überspannte. Kettenhemden funkelten im Schein der Fackeln. Die Söldner waren zurückgekehrt! Rose umklammerte den kalten, steinernen Fenstersims und zählte die Reiter. Einer, zwei, drei, vier!

Zwei fehlten.

Ihr stockte der Atem. Schon stieg Angst in ihr hoch, als sie plötzlich *seine* Stimme vernahm, die um Einlass rief.

Gunnar Olafson war zurückgekehrt.

Es fiel Rose schwerer als je zuvor, sich so zu verhalten, wie es einer Herrin von Somerford entsprach. Wie sollte sie sich gefasst zu Constance umdrehen, wenn ihr Herz bis zum Hals schlug? Schließlich fasste sie sich. „Sie sind zurück. Ich gehe hinunter, um sie zu treffen. Ich muss wissen, was sich ereignet hat", sagte sie, während sie ihre zitternde Stimme unter Kontrolle hielt.

6. KAPITEL

Als sie auf den Stufen des Bergfrieds im unsteten Schein der Fackeln stand, konnte Gunnar nur die Umrisse ihrer Gestalt sehen. Der Anblick der verlockenden Rundungen ihres Körpers löschte die Geschehnisse der letzten Stunden aus – das zerstörte Dorf, der tote Mann und der verschwundene Müller. Ein nie gekanntes heißes Verlangen durchströmte seinen Körper.

Er begehrte sie.

Es war so einfach und zugleich so kompliziert.

Er, ein Söldner niedrigen Standes, begehrte eine Edelfrau. Genauso gut könnte er versuchen, den Mond mit der bloßen Hand zu berühren! Sie könnte ihn auspeitschen lassen für diese Anmaßung, selbst wenn er ein ehrenhafter Söldner und sie eine verräterische Dame war …

Doch Gunnars Hochmut setzte sich schließlich durch. Er war der Sohn von Olaf dem Waffenschmied, und in seinen Adern floss das Blut von Wikingern und nordischen Königen – er musste sich seiner Abstammung nicht schämen. Soll sie doch versuchen, mich auf meinen Platz zu verweisen, dachte er grimmig, dann werde ich sie lehren, wo sie hingehört – in mein Bett!

Die Vorstellung flammte in lebhaften Farben vor ihm auf. Gunnar stöhnte im Innern auf, als die Bilder sich in seinem Kopf formten … Ihr nackter Leib in den Laken, ihr dunkles Haar fiel ihr über die Schultern, seine Hände verfingen sich in ihrer dunklen, lockigen Pracht, während er sich auf sie legte, den harten Leib über ihre weichen Rundungen schob …

Seine körperlichen Regungen waren nicht zu leugnen, und die engen Beinkleider begannen zu schmerzen. Immerhin war das Kettenhemd gerade lang genug, um sein Verlangen zu verbergen. Gunnars Mundwinkel zuckten, und einen Augenblick lang war er kurz davor, über sich selbst zu lachen. In was hatte er sich da verstrickt? Doch hier stand nicht allein seine eigene Zukunft auf dem Spiel, und Gunnar war kein Mann, der andere im Stich ließ. Er verdrängte seine Begierden, indem er sich daran erinnerte, dass er Krieger war.

Nachdem er seine Selbstbeherrschung wieder gewonnen hatte, stieg Gunnar vom Pferd. Hinter ihm hob Alfred das Mädchen, Millisent, vom Pferd. Ihr Bruder saß vor Ivo, und Gunnar streckte die Arme nach ihm aus, um den Jungen herunterzuheben. Kaum hatte er den Boden berührt, stürmte er bereits auf Rose zu.

„Mylady, Mylady, es hat gebrannt!" rief er. In der hohen Stimme schwang die ganze Aufregung des Burschen mit.

„Jetzt bist du in Sicherheit, Will", beruhigte Rose ihn, während sie ihm über den Kopf strich.

Mit ernster Miene nickte der Junge und schaute sich nach seiner Schwester um. „Dürfen wir bei Euch bleiben, Mylady?"

„Will!" ermahnte ihn das Mädchen.

Rose lächelte. „Ist schon gut, Millisent. Ihr könnt so lange bleiben, wie ihr möchtet, Will. Jetzt lauf schnell hinein und schau nach, ob Earthas kleiner Junge noch wach ist."

Gunnar beobachtete, wie das Kind auf das zustimmende Nicken der älteren Schwester wartete und dann unverzüglich in der Halle verschwand. Lady Rose hatte seinen Namen gekannt und so vertraulich und ungezwungen mit ihm gesprochen. Es war ungewöhnlich für eine Burgherrin, auf ihre Würde und ihre hohe Stellung zu verzichten, nur um dem Kind eines Leibeigenen das Gefühl von Geborgenheit zu vermitteln. Gunnar wünschte, sie wäre kurz angebunden und hartherzig aufgetreten. Dann wäre es leichter für ihn gewesen, sie zu verabscheuen.

„Mylady?" Ein Dorfbewohner trat vor und bat um Gehör. Rose neigte den Kopf und lauschte den Worten des aufgeregten

Mannes. Ihr Gesicht war blass, und sie wirkte erschöpft, dennoch war sie unbeschreiblich schön. Sie hatte die Finger ineinander verschränkt und schien jedem Wort aufmerksam und voller Sorge zu folgen. Nein, so sieht keine Verräterin aus, dachte Gunnar. Aber war ihr Mitgefühl echt oder bloß vorgetäuscht? War sie womöglich nur um sich selbst besorgt aus Angst, ihre Verschwörung gegen ihren Lehnsherrn könnte aufgedeckt werden?

Doch während Gunnar beobachtete, wie einfühlsam die Burgherrin zu dem Mann aus dem Dorf sprach, merkte er, dass es ihm schwer fiel, Roses Verhalten sachlich zu beurteilen. Zu einem späteren Zeitpunkt wollte er mit ihr über die Vorkommnisse im Dorf sprechen. Später, wenn sein Verstand wieder sämtliche Regungen seines Körpers beherrschte. Mit diesem Vorsatz begab er sich zu den Stallungen, erleichtert, Abstand von der schillernden Herrin von Somerford zu gewinnen.

Aber sein Plan ging nicht auf.

„Captain Olafson?“

Ihre Stimme klang atemlos, als ob sie hinter ihm herliefe. Widerwillig drehte Gunnar sich um. Tatsächlich, sie lief auf ihn zu.

„Wartet bitte, Captain! Ich wünsche Euch zu sprechen.“

Rasch hatte sie ihn eingeholt. Nun stand sie so dicht vor ihm, dass er ein Prickeln auf seiner Haut verspürte. Warum hielt sie sich nicht in angemessener Entfernung? Auch wenn sie seine Erregung nicht sah – könnte sie dennoch die Hitze spüren, die seinem Körper entströmte? Würde sie bemerken, welche Kraft und Selbstbeherrschung er aufbringen musste, um sie nicht auf der Stelle in sein Bett zu tragen?

Nein, dazu war sie zu sehr mit ihren eigenen Sorgen beschäftigt – obschon sie vielleicht fühlte, dass *irgendetwas* nicht stimmte. Er war so angespannt wie eine Bogensehne. Mit vor der Brust verschränkten Armen stand er vor ihr, als wolle er sie nicht an sich herankommen lassen. Zögernd streckte sie eine Hand aus und berührte sachte seinen Arm.

„Captain ... fühlt Ihr Euch nicht wohl?"

Ihre Hand war kalt. Er sah die feingliedrigen Knöchel und die auffallend kurzen Fingernägel. Seine war groß und schwielig, vernarbt von einem Leben des Kämpfens, und warm. Ungewöhnlich warm.

Gunnar zitterte, benommen von der Vorstellung, wie es sich wohl anfühlte, diese kleine, schlanke Hand zwischen seinen Beinen zu spüren.

„Mir geht es gut", erwiderte er heiser. *Meine lüsternen Gedanken treiben mich noch in den Wahnsinn; möge Odin mir endlich beistehen!*

„Dann berichtet mir, was sich in dem Dorf zugetragen hat", verlangte sie.

Er starrte sie an, als habe er die Fähigkeit des Sprechens verloren. Weil sie so nah vor ihm stand, konnte er ihren betörenden Duft wahrnehmen. Ihre Augen leuchteten im Schein der Fackeln, und ihre vollen und roten Lippen hoben sich von ihrer blassen Haut ab. Er könnte sich hinabbeugen und ihre Lippen mit einem Kuss verschließen; er könnte ihre Hand ergreifen und jeden einzelnen ihrer zerbrechlichen Finger mit Küssen benetzen.

„Was ist in dem Dorf geschehen, Captain?" In ihrer gebieterischen Stimme schwang Ungeduld mit, während sie seinen Arm immer noch berührte.

Er räusperte sich. Sollte er ihr von dem Toten berichten, der möglicherweise mit ihr gemeinsame Sache gemacht hatte? Vielleicht würde sie sich durch ihre Reaktion verraten.

„Ein Großteil des Dorfes ist zerstört, Mylady, und ein Leibeigener namens Hergat ist tot."

Als Gunnar sah, wie sie zusammenzuckte, wusste er, dass er zu forsch gewesen war. Doch dies hatte er bezwecken wollen – eine ehrliche Reaktion.

„Zwei meiner Männer halten Wache für die Bewohner, die unbedingt im Dorf bleiben wollten. Die übrigen Leute haben sich entschieden, in Eurer Burg Zuflucht zu suchen."

„Gewiss." Sie zog die kalte Hand zurück und verbarg sie unter dem wärmenden Mantel. Plötzlich vermisste er ihre Berührung. Sie sah an ihm vorbei und schaute auf eine Anzahl Leute, die dicht gedrängt im Burghof zusammenstanden. Ihre Stimme zitterte leicht. „Und die Übeltäter? Seid Ihr ihrer habhaft geworden?"

„Nein. Sie waren bereits verschwunden, als wir das Dorf erreichten. Morgen werden wir mit unseren Nachforschungen beginnen, Mylady." Obwohl sie die Angreifer nicht gefasst hatten, strahlte Gunnar Selbstsicherheit aus. Er hielt seine Arme vor der Brust verschränkt, als wolle er ihren Tadel an sich abprallen lassen. Gunnar wünschte sich sogar, gerügt zu werden, um sich endlich von ihr abwenden zu können. Wie sollte er seiner Aufgabe gewachsen sein, wenn er nichts anderes wollte, als sich in ihren Reizen zu verlieren?

Doch zu seiner Enttäuschung wies sie ihn nicht zurecht, sondern nickte nur. Offenbar gab sie sich mit seinen Erklärungen zufrieden, bevor sie sich umdrehte und ihren Bediensteten Anweisungen gab.

Gunnar blieb stehen. Während er jedem ihrer Schritte mit den Augen folgte, fragte er sich verwirrt, wie es dazu kommen konnte, dass seine berühmte Ruhe ihn so rasch verlassen hatte. Wenn Lady Rose eine listige Taktik anwendete, um ihn in seinen Grundfesten zu erschüttern, wäre er vermutlich in der Lage, ihr zu widerstehen. Wenn sie eine erfahrene Verführerin wäre, die sich auf ihr Spiel verstand, könnte er ihre Pläne durchkreuzen. Mit solchen falschen Frauen kannte er sich aus.

Für gewöhnlich verkehrte Gunnar nicht mit reizbaren normannischen Edelfrauen. Er befriedigte sein Verlangen bei einfachen, erfahrenen Frauen. Er hätte schwören können, dass Rose gar nicht zu bemerken schien, welche Wirkung sie auf ihn ausübte. Wie sollte er vorgehen oder sich selbst in einem Spiel schützen, von dem sie nichts wusste?

Sie gab immer noch Anordnungen.

Während sie sprach, legte sie einen schützenden Arm um die Tochter des Müllers, die schweigend neben ihr gestanden hatte. Als sie schließlich den Bediensteten ihre Aufgaben zugeteilt hatte, wandte Rose sich dem Mädchen zu und betrachtete ihr schmutziges, zerrissenes Kleid und ihr zerzaustes Haar.

„Millisent, mein Kind, wo ist dein Vater?"

Die freundliche Zuwendung überwältigte das Mädchen. Mit einem Schluchzen lehnte sie sich bei ihrer Herrin an und vergrub ihr Gesicht weinend in Roses Kleid. Mitfühlend und erschrocken zugleich nahm Rose das Mädchen in die Arme, während sie fragend zu Gunnar herüber schaute.

Langsam kam er auf sie zu. Er wollte nicht, dass irgendjemand von den Dorfbewohnern hörte, was er über den Vorfall mitzuteilen hatte.

„Der Müller wird vermisst. Er war nicht im Dorf, und Edward dort am Tor hat ihn nicht in die Burg kommen sehen." Als er zögerte weiterzusprechen, sah sie ihn unverwandt an. Offenbar ahnte sie, dass es noch weitere schlechte Nachrichten gab.

„Mylady, neben dem Haus des Müllers fanden wir einen toten Mann – vermutlich handelt es sich um einen Normannen –, den niemand zuvor gesehen haben will."

Er hielt inne, doch sie spürte, dass er ihr noch nicht alles erzählt hatte. Sie trat näher an ihn heran, den Arm um Millisent gelegt.

„Aber … ich verstehe nicht. Stammt er aus dem *Mere*? Gehört er zu denen, die für die Verwüstungen verantwortlich sind?“ fragte sie bestürzt.

„Vielleicht.“

Als sie zu ihm aufschaute, versuchte Gunnar herauszufinden, ob ihre Betroffenheit gespielt war. Doch ihr Gesicht verriet nichts anderes als Besorgnis und Verwirrung. Mehr noch, er entdeckte dieselbe einsame Schwermut in ihrem Blick, die ihn selbst manchmal niederdrückte.

„Vielleicht? Das ist keine Antwort, Captain.“ Sie machte einen weiteren Schritt nach vorn, bis der Saum ihres hellen Untergewandes über seine staubigen Stiefel strich.

Gunnar biss die Zähne zusammen. Er wollte den Eindruck erwecken, dass ihre Nähe ihn kalt ließ.

„Morgen werden wir mehr erfahren. Bis dahin müssen wir ihn für einen Fremden halten, denn keiner der Dorfbewohner will zugeben, ihn zu kennen.“

„Ihr denkt, sie lügen“, sagte sie leise, während sie sich inständig wünschte zu wissen, was er dachte.

„Es ist möglich“, murmelte er, ohne etwas von seinen Vermutungen preiszugeben. Aber er hatte in den letzten Tagen die Erfahrung gemacht, dass sie sich nicht mit halben Antworten zufrieden gab.

„Möglich? Entweder lügen sie, oder sie sagen die Wahrheit – dazwischen gibt es nichts!“

Er schwieg, während er auf das Mädchen schaute. Begriff sie die Warnung?

Sofort verstand Rose, auf was er anspielte. „Wir werden dies später erörtern“, antwortete sie würdevoll und warf ihm aus ihren dunklen Augen einen strengen Blick zu.

Gunnar nickte zustimmend und beobachtete, wie Rose das Mädchen behutsam in die Große Halle führte, wo Licht und Wärme einen trügerischen Eindruck von Sicherheit vermittelten. Und so ist es auch mit Lady Rose, rief Gunnar sich grimmig in Erinnerung. Mit ihrem herrlichen Körper und ihrem schönen Gesicht täuschte sie über ihren wahren Charakter hinweg.

Alfred war im Begriff, den Frauen zu folgen.

„Hat Millisent irgendetwas erzählt?“ fragte Gunnar leise, nur für Alfreds Ohren bestimmt.

„Nein, Captain, aber sie hat große Angst. Sie verheimlicht uns etwas.“

„Finde heraus, was sie weiß, Alfred.“

Als sein Gefährte fort war, blieb Gunnar noch einen Moment lang in den Schatten stehen und blickte auf die Frau, die im Schein der Fackeln den Bergfried betrat. Es war Irrsinn. Er wusste es, doch er vermochte nicht die Kraft aufzubringen, sich gegen seine Gefühle zu wehren. Er hatte sein Verlangen nicht mehr unter Kontrolle. Vielleicht genügt es, wenn die Begierde nur ein einziges Mal gestillt wird, redete er sich fieberhaft ein. Nur ein einziges Mal, und er wäre wieder er selbst. Dann hätte er sie aus seinem Kopf verbannt, für immer.

Es war spät geworden.

Rose stand vor der Tür zur Großen Halle und schaute auf die schlafenden Menschen. Im Schein des allmählich verlöschenden Feuers, das im Kamin brannte, sah man die Umrisse ausgestreckter Arme und Beine. Köpfe mit zerzausten Haaren lugten unter wärmenden Umhängen und Decken hervor. Regelmäßige Atemzüge und gelegentliches Schnarchen durchbrachen die Stille. Hinter der Empore in einer Nische, die mit einem Vorhang von der Halle abgetrennt war, hatten die Kinder des Müllers bei Eartha und ihrem kleinen Jungen einen sicheren Unterschlupf gefunden.

Von den Kindern der Dorfbewohner war Millisent Rose besonders ans Herz gewachsen. Lag es daran, dass das Mädchen ohne Mutter aufwuchs? Fühlte sie sich an ihre eigene Kindheit erinnert, an die Einsamkeit der frühen Jahre? Vielleicht. Der Unterschied lag indes bei den Vätern, denn während Millisents Vater liebevoll für seine Tochter sorgte, war Roses Vater kaltherzig und herrisch gewesen. Er hatte sie gewiss nie geliebt, und als sie heranwuchs, hatte sie gelernt, sich nicht nach seiner Liebe oder Anerkennung zu sehnen. Ihr Vater hatte die Gabe besessen, derartige Sehnsüchte gegen einen zu verwenden. Hatte sie nicht ständig mit ansehen müssen, wie sehr ihre Mutter unter ihm gelitten hatte?

Diese Lektion war ihr in Fleisch und Blut übergegangen. Wer in seinem Leben nie genug Liebe erfahren hat, entwickelt eine unmäßige Sehnsucht nach Liebe. Und wer zu sehr liebt, fügte seinem eigenen Herzen eine tödliche Wunde zu. Denn wie sollte er es ertragen, wenn seine Liebe nicht ebenso erwidert wird? War es nicht besser, sich zu schützen, indem man ein derartiges Gefühl aus seinem Leben verbannte?

In der Halle roch es nach kaltem Rauch, der den Haaren und Kleidern der Dorfbewohner entströmte. Was war dort draußen in der Nacht geschehen, während die ersten Flammen Schrecken verbreitet hatten? Rose konnte beinahe die Schreie und Rufe hören, den Brandgeruch riechen, und … was sehen?

Marschlandbewohner, die Schaden anrichteten? Die sich im Schutz der Dunkelheit heranschlichen, um danach wieder in den Schatten zu verschwinden? Oder waren es andere Leute gewesen, die das Dorf angegriffen hatten? Gab es andere Gründe für den Überfall? Warum gab es keine Zeugen?

Warum hatte Harold, der Müller, in der Nacht das Weite gesucht und einen unbekannten Toten zurückgelassen? Harold gehörte nicht zu denjenigen, die einfach wegliefen, und er war gewiss kein Mörder. Er war ein unerschütterlicher, zuvorkommender

Mann, der jeden freundlich begrüßte, der Korn zu seiner Mühle brachte. Ein Mann, der sich rührend um seine Familie kümmerte. Es ging Rose nicht in den Kopf, dass er unter solchen Umständen seine Kinder im Stich gelassen haben sollte, sofern er nicht einen triftigen Grund gehabt hatte. Hatten ihn die Marschlandbewohner möglicherweise verschleppt, weil sie sich von einer Geisel ein Lösegeld versprachen? Wenn das ihre Absicht war, warum hatten sie sich dann mit Harold zufrieden gegeben und sonst niemanden entführt?

Rose seufzte. Sie spürte die Verantwortung für so viele Untergebene wie eine Bürde auf ihren Schultern. Es gab zu viele Fragen, auf die sie keine Antworten hatte. Im Moment konnte sie nur auf den nächsten Tag warten, wie Gunnar Olafson gesagt hatte. Unbehagen nahm von ihr Besitz, als sie sich klarmachte, dass ein Toter in einem angelsächsischen Dorf – insbesondere wenn es sich um einen toten *Normannen* handelte – große Schwierigkeiten heraufbeschwören konnte.

An Gunnars verhaltenem Augenausdruck hatte sie gesehen, dass er um die Tragweite des Problems wusste. Vermutlich hatte er ihre Fragen deshalb so zögerlich beantwortet. Er kannte noch die alten Sitten, bevor König William England regierte. Als Harold noch König war – und lange Zeit davor –, war ein Mord mit dem Wergeld abgegolten worden. Anstatt eine blutige Fehde anzuzetteln, konnte den Angehörigen des Ermordeten eine zuvor ausgehandelte Geldsumme übergeben werden, als Entschädigung für den gewaltsamen Tod in der Familie. Darin bestand die Bestrafung des Mörders – er musste für das bezahlen, was er getan hatte.

Jetzt waren solche althergebrachten Gesetze bedeutungslos geworden – das normannische Gerichtswesen hatte die angelsächsischen Bräuche restlos verdrängt. König William ließ verlauten, dass bewiesen werden musste, ob es sich bei einem Toten um einen

Angelsachsen handelte. Andernfalls ging das Gericht davon aus, er sei ein Normanne. Und nach Williams Gesetzen wurde für jeden ermordeten Normannen ein Angelsachse zum Tode verurteilt.

Wenn der Tote in ihrem Dorf tatsächlich ein Normanne war, so würde Harold der Müller schnell unter Mordverdacht stehen.

Hatte Captain Olafson deshalb so ernst ausgesehen, als er in der Nacht zur Burg zurückgekehrt war? Rose wusste, dass sie ihn erneut befragen musste, doch sie zögerte noch damit. Was auch immer während der Mahlzeit in der Großen Halle einen wahren Funkenflug zwischen ihnen ausgelöst hatte, war zu dem Zeitpunkt seiner Rückkehr vom Dorf kalt und erstarrt gewesen. Sie hatte rasch bemerkt, dass er sich ihr, aus was für Gründen auch immer, so schnell wie möglich hatte entziehen wollen. Sie hatte ihm geradezu befehlen müssen, auf sie zu warten! Die Kälte, mit der er über die Ereignisse im Dorf gesprochen hatte, war für sie erschreckend gewesen. Selbst seine Gefährten waren mitfühlender gewesen als er. Alfred mit der hässlichen Narbe im Gesicht hatte ihr sogar geholfen, Schlafstätten herzurichten und Wunden und Verbrennungen zu versorgen. Ernstere Brandwunden hatte er mit Gänseschmalz behandelt. Seine Mutter habe dieses Heilmittel zu Hause angewandt, wie er ihr erzählte. Als er sich an seine Kindheit erinnerte, musste er lächeln. „Wo ist Eure Familie jetzt?" hatte sie sich erkundigt. Er konnte noch nicht lange bei den Söldnern sein, denn er kam ihr sehr jung vor.

Doch sein Blick war stumpf und leer gewesen. „Die Gefährten sind jetzt meine Familie."

Rose hielt die Söldner immer noch für ausgesprochen zäh und gefährlich, aber ihr wurde allmählich bewusst, dass mehr in ihnen steckte als ein ruchloser Durst nach Blut. Sie vertraute ihnen noch nicht ganz, doch sie begann, die Männer besser zu verstehen. Abgesehen von ihrem Anführer …

Plötzlich vernahm sie Schritte hinter sich.

Rose versteifte sich. War es Constance oder Eartha? Millisent vielleicht, die nicht schlafen konnte, weil sie sich Sorgen um ihren Vater machte? Arno, der sich für seine Trunkenheit schämte und nun nach dem Rechten sehen wollte?

Aber es war keiner von ihnen.

Sie wusste bereits, wer dort kam.

Vielleicht spürte sie die Größe und die Wärme dieses Mannes, vielleicht lag es an dem moschusartigen Duft, der sich mit dem Geruch von Leder vermischte. Vielleicht *wusste* sie es einfach.

Und genau dieser Gedanke machte ihr Angst. Hieß das nicht, dass eine Bindung zwischen ihnen bestand? Sie konnte kaum atmen, so sehr ängstigte sie dieser Gedanke.

Langsam und gegen ihren Willen drehte Rose sich um.

Er stand näher vor ihr, als sie geglaubt hatte. Ein hoch gewachsener und beeindruckender Wikinger. Seine kraftvollen Beine steckten in jenen eng anliegenden, dunklen Beinkleidern, unter denen sich jeder Muskel abzeichnete, während das blaue Hemd seine mächtige Brust, die breiten Schultern und kraftvollen Arme bedeckte. Er trug das Hemd am Hals offen, und Rose konnte seinen Pulsschlag sehen. Sein kupferfarbenes Haar wirkte im Schein der fast ausgebrannten Fackel in der Wandhalterung matter als sonst. Die breite Stirn und das kräftige Kinn, die hohen Wangenknochen und die schmal verlaufende Nase raubten ihr beinahe den Atem.

Überwältigt durch seine Gegenwart trat Rose unwillkürlich einen Schritt zurück. Dabei stolperte sie und wäre beinahe zu Boden gestürzt. Rasch hatte er sie gestützt. Seine Hand hielt ihren Arm fest umgriffen, und doch war er behutsam, als gäbe er Acht, sie mit seiner ungeheuren Kraft nicht zu verletzen.

„Mylady, ist Euch nicht wohl?“ murmelte er leise, um die Schlafenden nicht zu stören.

Sie schaute zu ihm auf, und plötzlich entdeckte sie etwas in seinem Gesicht, das sie verwunderte. *Er ist erschöpft!* dachte sie. Seltsam, sollte ein Mann wie er den Schlaf genauso nötig brauchen wie alle anderen Menschen auch? Unter seinen leuchtenden Augen waren dunkle Schatten, und die Falten zwischen den Augenbrauen traten stärker hervor. Rotgoldene Barthaare bedeckten die Wangen und das kräftige Kinn. Er presste die Lippen aufeinander, sodass der sonst so volle Mund ungewöhnlich dünn wirkte.

Langsam, wie in Trance, nahm Rose wahr, wie innig ihre Blicke miteinander verschmolzen.

Die Anspannung in seinem Gesicht nahm zu – kämpfte er etwa gegen eine übermächtige Gefühlsregung an, gegen ein schmerzendes Bedürfnis?

Langsam hob er die Hand.

Er will mich berühren.

Nein! Gebiete ihm Einhalt, jetzt!

Aber dazu brachte Rose nicht die Kraft auf. Sie wollte es nicht.

Seine Finger waren lang und schmal, während sein Handrücken mit Schwielen und Narben übersät war. Doch als er ihr über die Wange strich, war die Berührung so zart und so weich, als würde eine Feder ihre Wange streifen.

Ihre Haut brannte wie Feuer.

Rose hörte, wie sie den Atem anhielt, fühlte, wie das Blut unter ihrer Haut in Wallung geriet. Ihr Herzschlag beschleunigte sich. Seine Nähe machte sie schwindelig – es war ihr, als drehte sie sich unaufhörlich um die eigene Achse.

Voller Furcht und auf der Suche nach einer Ablenkung, tat Rose das Erste, was ihr in den Sinn kam. Sie stellte ihm die Frage, die sie beschäftigt hatte, bevor er gekommen war.

„Was ist dem Mann im Dorf widerfahren?“

Gunnar ging nicht darauf ein, sondern umschloss ihr Gesicht

mit beiden Händen. Dann löste er den Reif, der ihren Schleier hielt, und entfernte den feinen, dünnen Stoff aus ihrem Haar.

Einen Moment lang blickte er sie nur unverwandt an, doch dann löste er das Lederbändchen, das ihren Zopf hielt, und fuhr mit seinen großen Händen in die jetzt offene, volle Pracht. Ihr samtenes dunkles Haar fiel ihr wie ein schimmernder Schleier über ihre Schultern.

Ein leichtes, zufriedenes Lächeln umspielte seine Mundwinkel, mehr ließ seine Selbstbeherrschung nicht erahnen. *Das* war es, wurde Rose in diesem Augenblick bewusst: Selbstbeherrschung. Gunnar Olafson verstand es, seine Gefühle zu bändigen und kraft seines Willens zu Boden zu zwingen. Er war wie ein Mann aus Eisen geschlagen.

Und dennoch begehrte er sie. Sie sah es in seinem Gesicht, an seinem angespannten Leib; lichterloh brannte das Verlangen in seinen Augen.

Rose genoss das Gefühl, seine Selbstbeherrschung erschüttert zu haben. Hier lag ihre Macht, eine verborgene Kraft, die sie nie zuvor erlebt hatte. Tief in ihrem Innern machte sich ein geheimnisvolles, sinnliches Beben bemerkbar.

Sie legte den Kopf leicht zurück, blickte ihm unverwandt in die Augen und spürte seine Finger in ihren Haaren.

„Ich weiß es nicht. Die Dinge müssen wir noch aufklären“, antwortete er ihr flüsternd.

Roses Stimme zitterte. „Etwas, das Ihr nicht wisst, Captain? Ich bin erstaunt, dass Ihr das zugebt.“

Erneut lächelte er, während seine Augen halb geschlossen waren. Er hatte etwas Unwiderstehliches an sich. Sie sehnte sich danach, ihn zu berühren und zu halten.

Mit warmen Händen umschloss er ihr Gesicht. Zärtlich strich sein Daumen über ihren weichen Mund. Rose öffnete leicht die Lippen und befeuchtete ihn mit der Zungenspitze. Ein Schauer erfasste ihn, dass er sich kaum noch beherrschen konnte.

In ihrem Kopf begann sich alles noch schneller zu drehen. Sie wusste, dass sie kurz davor war, ihn zu küssen, aber sie vermochte sich nicht zu zügeln. Als Rose ihm die Lippen zum Kuss bot, beugte Gunnar sich zu ihr hinab. Seine Lippen strichen sanft über ihre, und dann öffnete er seinen Mund gerade so weit, dass seine Zunge sie schmecken konnte.

Rose spürte, wie alle Kraft aus ihren Beinen wich. Sie lehnte sich an ihn und hielt sich an seinen Schultern fest. Mit einem gehauchten Seufzer öffnete sie die Lippen und stöhnte leise auf, als seine Zunge ihren weichen Mund erkundete.

Für eine scheinbar lange Zeit war er wie ein Anker, ein fester Mittelpunkt ihrer unaufhörlich kreisenden Welt. Sein harter, unnachgiebiger Körper presste sich gegen ihre weichen Rundungen. Er war ein Geschöpf, das für den Kampf geschaffen war, ein Krieger. Doch er begehrte sie, und in diesem Augenblick hatte sie mehr Macht über ihn als jeder bewaffnete Gegner. Mit zitternden Fingern streichelte sie über seinen Kopf und fühlte die seidigen Haare. Sie wollte ihn überall berühren. Der Kuss war ihr nicht genug. Ja, sie wollte mehr.

Vielleicht fühlte Gunnar dasselbe, denn mit einem Mal bewegte er sich und wollte sie mit sich fortziehen. Nur wenige Schritte, und sie wären aus dem verräterischen Lichtkreis der Fackel heraus, um sich in den Schatten an der Mauer zu verbergen. Rose wusste, dass sie sich widersetzen könnte, doch seine großen Hände hielten ihre Schultern umschlossen. Als er sie jetzt näher an sich zog, konnte sie seine Erregung spüren.

Mit wilder Leidenschaft und von rohem Verlangen getrieben, schien er sie mit seinen Küssen verschlingen zu wollen, doch sie löste sich nicht von ihm. Sie schmiegte sich sogar noch enger an ihn und schlang die Arme um seinen Nacken. Die tadelnde Stimme in ihrem Kopf hatte keine Macht mehr über sie, alles trat in den Hintergrund, und sie lebte nur noch in diesen neuartigen, wundervollen Empfindungen. Ihre wohlgeformten Brüste drückten gegen seinen harten Leib, ihre Spitzen wurden hart. Konnte er sie durch sein Hemd hindurch spüren? Es schien so, denn er streifte unaufhörlich mit dem Oberkörper über ihre Brüste, umfasste ihre Taille und hob sie auf die Zehenspitzen.

Der weiche Hügel zwischen ihren Schenkeln ruhte nun auf der harten, festen Wölbung unter seinen Beinkleidern.

Rose keuchte und vernahm im selben Augenblick ein Aufstöhnen von Gunnar. Ein Schauer durchrieselte ihn, und er begann sich langsam vor ihr zu bewegen, wobei er sie noch enger an sich zog. Ein genussvolles Vergnügen erfasste sie, und für einen schier endlosen Moment glaubte Rose, sie würde sich in einem traumartigen Tanz mit ihm im Kreise drehen, bis ein tiefer, heiserer Laut sie in die kalte Wirklichkeit zurückholte. Seine Stimme war kaum wieder zu erkennen.

„Ich begehre Euch. Spielt nicht mit mir, Mylady. Ich bin keiner von Euren zahmen Normannen."

Ihre Brust hob und senkte sich in kurzen Abständen. Sie fühlte sich von Hitze versengt und unsagbar matt, ihr Mund war von seinen Küssen geschwollen, ihre Brustspitzen schmerzten. Tiefer unten, zwischen ihren Beinen, wo Edric einst so unbeholfen gelegen hatte, verspürte sie heftige Regungen, die unbekannt und fordernd waren. Sie wollte sich an seiner Männlichkeit reiben. Sie verlor sich in der Fleischeslust, in sinnlichen Begierden … sie war nicht mehr sie selbst!

Fürwahr, hier lag eine ungeheure Macht, ein Quell sinnlicher Lust, doch Rose hatte Angst. Sie stand am Rande eines Abgrundes und fürchtete sich vor dem Blick in die Tiefe.

Das war der Moment, als die Stimme in ihrem Kopf sich wieder Gehör verschaffte.

Was tust du da? Schwinden dir in seinen Armen die Sinne, als wärst du eine törichte Dienstmagd? Er ist ein ungebändigter Wikinger, ein Söldner, und du bist die Herrin von Somerford!

Gunnar seufzte, denn offenbar hatte er die Antwort in ihren Augen gelesen. Er trat einen Schritt zurück. Seine blauen Augen schienen sie zu durchbohren. Langsam und widerwillig ließ er sie los. Ihr fröstelte, als er sich zurückzog. Rose machte ebenfalls einen Schritt zurück, unsicher und schwankend, doch diesmal stützte er sie nicht. Stattdessen beobachtete er sie, schweigend und regungslos, während sie einen weiteren Schritt machte, dann noch einen … Schließlich kehrte sie sich von ihm ab und lief eilig zu der breiten Treppe, die zum oberen Stockwerk führte.

Gunnar lauschte auf den Klang ihrer verhallenden Schritte. Er hatte nicht schlafen können und war in die Halle gekommen, um sich mit eigenen Augen davon zu überzeugen, dass die Dorfbewohner gut versorgt waren. Zumindest hatte er sich das eingeredet. Aber dann war er auf Lady Rose getroffen … und er hatte seine Selbstbeherrschung verloren. Er brauchte nicht das schmerzhafte Pochen seines Körpers zu spüren, um daran erinnert zu werden. Die Selbstbeherrschung verloren? Großer Odin, sie war wie dünnes Eis zersprungen, an das eine Kerzenflamme gehalten wird! Sie war so lieblich und so leidenschaftlich gewesen. Er spürte, dass er mehr von ihr wollte.

Viel mehr.

Heute Nacht würde sie keinen Schlaf mehr finden. In Roses Kopf drehte sich alles, und ihr Körper schmerzte in einer Weise, die ihr zutiefst unangenehm war. Unruhig warf sie sich in ihrem Bett hin und her und versuchte, nicht an jene kurzen, lebhaften Augenblicke in den Armen des Söldners zu denken. Doch der Tag war sehr anstrengend gewesen, sodass sie in einen bleiernen Schlaf fiel.

Nachdem sie eine Weile in undurchdringlicher Dunkelheit umhergestreift war, sah sie sich im Traum auf den Burrow Mump zugehen. Während sie näher kam, tat sich plötzlich der Erdboden vor ihr auf, und sie stand vor einer höhlenartigen Öffnung, die sich ins Unendliche zu erstrecken schien. Aus der Finsternis lösten sich die geisterhaften Krieger. Ihr Haar war wie Rauch, und die kraftvollen Leiber funkelten unheimlich. Streitrosse mit langen, wehenden Mähnen schnaubten weißen Atem, und die Hufe machten keinen Laut, als sie durch die Lüfte galoppierten.

Von Entsetzen gepackt wollte Rose davonlaufen. Zu spät. Kaum hatte sie sich umgedreht, spürte sie, wie sich ein eiserner Arm um ihre Taille legte. Augenblicklich wurde sie nach oben gezogen, ihre Beine baumelten in luftiger Höhe.

„Lasst mich los!“ schrie sie verzweifelt. Als sie sich umdrehte und versuchte, das Gesicht des Geisterkriegers zu sehen, schaute sie ins Leere. Über ihr wölbte sich der samtene Nachthimmel mit seinen funkelnden Sternen. Als sie die Lider schloss, streifte etwas ihre Wange. Es war eine Haarsträhne. Ihre Finger verfingen sich in den langen Haaren und berührten schließlich einen dünnen Zopf.

Im Traum öffnete Rose die Augen. Der Zopf ruhte in ihrer Hand und schimmerte im Licht der Sterne.

Das Haar hatte die Farbe von Kupfer.

7. KAPITEL

Rose beschloss, so zu tun, als wäre nichts geschehen. Es konnte einfach nicht sein, dass sie dem Söldner gestattet hatte, sie zu küssen. Allein der Gedanke war nicht tragbar. Immer noch spürte sie seinen Mund auf ihren Lippen – heiß und drängend. Sie hatte Gunnar Olafson erlaubt, sie zu küssen, zu liebkosen – und sie hatte ihn geküsst und zärtlich gestreichelt.

Hitze schoss ihr in die Wangen. Selbst jetzt noch verspürte sie ein Verlangen, das ihren Pulsschlag beschleunigte. Fleischeslust, das war es. Was sollte es sonst sein? Dabei kannte sie den Mann kaum länger als einen Tag.

Rose hing ihren Gedanken nach, während sie ihren Pflichten nachkam. Sie wusste kaum, was sie tat.

Doch sie stand vor vielen Aufgaben.

Die Dorfbewohner mussten mit Essen versorgt werden und bedurften ihrer Zuwendung. Die meisten von ihnen wollten so schnell wie möglich in das Dorf zurückkehren, um neue Behausungen zu errichten. Aber einige wollten hinter den sicheren Burgmauern bleiben. Diesen Leuten mussten Schlafstätten in der Großen Halle oder im Burghof zugewiesen werden, und sie sollten arbeiten. Sie konnten sich auf Somerford keinen Müßiggang leisten. Es war Sommer, doch die Ernte würde erst im folgenden Monat eingefahren werden. Daher war die Nahrung knapp. Seltsamerweise geschah es immer wieder in den Sommermonaten, dass die Landbevölkerung Englands vor der Erntezeit verhungerte.

Diese ernsthaften Überlegungen vor Augen, wusste Rose, dass sie nicht daran denken durfte, wie Gunnar Olafsons Lippen sich auf ihren angefühlt hatten.

Einige Stunden hatte sie darauf verwendet, Millisent die entsprechenden Handgriffe beizubringen, um Kleidungsstücke sauberer zu bekommen. Mit einem Lächeln hatte sie dem Mädchen zu verstehen gegeben, dass dafür harte Arbeit nötig war, doch angerührte Holzasche erwies sich als äußerst nützlich, wenn es darum ging, Leinen zu bleichen.

Inzwischen waren sie in der Küche und machten sich die Mühe, selbst Kerzen herzustellen. Rose hatte ein Brett mit einer Anzahl gleich großer Löcher geholt, durch die sie aufgedrehte Leinenfäden geführt hatte. Die Fäden sollten als Dochte dienen, und man tauchte sie so oft in eine Schüssel mit Hammelfett, bis die Kerzen die nötige Dicke erhielten.

Millisent stand neben Rose und half, wo sie konnte. Das Mädchen hatte sich gewaschen und war in ein schlichtes Kleid geschlüpft, dessen Stoff Eartha gesponnen hatte. Die langen Ärmel gingen ihr über die Hände und mussten hochgekrempelt werden, während der Saum über den Boden schleifte. Das Kleid ließ das Mädchen noch jünger und zerbrechlicher erscheinen.

Während die Mägde in der Küche plauderten, tauchte Rose die Kerzen ein weiteres Mal in das allmählich erstarrende Hammelfett. Hilflos und bestürzt machte sie sich bewusst, dass sie die Zeit eigentlich dafür nutzen müsste, über Maßnahmen zum Schutz ihrer Leute nachzudenken. Es waren Entscheidungen zu treffen, wie mit dem unbekannten Toten zu verfahren wäre. Es galt über Harold den Müller und über sein rätselhaftes Verschwinden nachzudenken. Und, abgesehen von ihren täglichen Sorgen, mussten bald die ersten Feldfrüchte geerntet werden, denn der Sommer neigte sich allmählich dem Ende zu. Andernfalls würden sie allesamt verhungern, und Rose wollte dies keinenfalls verantworten.

Rose wischte sich den Schweiß von der Stirn, denn es war sehr heiß in der Küche und lächelte Millisent aufmunternd zu. Das Mädchen sah blass und bedrückt aus, und Rose wollte ihre Ängste nicht unnötig schüren, bis die Wahrheit ans Tageslicht käme. Will spielte in einer Ecke mit Earthas Sohn. Die beiden wirkten so ausgelassen, als wäre dies ein gewöhnlicher Tag.

Rose konnte sich nicht daran erinnern, als Kind so sorgenfrei gewesen zu sein; allzu früh hatte man sie mit den Bürden der Erwachsenen belastet. Schon als kleines Mädchen war sie ernst und schweigsam gewesen. Ihre Mutter hatte immer viel geweint. Wenn sie sich Rose zuwandte, hatte sie ihr Kind viel zu kräftig an sich gedrückt, als wolle sie die jahrelangen Vernachlässigungen wieder gutmachen. Ihre unerwiderte Liebe zu Roses Vater hatte sich sowohl für die Mutter als auch für die Tochter als furchtbare Belastung erwiesen.

Rose hatte sich nie nach Liebe gesehnt. Sie war keine Schwärmerin. Nur wenige normannische Mädchen träumten bei einem Gemahl von ungetrübter, gefühlvoller Liebe, denn das war nicht der Zweck einer Ehe. Doch Rose war noch nüchterner als die meisten jungen Mädchen. Glücklicherweise hatte Edric sich als freundlich und zuvorkommend erwiesen, wofür sie ihm dankbar war. Ihre Ehe war nicht von Leidenschaft oder sehnsuchtsvollen Empfindungen geprägt gewesen. Ein solches Ausmaß an Gefühlen verwirrte und verängstigte sie, bedrohte gleichsam ihr geordnetes Leben. Und dennoch träumte sie beinahe jede Nacht von jenen überwältigenden Empfindungen. Träumte von *ihm,* dem geisterhaften Krieger mit dem eisernen Arm.

In der letzten Nacht hatte sie geträumt, er habe sein kupferfarbenes Haar zu zwei dünnen Zöpfen geflochten wie Gunnar Olafson.

Angst stieg in ihr hoch, eine düstere Woge der Furcht, die um sie zu tosen schien. Es war zu heiß und zu laut in der Küche. Mit aller Heftigkeit strömten ihre Gefühle auf sie ein. Gefühle, die sie normalerweise immer zu bändigen vermochte, bedrohten ihre äußere Ruhe und ließen ihre Hände zittern. Plötzlich verspürte Rose den Drang, hinaus zu müssen. Irgendwo musste es einen Ort der Ruhe geben, wo sie wieder zu sich selbst finden könnte. Sie musste ihren Geist stärken und verhindern, dass ihre Gefühle ihren Verstand ausschalteten.

Rose wandte sich Millisent zu.

„Hier, jetzt bist du dran", sagte sie mit gespielter Fröhlichkeit, während sie dem verdutzten Mädchen das Brett mit den Talgkerzen in die Hand drückte.

„Aber Mylady …" Millisent blinzelte.

„Wende dich an Eartha, wenn du Hilfe brauchst."

„Ja, ich helfe dir, Millisent." Eartha schaute von dem Tisch auf, wo sie Teig für eine Pastete ausrollte, und lächelte ihr freundlich zu. „Das ist nicht so schwierig."

„Siehst du?" rief Rose aufmunternd.

Millisent sah so aus, als wolle sie widersprechen, doch Rose ließ ihr keine Wahl. Angespannt lächelnd wandte sie sich ab und verließ die Küche.

Die Treppe, die von der Küche nach oben führte, war düster und still, aber die Luft war angenehm kühl. Rose blieb einen Moment lang stehen, atmete tief durch und war froh über die Ruhepause. Allmählich schwand ihre innere Unruhe, und ihr rasch pochender Puls beruhigte sich. Endlich war sie wieder in der Lage, die Dinge von einer ruhigeren Warte aus zu betrachten.

Erneut musste sie an ihren Traum denken. Er war lediglich eine Einbildung, die ihr überdrehter Geist hervorgebracht hatte. Ihr geisterhafter Krieger war nicht Gunnar Olafson. *Niemals* könnte er Gunnar Olafson sein. Der Mann ihrer Träume besaß kein Gesicht – es gab ihn nicht wirklich –, und daher durfte sie ihn lieben und sich nach ihm sehnen. Gunnar Olafson hingegen war aus Fleisch und Blut, und seine Nähe barg ungeahnte Gefahren.

Vermutlich gehörte er zu den Männern, die jede Frau küssten, die ihnen über den Weg lief. Dennoch hatte sie sich ihm nicht widersetzt, hatte sich ihm mehr als bereitwillig hingegeben, ihn sogar ermuntert. Als sie in der letzten Nacht eng umschlungen vor der Wand gestanden hatten, war sie davon überzeugt gewesen, die Selbstbeherrschung des Söldners erschüttern zu können. Jetzt verwarf sie derartige Vorstellungen. Vermutlich hatte er sie von Anfang an verführen wollen und seine Absicht mit Kalkül in die Tat umgesetzt. Und sie war für seine Verführungskünste empfänglich gewesen.

Hatte Constance Recht? Brauchte sie einen Liebhaber?

Nun hatte sie genug von der Stille. Was sie jetzt brauchte, waren Stimmen und Menschen!

Seufzend eilte Rose die Stufen hinauf, als wolle sie ihre Gedanken hinter sich lassen, und lief in die Große Halle.

Im Saal herrschte reges Treiben. Zum Glück waren die Söldner nirgends zu sehen, was ihr die peinliche Situation ersparte, Gunnar Olafson zu begegnen. Allerdings nur für den Moment.

Arno hatte ihr mitgeteilt, dass er auf der Jagd sei. Zuerst war sie in dem Glauben, der Söldner würde für Wildbret sorgen – Somerford brauchte dringend zusätzliche Nahrung, um die Flüchtlinge zu versorgen. Dann aber wurde ihr klar, dass Arno mit der Wortwahl andeuten wollte, dass die Söldner die nächtlichen Angreifer aufspürten. Schon malte sie sich aus, wie sie hinter den Marschlandbewohnern herjagten – wie ein Rudel Wölfe hinter wehrlosen Rehen. Der Gedanke ließ sie frösteln.

Arno hatte sich nicht an der „Jagd" beteiligt und war in der Burg geblieben. „Um Euch und Eure Leute zu beschützen", hatte er Rose versichert und ihr dabei einen verstohlenen Blick zugeworfen. Letzte Nacht hatte er sie enttäuscht, und heute bemühte er sich, sein Fehlverhalten wieder gutzumachen. Doch Rose verübelte es ihm immer noch, sie im Stich gelassen zu haben.

„Gott verfluche sie, diese halben Fische. Ja, sie haben Fischschwänze, wo wir Beine haben."

Als Rose die derben Verwünschungen hörte, fuhr sie herum. Blasse blaue Augen, von Rauch und Schlafmangel gerötet, starrten sie trotzig aus einem runzligen Gesicht an. Das alte Weib hielt eine Schale mit Milch in den knöchrigen Händen. Rose kannte den Aberglauben, der besagte, die Marschlandbewohner wären bizarre Geschöpfe aus Haut und Schuppen, wie geschaffen für ein Leben in wasserreichen Gebieten, abseits des trockenen Landes.

Rose beugte sich hinab, während sie sich um einen besänftigenden Tonfall bemühte. „Hast du denn gesehen, dass die Menschen aus dem *Mere* deine Behausung niederbrannten, Mütterchen?"

„Nein! Dafür sind sie zu gerissen, Mylady. Hergat ist tot, die alte Lästerzunge." Ohne zu blinzeln, starrte sie blicklos in die Ferne.

„Ich weiß. Ich habe davon gehört." Rose beugte sich noch weiter zu der Alten hinab und achtete nicht auf den Geruch eines kleinen, gefleckten Ferkels, das in einen Weidenkorb gezwängt war. „Mütterchen, hast du vor Kurzem irgendwelche Normannen unten im Dorf gesehen?"

„Außer Euch, Mylady, und Sir Arno? Ich nicht."

„Hast du den Müller Harold letzte Nacht gesehen?"

„Ich habe seine Tochter schreien hören", sagte sie bereitwillig.

Rose nickte und berührte die knochige Schulter der Frau. „Ruh dich aus. Trink deine Milch."

Doch die Alte hatte noch nicht zu Ende gesprochen. „Er wäre ein trefflicher Mann, dieser Captain", sagte sie, und in ihre trüben Augen trat ein beinahe lüsternes Leuchten, das sich in ihrem Alter nicht schickte.

„Ist er das?" erwiderte Rose und gab vor, unbeeindruckt zu sein. Zu ihrem Entsetzen spürte sie, wie ihr das Blut in die Wangen stieg.

„Oh ja, Mylady!" versicherte ihr die Alte. „Jede Frau in dieser

Burg würde ihn unter ihrer Decke willkommen heißen! Aber vielleicht ist das bei den Edlen etwas anderes ...?" Das Weib senkte den Kopf und hüstelte, um ein Kichern zu unterdrücken.

Rose richtete sich wieder auf und war sich ihrer entflammten Wangen und steifen Haltung wohl bewusst. Glücklicherweise kam, ehe sie sich eine Antwort ausdenken musste, eine der Dienstmägde auf sie zu und hielt den Blick ehrerbietig gesenkt.

„Mylady, wir brauchen dringend mehr Kleidung."

Erleichtert, sich anderen Aufgaben widmen zu können, gab Rose dem Mädchen eine rasche Antwort. „Constance wird wissen, was wir noch entbehren können. Ich gehe und frage sie."

Sie drehte der Alten den Rücken zu und lief rasch die Stufen zur Kemenate hoch, wo sie Constance zu dieser Stunde vermutete.

Die Unverschämtheiten des alten Weibs waren wirklich unerträglich! Und dennoch entsprach es nicht Roses Art, sich dermaßen über ein paar anzügliche Bemerkungen zu erregen. Das Leben in der Burg fand auf engem Raum statt, und innerhalb der Mauern gab es nur wenige Geheimnisse. Männer und Frauen fühlten sich zueinander hingezogen und gaben dies auch ohne Scheu zu. Warum hatte sie nicht einfach gelacht und einen Scherz über Gunnars äußerliche Vorzüge gemacht? Es war mehr als auffällig, dass sämtliche Frauen in Somerford von dem Söldner wie verzaubert waren. Warum hatte sie nicht vorgegeben, auch von ihm angetan zu sein?

Weil es für sie kein Scherz war.

Während sie langsam eine Stufe nach der anderen nahm, stellte sie sich die Frage, wie sie Gunnar Olafson in die Augen sehen sollte. *Vielleicht kann ich mich in mein Gemach zurückziehen?* dachte sie. Sie könnte eine Krankheit vortäuschen. Doch ihre Leute waren in der Not auf sie angewiesen, und Rose war nie ein Feigling gewesen.

Freudlos schaute sie durch eine der Schießscharten, die einst in die dicken Mauern des Bergfrieds eingelassen worden waren. Der Tag verhieß gutes Wetter. Sie konnte sehen, wie Arno die jungen Burschen zu Waffenübungen anhielt. Die Jungen hatten ihre Oberkörper entblößt, und der Schweiß schimmerte auf ihren schmalen Leibern, während sie mit Holzschwertern und Schilden aufeinander losgingen. Arno schritt gewichtig auf und ab und gab lautstarke Anweisungen. Am Tor stand der alte Edward und hielt Wache mit seinem altertümlichen Helm und dem wattierten Wams.

Alles nahm seinen gewohnten Gang; es kam ihr so vor, als habe es die letzte Nacht gar nicht gegeben.

Wenn es doch so wäre, dachte Rose mit einem Seufzer und erklomm die restlichen Stufen.

Es dämmerte schon, als die Söldner zur Burg zurückkehrten. Während das Fallgatter für sie hochgezogen wurde, verbreitete sich die Nachricht, dass ein Gefangener gemacht worden war. Zu diesem Zeitpunkt nähte Rose im Schein einer einsamen Kerze, als sie die aufgeregten Rufe vernahm. Eilig sprang sie auf, lief die Treppe hinunter und überzeugte sich selbst von den Vorgängen im Burghof.

Die Söldner lenkten ihre müden Pferde zu den Stallungen. Das Fell der Tiere war staubig, und ihre Flanken waren schweißnass. Die Männer sahen nicht viel frischer aus. Gunnar Olafson stieg von seinem grauen Pferd, wechselte ein paar Worte mit Ivo, bevor er sich Rose zuwandte. Der Staub verlieh ihm ein unheimliches Aussehen. Mit seinem blassen Gesicht und den dunkel umschatteten Augen erschien er ihr wie ein Geschöpf aus ihren Träumen, das nicht aus Fleisch und Blut war.

Nur zwei Fuß trennten sie voneinander, und sie konnte ihn *fühlen.* Genauso wie letzte Nacht, als er sich ihr in der Großen Halle von hinten genähert hatte.

Sein Blick schien sie zu durchbohren, aber sie war nicht mehr in der Lage, sich seinen Augen zu entziehen.

Irgendwann an diesem langen Tag war es Rose schließlich geglückt, Ruhe zu finden. Fürwahr, der Söldner sah sehr gut aus, und die Anziehungskraft, die von ihm ausging, war nicht zu leugnen. Doch sie hatte sich beharrlich eingeredet, die Gefühle, die sie bei seinen Küssen, Blicken und Berührungen empfunden hatte, seien nichts weiter gewesen als Einbildungen einer müden und sorgenvollen Witwe.

Doch jetzt genügte ein Blick von Gunnar, und die raue Wirklichkeit entlarvte das ganze Lügengebäude, das sie so sorgfältig errichtet hatte. Rose wollte den kleinen Abstand zwischen ihnen überwinden, sich an ihn anlehnen und die versengende Glut seines Leibes spüren. Sie wollte die Augen schließen, ihm die Lippen zum Kuss bieten, um seine Leidenschaft zu spüren. Ihr Atem wurde schneller, ihre Haut war zum Zerreißen gespannt, ihre Kleidung scheuerte an ihren Brüsten und Schenkeln.

Jegliche Verstellung war nutzlos. Mochte dieses Gefühl nun Lust oder Begierde oder einfach nur Verblendung sein, Rose begehrte Gunnar Olafson.

Hör auf damit, hör auf der Stelle damit auf!

Die innere Stimme eilte ihr erneut zu Hilfe. Entschlossen nahm Rose die Blicke von dem Söldner und schaute stattdessen auf die Gestalt, die soeben von einem der Pferde gehoben wurde. Niedergeschlagen und voller Verzweiflung hielt Harold der Müller den Kopf gesenkt, seine Kleidung war fleckig und verdreckt. Allein stand er da, völlig in sich gekehrt, als nähme er den Lärm der Menge um ihn herum nicht wahr. Auch wenn er keinen Mord begangen hat, dachte Rose bestürzt, erweckt er nicht gerade den Eindruck, als wasche er seine Hände in Unschuld.

Gefolgt von Arno ging sie auf ihn zu.

„Harold?“ Sie sprach seinen Namen leise und freundlich aus.

Der Müller rührte sich nicht. Jetzt, als sie unmittelbar vor ihm stand, konnte sie die Kratzer und kleineren Wunden in seinem Gesicht sehen. An einer Schnittwunde auf der Wange war das Blut geronnen. Seine Stiefel waren durchnässt und schlammig, und dort, wo die Handgelenke zusammengebunden waren, war die Haut aufgescheuert und blutig.

Sie spürte, wie Übelkeit in ihr hochstieg, doch sie zwang sich, ruhig und gefasst zu bleiben.

„Bindet ihn los“, befahl sie.

„Mylady …“, hob Ivo warnend an, aber es war Gunnar, der den Satz vollendete.

„Er könnte weglaufen, wenn wir ihn losbinden. Es wäre zu leichtsinnig.“

Rose warf ihm einen wütenden Blick zu. „Er ist verletzt. Bindet ihn los. Das ist ein Befehl.“

„Lady Rose, bedenkt, was Ihr tut“, raunte ihr Arno zu, doch erneut achtete sie nicht auf seine Worte, sondern versuchte, den Blicken des Söldnerführers standzuhalten.

Gunnar hob verwundert die Brauen, als zweifele er an ihrem Verstand, doch ohne einen weiteren Einwand hob er die Hände des Müllers und durchtrennte die Stricke mit seinem Messer. Die Fesseln fielen zu Boden.

Arno zog sein Schwert. Die Menge hielt den Atem an. Doch Harold versuchte nicht, fortzulaufen. Regungslos blieb er stehen, während seine Arme schlaff herunter hingen. Behutsam legte Rose eine Hand auf seinen Arm.

„Harold? Du musst uns erzählen, was sich zugetragen hat.“

Jetzt schaute er sie an. Seine Augen wirkten im Schein der Fackeln groß, und sie sah, dass sein schmutziges Gesicht an den Stellen heller war, an denen sich Tränen ihren Weg gebahnt hatten.

Seine Stimme glich einem heiseren Flüstern, sodass Rose Mühe hatte, ihn zu verstehen.

„Ich wollte das nicht, Mylady. Ich wollte ihn nicht töten ... und doch bin ich froh, dass ich es getan habe."

Plötzlich drang ein gequälter Aufschrei an Roses Ohr. Erschrocken fuhr sie herum, als Millisent sich auch schon an ihr vorbeidrängte und zu ihrem Vater lief. Im letzten Augenblick bekam Alfred sie zu fassen und hielt sie mit grimmiger Miene fest, während das Mädchen versuchte, sich von ihm zu lösen. Millisent wand sich in seinen Armen, um frei zu kommen, aber Alfred beugte sich vor und raunte dem Mädchen etwas ins Ohr. Im nächsten Augenblick gab Millisent jeden Widerstand auf. Wie leblos hing sie schlaff in seinen Armen. Alfred ließ sie auch jetzt noch nicht los, sondern packte noch fester zu und drückte ihr Gesicht gegen seine Schulter. Millisent hob eine bleiche Hand und klammerte sich an seinen Umhang.

„Willst du damit sagen, du hast den Mann getötet, dessen Leiche man neben deiner Hütte fand?" fragte Rose, wobei sie sich bemühte, mit fester Stimme zu sprechen.

Als Harold keine Antwort gab, wurde Rose unbehaglich zu Mute.

„Harold?" flüsterte sie. „Du musst mit mir darüber reden. Vielleicht finden wir noch einen Ausweg, wenn du mir nur endlich Gründe für deine Tat nennst."

„Es gibt keinen Ausweg, Mylady", sagte er trübe und starrte zu Boden. „Ich habe ihn getötet. Er hatte unsere Hütte angezündet, und als Millisent schreiend aus dem Haus lief, packte er sie und drückte sie zu Boden. Ich stach ihm ins Bein, bevor er ihr mehr antun konnte als ihr Kleid zu zerreißen. Ich wusste nicht, dass er ein Normanne war, bis er herumfuhr, sein Schwert zog und mich auf Französisch anschrie. Da habe ich ihn getötet, sein

Schwert weggenommen und es ins Marschland geworfen. Wir … *ich* hatte vor, seinen Leichnam zu verbrennen, doch Gott war gegen mich, und die Flammen erloschen, bevor sie ihr Werk vollenden konnten."

Blass, aber entschlossen, schaute Harold ihr in die Augen. „Ich habe es getan, Mylady. Nur ich allein. Millisent hat nichts damit zu tun, und Will ist noch ein Kind. Ich habe den Normannen getötet, und ich werde dafür büßen."

Millisent begann zu schluchzen, als hätte es ihr soeben das Herz zerrissen.

Das Mädchen musste ihrem Vater geholfen haben, den Körper in das Feuer zu zerren, doch was nutzte es, sie zu zwingen, die Wahrheit zu sagen? Harold hatte seine Tochter beschützt; und er würde es jetzt wieder tun.

Und nach dem normannischen Gesetz musste er dafür mit dem Tod bestraft werden.

Langsam drehte Rose den Kopf und sah Gunnar an. Sie hatte gespürt, dass er sie beobachtete. Er wirkte ruhig und gefasst – wie eine spiegelglatte See inmitten eines wütenden Unwetters. Die Ruhe, die er ausstrahlte, übertrug sich auch auf sie, und als sie sprach, klang ihre Stimme erstaunlich fest.

„Hat er noch mehr zu Euch gesagt, Captain?"

„Nein, Mylady. Wir spürten ihn im Wald auf. Er sagte kein Wort, sondern versuchte, durch ein Dickicht zu entkommen. Wir fingen ihn ein und fesselten ihn, um zu verhindern, dass er sich verletzte. Er hat Euch mehr gesagt, als wir selbst von ihm erfahren haben."

„Und sonst habt Ihr niemanden gefunden?"

„Am Rande des *Mere* fanden wir Fußspuren. Wir folgten ihnen eine Weile, doch die Unbekannten müssen ein Boot genommen haben – das Wasser wurde recht bald zu tief, um ohne Boot auszukommen. Wie es scheint, sollen wir glauben, dass die Marschlandbewohner Euer Dorf niedergebrannt haben."

Die Art und Weise, wie er die Worte vorbrachte, verwirrte sie, doch Rose hatte jetzt nicht die Zeit, Andeutungen nachzugehen. Sie wandte sich wieder dem Müller zu.

„Warum hat dieser Mann deine Hütte angezündet? Bist du sicher, dass er ein Normanne war? Hast du irgendjemanden aus dem *Mere* in seiner Nähe gesehen?"

„Ein Normanne, der eine Hütte niederbrennt?" entgegnete Arno entrüstet. Die ganze Zeit über hatte er ungeduldig neben Rose gestanden und beharrlich versucht, den Erklärungen des Müllers zu folgen, die dieser in seiner Muttersprache vorgebracht hatte. Jetzt runzelte er die Stirn und hielt die Zeit für gekommen, sich einzumischen.

„Nein, Mylady! Mir ist klar, dass dieser Schurke den Normannen im Zorn getötet hat und dann fortgelaufen ist, um seine Schuld zu verbergen."

„Ich verstehe nicht, warum ein Normanne sich während des Überfalls im Dorf aufgehalten haben soll, Sir Arno", entgegnete Gunnar, wobei Rose ihn anschaute.

Groß und ungerührt stand er mit verschränkten Armen da, während er ihren Blick erwiderte. Tief in ihrem Innern konnte sie spüren, wie sich Hitze und Leidenschaft zu regen begannen. Vergangene Nacht hatte er sie in seinen Armen gehalten, und seine ungezügelten Küsse hatten sie in Schwindel erregende Höhen entführt.

Doch plötzlich trat Arno in ihr Gesichtsfeld und starrte Gunnar aus zusammengekniffenen Augen an.

„Vielleicht kam dieser Normanne gerade an dem Dorf vorbei und sah, dass es Schwierigkeiten gab. Er wollte den Bewohnern helfen, und dieser Narr dort verstand die Geste falsch und tötete ihn.

Vermutlich hatte das Mädchen sich willig gezeigt, und als ihr Vater dazukam, gab sie vor, sich zu wehren. Es ist doch bekannt, wie hinterlistig die Angelsachsen sind, und wie ..."

Mit einem Mal hielt Arno inne. Ihm wurde bewusst, dass er von eben jenen hinterlistigen Angelsachsen umringt war. Doch er räusperte sich und fuhr unbeirrt fort: „Ich habe nicht jedes Wort dieses Kerls verstanden – Ihr wisst ja, Lady Rose, Angelsächsisch ist nicht meine Sprache." Seinem spöttischen Unterton war zu entnehmen, dass er sich nie die Mühe machen würde, diese Sprache zu lernen. „Aber ich habe genug mitbekommen, um zu erkennen, dass er ein Geständnis abgelegt hat. Er hat den Unbekannten getötet und dann versucht, die Leiche zu verbrennen, um die Tat zu vertuschen. Unsere Gesetze sind in diesem Fall eindeutig."

Arno hatte Recht. Doch in ihrem Herzen wollte Rose kein Urteil über Harold den Müller fällen. Sie glaubte ihm. Er hatte seine Tochter beschützen wollen. Sie verstand, warum er getötet hatte. Würde nicht jeder Vater seiner Tochter zu Hilfe eilen? Jesus, hätte er den Mann doch nur gefangen und nicht auf der Stelle getötet! Mit seinem Vorhaben, den Leichnam heimlich zu beseitigen, hatte er die Situation verschlimmert. Dennoch, es musste einen Weg geben, den Vorfall ohne einen weiteren unnötigen Toten zum Abschluss zu bringen.

„Ob es ein Unfall war oder nicht, ist jetzt nicht von Belang und wir können es nicht ändern. Er hat gestanden. Er muss nun vor das Burggericht gestellt werden, seine Aussage wiederholen und gemäß der Beweislage verurteilt werden", sagte Gunnar, als habe er ihre Gedanken gelesen.

Rose nickte betroffen. Die kühle Nachtluft schien jegliche Wärme aus ihrem Körper vertrieben zu haben. Wäre sie in der Lage, ein Urteil über Harold zu fällen? Ihn dem Henker zu übergeben? Sie schluckte – dazu durfte es nicht kommen. Er hatte das

Leben seiner Tochter verteidigt. Aber gab dieser Tatbestand ihr das Recht, Milde walten zu lassen?

„Nun gut, Captain. Sorgt dafür, dass Harold sich heute Nacht in sicherem Gewahrsam befindet."

Millisent stieß einen grellen, klagenden Laut aus.

„Alles wird gut, Mädchen, alles wird gut", rief Harold mit schroffer Stimme, als wolle er sie trösten.

Rose kehrte sich ab, bevor ihr Tränen in die Augen stiegen, und eilte hastig zurück in den Bergfried. Ein junger Bursche mit einer Fackel lief hinter ihr her und hatte alle Mühe, Schritt zu halten. Rose achtete nicht auf ihn, auch nicht auf Constance, die am Eingang wartete. Plötzlich wünschte sie sich ganz weit weg. Sie wusste, wenn Edric noch lebte, wäre er mit Arno einer Meinung gewesen, auch wenn Harolds Gegenwehr gerechtfertigt war. Gesetz war Gesetz, und Edric und Arno hätten Harolds Schicksal bei einem guten Rotwein erörtert, doch letzten Endes wären sie darin übereingekommen, den Angeklagten hinzurichten.

Jetzt war Rose die Herrin von Somerford, und es war unwahrscheinlich, dass sie und Arno sich einig würden. Für harte Rechtsprechung hatte sie nur wenig übrig.

„Nicht so schnell, Mylady!"

Rose hatte nun die Große Halle erreicht, und Constance war ihr schnaufend nachgelaufen.

„Ich habe dir nichts zu sagen, alte Frau."

„Aber ich Euch."

Rose verdrehte gereizt die Augen. „Dann sag, was du zu sagen hast, und gib Ruhe. Ich bin sehr müde."

Constance drückte eine Hand auf ihr Herz, während sie nach Luft rang. „Lasst Arno das Urteil über den Müller fällen."

Rose schüttelte den Kopf. „Das steht ihm nicht zu, Constance, und das weißt du. Ich bin die Herrin, und ich treffe alle Entscheidungen. Ich muss dem Gericht vorsitzen, wenn ich meine Stellung und die Achtung meiner Leute erhalten will."

„Mylady, hört mich doch an", flüsterte sie, „das Urteil wird Euch furchtbar zusetzen!"

„Trotzdem werde ich über Harold den Müller zu Gericht sitzen, damit niemand behaupten kann, ich sei meinen Pflichten nicht nachgekommen. Schick jemanden in die Küche, Constance, und sorge dafür, dass die Söldner etwas zu essen erhalten. Sie sind hungrig, und es ist schon spät."

Constance tat, wie ihr geheißen, und Rose blieb noch einen Augenblick stehen. Sie fühlte sich einsam und verlassen. Bald schon müsste sie über einen Menschen zu Gericht sitzen, den sie mochte und bewunderte. Einen Menschen, der gezwungen worden war, ein Unrecht zu begehen, weil er seine geliebte Tochter hatte verteidigen wollen. Fürwahr, ein tapferer Mann. Er hatte den Tod nicht verdient.

Rose schaute durch die weit geöffnete Hallentür und suchte Millisent in der Menge, aber das Mädchen war nirgends zu sehen. Vielleicht hatte sie ihren Vater zu seiner Zelle begleitet. Blicklos nahm sie zahllose Gesichter wahr ... und geriet urplötzlich in den Bann jener Augen, die sie um jeden Preis meiden wollte.

Mittlerweile war es draußen vollkommen dunkel geworden. Gunnar Olafson stand im schwach erleuchteten Eingang des Bergfrieds, während er sie beobachtete. Doch nun trat Alfred auf ihn zu, um ihm etwas ins Ohr zu flüstern. Sie schienen etwas im Schilde zu führen – was gab es da für ein Geheimnis, das sie ihr, der Burgherrin, nicht anvertrauten? Aufmerksam beobachtete Rose, wie Gunnar seinem Gefährten etwas hinter vorgehaltener Hand zuraunte, woraufhin Alfred nickte und in der Nacht verschwand.

Während immer mehr Leute in die Halle drängten, bahnte Gunnar Olafson sich seinen Weg durch die Menge und hielt geradewegs auf sie zu.

Ihr erster Impuls war, davonzulaufen, doch dann straffte sie die Schultern, hob das Kinn und erwartete den Söldner mit einem kühlen und undurchdringlichen Gesichtsausdruck, auf den er sich sonst so trefflich verstand.

„Mylady." Die dunklen blauen Augen suchten ihren Blick, bevor sie auf ihrem Mund verweilten.

Rose rang nach Luft, während sie sich bemühte, nicht an die vergangene Nacht zu denken. „Um was geht es, Captain? Ich habe zu tun."

„Glaubt Ihr Harolds Worten? Oder bevorzugt Ihr Sir Arno d'Alans Version?"

Der Spott in seiner Stimme überraschte sie. Er wirkte zwar ungerührt, aber sein Tonfall verriet allzu viel von seiner Einstellung.

„Warum sollte es Euch etwas bedeuten, was ich glaube?" Sie sprach hastig, verärgert über sich selbst, über ihn und Arno. Noch im selben Augenblick fragte sie sich allerdings, ob es ihm *doch* etwas bedeutete, was sie dachte. Glaubte etwa auch Gunnar Olafson, dass Harold nicht für seine Tat gehängt werden durfte? Nun war sie neugierig geworden.

„Was beunruhigt Euch, Captain Olafson? Zweifelt Ihr an dem, was Ihr gehört habt? Oder traut Ihr ohnehin niemandem über den Weg?"

Für einen kurzen Moment leuchteten seine Augen auf.

„Fürwahr, ich vertraue niemandem, Mylady", antwortete er mit einem kalten Lächeln.

„Ich verstehe, dass einem Mann, der gegen Bezahlung tötet, Vertrauen wenig bedeutet."

Sie glaubte, er würde sie auf der Stelle eines Besseren belehren, doch stattdessen tat er ihre Worte mit einem Schulterzucken ab. Offenbar war ihm an ihrer Meinung nicht gelegen.

„Wie gut kennt Ihr Lord Fitzmorton, Mylady?"

Überrascht schaute Rose auf. Kannte sie den Baron gut? *Das* war wirklich eine gute Frage.

Einen Moment lang verschwamm die Zeit, und sie war wieder ein junges Mädchen, das trotzig in jenes unerbittliche Gesicht schaute.

Tu, was ich dir sage, Mädchen!

Plötzlich hatte sie diesen brennenden Schmerz auf ihrer Wange gespürt, und ihre Mutter war an ihre Seite geeilt. Sie hatte ihr Kind in die Arme genommen und den Mann voller Zorn angeschaut.

Fass sie nicht an! Wehe, du wagst es, sie anzufassen!

Doch das hatte er bereits getan.

Roses Blick gewann wieder an Schärfe, und es gelang ihr, wie unbeteiligt mit den Schultern zu zucken. „Ich kenne ihn nicht besonders gut, Captain", log sie. „Lord Radulf ist mein Lehnsherr, und der Baron zählt nicht gerade zu seinen Freunden." Das Letztere entsprach der Wahrheit.

Gunnars Gesichtszüge blieben unergründlich, und doch fühlte sie, dass sie sein Interesse geweckt hatte. Hatte er in ihrem Gesicht lesen können, was sie ihm verschwieg?

„Wenn Lord Radulf Euer Lehnsherr ist, warum seid Ihr dann nicht zu ihm gegangen, als Euer Dorf das erste Mal überfallen wurde? Warum habt Ihr nicht *ihn* um Männer gebeten, die Eure Burg schützen sollten?"

Weil Arno mir davon abgeraten hatte! Weil er gemeint hatte, Radulf würde mich für schwach und unfähig halten.

Doch das würde Rose dem Söldner niemals sagen. Warum sollte sie auch? Vermutlich wäre er derselben Meinung wie Radulf.

Ihre Wangen glühten jetzt, doch sie weigerte sich, den durchdringenden blauen Augen auszuweichen. Zorn regte sich in ihr. Wie konnte er es wagen, sie derart zur Rede zu stellen? Als sei *sie* seine Untergebene.

„Das geht Euch gar nichts an“, beschied sie ihm kurz.

Er lächelte. Sein Lächeln war so betörend, dass es ihr beinahe den Atem verschlug. Einige Frauen in der Nähe blieben stehen und schauten mit unverhohlener Bewunderung auf den Söldner. Rose warf ihnen finstere Blicke zu, worauf die Mägde hastig wieder ihren Beschäftigungen nachgingen.

„Ich werde dafür bezahlt, dass ich Euch beschütze, Mylady“, sagte Gunnar. „Ich habe nur versucht, meinen Preis auch wert zu sein.“

„Ihr werdet dafür bezahlt, das zu befolgen, was Euch aufgetragen wird, Captain. Im Übrigen solltet Ihr Eure Zunge hüten.“

Wie hätten andere Männer auf diese Worte reagiert? Arno hätte sich entrüstet auf dem Absatz umgedreht, wenn sie so mit ihm gesprochen hätte. Mit einem enttäuschten Kopfschütteln hätte Edric angedeutet, dass sie den Anstand nicht wahrte. Rose erschauerte bei der Vorstellung, was wohl ihr Vater oder ihr Bruder getan hätten.

Gunnar Olafson aber lachte.

Entsetzt musste Rose mit ansehen, wie er belustigt den Kopf in den Nacken warf. Doch als er sie wieder ansah, lag so viel Wärme in seinen Augen, dass sie beinahe vergessen hätte zu atmen. In der Halle war es ruhig geworden, doch Rose vermochte nicht, den Blick von Gunnar zu wenden.

„Ihr denkt also über meine Zunge nach, Mylady?“ Er sprach leise, verführerisch.

„Natürlich nicht!“ Aber sie war erneut außer Atem. Ihre Wangen glühten und ihre Hände zitterten.

„Nein?“ Wieder lächelte er sie auf diese betörende Weise an, und jetzt war das Leuchten in seinen Augen nicht mehr falsch zu deuten. Es bestand kein Zweifel, er begehrte sie. Rose verspürte den überwältigenden Drang, sich an seinen Körper zu schmiegen und seinen Kuss zu erwarten. Sie wollte sich ihm ganz hingeben.

Hör auf! Hör doch endlich damit auf!

„Ich … habe noch einiges zu tun. Ich … vergebt mir, Captain, aber ich …"

Sein Mund zuckte, als er sich hinabbeugte, doch sie wirbelte herum und war bereits verschwunden. Hastig erklomm sie die Stufen zur Kemenate, als Constance sie auf halber Treppe am Ärmel zupfte. Die alte Zofe war an diesem Abend besonders aufdringlich.

„Komm zur Sache, alte Frau", drängte sie gereizt. „Was ist es nun wieder?"

Aber Constance ließ sich nicht so leicht abfertigen und sagte nur: „Er ist ein feiner Mann."

„Wer ist ein feiner Mann?" erwiderte Rose schroff und versuchte, Constance auf den letzten Stufen abzuhängen. „Du bist mir doch nicht gefolgt, um mir das zu sagen!"

„Der Söldner", keuchte Constance. „Captain Olafson. Er ist ein feiner Mann. Er wäre ein guter Liebhaber für Euch."

Ungläubig blinzelte Rose die Alte an. „Du sprichst zu dieser Stunde von feinen Männern und Liebhabern? Er ist ein Söldner, ein seelenloses Geschöpf, das gegen Bezahlung tötet. Ich habe andere Sorgen …"

„Vielleicht, aber das ändert nichts an der Tatsache, dass er sehr gut aussieht und Ihr ihn gerne anschaut. Ich habe Euch soeben gesehen, Mylady, *und* letzte Nacht. Er hat Euch geküsst, und Ihr wart nicht abgeneigt, die Küsse zu erwidern."

„Du hast uns gesehen?" Rose versagte die Stimme. Aufgebracht lehnte sie sich gegen die kalte Mauer des Treppenaufgangs. „Natürlich hast du das! *Du* würdest dir so etwas nie entgehen lassen. Dafür spionierst du mir sogar hinterher."

Schwer atmend blieb Constance vor ihr stehen und sah sie aus verschlagenen Augen an. „Warum holt Ihr ihn Euch nicht in Euer Bett, Rose? Nehmt ihn, solange er noch hier ist. Kostet das Vergnügen aus. Er untersteht Eurem Befehl, und niemand würde Euch einen Vorwurf machen, wenn Ihr ihn in Euer Schlafgemach ordert."

„Du hast doch vollends den Verstand verloren, alte Frau!" rief Rose aus, doch zu ihrem Entsetzen klang ihre Stimme nicht sonderlich überzeugend.

„Wenn Ihr ihn nicht nehmt, wird es eine andere tun", fuhr Constance unbekümmert fort.

„Er wird kaum etwas dagegen haben."

„Oho! Wir werden ja sehen, wie Ihr dreinschaut, wenn Eartha in seinen Armen liegt und ihre großen Brüste an ihn drückt. Dann werdet Ihr verärgert sein, Mylady, und ich weiß auch, warum. Ihr solltet ihn jetzt nehmen. Warum nicht? Wäret Ihr ein Mann, ein Herr, würdet Ihr nicht zögern, Euch die beste Bettgefährtin auszusuchen. Warum sollte einer Burgherrin ein anderes Los beschieden sein?"

„Weil es ein anderes ist! Geh jetzt, Constance, und lass mich mit deinem Unfug in Ruhe. Ich will nichts mehr davon hören!"

Leise vor sich hinmurmelnd, schlurfte Constance langsam die Treppe hinunter. Völlig außer Atem schaute Rose ihr nach. Harold der Müller würde bald vor das Burggericht gestellt und wegen Mordes an einem unbekannten Normannen angeklagt werden, und wahrscheinlich müsste sie, um ihren normannischen Lehnsherrn zu besänftigen, den Angeklagten dem Scharfrichter übergeben. Das Dorf war halb zerstört, und noch vor der Ernte mussten neue Behausungen errichtet werden. Die Marschlandbewohner waren unberechenbar und könnten jederzeit wieder angreifen. Und ausgerechnet in dieser Situation drängte Constance sie, an ihre fleischlichen Begierden zu denken und sich dem Söldner hinzugeben!

Wie kam es aber, dass eine leise Stimme in ihrem Kopf ihr zuflüsterte, Constance habe Recht?

Was die alte Frau gesagt hatte, entsprach im Wesentlichen der

Wahrheit. Ein Burgherr durfte sich jede Frau nehmen, die er begehrte, und niemand würde ihm die Wahl verwehren oder auch nur eine Braue heben. Das entsprach den Gepflogenheiten. Constance hatte auch damit Recht, dass sie Gunnar Olafson begehrte. So wie er sie. Das sah sie in seinen Augen. Spürte es in seinen Küssen. Wenn sie ihm nun befehlen würde, ihr in ihr Schlafgemach zu folgen, würde sie ihn nicht zu etwas zwingen, was er nicht wollte. Gott stehe ihr bei, aber in diesen schwierigen Zeiten brauchte sie wahrlich zwei starke Arme, die ihr Wärme und Halt gaben! Vielleicht nur für eine Nacht, und dann würde alles wieder seinen gewohnten Gang gehen?

„Vielleicht habe auch ich den Verstand verloren!" stieß Rose verwirrt hervor und schüttelte den Kopf. Müde stieg sie die letzten Stufen hinauf.

In der Kemenate war es warm, und Rose war mehr als erschöpft. Rasch zog sie sich aus, kletterte in ihr Bett und zog die Bettvorhänge zu, um einen kühlen Luftzug und – so hoffte sie – schlimme Träume fern zu halten. Im nächsten Augenblick war sie schon eingeschlafen.

Der Traum begann wie gewöhnlich. Sie ging zu Fuß zum Burrow Mump, und die Krieger entsprangen dem aufklaffenden Erdboden. Doch als sie diesmal fortlaufen wollte, merkte sie, dass sie eines der Pferde kannte. Ein grauer Hengst, edel und kraftvoll. Mit einem Aufschrei versuchte sie, schneller zu laufen. Ihr Herz pochte, doch es war bereits zu spät. Ein starker Arm umfasste ihre Taille und hob sie hoch. Sie spürte einen harten Körper, der ihr Sicherheit gab, aber dennoch sehr bedrohlich wirkte.

„Du bist mein." Die geflüsterten Worte streiften ihre Wange, warm und betörend.

8. KAPITEL

Als Rose am nächsten Morgen erwachte, fühlte sie sich wie erschlagen. Nachdem sie sich angekleidet hatte, ließ sie sich von Rose die Haare bürsten. In Gedanken ging sie all die Pflichten durch, denen sie heute nachkommen musste. Eigentlich dachte sie jeden Morgen über den Tagesablauf nach, doch zu dieser frühen Stunde sank ihr das Herz, als ihr einfiel, wie viel sie zu tun hatte. Sie schaute auf die geschlossenen Blendläden und sah, wie die ersten Sonnenstrahlen durch die Ritzen fielen. Das warme Licht schien sie nach draußen locken zu wollen.

„Wo sind die Söldner, Constance?"

Die alte Frau fuhr unbeirrt mit dem Bürsten fort. „Sie sind fortgeritten, Mylady. Ich weiß nicht, wohin."

Gunnar Olafson befand sich also wieder auf der „Jagd".

„Heute Morgen werde ich ins Dorf gehen", verkündete Rose und wappnete sich gegen die Einwände ihrer Zofe.

Wie erwartet, sprudelte es nur so aus der alten Frau heraus. „Aber Mylady, da seid Ihr nicht sicher! Ihr dürft Euch nicht in Gefahr begeben!"

„Ich begebe mich ja auch gar nicht in Gefahr. Ich will mir das Ausmaß der Schäden in meinem Dorf ansehen. Wenn ich Edric wäre, würdest du keine fadenscheinigen Gründe anbringen, um mich an meinem Vorhaben zu hindern."

„Ihr seid nicht Edric."

„Wie dem auch sei! Weise die Dienerschaft an, meine Stute zu satteln. Ich werde unverzüglich aufbrechen." Sie sprach mit fester und gebieterischer Stimme – mit der Stimme einer Burgherrin.

Constance hielt es für klüger, ihrer Herrin nicht zu widersprechen, wenn sie in dieser selbstherrlichen Laune war. Das hieß nicht, dass sie die Entscheidung gutheißen musste.

„Sehr wohl, meine störrische Herrin“, murmelte die alte Frau und stapfte unwillig aus der Kemenate, um Roses Aufforderung nachzukommen.

Sorgsam bedeckte Rose ihr Haar mit dem Schleier und rückte den Reif zurecht, der den dünnen Stoff hielt. Sie freute sich darauf, der Enge der Burg entfliehen zu können. Gewiss, ihre Arbeit war wichtig, aber welchen Nutzen brachte es, Kerzen herzustellen oder die restlichen Lebensmittelbestände durchzugehen, wenn das Leben eines Mannes in ihrer Hand lag? Harold der Müller war eingesperrt worden, da er einen Menschen getötet hatte, und wenn sie keinen Weg fand, ihn zu retten, würde er gehängt.

Warum machte Gunnar Olafson sich Gedanken um einen Mann, den er nicht kannte? Arno hätte kein Mitgefühl für einen Angelsachsen gezeigt, der einen Mord an einem Normannen verübt hatte. Wer sonst außer Rose sollte etwas unternehmen? Sie wollte mit eigenen Augen sehen, wo sich das Verbrechen zugetragen hatte.

Ja, dachte Rose beflügelt, sie würde sich den Tatort anschauen, den Dorfbewohnern angesichts der Zerstörungen Mut zusprechen und gegen Mittag zur Burg zurückkehren.

Doch so einfach war es nicht.

Arno war schier entsetzt, als er von dem Vorhaben erfuhr. „Mylady, Ihr könnt unmöglich ins Dorf reiten! Ihr begebt Euch in unnötige Gefahr!“

Rose ließ sich nicht beirren. „Mein Entschluss steht fest, Sir Arno. Ich werde reiten.“

Er kniff die Augen zusammen, doch wie Constance hatte auch Arno gelernt, wann seine Herrin von einem Vorhaben abgebracht werden konnte und wann nicht. „Wie Ihr meint, Mylady“, sagte er schmallippig. „Aber ich werde Euch begleiten.“

Rose war im Begriff, zu widersprechen.

„Ob Ihr es wünscht oder nicht!“ setzte er nach.

Rose seufzte und rang sich ein Lächeln ab. „Ich wünsche es, Sir Arno. Habt Dank.“

Alsbald ritten sie über die klappernde Holzbrücke. Rose hielt ihr Gesicht in die Sonne und wünschte, nur so zum Vergnügen ausreiten zu können. Es schien sehr lange her zu sein, dass sie *irgendetwas* nur zum Vergnügen gemacht hatte. Neben ihr ritt Arno, der unablässig von einer Seite zur anderen schaute und dabei den Knauf seines Schwerts fest umschlossen hielt, um auf jeden Gegner vorbereitet zu sein. Er war ihr treu ergeben, mochte Constance sagen und denken, was sie wollte.

Rose erinnerte sich an die Stunden kurz vor dem Tode ihres Gemahls vor einem Jahr. Edric hatte trotz seines schwachen Gesundheitszustands unbedingt Arno sprechen wollen. Als der Ritter schließlich an das Bett trat, hatte Edric seine Hand umklammert und ihn zu sich gezogen, da sein Augenlicht nachgelassen hatte. Der alte Mann war von der Krankheit gezeichnet gewesen, und doch hatte er merkwürdig entschlossen gewirkt.

Arno seinerseits hatte sich sichtlich unwohl gefühlt, als habe er sich nur mit Überwindung und Widerwillen an das Sterbebett seines Herrn rufen lassen.

„Schwört meiner Frau die Treue, Sir Arno“, hatte Edric mit heiserer Stimme hervorgebracht. Und als Arno noch zögerte, weil er es womöglich nicht wahrhaben wollte, dass Edric dem Tode geweiht war, hatte Edric mit Nachdruck hinzugefügt: „Schwört es auf Euren Knien, Herr Ritter!“

Arno war sogleich auf die Knie gesunken und hatte mit bebender Stimme den Treueeid auf Rose abgelegt. Als er gesprochen hatte, war Edric in die Kissen zurückgesunken und mit einem zufriedenen Lächeln eingeschlafen. Er hatte die Augen nie wieder geöffnet.

Als sie sich jetzt an den Augenblick erinnerte, war Rose sich sicher, dass Arno sie niemals betrügen würde. Mochte er auch seine Fehler haben, doch er hielt ihr die Treue. Etwas anderes wollte Rose nicht glauben.

Der strahlend blaue Sommerhimmel vermochte nichts an dem düsteren Anblick zu ändern, den das niedergebrannte Dorf bot. Rose ritt langsam durch die verkohlten Überreste der Behausungen. Trotz aller Heimsuchungen empfingen ihre Leibeigenen sie mit Freudenrufen, ehrerbietigen Verbeugungen oder artigen Knicksen. So viel ist verloren, dachte sie mit Schrecken.

„Was werden wir tun, Sir Arno?“ Sie sprach mehr für sich und erwartete gar keine Antwort. „Wie sollen wir all die Behausungen neu errichten, bevor die Ernte eingefahren werden muss?“

„Es ist an der Zeit, dass Ihr Euch an Eure Freunde wendet und sie um Hilfe bittet, Mylady“, sagte er nüchtern, und ein ungewöhnliches Leuchten lag in seinen Augen.

„Ich würde Lord Radulf nicht als meinen Freund bezeichnen“, erwiderte sie. „Lady Lily ist immer meine Schutzherrin gewesen, doch sie fühlt sich im Augenblick nicht wohl, Sir Arno, daher kann ich mich unmöglich an sie wenden. Und wie Ihr wisst, möchte ich nicht, dass Lord Radulf mich für schwach hält. Er würde mir Somerford entziehen.“

Arno verzog das Gesicht, während seine Finger unruhig mit den Zügeln spielten. „Vielleicht gibt es noch andere Herren, die Eurem Hilfegesuch bereitwilliger entsprächen, Rose. Lord Radulf ist nicht der einzige mächtige Herr im Südwesten Englands.“

Erstaunt wandte Rose sich ihrem Ritter zu und schaute ihn mit großen Augen an. „Arno? Ihr ratet mir doch nicht zum Verrat?“ Nervös lachte sie auf. „Ihr treibt einen Scherz mit mir! Wir werden schon irgendwie zurechtkommen.“

Arno mied ihre fragenden Blicke, und seine Hände wurden ruhiger. Schließlich schien er eine Entscheidung getroffen zu haben und nickte. „Mylady, Ihr und ich, wir haben seit Edrics Tod im vergangenen Jahr viel Zeit miteinander verbracht. Ich bin stets geduldig gewesen. Doch jetzt möchte ich Euch zu bedenken geben …“

Bewegungen am anderen Ende des Dorfes erregten Roses Aufmerksamkeit, sodass sie den Worten ihres Ritters keine Beachtung mehr schenkte. Ein großer Mann auf einem grauen Pferd preschte in vollem Galopp auf sie zu. Urplötzlich schien für Rose die Umgebung ins Wanken zu geraten, als ihre Traumwelt und die Wirklichkeit verschwammen, doch dann hatte sie sich wieder im Griff.

Neben ihr fluchte Arno leise. „Da kommt unser Söldnerführer“, sagte er mit so viel Bitterkeit, dass Rose erschrak.

Ihr blieb keine Zeit für eine Antwort, Gunnar Olafson hatte sie bereits erreicht. Er zwang sein Pferd zur Ruhe, das schnaubend den Kopf zur Seite warf und mit den Hufen scharrte. Wie stets hing ihm sein Rundschild über die Schulter. Er trug einen Helm, den er nun abnahm und unter den Arm klemmte. Der Schweiß lief ihm ins Gesicht, sein kupferfarbenes Haar hing in langen, feuchten Strähnen herunter. Seine blauen Augen blitzten auf, und noch bevor er überhaupt etwas sagte, spürte Rose, wie zornig er war.

„Mylady, Ihr solltet nicht hier sein“, sagte er. Sie blickte auf seinen grimmig zusammengekniffenen Mund. Gunnar war mehr als unzufrieden mit ihr, aber sie wollte sich auf keinen Fall von ihm einschüchtern lassen. „Das sind meine Leute und dies hier ist mein Dorf, Captain“, entgegnete sie gelassen.

„Ihr seid hier nicht sicher“, meinte er.

Rose war erstaunt, dass diesmal sie diejenige war, die Ruhe ausstrahlte.

„Ihr vergesst, dass Sir Arno mich begleitet, Captain.“

Gunnar hatte für den Ritter nicht mehr als einen flüchtigen

Blick übrig, der beleidigend wirkte. Arno holte tief Luft, während er mit einer Hand sein Schwert umfasste.

„Und *Ihr* seid hier, Captain Olafson", fügte Rose hinzu, als habe sie nicht bemerkt, was sich zwischen den beiden Männern abgespielt hatte. „*Ihr* werdet mich doch beschützen, oder etwa nicht?"

Seine breite Brust hob sich, als er Atem holte. „Ja, Mylady, das werde ich."

Sie beugte sich vor, und ihr plötzliches Machtbewusstsein machte sie schwindelig. „Und werdet ihr mir gehorchen, Captain? Ihr habt es mir geschworen."

Gunnar Olafson war sehr zornig auf sie gewesen. Doch als er ihr jetzt in die Augen sah, schien sein Zorn allmählich zu verfliegen. „Ich habe es in der Tat geschworen, Lady Rose, und ich nehme meine Versprechen nicht auf die leichte Schulter."

Wie hatte er das gemeint? Sie las etwas in seinen Augen. Ein Leuchten. Es breitete sich in ihrem Innern aus, gefährdete ihre Ruhe und drohte sie zu erregen. Als er ihre Unruhe bemerkte, umspielte ein Lächeln seinen Mund. Er lehnte sich im Sattel zurück, und sein Zorn war verraucht.

„Habt Ihr gesehen, was Ihr sehen wolltet, Mylady?" erkundigte er sich.

Rose nickte. „Und nun wünsche ich die Spuren zu sehen, die die Marschlandbewohner nach dem Überfall hinterlassen haben", ordnete sie an.

Arno brachte einen Einwand vor, aber Rose wandte keinen Blick von dem Söldner. *Er* verkörperte hier die wahre Macht, nicht der Ritter. Es war Gunnar, der für ihre Sicherheit sorgen und jeden ihrer Schritte überwachen würde. Das wurde Rose zum ersten Mal bewusst, und sie war umso entschlossener, sich durchzusetzen.

Sie hatte nicht erwartet, dass er ihrem Wunsch zustimmen würde, sich das Dorf genauer anzuschauen, aber er nickte. Er rief seinen beiden blonden Gefährten, die in einiger Entfernung auf ihren Pferden gewartet hatten, etwas zu, wendete sein Pferd und ritt voraus.

„Kommt." Rose warf einen Blick auf Arno und bemerkte erst jetzt, wie sehr der Zorn seine Wangen gerötet hatte. Mit einem Seufzer wurde ihr bewusst, dass seine Autorität untergraben worden war. Später müsste sie dem Ritter gut zureden – das wäre nicht das erste Mal, und daher war sie zuversichtlich, ihn wieder besänftigen zu können.

Sie ritten an der abgebrannten Hütte des Müllers vorbei, und Rose sah mit Erleichterung, dass die Mühle, die einsam und verlassen dastand, keinen Schaden davongetragen hatte. Zur Erntezeit würden sie Harold brauchen, um das Korn zu mahlen. Wo sollten sie einen anderen Mann finden, der sich so gut auf sein Handwerk verstand und so zuverlässig war? Sein Tod wäre ein herber Verlust.

Die Anhöhen im Westen waren bewaldet, doch in Richtung Norden fiel das Land etwas ab und ging in grüne, mit Schlüsselblumen bewachsene Wiesen über, bevor die wasserreichen Gefilde begannen. Hohes Schilfrohr und Binsengewächse ragten aus dem sumpfigen Gelände, und Wildenten und Schnepfen jagten über die Wasserflächen.

„Seht Ihr, wo das feste Land stark abfällt?" Gunnar Olafson zügelte sein Pferd und zeigte auf das *Mere*. „Wir folgten ihren Spuren bis zu der kleinen Insel dort, doch dahinter wurde das Wasser zu tief. Sie müssen ein Boot gehabt haben."

Rose suchte den Horizont ab und kniff im grellen Licht der Sonne die Augen zusammen. Die wasserreichen Gebiete, die Levels, schienen kein Ende zu nehmen – flach, sumpfig, ausgedehnt. Inseln erhoben sich hier und da, und die Kuppe des Burrow Mump stach wie ein böses Omen vom Sommerhimmel ab. Die Behausung ihres Geisterkriegers. Ihr Blick wanderte weiter, bevor ihre Zweifel und Ängste sie wieder heimsuchen konnten. Stattdessen lenkte sie ihre Aufmerksamkeit auf den Überfall und auf die unbekannten Männer, die aus dem brennenden Dorf gerannt waren. Zorn erfasste sie.

„Werden sie wiederkommen?“ fragte sie sich laut.

Rose spürte Gunnars Blicke, doch sie widerstand der Versuchung, ihn anzusehen.

„Vielleicht haben wir ihnen Angst eingejagt“, sagte er, doch bei seinem Tonfall wusste Rose nicht, ob er seinen eigenen Worten glaubte.

Plötzlich vernahm sie den Hufschlag vieler Pferde.

Gunnar drehte sich als Erster um, seine Hand umschloss den Schwertknauf. Lautlos glitt es aus der Scheide, die todbringende schwarze Klinge schimmerte wie Ebenholz. Arno zog ebenfalls das Schwert und versuchte unter Flüchen, sein störrisches Pferd zu wenden. Mehrere Reiter ritten über die Anhöhe. Es waren Fremde, mit verbissenen Mienen und schwerer Rüstung. Rose war sogleich klar, dass dies keine freundlich gesonnenen Besucher waren.

„Reitet zurück zur Burg, Rose!“ rief Arno, als es ihm endlich gelungen war, das Pferd zu wenden, um schützend vor seiner Herrin Stellung zu beziehen.

Rose löste sich aus ihrer Erstarrung und wollte ihrem Ritter gehorchen, als sich plötzlich Gunnar Olafsons kraftvoller Arm um ihre Taille legte und sie auf sein Ross hob.

„Nein!“ rief er aus. Widerstrebte ihr nun seine anmaßende Art oder sein harter Körper? Rose war sich nicht sicher. Sie begann sich zu wehren.

Gunnar ließ sich nicht beirren. „Verhaltet Euch ruhig, Mylady“, befahl er ihr, während er den Arm enger um sie schlang. „Es sind Fitzmortons Männer.“

Rose erstarrte. Er hatte Recht! Das im Winde wehende Banner war blau und gelb – Fitzmortons Wappenfarben. Eine kalte, lähmende Furcht erfasste sie. Warum sollte Fitzmorton jetzt seine Männer herschicken?

Hatte er sich etwa überlegt, sie schamlos für seine Zwecke auszunutzen?

Fitzmorton hasste Radulf, und sie hatte Radulfs Lehen inne. Sollte sie nun zum Spielball dieser beiden mächtigen Herren werden? Nein, dachte Rose entschlossen, sie würde bis zum Tod kämpfen, bevor sie Fitzmortons Gefangene würde … und außerdem würde Gunnar Olafson sie beschützen.

In diesem Moment glaubte Rose fest an Gunnars Stärke.

„Fitzmorton?" wiederholte Arno mit gerunzelter Stirn. Dann glätteten sich seine Falten. „Ja, Fitzmortons Männer. Aber was wollen sie jetzt hier?"

Gunnar musterte Arno eingehend, als ob ihm etwas an der Art des Ritters merkwürdig vorgekommen wäre. Jetzt schaute er wieder auf die heranpreschenden Reiter, und seine Augen verengten sich. „Sie reiten auf Eurem Land, Lady Rose. Habt Ihr sie eingeladen?"

Sein Gesicht sieht gefährlich aus, dachte sie. Es verschlug ihr den Atem, während sie vor ihm auf dem Pferd saß und seine harte Brust, die Schenkel und den Druck seines kraftvollen Arms spürte. Schlagartig wurde ihr bewusst, dass kein Mann ihr bislang so nah gekommen war, abgesehen von Edric. Doch Edric hatte sich nie so angefühlt.

„Nein, natürlich habe ich sie nicht hierher eingeladen!" rief sie außer Atem und strich sich eine schwarze Locke aus der Stirn. Sie hatte den Schleier verloren, und nun drohte sich der Zopf zu lösen. Sie wollte sich aufrecht hinsetzen, um sich seiner Nähe zu entziehen. „Lasst mich bitte wieder auf mein Pferd, Captain! Es ist nicht nötig …"

Doch er achtete nicht auf ihre Bitte. Schon hielt die Schar mit dem blaugelben Banner vor ihnen an. Der Anführer lenkte sein Pferd etwas weiter vor, und zu ihrer Bestürzung sah Rose so etwas wie Belustigung in seinen grauen Augen aufblitzen. Vermutlich lag das an ihrer steifen Haltung und dem kraftvollen Arm, der sich besitzergreifend um ihre Taille schlang. Die Gesichtszüge des Anführers waren recht ansprechend, aber Rose spürte, dass sie diesem Mann nie vertrauen würde. Sie dachte gerade darüber nach, als der Ritter den Blick von ihr nahm und Gunnar ansah. Er wirkte mehr als erstaunt.

Gunnar versteifte sich, sodass sein Körper hart wie Stein wurde. Er schien sogar den Atem angehalten zu haben. Rose begriff: Die beiden kannten sich.

„Gunnar Olafson." Ohne Zweifel, der Mann hatte ihren Söldner erkannt, und sie fragte sich, ob in dem Tonfall Abneigung mitschwang. „Welch widrige Umstände brachten dich nach Somerford?"

Gunnars Schreck war bereits verflogen, als er sich seiner neuen Herausforderung gegenübersah. *Miles!* Diesem Mann hatte er am allerwenigsten begegnen wollen, obwohl ihn das Zusammentreffen eigentlich nicht hätte verwundern dürfen. Es war absehbar, dass Miles sich früher oder später mit einem Mann wie Fitzmorton zusammenschließen würde. Gunnar war in diesem Augenblick nur froh, dass Ivo nicht hier war – sein Freund war noch einmal zu der Stelle im Wald geritten, wo sie den Müller aufgespürt hatten, in der Hoffnung, noch irgendwelche Spuren zu entdecken, die mit dem rätselhaften Überfall auf das Dorf in Zusammenhang standen.

„Miles", grüßte Gunnar ungerührt. „Du hast dich Fitzmorton angeschlossen? Das überrascht mich nicht."

Miles lachte verächtlich. „Gott möge dich verfluchen, Gunnar, ich hatte gehofft, du wärst längst tot."

Rose war in seinen Armen ganz starr vor Angst geworden, versuchte indes, sich nichts anmerken zu lassen. Jetzt schien die Anspannung von ihr abzufallen. Oder verlor sie womöglich das Bewusstsein? Vielleicht hatte er sie zu fest an sich gedrückt? Gunnar lockerte den Griff und fühlte das weiche Gewicht ihrer Brüste auf seinem Arm. Ihrem offenen Haar entströmte ein süßlicher Duft; ihr Körper war betörend und drohte ihn von der Gefahr abzulenken. Gunnar zwang sich, einen kühlen Kopf zu bewahren, um sich auf seinen Gegner einzustellen.

„Was hast du hier zu suchen?" verlangte Miles zu wissen und warf Arno einen kurzen, argwöhnischen Blick zu. „Ich wähnte dich in Wales."

„Da war ich auch."

„Ich habe mich weiter nördlich aufgehalten und auf Lord Fitzmortons Ländereien nach dem Rechten gesehen." Miles' Blicke ruhten nun auf Rose; er schaute unverhohlen auf ihr dunkles Haar, ihr schönes Gesicht und ihre üppigen Formen. „Du hast schon immer die begehrenswertesten Weiber für dich beansprucht, Gunnar", fügte er hinzu und schaute mit lüsternen Blicken auf Roses Brüste.

Wie gerne hätte Gunnar ihm dieses Grinsen ausgetrieben und ihn Fenrirs Klinge spüren lassen. Doch mühsam beherrschte er sich und bedachte Miles mit einem kalten Lächeln. „Dies ist Lady Rose von Somerford, Miles." Seine Stimme klang frostig. „Du stehst auf ihrem Land."

Das Grinsen schwand. Miles stierte Gunnar mit finsterer Miene an, ehe er vor Rose leicht den Kopf neigte. „Mylady, es tut mir Leid." Die Entschuldigung klang allzu förmlich und war alles andere als ehrlich gemeint, aber was konnte man von diesem Krieger anderes erwarten.

Gunnar hatte längst beschlossen, seinen Gegner nicht für sein rüdes Verhalten zurechtzuweisen. Die Lage war schon angespannt genug. Aber er war sich nicht sicher, wie sich Rose verhalten würde. Die meisten normannischen Edelfrauen, die er kennen gelernt hatte, hätten sich durch Miles' Bemerkungen arg beleidigt gefühlt …

Rose hingegen nickte kühl und nahm Miles' Entschuldigung an. Bewundernd nahm Gunnar ihre Gelassenheit zur Kenntnis, doch er schreckte bereits bei ihren folgenden Worten auf. „Ihr kennt Captain Olafson, Sir?"

Miles' graue Augen huschten von Gunnar zu ihr zurück. „Ja. Wir haben zusammen gekämpft … vor langer Zeit. Ich bin Sir Miles de Vessey."

„Und warum seid Ihr hier in Somerford, Sir Miles?" fragte sie ihn in diesem leisen, aber gebieterischen Tonfall, mit dem sie sich nicht nur bei dem niedrigsten Leibeigenen, sondern auch bei dem bedeutendsten Baron im Lande Gehorsam verschafft hatte.

Doch Miles war gerissen und so glatt wie die Aale in den Marschgefilden. „Als ich aus dem Norden zurückkehrte, erfuhr ich, dass einer von Fitzmortons Männern vermisst wurde, Mylady. Er war mit einer Botschaft für Lord Radulf nach Crevitch Castle aufgebrochen und über Euer Land geritten. Bislang ist er nicht zurückgekehrt, und ich bin gekommen, um ihn zu suchen."

Gunnar hatte nichts dagegen gehabt, als Rose Miles zur Rede stellte, doch nun spürte er, wie sie sich verspannte. Ein vermisster Bote von Fitzmorton und ein toter Normanne. Er fühlte den warnenden Druck ihrer Hand in der seinen – es war unnötig, hatte er doch längst den gleichen Schluss gezogen. Aber sie überraschte ihn einmal mehr, als sie mit gleichgültiger Stimme sprach.

„Dann seid Ihr also auf dem Weg nach Crevitch Castle?"

„Ja, Mylady."

„Dann wollen wir Euch nicht aufhalten …"

„Verdammt!" Es war Arnos unterdrückter Fluch, bei dem Miles de Vessey aufhorchte. „Will es ihm denn keiner sagen?“ grollte Arno und schaute von einem zum anderen. „Wir haben einen toten Normannen, und Sir Miles vermisst einen Mann – kommt das denn niemandem merkwürdig vor?“

Gunnar sah, dass sich Roses Augen mit gespieltem Erstaunen weiteten. „Aber aus welchem Grund würde einer von Lord Fitzmortons Männern das Haus des Müllers anzünden und auch noch über seine Tochter herfallen?“ Kein Zweifel, mit ihrer Gelassenheit wollte sie Arno von seiner Überzeugung abbringen.

„Wenn er es überhaupt getan hat“, entgegnete Arno empört und ließ sich nicht im Mindesten beirren. „Wir haben nur die Aussage des Müllers, Mylady.“

„Und die von Millisent, seiner Tochter.“

„So ist es“, sagte Arno, als habe sie ihn in seiner Ansicht noch bestärkt.

„Was geht hier vor?“ Miles’ graue Augen blickten misstrauisch von Gunnar zu Rose.

Als Arno merkte, dass Gunnar und Rose zögerten, verfinsterte sich seine Miene zusehends. „Kommt mit mir“, sagte er grimmig zu Miles de Vessey. „Dort im Dorf liegt ein Toter, der noch nicht beerdigt wurde. Ihr könnt selbst beurteilen, ob es sich um Euren vermissten Boten handelt.“

Arno ritt davon, und Miles folgte ihm mit seinen Männern, nachdem er sich ein weiteres Mal steif vor Rose verbeugt hatte. Gunnar gab Sweyn und Ethelred mit einem Kopfnicken zu verstehen, dass sie sich der Gruppe anschließen sollten. Sweyn verzog angewidert das Gesicht, während er Miles beäugte. „Habt Ihr gewusst, dass *er* hier ist, Captain?“

„Nein.“ Für einen kurzen Moment fragte Gunnar sich, wie er sie alle aus dieser zunehmend schwieriger werdenden Lage herausbringen sollte. Doch dann richtete er seine ganze Aufmerksamkeit auf die momentane Situation, anstatt sich mit Mutmaßungen abzugeben.

„Sollte Miles euch ausfragen, ihr sagt kein Wort", befahl er seinen Gefährten. „Wir erhielten den Auftrag, Somerford und die Burgherrin zu beschützen. Für gutes Geld. Mehr wisst ihr nicht."

Sweyn grinste und ritt mit Ethelred davon.

Als Rose sich zu ihm umdrehte und ihm ins Gesicht schaute, sah Gunnar, dass die Ereignisse sie blass und ängstlich gemacht hatten. „Warum wird Sir Miles Fragen stellen?"

Gunnar hoffte, sich nichts anmerken zu lassen. „Das liegt in seiner Natur."

„Warum sollten Eure Männer etwas anderes als die Wahrheit sagen; gibt es da noch etwas?"

Sie war misstrauisch, und er konnte es ihr nicht verdenken. Sollte das bedeuten, dass sie wirklich unschuldig war und nichts mit Fitzmorton zu tun hatte, oder leitete sie ihn in die Irre? Gunnar wollte wissen, woran er war.

„Wenn der Tote Lord Fitzmortons Bote ist …?" murmelte sie vor sich hin.

„Wünscht Ihr die nackte Wahrheit oder bloß honigsüße Lügen zu hören, Mylady?"

Rose zog die Stirn in Falten und rutschte unruhig auf dem Sattel hin und her. „Ich wünsche die Wahrheit zu hören."

„Dann will ich sie Euch nicht vorenthalten. Je bedeutender der Mann ist, desto härter wird die Strafe ausfallen. Wenn es sich bei dem Toten im Dorf um einen Boten von Fitzmorton handelt, wird es keine Begnadigung für den Müller geben."

Sie stieß einen leisen Seufzer aus, schaute indes nicht zur Seite. In diesem Augenblick wünschte er sowohl den törichten Müller als auch Miles de Vessey zur Hölle. Schließlich hielt er Rose in den Armen, und er konnte sich einen angenehmeren Zeitvertreib vorstellen.

Rose sah den gleichmäßigen Pulsschlag an Gunnars Hals. Kurze, rotgoldene Barthaare zeigten sich auf den Wangen und am Kinn – er hatte offensichtlich an diesem Morgen keine Zeit gefunden, sich zu rasieren. Er musterte sie mit argwöhnischen und fragenden Blicken, und sie mutmaßte, was er in ihrem Gesicht las. Entdeckte er ihre Furcht vor Fitzmorton und ihre Ängste um den Müller und den toten Normannen? Oder merkte er ihr an, dass sie sich im Augenblick noch näher waren als in der Nacht, in der sie sich geküsst hatten?

Während Miles de Vessey und Arno zugegen gewesen waren, hatte Rose ihre ruhige Autorität bewahrt – die kühle Miene einer Burgherrin. Doch jetzt war sie mit Gunnar allein und spürte, dass sie den Tränen nahe war. Durfte sie sich ihren Gemütszustand in Gegenwart von Gunnar Olafson anmerken lassen? Frauen in ihrer Stellung sollten ihre Schwäche verbergen – genau *das* hatte sie bereits auf dem Schoß ihrer Mutter gelernt. Dennoch, als Miles den vermissten Normannen erwähnt hatte und ihr aufgegangen war, in was für Schwierigkeiten sie geraten könnten, hatte sie sogleich Gunnars Hand gesucht und gespürt, wie seine festen, schwieligen Finger ihre umschlossen hatten.

„Miles de Vessey darf man nicht vertrauen", sagte er, nachdem eine halbe Ewigkeit vergangen zu sein schien. Seine Stimme klang heiser.

„Demnach kennt Ihr also Miles de Vessey, Captain", stellte sie leise fest.

„Ja, Mylady. Was er Euch auch immer erzählt oder Euch verspricht, glaubt ihm kein Wort."

„Ich habe ihn nie zuvor gesehen; warum sollte er mir etwas versprechen?"

„Sir Arno d'Alan kennt ihn."

Verblüfft blickte sie ihn an. Er hatte Recht. Arno *kannte* ihn.

Erst jetzt, als sie sich zurückerinnerte, ging Rose auf, dass Arno gar nicht überrascht gewesen war, Miles zu sehen. Ja, sie kannten sich; Miles hatte nicht einmal nach Arnos Namen gefragt!

Die Erkenntnis löste ein Unbehagen in ihr aus, und rasch suchte sie nach einer nachvollziehbaren Erklärung. „Vielleicht kennt Arno Miles aus der Zeit, als mein Gemahl noch lebte", sagte sie mit steifer Stimme. „Einst gab es Verhandlungen mit Lord Fitzmorton, nachdem er uns die Hälfte unserer Männer abgeworben hatte."

Ihre Erklärungsversuche führten nur dazu, dass Gunnar sie noch eindringlicher anschaute. Da wusste Rose, dass sie ihre Meinung geändert hatte. Liebend gerne wollte sie wieder auf ihrer Stute sitzen, denn sie musste den Armen dieses Mannes entfliehen, der eine zu große Macht über ihre Gefühle und ihren Körper auszuüben schien.

„Eure Treue führt in die Irre, Rose", sagte er ruhig. „Oder ist es mehr als Treue?"

Sie nur bei ihrem Vornamen anzureden, war nicht tragbar. Rose wollte ihn zurechtweisen, doch schließlich war sie von ihren eigenen Worten überrascht: „Arno hat mir in schweren Zeiten zur Seite gestanden, Captain. Ihr seid erst seit Kurzem hier."

Das Funkeln in seinen Augen ließ sie verstummen. Er umgriff ihr Kinn mit einer Hand, hob ihr Gesicht ein wenig, bis es dicht vor seinem war, und strich ihr mit seinem Mund über ihre Lippen. „Ich möchte dich aber kennen lernen, Rose. Ich möchte jeden Zoll deines Körpers kennen. Ich möchte ihn mit meinen Händen berühren, meine Lippen auf deine drücken. Ich möchte in dir sein."

Das Blut pochte in ihrem Kopf. Sein Geschmack, sein ganzer Leib, der Druck seiner Männlichkeit an ihrer Hüfte … ihr war, als hätte er sie in seinen Bann geschlagen, sie zahm gemacht. Wie erstarrt blieb Rose sitzen, denn sie wusste, dass sie verloren wäre, wenn sie auch nur die kleinste Andeutung machen würde, seinem unstillbaren und drägenden Verlangen nachzugeben. Dies wäre ein äußerst ungünstiger Augenblick, ihre eigenen Begierden überhand nehmen zu lassen.

Sie zog den Kopf zurück und löste sich aus seinem Griff. Sogleich straffte sie die Schultern und setzte ihre hochnäsige Miene auf. „Bitte setzt mich wieder auf mein Pferd, Captain“, befahl sie ihm kalt. Seine Antwort ließ lange auf sich warten, so lange, dass sie schon befürchtete, er würde ihrer Bitte nicht entsprechen, sondern ihre Brüste umgreifen und sie küssen. Und was würde dann noch geschehen? Ihr drohte der Atem zu stocken.

Unverzüglich und wenig zärtlich umschloss er ihre Taille und setzte sie wieder auf ihren Sattel. „Oh!“ Ihr Kleid lag zerknittert um ihre Beine, zeigte ihre Strümpfe und die weiße Haut ihrer Wade. Die Haare fielen ihr in die Augen und behinderten sie. Mit geröteten Wangen und voller Ärger rückte Rose ihre Röcke zurecht und warf dann ihr Haar über die Schulter. Sie bedachte ihn mit einem finsteren Blick. „Ich werde Euch nicht danken, Captain.“

Er blickte ebenso finster zurück, und dann, wie zuvor, war der Sturm aus seinen Zügen verflogen, denn er hatte seine ungewöhnlich starke Selbstbeherrschung wiedererlangt.

„Ich will Euren Dank nicht, Mylady“, erwiderte er gelassen. „Ihr wisst, was ich will.“

Rose gab vor, ihn nicht zu hören. Gunnar mochte seine Beherrschung wiedererlangt haben, aber gerade jetzt, als sie in sein Gesicht schaute, war sie kurz davor, ihre erzwungene Ruhe wieder zu verlieren. Und obgleich sie die Folgen fürchtete, glaubte sie dennoch, ihre Gefühle nicht gänzlich zügeln zu können.

9. *KAPITEL*

Miles de Vessey hatte den Toten bereits in Augenschein genommen, als Rose, gefolgt von ihrem Söldner, das Dorf erreichte. Inzwischen hatte man die Leiche in Leinentücher gehüllt. Kaum hatte Rose ihre Stute zum Stehen gebracht, schritt Arno bereits auf sie zu. Er sah grimmig und ernst aus, doch er vermied es, ihr in die Augen zu schauen.

„Mylady ... es ist so, wie ich befürchtet habe. Der Tote war Lord Fitzmortons Bote."

„Seid Ihr sicher?" Als sie die Frage stellte, wusste sie, dass es nutzlos war, die Sachlage anzuzweifeln.

Arno nickte. „Sir Miles hat die Schwertscheide erkannt." Er schaute an ihr vorbei, und seine Miene verfinsterte sich. „Ihr solltet besser auf *mich* hören, Mylady, als auf den Wikinger. Er ist nur für seine sechs Silbermünzen hier. Er kann Euch unmöglich raten, was für Euch und Somerford das Beste ist."

„Gewiss, Arno, das kann er nicht", gab Rose kalt zurück. „Das ist etwas, was ich selbst entscheiden muss, ohne seinen oder Euren Ratschlag!"

Er machte einen Schritt nach vorn und sah mit einem Mal derart wütend aus, dass sie einen Moment lang glaubte, er würde sie vom Pferd zerren. Arno! Noch nie hatte er es gewagt, sie in dieser Weise anzustarren. Entsetzt hob Rose eine Hand, als wolle sie ihn abwehren. Gleichzeitig trieb Gunnar sein Pferd an und lenkte das stattliche, starke Tier schützend zwischen Rose und den aufgebrachten Ritter.

Rose hielt den Atem an. Während sie versuchte, ihre verängstigte Stute zu beruhigen, hörte sie, wie Gunnars Gefährten die Schwerter zogen. Arno wich taumelnd zurück, Schrecken und unbändiger Zorn zeichneten sich auf seiner Miene ab.

Miles de Vessey lachte. „Streit wegen einer Frau, Gunnar?" johlte er spöttisch.

Gunnar wandte keinen Blick von Arno. „Gebt Acht, d'Alan", warnte er den Ritter mit eiskalter Stimme. „Ihr vergesst Euch."

Zornesröte brachte Arnos Gesicht zum Glühen, und er rang nach Worten, um seinem Ärger Luft zu machen. Offenbar hatte es ihm aber die Sprache verschlagen, denn er kehrte Rose den Rücken zu und entfernte sich kopfschüttelnd.

Erst jetzt wagte Rose, Luft zu holen. Sie reckte das Kinn ein wenig empor. „Habt Dank, Captain, doch ich komme nun allein zurecht."

Gunnar zog eine Braue hoch, als zweifele er an ihren Worten, doch schließlich zog er sich zurück und überließ ihr die Befehlsgewalt. Die Tatsache, dass er sich unverzüglich in die zweite Reihe begab, überraschte Rose – hatte sie doch erlebt, dass die meisten Männer alles andere als gefügig waren, wenn sie die Anordnung einer Frau befolgen sollten. Aber Gunnar Olafson war anders als die meisten Männer.

Aufmerksam beobachtete Miles de Vessey, was hier vor sich ging, doch nun schien er vom Zuschauen genug zu haben. Seine Stimme klang forsch und unnachgiebig. „Ich werde Gilberts sterbliche Überreste zu Lord Fitzmorton bringen, Mylady. Er hat eine Gemahlin, die ihm zugetan war und sicherlich wünscht, ihn daheim bestatten zu dürfen."

Rose empfand Mitleid mit der Frau. Bislang hatte sie nur an Harold und Millisent gedacht – sie hatte ganz vergessen, dass auch der Tote eine trauernde Familie hinterließ.

„Gewiss, Sir Miles", sagte sie teilnahmsvoll. „Nehmt den Toten mit und sagt seiner Frau, dass es mir Leid tut."

Miles verbeugte sich dankend, obwohl er ein wenig überrascht wirkte. Vielleicht, so dachte sie, hat er nicht damit gerechnet, dass ich seiner Aufforderung sogleich nachkommen würde – Lord Fitzmorton, das wusste sie, war ein strenger Gebieter. Miles gab seinen Männern Anweisungen, alles für den Aufbruch vorzubereiten.

„Sir Arno?"

Ihr Ritter stand nach wie vor einige Schritte entfernt und schmollte. Bei der Anrede versteifte er sich, und Rose glaubte schon, er würde ihr absichtlich kein Gehör schenken. Doch für derartige Anwandlungen war Arno zu pflichtbewusst. Mit offenkundigem Widerwillen drehte er sich um, zog mürrisch die Brauen zusammen und hielt die Arme vor der Brust verschränkt. „Ja, Mylady?" fragte er schroff.

„Werdet Ihr hier bleiben, um diese Männer zu verabschieden?"

Schweigend nickte er, während seine Mundwinkel verräterisch zuckten, als wolle er ein Lächeln andeuten. Nach wie vor merkte sie ihm seine Verbitterung an, und in seinem Blick lag so etwas wie Selbstverachtung. Verwundert forschte Rose nach dem Grund seiner Verstimmung und versuchte sich zu erinnern, worüber sie gesprochen hatten, bevor sie unterbrochen worden waren. Arno hatte ihr geraten, Radulf um Hilfe zu ersuchen … oder hatte er von Fitzmorton gesprochen? Seine Worte waren ihr merkwürdig vorgekommen, doch sie war zu sehr mit ihren eigenen Sorgen beschäftigt gewesen, um ihm richtig zuzuhören. Jetzt aber entsann sie sich, wie er von der Zeit angefangen hatte, die sie seit Edrics Tod gemeinsam durchlebt hatten. Arno war der Ansicht gewesen, sie könnten …

Jesus, er war im Begriff, um meine Hand anzuhalten!

Arno beobachtete sie immer noch, und sie fragte sich voller Unbehagen, ob er in der Lage war, ihre Gedanken zu lesen. Er ließ sich zumindest nichts anmerken, nickte nur kurz und erwiderte halblaut auf ihre Bitte: „Ja, Mylady, das werde ich tun."

„Habt Dank, Sir Arno", sagte sie unsicher. Zu ihrem Entsetzen wurde Rose bewusst, dass ihr der Ritter Leid tat – wahrscheinlich hatte er das Mitgefühl sogar in ihren Augen gesehen. Wie, um alles in der Welt, sollte sie für klare Verhältnisse sorgen?

„Lord Fitzmorton wird darauf bestehen, dass der Tod des Boten gesühnt wird."

Es war Miles de Vesseys scharfer Tonfall, der sie aus ihren verwirrenden Gedanken riss. Hatte er soeben eine unmissverständliche Drohung ausgesprochen? Dieser Mann war viel gefährlicher, als es Arno je sein könnte. Sie wäre gut beraten, auf der Hut zu sein und sich von nichts ablenken zu lassen.

„Das möchten wir alle", antwortete sie freundlich und versuchte, nicht daran zu denken, wie unschicklich ihre äußere Erscheinung war. Mit ihrem zerzausten, offenen Haar glaubte de Vessey womöglich gar nicht, dass sie eine Edelfrau war. Sie reckte das Kinn empor.

„Sir Arno sagte soeben, Ihr habet den Mann gefangen, der den armen Gilbert ermordete?"

Den armen Gilbert! Hoffentlich konnte niemand merken, was sie wirklich dachte. „Seine Schuld ist noch nicht bewiesen."

„Er hat aber gestanden", mischte Arno sich rasch ein, offenbar begierig, den Müller weiter zu belasten. In seinen verstohlenen Blicken las Rose, dass er darauf aus war, es ihr heimzuzahlen.

„Lord Fitzmorton wird die Bestrafung selbst anordnen wollen", verkündete Miles mit gebieterischer Stimme. „Ich werde den Gefangenen mitnehmen."

„Nein!" Obwohl sie Angst hatte, verlieh Rose ihrer Stimme einen zornigen Unterton. Als sie sich wieder ein wenig gefasst hatte, fuhr sie ruhig aber bestimmt fort: „Auf keinen Fall, Sir Miles. Dies ist meine Burg, und ich wohne jedem Gericht bei, das über die Bestrafung meiner Leute entscheidet. Ihr könnt Lord Fitzmorton versichern, dass die normannischen Gesetze für Gerechtigkeit sorgen werden."

„Wie es Euch beliebt, Mylady", murmelte Miles mit einer weiteren Verbeugung, doch die Antwort schien ihn nicht zufrieden zu stellen. Rose befürchtete, schon recht bald wieder das Vergnügen zu haben, Miles de Vessey zu begegnen.

Sie kehrte sich ab und lenkte ihre Stute durch das Dorf zurück zur Burg. Sie fühlte sich müde, und eine schleichende Angst bemächtigte sich ihrer, aber sie beschloss, sich nichts anmerken zu lassen. Arno und Miles de Vessey würden sich wie Aasgeier auf sie stürzen, wenn sie jetzt Schwäche zeigte.

Seit Edrics Tod hatte sie hart um ihre rechtmäßige Stellung gekämpft, und jetzt würde sie ihre Macht nicht leichtfertig aufgeben. Sie hatte sich zwar vor Miles und Arno behaupten können, aber konnte sie diesen Sieg auskosten? Immerhin hatte sie das Recht, dem Burggericht vorzusitzen. Aber in diesem Augenblick fragte Rose sich, ob es sich wirklich lohnte, für dieses Recht zu streiten. Alsbald musste sie das Urteil über einen rechtschaffenen Menschen wie Harold den Müller fällen und ihn dafür bestrafen, dass er sein Haus und seine Tochter vor einem Unhold beschützt hatte.

Aber es waren noch viele Fragen offen.

Warum war der Normanne Gilbert zum Zeitpunkt des Überfalls im Dorf gewesen? Hatte Harold sein Verhalten tatsächlich falsch gedeutet? War Gilbert gekommen, um zu helfen? Aber Harold war kein Narr, und Millisent würde in einer solchen Angelegenheit nicht lügen. Hatte der Normanne vielleicht das Durcheinander während des Überfalls der Marschlandbewohner ausgenutzt, um über ein unschuldiges Mädchen herzufallen? Diese Absicht hatte er mit dem Leben bezahlt.

Mochten Miles de Vessey und Arno sie auch noch so drängen: Rose wusste, dass sie Harold nicht verurteilen konnte, solange die ganze Wahrheit noch nicht ans Licht gekommen war.

Gunnar hatte sie die ganze Zeit über nicht aus dem Auge gelassen. Doch Rose war zu sehr mit ihren eigenen Gedanken beschäftigt gewesen, um ihn zu beachten. Er war es gewohnt, die Gedanken seiner Gegner zu lesen, und er spürte sogleich, dass Rose sich fürchtete. Um zu diesem Schluss zu kommen, brauchte er lediglich ihr bleiches, schwitziges Gesicht oder die tiefen Sorgenfalten auf ihrer Stirn zu sehen.

Er war ihrer Aufforderung nachgekommen, hatte in gebührendem Abstand hinter ihr gewartet und zugehört, wie sie sich gegen Männer wie Miles und d'Alan durchgesetzt hatte. Sie hatte sich nicht einschüchtern lassen, war dem drohenden Gehabe mit kühler Überlegenheit begegnet und hatte Miles' Zustimmung hingenommen, als hätte sie nichts anderes erwartet.

Sie war wirklich eine bewundernswerte Frau, eine Frau, die sich jeder Krieger mit Stolz an seiner Seite wünschen würde. Unglücklicherweise hatte er den Auftrag, ihren Verrat aufzudecken und ihr Somerford wegzunehmen.

War sie aber tatsächlich eine Verräterin?

Die Stimme in seinem Kopf verwunderte ihn keineswegs. Wusste er doch, dass er bereits in dem Moment, als sie sich das erste Mal begegnet waren, daran gezweifelt hatte, einer Verräterin gegenüberzustehen. Arno indes gehörte zu den Männern, die immer ihre eigenen Untaten zu rechtfertigen wussten und rasch die Schuld bei anderen suchten. Aber diese Frau … nein, sie wurde von ihren Leuten geliebt und war allen Menschen zugetan. Warum sollte sie ihre Untergebenen Fitzmorton überlassen, da sie doch wusste, was für ein strenger Gebieter ihnen dann bevorstand? Sie konnte es ja nicht einmal ertragen, den armen Harold auszuliefern!

Er bemerkte, dass sich die Falten auf ihrer Stirn noch deutlicher abzeichneten – er wollte sie mit seinen Fingern glätten … oder gar mit der Zunge. Ihr dunkles, seidig schimmerndes Haar war so lang, dass es bis zum Sattel hinabwallte und ihren Rücken wie mit einem glänzenden Mantel umhüllte. Er wollte die dichte Pracht durch seine Hände gleiten lassen und die empfindlichen Stellen ihres zarten Halses mit gehauchten Küssen bedecken.

Sooft er diese Frau beobachtete, verspürte Gunnar eine eigentümlich heftige Erregung in sich aufsteigen und malte sich aus, was für sinnliche Vergnügen er mit ihr erleben könnte. Er konnte unmöglich noch länger warten. Zwischen ihnen loderte eine solch glühende Hitze, die nur noch in einem leidenschaftlichen Liebesspiel gelöscht werden konnte. Das musste auch ihr bewusst geworden sein.

„Lady Rose."

Sie zuckte zusammen, als ob sie vergessen hätte, dass er da war. Langsam und unwillig drehte sie den Kopf. Gunnar wartete, bis ihre Blicke sich trafen. Sogleich war sie sich seiner Nähe bewusst – eine flüchtige Röte huschte über ihre Wangen, ihre Brüste hoben und senkten sich rascher, sie öffnete die Lippen. Begierde, Verlangen … auch sie fühlte es. Gunnar fragte sich, was sie wohl täte … wenn er sie aus dem Sattel heben würde, um mit ihr in dem weichen Sommergras zu liegen. Würde sie etwas dagegen haben? Oder würde sie die Ablenkung willkommen heißen, um das sehnsüchtige Verlangen ihres Körpers zu stillen?

Vielleicht konnte sie seine Gedanken in seinen Augen lesen, denn sie sagte mit leiser, heiserer Stimme: „Es ist nicht nötig, dass Ihr mich begleitet, Captain. Geht zurück zu Sir Arno und den anderen. Ich reite allein weiter."

„Ihr bezahlt mich, damit ich Euch beschütze, und ich werde meiner Pflicht nachkommen."

Sie tat seine ruhige Antwort mit einer Handbewegung ab, als bedeuteten ihr seine Worte nichts.

„Vertraut Ihr mir nicht, Mylady?"

Ihr Blick gewann an Schärfe, während sie sich mit der Zunge über die Lippen fuhr. Wie gebannt schaute er auf ihren Mund. Er wollte, dass ihre Zunge über *seine* Lippen strich. Jeden Augenblick drohte er die Beherrschung zu verlieren – er begann leicht unter seinem Kettenhemd zu schwitzen, doch das lag nicht an den warmen Sonnenstrahlen.

Sie musste sich ihre Worte sorgsam zurechtgelegt haben, denn schließlich bekannte sie freimütig und ehrlich: „Ja, Captain, ich vertraue Euch. Das muss ich, denke ich. Ich habe wohl keine andere Wahl."

Unverwandt blickte er ihr in die Augen. Für die Ereignisse des Vormittags hatte er seine eigenen Erklärungen gefunden, und nun brachte er sie mit all den anderen Beobachtungen in Einklang, die er seit seiner Ankunft in Somerford angestellt hatte. Alles deutete auf Täuschung und Verrat hin, und Gunnar hatte die Absicht, seinen Verdacht zur Sprache zu bringen. Rose hatte womöglich ihre eigenen Schlüsse gezogen, aber stimmten sie mit seinen überein? Es galt, der Sache auf den Grund zu gehen.

„Sir Arno kennt Fitzmorton", fing er behutsam an. „Er hatte mit ihm zu tun. Er kennt auch Miles de Vessey – das war offensichtlich, denn er hat Arno nicht nach seinem Namen gefragt."

Rose drehte den Kopf weg, das Haar fiel ihr über die Wange und schützte sie vor seinem durchdringenden Blick.

„Fitzmortons Bote Gilbert hielt sich in der Nacht des Überfalls im Dorf auf", fuhr Gunnar fort. „Ich denke, hinter den Überfällen steckt kein anderer als Fitzmorton. Man hat versucht, den Leuten aus dem *Mere* die Schuld zuzuschieben, aber niemand hat sie je gesehen. Euren Dorfbewohnern sind die Marschlandleute so verhasst, dass die Schuldigen für sie längst feststehen. Sir Arno und Fitzmorton stecken unter einer Decke. Sie hatten vor, Euch so lange Angst einzujagen, bis Ihr Euch in Eurer Verzweiflung an

Arno wendet und ihm bereitwillig Somerford abtretet. Und dann würde Arno Fitzmorton seinen Anteil zuspielen. Den Baron gelüstet es nach Lord Radulfs Ländereien, und wenn er Somerford hätte, wäre er im Falle eines Krieges gegen Radulf im Vorteil."

„Ihr tappt im Dunkeln", sagte sie mit schwacher Stimme und strich sich mit einer Geste des Unmuts die Haare aus dem Gesicht. Sie wirkte erhitzt und wütend, wich aber seinen Blicken aus. „Ihr wisst nicht, ob an Euren Verdächtigungen irgendetwas Wahres dran ist, Captain. Ihr denkt Euch eine wirre Geschichte aus."

Gunnar blieb von ihren Einwänden unbeeindruckt. Es war nur zu verständlich, dass sie zornig darüber war, getäuscht worden zu sein. „Als Euer Gemahl starb, erwartete man von Euch, sich mehr als zuvor auf Euren Ritter zu verlassen – ihm die Macht zu übergeben, Mylady. Stattdessen behieltet Ihr Eure Stellung. Die ganze Zeit über hat er auf eine Gelegenheit gewartet, aber Ihr seid standhaft geblieben, und jetzt ist er es leid, Euch mit Worten zu überreden. Jetzt hat er gehandelt."

Mit einem Mal wirkte sie verschreckt. Gunnar verstand. Soeben hatte er ihre kleine, heile Welt zerstört und sie verwirrt und aller Hoffnungen beraubt zurückgelassen. Sie musste das Gefühl haben, *er* sei der Zerstörer, und nicht Arno.

„Arno würde mir nicht schaden", stieß sie atemlos und mit geweiteten Augen hervor. „Ich weiß, dass er mir das niemals antun würde", bekräftigte sie.

Gunnar kniff die Augen zusammen. „Warum seid Ihr Euch da so sicher? Weil es ihn nach Euch gelüstet? Habt Ihr ihm gegeben, wonach er verlangt, Mylady?"

Zornesröte flammte auf ihren blassen Wangen auf, ein Feuer loderte in ihren Augen. „Ihr vergesst Euch, Captain", wies sie ihn zurecht.

Er hätte jubeln mögen. Sie und Arno waren kein Liebespaar;

waren es nie gewesen. Sie war voller Unschuld, wenn es um das Verlangen und die glühende Begierde ging, die Männer und Frauen zusammenführte. Als Witwe eines alten Mannes gab es für sie noch einiges zu lernen, und Gunnar frohlockte, dass er ihr alles beibringen würde.

Doch jetzt lächelte er und wusste seine Gedanken zu verbergen. „Wenn Ihr ihm bislang Euer Schlafgemach verwehrt habt, dann wird sich seine Treue allmählich in Hass verwandelt haben. Die bittere Erkenntnis wird an ihm nagen, dass die Frau, die er begehrt, nichts von ihm wissen will. Hat er schon um Eure Hand angehalten?"

Sie warf ihm einen finsteren Blick zu, doch anders als Arno oder Miles blieb er davon unbeeindruckt. Unvermutet verlor Rose den Willen, sich gegen ihn zu stemmen. Hatte er Recht? Sie wurde immer verzweifelter, je länger sie über seine Worte nachdachte. Er war erst wenige Tage hier, und schon geriet ihre sichere, vertraute Welt aus den Fugen.

Aber Arno war Edric ein treuer Freund gewesen!

„Mylady, möchte er Euch heiraten?"

Sie konnte ihm unmöglich in die Augen sehen. „Er mag daran gedacht haben, ja. In letzter Zeit hat er sich … so merkwürdig verhalten. Ich denke, er hat mir vorhin im Dorf einen Antrag machen wollen, doch dann kamt Ihr dazwischen. Deshalb war er so aufgebracht, als Ihr ihn unterbrochen habt. Ich fürchte, er denkt, dass Ihr … er hält Euch für … ich …"

Sie wollte den Satz nicht zu Ende bringen, denn es war nicht nötig. Ein kurzer Blick verriet ihr, dass er verstanden hatte. Er lächelte sie in einer Weise an, die ihr Herz wie wild in ihrer Brust schlagen ließ. Wie war es nur möglich, dass ein Mann so betörend gut aussah? Ja, die Mundwinkel waren nach oben gebogen, die blauen Augen leuchteten, aber es war doch nur ein *Lächeln.*

Jesus, nichts weiter als ein Lächeln! War sie bereits so schwach und töricht wie ihre Mutter, dass das Lächeln eines Mannes ihren Verstand völlig ausschaltete?

„Macht, was Ihr wollt, Captain“, sagte Rose gereizt, während sie den Kopf in den Nacken warf. „Folgt mir oder bleibt hier, doch ich reite jetzt zurück nach Somerford.“ Mit diesen Worten wendete sie ihr Pferd und galoppierte davon, als wolle sie um jeden Preis schneller als er sein. Hoffte sie nun, dass er ihr folgte oder stehen bliebe? Rose wusste es nicht, aber sie sehnte sich nach der Geborgenheit ihrer Kemenate und nach den gewohnten Aufgaben, die auf sie warteten.

Gunnar lächelte und gab seinem Pferd die Sporen, wobei er darauf achtete, Rose auf Abstand zu folgen. Jetzt war nicht die Zeit, um Druck auszuüben oder Wortwechsel heraufzubeschwören. Sie litt, und sie hatte Angst. Außer ihm hatte sie niemanden, dem sie trauen konnte, und er war bloß ein Fremder, ein Söldner, der das tat, wofür er bezahlt wurde. Er konnte ihr das Misstrauen nicht verübeln. Daher blieb er den ganzen Rückweg hinter ihr, betrachtete ihren geraden Rücken und die wogenden Hüften unter ihrer dunklen Haarpracht. Welche Folgen hätte es, wenn sich herausstellte, dass sie keine Verräterin war? Darüber wollte er nicht nachdenken.

Die Gelegenheit, Somerford zu erhalten, wäre verspielt.

Gunnar sah sich um und ließ die Landschaft auf sich wirken, die er schon als sein Eigen betrachtet hatte. Das volle, goldene Korn war prächtig unter der warmen Sonne gereift, der Boden war gut bestellt und fruchtbar. Das war Lady Roses Verdienst, daran gab es für ihn keinen Zweifel. Sie hatte begriffen, wie wichtig es war, ihren Leuten Zeit zu lassen, damit sie sich um ihre eigenen Felder und Tiere kümmern konnten, anstatt sie immerzu zu harter Fronarbeit anzuhalten, die nur ihren eigenen Reichtum mehrte. Für diese Haltung liebten ihre Leute sie.

Wenn es nötig war, arbeitete sie sogar mit ihren Leibeigenen zusammen.

Er stellte sich vor, wie sie mit hochgebundenem Haar und hochgeschobenem Rocksaum in gebückter Haltung den Boden bestellte. Ein Lächeln umspielte seine Lippen. Wäre er der Herr der Burg, bräuchte sie nicht die Arbeit eines Bauern zu verrichten. Mit Freuden würde er ihr diese Mühsal abnehmen.

Sein Hochgefühl schwand, und mit einem Mal gab es für ihn keinen Anlass mehr zu lächeln. Ja, für sie würde er wie ein Tier auf den Feldern arbeiten, wenn sie ihn nur für eine Nacht in ihr Bett ließe.

Alfred stand in der Nische nahe der Feuerstelle. Er wusste, dass er woanders sein müsste – es gab Arbeit genug –, aber er konnte sich nicht von Millisent lösen. Ihr hellbraunes Haar hing ihr in einem langen Zopf über den Rücken, während das viel zu weite Kleid sich an ihrer schmalen Taille in große Falten legte. Sie wirkte jünger, allein und kummervoll, als sie auf einem der Hocker saß, ein Stück Leinen auf dem Schoß. Vermutlich sollte sie einen Riss in einem der Bettlaken nähen, doch sie saß nur da und starrte vor sich hin ins Leere.

Eine alte Frau saß neben ihr und redete beruhigend auf ein geflecktes Ferkel in einem Weidenkorb ein, doch das Mädchen beachtete die Alte gar nicht. Zu sehr war sie in ihren eigenen Gedanken versunken.

Alfred fragte sich, ob es möglich war, sich in einem einzigen Augenblick zu verlieben. Als er das Mädchen neben der abgebrannten Behausung gesehen hatte, verletzt und verängstigt, verspürte er plötzlich das Bedürfnis, sie zu trösten. Allzu lange hatte er nur sich selbst Leid getan – er hatte seine Familie verloren, und dann war sein Gesicht entstellt worden. Die runzligen Narben sahen jetzt noch schlimm aus, aber vorher waren Kinder schreiend vor ihm davongelaufen, und selbst erwachsene Männer hatten entsetzt zur Seite geschaut.

Doch nun schien es einen Menschen zu geben, der *ihn* brauchte, der sich ohne zu zögern an *ihn* gewandt hatte. Sein eigener Schmerz war wie Schnee in der Sonne geschmolzen.

Gewiss war da noch mehr. Die schillernde Farbe ihrer Haare im Schein des Feuers, die weiche Haut ihrer Hände, der beruhigende Klang ihrer Stimme, der Mut in ihren Augen angesichts all dieser Widrigkeiten. All diese Dinge zusammen versetzten sein Herz in Schwingungen, wenn er sie sah, und einen Moment lang vergaß er, wie er aussah. Und gab vor, genauso auszusehen wie alle anderen.

Alfred wusste, dass sie seine Blicke nicht merkte, denn sie war zu sehr mit sich und ihren Sorgen beschäftigt. Wie sollte sie da wissen, was er für sie empfand? Hatte sie überhaupt etwas für seine Gefühle übrig? Doch er hielt sich bereit; das nächste Mal, wenn sie ihn brauchte, würde er zur Stelle sein. Und solange sie seine Kraft brauchte, würde er ihr zur Seite stehen. Bald schon, das wusste er, würde sie blinzeln und erwachen und erschrocken feststellen, wie er in Wirklichkeit aussah.

Alfred ahnte, dass dieser Zeitpunkt nicht lange auf sich warten lassen würde; daher war er dankbar, diesen Tag erleben zu dürfen.

Rose versuchte, die Augen zu schließen, aber die Dunkelheit rief Unbehagen in ihr hervor. Die Stille in der Kemenate wirkte beunruhigend auf sie. Anstatt in tiefen, ruhigen Schlaf zu fallen, hatte sie erneut Millisents Gesicht vor Augen, als sie dem jungen Mädchen erzählt hatte, was Miles de Vessey gesagt hatte. Ein unsäglicher Schmerz hatte sich in seinem Gesicht abgezeichnet, das noch so jung und weich war. Millisent hatte furchtbar geweint.

„Oh, bitte, bitte bestraft meinen Vater nicht! Er wollte mich doch nur retten! Dafür könnt Ihr ihn doch nicht bestrafen, oder?"

Rose hatte Tränen in den Augen verspürt. „Wenn es so ist, Millisent, muss er um Gnade bitten. Ich werde ihm Gehör schenken. Das Gesetz wird keinen Unschuldigen bestrafen ..."

„Das normannische Gesetz?" hatte das Mädchen aufgebracht erwidert. „Mein Vater hat einen Normannen getötet; wie soll da das normannische Gesetz gerecht sein?"

Unruhig warf Rose sich im Bett hin und her, denn immer wieder musste sie an die verzweifelte Stimme des Mädchens denken. Millisent hatte Recht gehabt; was hätte Rose erwidern sollen, das nicht nach einer ausweichenden Antwort oder gar einer Lüge geklungen hätte? Harold hatte einen Normannen getötet, und Lord Fitzmorton würde nicht glauben – es würde ihn gar nicht weiter kümmern –, dass Gilbert dabei war, eine abscheuliche Tat zu begehen. Ihm käme es lediglich darauf an, den Mörder zu bestrafen, denn sonst würde die Gesetzgebung des Landes unterhöhlt.

Vermutlich verschaffte es ihm sogar Vergnügen, Rose so viel Sorgen wie nur möglich zu bereiten. Wie er es immer schon getan hatte.

Sie fühlte sich so einsam! Und jetzt konnte sie nicht einmal mehr Arno vertrauen, denn sie fragte sich, ob er tatsächlich gemeinsame Sache mit Lord Fitzmorton machte – undenkbar, und doch wuchsen die Zweifel, die Gunnar in ihr genährt hatte. Was würde Arno tun, wenn sie ihm mitteilte, dass sie nicht die Absicht hegte, Harold dem Henker zu übergeben? Würde er sich augenblicklich an Miles de Vessey wenden? Dann käme Miles unverzüglich nach Somerford, um Fitzmortons Rechtsanspruch durchzusetzen. So weit durfte sie es nicht kommen lassen. Rose war sich im Klaren darüber, dass sie nun besonders vorsichtig vorgehen musste.

Millisent musste ihrer Herrin die Hilflosigkeit angemerkt haben, als sie auf Harolds Bestrafung zu sprechen gekommen waren. Weinend hatte sich das Mädchen von ihr abgekehrt und war schluchzend aus der Halle gerannt. Rose war so elend zumute gewesen, dass sie schon in Erwägung gezogen hatte, Bruder Mark um Rat zu ersuchen. Doch ein Blick in die kalten Augen des Geistlichen hatte genügt, sie eines Besseren zu belehren. Bruder Mark hätte ihr gewiss gesagt, sie müsse sich an Arnos Ratschläge halten und sich getrost seiner Meinung anschließen. Männer, hätte sie aus seinem Mund vernommen, seien vernunftbegabte Geschöpfe, während Frauen unvernünftige und gefühlsbetonte Wesen seien, die einer starken, männlichen Führung bedürften.

Selbst Constance hatte sie ihre Ängste nicht anvertrauen können, denn die alte Frau kümmerte sich um die Dorfbewohner, die in der Burg Zuflucht gesucht hatten.

Die Nacht war so still, die Luft schien zu stehen. Schwere Wolken verdeckten die Sterne, drückten die warme Luft auf die Erde und verhießen einen baldigen Regen. Ihre innere Unruhe nahm zu. An diesem Tag hatte sich viel ereignet, das meiste war unerfreulich gewesen. Und dennoch .... sie entsann sich Gunnars Augenausdruck und verspürte ein heftiges Kribbeln in ihrem Innern. Er begehrte sie. So etwas konnte sie doch nicht falsch deuten, oder? Oder gaukelte er jeder Frau vor, dass er sie begehrte? Wie sollte sie ihm vertrauen, ihm Glauben schenken?

Rastlos rollte Rose sich auf die Seite und starrte auf die dunklen Umrisse ihres Fensters. Sie hatte zuvor die Blendläden geöffnet, um etwas Luft hereinzulassen. Jetzt zuckten Blitze über den Nachthimmel und schreckten sie auf. Müde schwang sie die Beine aus dem Bett, legte sich ein Gewand um die bloßen Schultern und warf den langen Zopf zurück, während sie auf dem Fenstersims lehnte.

Die Luft draußen schien kühler zu sein als in ihrer Kemenate. Eine leichte Brise streifte ihre erhitzte Haut und drückte den dünnen Stoff ihres Gewandes gegen ihren Körper. Sie verspürte ungeahnte Regungen in ihrem Innern, ein Zittern, das ihr Unbehagen noch verstärkte. Ein Blitz zuckte am Himmel, der das *Mere* und seine Inseln erleuchtete. Der Burrow Mump ragte einsam und schweigend aus dem Marschland empor und erinnerte sie an all ihre Sehnsüchte, die sich nicht erfüllen ließen. Rose wusste, dass sie sich Sorgen wegen der Ernte machen müsste – ein Unwetter könnte das Korn umknicken –, aber was sollte sie tun? Sollte etwa Gunnar Olafson mit seinen Gefährten hinausreiten und den Weizen mit ausgebreiteten Armen schützen?

Ein Lächeln umspielte ihre Lippen, als sie sich vorstellte, wie die Männer wie große, albtraumartige Vogelscheuchen auf den Feldern standen. Dann ergriffen wieder die Erinnerungen an den Tag von ihr Besitz, und ihr Lächeln schwand. Fürwahr, an dem Todesfall und an Fitzmortons Drohung, sein Recht geltend zu machen, ließ sich nichts mehr ändern, und auch das herannahende Unwetter konnte sie nicht abwenden. Doch sie konnte Millisent etwas Trost spenden. Vielleicht war das Mädchen ja noch wach, vielleicht könnte sie noch mit ihr reden …

In diesem Moment wusste Rose, dass sie es nie zulassen würde, Harold dem Galgen zu überantworten. Letzten Endes kam ihr die Lösung ganz einfach vor. Sie würde vor Lord Radulf treten und ihm den ganzen Fall darlegen. Vielleicht würde er auf der Stelle das Lehen Somerford einziehen und sie zu ihrem Vater zurückschicken, aber dann hätte sie zumindest Harolds Leben gerettet. Denn Rose war sich sicher, dass Radulf den Müller für seine Tat nicht aufhängen würde. Nicht, wenn er erführe, dass Fitzmorton sich eingemischt hatte.

Ja, morgen würde sie Lord Radulf durch einen Boten ihre Ankunft mitteilen, um Gnade flehen und beten, dass Lady Lily seinen Zorn besänftigen möge.

Leise schlich Rose sich aus der Kemenate und ging die Treppe hinunter, fest entschlossen, Millisent zu trösten. Eine der Fackeln an der Wand loderte in der Dunkelheit auf und ließ verzerrte Schattengebilde über die Stufen huschen. Sie suchte Halt an den kalten, vertrauten Steinen, während sie sich behutsam der Großen Halle näherte, wo Millisent neben Will, Eartha und ihrem kleinen Sohn hinter dem Vorhang schlief.

Roses Aufmerksamkeit war so stark auf die unebenen Stufen der gewundenen Treppe gerichtet, dass sie ihn erst wahrnahm, als sie beinahe mit ihm zusammengestoßen wäre.

Er stand ganz dicht vor ihr. Wie ein großer, dunkler Schatten hatte er sich so plötzlich aus der Dunkelheit gelöst, dass ihr fast das Herz stehen geblieben wäre. Schon war sie im Begriff, vor Angst und Überraschung aufzuschreien, doch sie brachte keinen Laut hervor, was sie umso mehr verängstigte. Sie wollte kehrtmachen, doch ihr dünnes Gewand, das ihre Waden umspielte, hinderte sie daran. Doch es war ihm ein Leichtes, sie am Arm zu packen und an sich zu ziehen. Rose spürte seine breite Brust und die kraftvollen Arme, die sich um sie legten.

Sie rang nach Luft und hatte bereits einen Schrei auf den Lippen.

„Verhaltet Euch ruhig, Mylady", drang Gunnar Olafsons tiefe Stimme leise an ihr Ohr.

Rose bezweifelte, dass sie überhaupt hätte schreien können, denn er hielt sie fest in seinen Armen. Ihr Herz pochte wie wild in ihrer Brust, während sie seinen ruhigen und gleichmäßigen Pulsschlag an ihrer Wange spüren konnte. *Ich müsste Angst haben. Er ist ein Fremder, ein gewalttätiger Mann, der andere gegen Bezahlung in den Tod schickt. Ich müsste mich vor ihm fürchten.*

Aber sie hatte keine Angst.

Dieses Zittern in ihrem Körper war keine Furcht. Es war keine

Angst, die ihr die Knie weich werden ließ. Ihre Finger, die auf seiner Brust ruhten, fuhren nun über den weichen Stoff seines Leinenhemdes und spürten die Konturen seines kraftvollen Oberkörpers. Sie drehte den Kopf ein wenig und merkte, dass ihre Nase seine bloße Haut berührte, da er die Bänder am Kragen offen gelassen hatte. Für eine kurze Zeit fühlte sie sich schwindelig, doch dann drückte sie mit den Handflächen gegen diese harte Brust.

„Lasst mich los, Captain."

Wie nicht anders zu erwarten, rührte er sich nicht im Mindesten. „Es ist nicht ratsam, Euch des Nachts aus Eurem Gemach zu entfernen, Mylady."

„Dies ist meine Burg!" gab sie zurück und versuchte sich von ihm zu lösen – ohne Erfolg. „Mein Zuhause. Hier bin ich sicher."

Er zog sie noch enger an sich und beendete ihr Aufbegehren ohne Mühe. Sein Atem umspielte ihr Haar, wisperte in ihrem Ohr. „Seid Ihr das wirklich?"

War sie sicher, wo sie nicht mehr wusste, ob Arno ein Freund oder ein Feind war? Und wie stand es um die Söldner? Sie hatten gelobt, sie zu schützen, und sie hatte ihnen geglaubt … und jetzt?

„Was habt *Ihr* hier zu suchen?" fragte sie scharf und beugte den Kopf zurück, um sein Gesicht im Halbdunkel besser sehen zu können. Die Fackel, die ein paar Stufen weiter oben in einer Halterung hing, flackerte im Luftzug der offenen Kemenatentür – die Flamme schien sich in seinen Augen verfangen zu haben. Er lächelte, aber es war kein Lächeln, das sie von ihrer Furcht befreit hätte.

„Ich schlafe nicht gut."

„Wenn Euer Bett unbequem ist, Captain, solltet Ihr nach einem anderen verlangen", erwiderte sie scheinbar gelassen. „Falls es nicht Euer Gewissen ist, das Euch am Schlaf hindert." Viele schwer wiegende Erinnerungen mussten auf dem Gewissen eines solchen Mannes lasten. Bilder von Tod, Bluttaten und Verrat.

Er lachte leise, ungerührt von ihrer spitzen Bemerkung. „Es ist nicht mein Gewissen, das mich am Schlaf hindert, Mylady. Soll ich Euch zeigen, was mich von meinem Bett abhält?"

Sie spürte, wie seine Hände über ihren Rücken strichen und den Rundungen ihrer Hüften folgten. Abermals versuchte Rose, sich von ihm zu lösen, doch mit jeder Bewegung schien ihr Körper nur noch weiter mit seinem zu verschmelzen. Wohin sie sich auch immer drehte, es gab kein Entrinnen. Er war überall zugleich.

Seine Hände hielten inne und umspannten ihre schmale Taille. Dann holte er hörbar Luft, streichelte mit seinen großen Händen über ihre üppigen Rundungen und zog sie enger an sich. Die harten, unnachgiebigen Anzeichen seiner Männlichkeit gaben ihr eine unmissverständliche Antwort.

„Es ist wegen dir", murmelte er, und seine heißen Lippen ruhten auf ihrer Schläfe und wanderten hinab. „Ich begehre dich."

„Nein." Ihre Stimme war schwach, ohne Nachdruck. Ihr Körper und ihre ganze Willenskraft wollten ihr plötzlich nicht mehr gehorchen.

Während sein Mund ihren Hals erkundete, spürte sie das unrasierte Kinn, während seine Haare auf ihrer Haut kitzelten. Ihr Herz begann aufs Neue zu pochen, während ihre Haut in Flammen zu stehen schien, wo immer er sie berührte. Sein Mund war nun unmittelbar vor ihrem, so nah, dass sie die Glut seiner Lippen spüren konnte. Mit einem Mal umschloss er mit ihm ihre Unterlippe.

Sie schmolz dahin.

Seine Hand suchte nach der Öffnung ihres Nachtgewandes. Seine Finger tasteten und schlüpften schließlich unter den dünnen Stoff. Auf ihrer weichen, warmen Haut fühlten sich die schwieligen Fingerspitzen rau an. Seine Hand hatte sich um ihre Brust geschlossen, und sie wusste, dass sie dem Himmel so nah war.

„Mylady, das klingt nicht nach einem ‚Nein‘."

Ihr Körper verriet sie, denn er sprach augenblicklich auf Gunnars Berührungen an. Ihre Knospe wuchs in seiner Hand, als er mit genussvollen Bewegungen über ihre Brustspitze strich. Sie stöhnte leise auf und spürte, dass ein Lächeln seine Lippen umspielte.

Plötzlich wirbelte er sie herum und entlockte ihr einen überraschten Aufschrei. Sie spürte das Mauerwerk des Treppenaufgangs an ihrem Rücken, die kalten Steine drückten gegen ihren erhitzten Leib. Er stand eine Stufe unter ihr und lehnte sich mit seinem ganzen Gewicht gegen sie. Nun erfasste ihn der Schein der Fackel und ließ sein Haar wie Feuer auflodern, obgleich sein Gesicht im Schatten verborgen blieb. Doch er konnte sie sehen, schaute ihr tief und lange in die Augen, sah ihren verschleierten Blick, die verräterisch geröteten Wangen und die vor Begierde bebenden Lippen.

„Ich glaube vielmehr, Ihr wollt Ja sagen, Mylady. Euer Körper zeigt es mir."

Als er sich hinabbeugte und ihren Mund mit einem fordernden und leidenschaftlichen Kuss verschloss, sah sie sich ihrer letzten Gelegenheit beraubt, seinen Worten zu widersprechen. Wie Recht er doch hatte! Wie sehr sie ihn begehrte! Ihr war, als hätte sie nur für diesen Augenblick gelebt, um in Gunnar Olafsons Armen auf den dunklen, kalten Stufen in Somerford zu stehen.

Sie schlang die Arme um ihn, während er sein Bein zwischen ihre Schenkel schob und unnachgiebig gegen ihre weiche Weiblichkeit presste. Das sinnliche Vergnügen war nicht zu leugnen und kaum zu ertragen. Rose verspannte sich. Als er den Kuss unterbrach und sie anlächelte, las sie die Begierde in seinem Blick.

„Sag mir, dass du mich begehrst", raunte er. Es klang wie ein Befehl an einen seiner Gefährten.

Doch Rose schüttelte ablehnend den Kopf, als läge sie gar nicht mit offenem Gewand in seinen Armen, die Lippen von seinen Küssen geschwollen.

Er lachte leise auf, doch sogleich suchten seine Lippen ihre Brüste, umschlossen sie, während seine Zunge ihre harten Knospen in einer Weise umspielte, die sie sich nie erträumt hätte. Die Sinnlichkeit dieser Empfindungen war atemberaubend. Rose wusste nicht mehr, was sie tat, als sie sich an ihn schmiegte und mit den Händen in sein Haar griff. Ihre Beine begannen so stark zu zittern, dass sie sich schon auf seinem fordernden Bein abstützen musste. Sie geriet in Verzückung, als ihre empfindlichste Stelle über sein kraftvolles Bein rieb, die dunklen Strömungen der Wollust begannen sich tief in ihrem Innern zu regen. Sie bewegte sich ein wenig, um das unerträgliche, sehnsuchtsvolle Verlangen zwischen ihren Schenkeln zu stillen. Doch sie machte es nur noch schlimmer.

„Gunnar, bitte", brachte sie mühsam aus heiserer, trockener Kehle hervor. Sie zitterte am ganzen Leib, obwohl sie von einer glühenden Hitze erfasst wurde.

Als er das Bein zurückzog, gab sie einen Laut des Unwillens von sich, doch schon spürte sie, wie seine Hand ihr Gewand weiter teilte. Seine Finger liefen über ihren Bauch, verfingen sich in den dunklen Haaren zwischen ihren Schenkeln und glitten durch die feuchte Glut in ihr Innerstes.

Entsetzt und ungläubig wollte Rose sich von ihm lösen, als sein Daumen über die geschwollene Stelle ihrer größten Lustempfindung strich. Eine grell aufflammende Erregung nahm von ihr Besitz. Sie stöhnte und spürte, wie sie sich nach jeder seiner Berührungen verzehrte, während seine Finger ihren Zauber vollführten. Kein Mann hatte sie je zuvor so angeschaut; kein Mann hatte sie je mit der Macht seiner bloßen Hand für sich zu entflammen gewusst.

„Ich kann Euch Vergnügen bereiten, Mylady", flüsterte ihr ungezähmter Wikinger ihr verführerisch ins Ohr. „Lasst es mich Euch zeigen."

„Gunnar, ich glaube nicht …"

„Doch, Rose, du willst es …"

„Aber das ist nicht …"

Mit einem Seufzer ließ er seine Stirn auf ihrer ruhen. Plötzlich merkte sie, dass er zitterte. Unsichtbare Flammen schienen ihn zu verzehren, denn es war nicht nur sie allein, die von diesem gewaltigen Sturm der Begierde erfasst worden war. Auch er war in den mächtigen Sog der Sinnlichkeit geraten. Sie war nicht mehr die Sklavin seiner Berührungen, sondern die ebenbürtige Genießerin all dieser sinnlichen Freuden.

„Du wirst dich besser fühlen … danach", versprach er ihr. „Du wirst schlafen können."

„Und wirst auch du schlafen können?" Ihre Stimme klang atemlos, rau und sinnlich.

Er verzog den Mund, als ob er unter Schmerzen litt. „Mach dir keine Gedanken um mich, meine Rose. Dies ist für dich bestimmt. Für dich allein."

„Schlaf zu finden, wäre schön", begann sie verhalten. „Aber denkst du nicht, dass Constances gewürzter Wein ausreichen würde?"

Wieder bewegte sich sein Daumen, ein sanfter Druck ließ ihren brennenden Schoß erbeben. Rose stieß einen wohligen Seufzer aus, folgte seinen Bewegungen und gewährte ihm Freiheiten, die ihr Stunden zuvor nicht einmal im Entferntesten in den Sinn gekommen wären.

„Nein", erwiderte Gunnar mit Nachdruck, „vergiss den Wein."

Erneut der unwiderstehliche Druck, und das Pulsieren zwischen ihren Schenkeln erreichte einen neuen Höhepunkt. Zwei Finger drangen in sie, sie stöhnte und sehnte sich danach, ihn mit ihrem Körper zu umschließen, ihn zu halten, während sein Daumen solche Wunder vollbrachte …

Ist dies unrecht? fragte Rose sich fiebrig. War es überhaupt möglich, solche Empfindungen zu verspüren? Ihre Beine zitterten so stark, dass sie sich ganz auf seine Hand stützte, während sie sich an ihn klammerte, da sie befürchtete, den Boden unter den Füßen zu verlieren. Jetzt spürte sie wieder seinen Mund auf ihrem, seine fordernde Zunge drang in sie, spielte mit der ihren. Sie schien sich wie von selbst auf ihm zu bewegen, an ihm zu reiben, konnte einfach nicht mehr aufhören.

Noch nie zuvor hatte sie so etwas erlebt.

Draußen grollte der Donner, Regen setzte ein, doch das Unwetter schien nur ein Teil jenes Wachtraums zu sein, in dem sie sich befand. Und dann geschah es: ein heftiger Sturm brach in ihrem Innern los, ihre Sinne schienen ihr in einem wilden, nicht mehr zu bändigenden Wirbel zu schwinden. Rose stieß einen unterdrückten Schrei aus, ein heiseres Ringen nach Luft, und fühlte, dass ihr ganzer Leib von einer warmen Woge umspült wurde. Gunnar fing sie in ihrem Taumel auf, zog sie enger an sich und verschloss ihren Mund mit einem Kuss, um ihren Aufschrei zu dämpfen. Dann strich er ihr die losen Haarsträhnen mit einer solchen Zärtlichkeit aus der Stirn, die sie in ihrem Taumel gar nicht mehr wahrnahm.

Für einen kurzen Moment war er der Geisterkrieger aus ihren Träumen, der sie endlich gefunden und zu sich geholt hatte.

Und plötzlich geschah etwas Unfassbares. Er lachte.

Rose verspürte einen Schauer. Hatte er gelacht, weil er sein Ziel erreicht hatte? Weil er in ihr eine weitere lüsterne Frau gefunden hatte, die nicht in der Lage war, seinem ansprechenden Gesicht und seinen fordernden Küssen zu widerstehen? War sie nur Futter für Gunnar Olafson und seine maßlose Selbstüberschätzung? Ja, dachte sie betrübt, das wird es sein.

Sie müsste wütend sein. Vielleicht käme die Wut in den Morgenstunden, aber plötzlich fühlte Rose sich unendlich müde. In diesem Punkt hatte er zumindest Recht – sie wollte nichts weiter als schlafen, und diesmal wusste sie, dass sie es könnte.

„Lass mich gehen", flüsterte sie mit brüchiger Stimme und stemmte ihre Handflächen gegen seine Brust.

Gunnar wurde ganz ruhig; er musste den Wandel in ihr gespürt haben. Im schwachen Schein der Fackel musterte er sie, als versuche er, in sie hineinzusehen. „Ich habe dir doch nicht wehgetan?" fragte er rasch, und sie stellte erstaunt fest, dass der Gedanke, ihr Schmerzen zugefügt zu haben, ihm Sorgen bereitete.

Verwirrt schüttelte Rose den Kopf. Inzwischen mischte sich eine tiefe Verlegenheit in den Strudel aus Gefühlen. Sie konnte unmöglich mit einem Mann, den sie kaum kannte, über derartige Empfindungen sprechen. Es war ihr alles mehr als unangenehm.

„Habe ich dir Vergnügen bereitet?"

Für einen selbstbewussten Mann klang er merkwürdig unsicher, beinahe verletzlich. Erstaunt vergaß Rose ihre Gefühle, als sich ihre Blicke trafen. In seinen blauen Augen lag ein heißes Glitzern; ja, sie brauchte nicht auf die Wölbung seiner Beinkleider zu schauen, um zu wissen, dass er immer noch sehr erregt war. Er hatte ihr Freuden bereitet, sich selbst aber zurückgehalten.

„Ja", sagte sie, „das hast du."

Er lächelte, jenes betörende Lächeln. Beinahe hätte sie die Hand nach ihm ausgestreckt, um ihn anzufassen. Bis ihr aufging, dass er ihr in ihr Schlafgemach folgen würde, wenn sie ihn jetzt zärtlich berührte.

War sie auf das gefasst, was sich dann abspielen würde?

Rose hatte zu lange gezögert, Zweifel begannen an ihr zu nagen. Er war ein Fremder, ein angeworbener Söldner. Fürwahr, er sah gut aus, und sie war soeben in seinen Armen in Verzückung geraten, aber es erschien ihr nicht ratsam, sich in dieser Weise von einem Mann beherrschen zu lassen. Es stimmte, sie hatte sich bloß der Lust hingegeben, aber offenbar barg sogar die Lust Gefahren.

Er hatte begriffen. Seine Miene wurde unergründlich, er hatte seine Begierde wieder gezügelt. „Geh wieder in dein Bett, Rose", sagte er leise. „Ich werde hier bleiben. Ich habe gelobt, dich zu beschützen, und das werde ich auch tun."

Rose fuhr sich mit der Zunge über ihre trockenen Lippen. Seine Selbstbeherrschung schwankte, und er starrte mit einer solchen Begierde auf ihren Mund, dass sie Angst verspürte, aber auch Erregung. Sie war kurz davor, sich ihm hinzugeben und in die Freuden der Sinnlichkeit einzutauchen, die ein Mann einer Frau bereiten konnte. Doch sie hielt sich zurück.

Mit wehendem Nachtgewand floh Rose leichtfüßig wie eine Tänzerin die Stufen hinauf in die Sicherheit der Kemenate. Dort fiel sie in einen traumlosen Schlaf.

10. KAPITEL

Die Dämmerung warf ein warmes Licht auf die Mauern der Burg Somerford. Weißer Nebel entstieg den Marschgefilden, als Gunnar Olafson endlich sein Bett erreichte. Er legte sich hin, schloss die Augen und versuchte, ein wenig Schlaf zu finden, aber sie war immer noch da: wie in der nächtlichen Stunde, als er sie in seinen Armen gehalten hatte. Rose, wie sie im Schein der Fackel die Stufen hinabstieg, ihr blasser, wundervoller Körper sichtbar unter dem dünnen Gewebe ihres Nachtgewandes, ihre Augen dunkel und unergründbar. Rose, wie sie erhitzt und fiebrig die Freuden auskostete, die er ihr bereitete. *Gunnar, bitte* … Woran lag es, dass er ein schmerzliches Verlangen in seiner Brust verspürte, das dem zwischen seinen Schenkeln in nichts nachstand, wenn er sich dieser Worte entsann?

Er stöhnte auf und rollte sich auf die Seite. Sein brennendes Verlangen war so heftig, dass es förmlich nach Erlösung schrie. Er begehrte sie, mehr als jede andere Frau zuvor, und das nächtliche Zusammentreffen war die Schmerzen wert, die er nun erlitt.

„Gunnar?"

Die Stimme war tief und schroff, ganz anders als die von Rose. Gunnar hielt die Augen geschlossen. Er spürte, dass Ivo sich über ihn beugte, bevor er ihm unsanft mit der Faust gegen die Schulter stieß. Widerwillig öffnete Gunnar die Augen und blinzelte, bis er die grimmige Miene seines Freundes wahrnahm.

Ivo musste sich offenbar sein schwarzes Haar gerauft haben. Es hing ihm wirr um den Kopf. In seinen Augen lag ein Funkeln, das von heftigen Gefühlsstürmen zeugte.

„Du hast also schon von Miles gehört", sagte Gunnar behutsam.

„Sweyn hat es mir erzählt. Es wäre besser gewesen, es von dir zu erfahren, *Captain.*"

Gunnar setzte sich aufrecht hin und begegnete seinem aufgebrachten Freund so ruhig, wie es ihm nach einer schlaflosen Nacht möglich war. Er kannte Ivo schon lange genug, um seinen Zorn einschätzen zu können. Ivo mochte aufbrausend und unbeherrscht sein, aber er würde in Gegenwart eines Freundes nicht die Fassung verlieren.

„Miles ist Fitzmortons Mann. Er kam, um den toten Normannen zu suchen, und daher kennen wir nun seinen Namen – Gilbert. Lady Rose hat Miles den Leichnam mitgegeben, aber ich fürchte, er wird wiederkommen. Fitzmorton hat es auf Somerford abgesehen, Ivo, darum geht es hier, und Miles wird ihm die Burg beschaffen."

Gunnar erinnerte sich an Fitzmortons Gesicht. Der Baron hatte unzufrieden ausgesehen, als Gunnar ihm einen Besuch abgestattet hatte. Er hatte seine Rolle auf Radulfs Geheiß gespielt, und Fitzmorton hatte keinen Verdacht geschöpft.

„Ihr könnt Befehlen gehorchen, Wikinger?"

„Bei angemessener Entlohnung, Mylord."

„Dafür werde ich schon sorgen. Ich habe eine Anfrage aus der Burg Somerford erhalten; es geht um Söldner." Er hielt das Schreiben hoch, das Radulf ihm zugespielt hatte. „Sie sind in Schwierigkeiten. Glaubt Ihr, Ihr seid der Mann, um diese Schwierigkeiten aus dem Weg zu räumen?"

„Ein Schwert vermag die meisten Schwierigkeiten zu beheben, Mylord. Aber ich dachte, Somerford ist Lord Radulfs Lehen."

„Dachtet Ihr das? Radulf mag mächtig sein und beim König ein geneigtes Ohr finden, aber ich setzte auf Blut, Captain Olafson. Mein eigenes Fleisch und Blut", lachte Fitzmorton.

Ivo starrte ihn an. „Er war im Norden. Warum ist er jetzt hier?"

„Ich weiß es nicht, Ivo."

„Wird er Fitzmorton gegen uns aufhetzen?"

„Er wird es versuchen."

„Und d'Alan?"

Gunnar rieb sich die Schulter, die noch von Ivos Schlag schmerzte. „Arno d'Alan hat nach der Abendmahlzeit mit mir gesprochen. Miles hat ihm gesagt, er dürfe mir nicht trauen, und daher erzählte ich ihm, dass man Miles nicht über den Weg trauen darf."

Ivo stieß einen unwirschen Laut aus. „Also verfolgen wir weiterhin unseren Auftrag?"

„Ja, vorerst noch. Halte dich einfach von Miles fern."

„Warum taucht er immer wieder auf, wenn ich gerade glaube, ihn los zu sein?" Aus Ivos Stimme sprachen tiefe Qualen und eine Verzweiflung, die Gunnar sich nur schwer vorzustellen vermochte. Gunnar hatte Freunde im Kampf verloren, er hatte Dinge gesehen, bei denen sich andere Männer den Tod wünschen würden, aber er hatte nicht erleben müssen, wie eine geliebte Schwester unter den Händen des Bösen vernichtet wurde. Eine solche Erinnerung war Ivos Bürde – der Tod seiner Schwester durch die Hände von Sir Miles, Ivos Halbbruder.

„Vielleicht", gab Gunnar zu bedenken, „wirst du ihn niemals los sein, solange du nicht mit ihm fertig bist."

Ivos dunkle Augen waren gerötet von vielen Stunden ohne Schlaf. Er hielt seine behandschuhte Hand hoch – die Entstellung war unter dem Leder nicht zu erkennen, aber Gunnar hatte die fehlenden Finger gesehen. „Bis ich ihn töte, meinst du? Ein Mal habe ich es versucht, erinnerst du dich? Miles ist mein Bruder, mein eigen Fleisch und Blut! Ich hasse ihn, Gunnar, aber er ist mein Bruder, verstehst du?"

Lord Fitzmorton hatte diesen Ausdruck gebraucht – *Fleisch und Blut.* Es hatte keinen Sinn gemacht; Gunnar verstand die Bemerkung immer noch nicht.

Gunnar hatte nie einen Bruder gehabt, doch er verstand die Bande, die eine Familie zusammenhielten. Sogar Hass konnte eine Bindung sein.

Ivo schaute weg, sein Mund war nun eine dünne, harte Linie geworden.

Gunnar gab vor, sich zu recken und zu gähnen. „Vielleicht kehrt Miles auch gar nicht zurück. Fitzmorton kann ihn genauso gut wieder in den Norden schicken." Er zuckte die Schultern. „Ich kann mich auch einmal irren, mein Freund."

Ivo rang sich ein schwaches Lächeln ab. „Du bist selten so bescheiden, Gunnar." Er kniff die Augen zusammen, als sei ihm plötzlich etwas aufgegangen. „Wo bist du gewesen? Ich habe stundenlang gewartet. Hast du eine Frau gefunden? Gewiss." Er schüttelte resigniert den Kopf, sein wirres Haar tanzte wie ein schwarzer Heiligenschein um seinen Kopf. „Wohin er auch geht, Gunnar Olafson hat immer eine Frau im Bett. Wärst du in der Hölle, mein Freund, so würden dir noch ein oder zwei Engel folgen."

Gunnar rang sich ein Lächeln ab. „Diesmal nicht. Ich habe über Lady Rose gewacht. Sie schwebt in Gefahr, Ivo. Auf ihren Ritter ist kein Verlass, und das weiß sie jetzt."

„Ich dachte, sie wären ein Liebespaar."

Gunnar bemühte sich um eine gleichgültige Miene, doch da musste etwas in seinen Augen gewesen sein, das ihn verriet. Als die grimmigen Züge in Ivos bleichem Gesicht einem breiten Lächeln wichen, schalt Gunnar sich einen Narren.

„Du willst sie für dich haben, nicht wahr? Und du bist eifersüchtig auf jeden anderen Mann in Somerford. Ah, Gunnar, koste von ihrem Leib, wenn du musst, aber bilde dir nicht ein, ihr Herz für dich zu gewinnen. Sie wird dich um den Verstand bringen."

Gunnar ließ sich auf sein Bett zurücksinken und schloss die Augen. „Das verstehst du nicht", sagte er unterkühlt. „Sie ist nicht so, wie du denkst. Sie ist eine ehrliche Frau, die in der Klemme sitzt. Ich muss sie retten, Ivo."

Einen Augenblick dachte er über Gunnars Worte nach. „Kein Zweifel, dass du sie retten wirst, Gunnar – wenn es jemandem gelingt, dann dir. Aber wenn du der Dame hilfst, wirst du das Land verlieren."

„Warum sollte ich nach Land streben?" murmelte er. „Wales hat noch so manchen Landstrich, den wir uns nehmen können, mein Freund ..."

Ivo lachte leise, doch dann wurde er wieder sehr ernst. „Sei vorsichtig. Es sind schon andere Männer vor dir blind gewesen, wenn es ihnen um eine begehrenswerte Frau ging. Ist sie wirklich so, wie du sie einschätzt, Gunnar, oder hat dein Verlangen einen Narren aus dir gemacht?"

Aber Gunnar hielt die Augen geschlossen und gab vor, eingeschlafen zu sein. Nach einer Weile kehrte Ivo zu seinem Bett zurück und hüllte sich in seine Decke. Den Gefährten blieb nur eine kurze Zeit der Ruhe, ehe sie alle wieder aufstehen mussten.

Gunnar wusste sehr wohl, dass das Land für ihn verloren war, aber schließlich hatte es ihm nie wirklich gehört. Es war immer Roses Land gewesen, und da er jetzt wusste, was für eine Frau sie war, sah er sich nicht mehr in der Lage, ihr Somerford wegzunehmen, um es für sich zu beanspruchen.

Als sie ihn in der Nacht gefragt hatte, ob sein Gewissen ihn am Schlaf hindere, hatte er ihr nicht die Wahrheit gesagt. Es stimmte. Es lag nicht an den Männern, die er getötet oder an dem Blut, das er vergossen hatte, sondern an der schmerzlichen Erkenntnis, dass ihm nicht das vergönnt war, wonach er sich wirklich sehnte. Er wollte Land für sich und seine Gefährten und nicht länger gegen Bezahlung töten. Er würde einen guten Herrn abgeben, aber jetzt konnte er sich Somerford nicht nehmen, ohne seine Ehre zu verspielen. Und was wäre er ohne sein Ehrgefühl? Er wäre wie Miles de Vessey und Lord Fitzmorton – kaltblütige Männer, die keine Seele besaßen.

Ehre mag wichtig sein, Gunnar, aber kannst du sie anfassen? Kannst du sie essen und trinken? Kannst du dich des Nachts mit ihr vergnügen?

Es war die Stimme seiner Mutter, sie klang sanft und verständnisvoll. Gudren kannte ihren einzigen Sohn sehr genau.

„Ich bin eine alte Frau", hatte sie ihm gesagt, und ihre blassen Augen waren in dem verräucherten Raum in Crevitch Castle beinahe geschlossen gewesen. „Ich hatte fünf Kinder, aber nur eins hat die Geburt überlebt. Du bist alles, was ich habe, Gunnar. Ich brauche Enkelkinder, mein Sohn. Und du brauchst eine Frau. Du wirst verbittert und unausstehlich werden, wie Forkbeard. Das willst du doch nicht, Gunnar?"

Da es sich bei Forkbeard um den unausstehlichsten Ziegenbock seiner Mutter handelte, hatte Gunnar ihr sogleich versichert, dass er natürlich nicht so werden wollte.

„Aber Ehefrauen sehen es nicht gerne, wenn ihre Männer in den Kampf ziehen und monatelang nicht nach Hause kommen", hatte er ihr zu bedenken gegeben. „Welche Frau würde sich darauf einlassen, Mutter?"

„Hast du denn überhaupt schon versucht, eine Frau zu fragen?" hatte sie mit einem zaghaften Lächeln erwidert.

„Das muss ich nicht, denn ich kenne die Antwort bereits."

„Wenn du es noch gar nicht versucht hast, ist dir die richtige Frau noch nicht über den Weg gelaufen, die du fragen würdest."

„Du sprichst in Rätseln, Mutter. Ich kann dir nicht folgen."

Gudren hatte gelacht und ihren Sohn umarmt. Stolz und Liebe, gepaart mit Wut, schimmerten in ihren Augen.

Gunnar fragte sich, was sie wohl jetzt von ihm hielte, wenn sie wüsste, dass er eine normannische Edelfrau begehrte. Eine Frau, die Radulf des Verrats verdächtigte, eine Frau, deren Land ihm zufiele, wenn sich der Verdacht erhärtete. Und dann fragte er sich, wie Rose sich verhalten würde, wenn er sie bäte, auf ihn zu warten, während er in den Kampf zog – für Wochen, Monate, vielleicht sogar Jahre. Würde sie ungläubig auflachen oder sich entrüstet von ihm abkehren?

Gunnar rollte sich erneut auf die Seite und wusste, dass Ivo Recht hatte. Er war ein Narr.

Rose saß auf ihrem herrschaftlichen Stuhl und vergrub die Finger in dem Schnitzwerk ihrer Armlehne. Die Schlangen und Weinranken, die kleinen höhnenden Fratzen und seltsamen Tiere, sie alle schienen sich unter ihrer Berührung zu erwärmen und lebendig zu werden. Ihr Kopf schmerzte, aber sie glaubte nicht, dass ihr das irgendjemand, der sie beobachtete, anmerken würde. Sie hatte ihre kalte und gebieterische Miene aufgesetzt, als sie auf der Empore in der Großen Halle Platz genommen hatte.

Die Mahlzeit war bescheiden, denn die Vorräte gingen zur Neige. Wenn nicht einer der Söldner – Ivo, der große Dunkelhaarige – eine glückliche Hand bei einem Jagdausflug im Wald gehabt hätte, müssten sie an diesem Abend mit gesalzenem Fisch vorlieb nehmen. Bruder Mark schien sich indes über den Mangel an Vorräten keine Sorgen zu machen. Er hatte sich auf den Braten gestürzt, strich sich mit dem Ärmel das Fett vom Mund und machte Geräusche, die Rose sonst nur von Schweinen gehört hatte.

„Ich hätte nicht geglaubt, dass Priester sich wie Tiere am Tisch benehmen“, sagte sie angewidert und nahm einen kleinen Schluck Rotwein.

Der Geistliche schaute vorsichtig von seinem Teller auf und beäugte sie mit unverhohlener Abneigung. „Ich sehe nicht ein, warum ich mein Essen nicht genießen sollte", antwortete er und leckte sich die Finger ab.

„Recht so, Bruder Mark", rief Arno ihm zu. „Lady Rose ist in schlechter Stimmung und lässt ihren Ärger an anderen ab."

„Soll ich für Euch beten, Mylady?" fragte der Burgkaplan mit verschlagener Miene.

Rose bemühte sich, ihren Zorn zurückzuhalten. „Habt Dank, Bruder Mark, aber ich bin mir sicher, dass andere Eure Gebete besser gebrauchen könnten."

Arno verfiel in ein verächtliches Lachen, während Bruder Mark grinste und sich wieder seinem Teller widmete. Rose trank von ihrem Wein und schenkte den beiden Männern keine Beachtung mehr. Seit dem gestrigen Tage, unten im Dorf, hatte sich Arnos Freundschaft und Treue in Hass verwandelt – zumindest war das ihr Eindruck. Es schien so, als wolle er sie unglücklich machen, vermutlich genauso unglücklich wie er selbst war.

In diesem Moment wünschte Rose, sie hätte einen Boten zu Lord Radulf geschickt, wie sie es ursprünglich geplant hatte. Doch irgendwie hatte an diesem Morgen alles freundlich und viel versprechend auf sie gewirkt, und daher hatte sie neues Selbstvertrauen geschöpft, um die widrige Lage auf ihre Weise zu entschärfen. Nein, sie wollte sich auf keinen Fall Radulfs Gnade und Ungnade ausliefern. Er würde ihr das Lehen entziehen. Sie aber würde das Burggericht abhalten und Harold von aller Schuld freisprechen. Und sollte Fitzmortons Mann es wagen, ihren Urteilsspruch anzuzweifeln, würde sie ihn mit einer eindrucksvollen Rede über Ehre und Anstand fortschicken.

Doch mit einem Mal kam sie sich leichtsinnig vor. Sie wusste jetzt, dass es Irrsinn war, zu glauben, sie könne einen Mann wie Miles de Vessey mit ein paar zurechtgelegten Worten fortschicken. Und wie stand es um Fitzmorton selbst? Ihr fröstelte. Er war kein grüner Junge, den sie zurechtweisen könnte. Er war ein bösartiger und streitsüchtiger Baron, der ihr eher mit der Hand ins Gesicht schlagen würde als einer sorgsam vorbereiteten Rede zuzuhören.

Wusste sie das nicht besser als jeder andere?

Es war die Schuld des Söldners. Er hatte sie vollkommen verwirrt und sie glauben gemacht, das Unmögliche wäre möglich.

Rose war sich seiner Anwesenheit sehr wohl bewusst. Er saß neben Arno. Nicht ein einziges Mal hatte sie zu ihm hinübergeschaut, und dennoch wusste sie, dass er einen braunen Umhang über einem weißen, etwas zerschlissenen Leinenhemd trug. Sie hatte sich nicht getraut, ihm in die Augen zu schauen, da sie befürchtete, Flammen auf ihren Wangen zu spüren. Die Ereignisse der vergangenen Nacht hatten sich gleichsam in ihr Gedächtnis eingebrannt; im Laufe des Tages hatte sie jene glühenden und himmlischen Augenblicke wieder und wieder durchlebt.

Und das alles würde er in ihren Augen lesen können, wenn er sie ansah.

Erneut nahm Rose einen Schluck Wein und beobachtete ihre Leute bei der Mahlzeit. Die Frauen waren nach wie vor beeindruckt von Gunnar Olafson. Eartha hatte bereits eilfertig seinen Kelch gefüllt, und einige andere Dienstmägde hatten dafür gesorgt, dass nur die leckersten Bissen auf seinem Teller lagen.

Vermutlich war sie eifersüchtig, so unglaublich es ihr auch vorkam.

Sie wollte Gunnar Olafson für sich selbst.

„Mylady?“ Arno sah sie verwundert an. Rose merkte, dass er sie einige Male angesprochen haben musste, doch sie hatte kein Wort vernommen. Als sie sich ihm jetzt zuwandte, deutete er mit einem Kopfnicken in die Halle.

Rose sah den alten Edward mit leuchtendem Gesicht auf sich zukommen. Die Leute machten ihm Platz, und die Gespräche verstummten allmählich. Hinter Edward ging ein jüngerer Mann, der unverkennbar Lord Radulfs Wappenfarben trug.

Ein Schwindelgefühl erfasste sie, sodass die Halle vor ihren Augen verschwamm, und ein Prickeln machte sich auf ihrer Haut bemerkbar.

Lord Radulf ist gekommen, um mir mein Lehen zu entziehen.

Noch schlimmere Nachrichten kamen ihr in den Sinn: *Lord Radulf lässt verkünden, dass Lady Lily gestorben ist.*

Aber wenn dem so war, warum grinste der alte Edward dann so, als wäre King Alfred selbst aus dem *Mere* zurückgekehrt, um die Angelsachsen noch einmal zu einem Sieg zu führen?

„Lady Rose, gute Nachrichten!" rief Edward und errötete sogleich, als er merkte, wie laut seine Stimme in der Stille der Halle klang. Schon wandte er sich an den Boten und stieß ihn mit dem Ellbogen an. „Sag es ihnen doch, Steven!"

Mit einem breiten Lächeln trat der junge Mann vor die Empore. Seine Kleidung war staubbedeckt, sein dunkles Haar verschwitzt. Er musste eilig nach Somerford geritten sein, und es war offensichtlich, dass er nur *gute* Nachrichten übermittelte.

„Lady Rose, ich bringe Euch Neuigkeiten von Lady Lily. Sie hat einen gesunden Jungen zur Welt gebracht, einen Erben für Lord Radulf!"

Die Leute in der Halle brachen in lauten Jubel aus, trommelten mit den Füßen auf den Boden und schlugen mit den Händen auf die Tischplatten. Nicht jeder in Somerford mochte Lord Radulf, aber alle bewunderten Lady Lily – außerdem waren gute Nachrichten in letzter Zeit rar geworden.

Geduldig gestattete Rose ihren Leuten die Freude, bevor sie mit erhobener Hand für Ruhe sorgte. Die Hochrufe ebbten ab, und erneut herrschte Stille in der Halle.

„Das ist wunderbar!" sagte sie erleichtert zu Steven und machte keinen Hehl aus ihrer ehrlichen Freude. „Wir werden alle dem Allmächtigen danken, dass Lady Lily von einem Sohn und Erben entbunden worden ist. Lord Radulf muss sehr erleichtert sein."

„Ja, Mylady, das ist er." Steven grinste. „Wie wir alle in Crevitch, denn er war seit Wochen verstimmt, verzehrt von Sorgen."

Rose lächelte. „Dann freue ich mich umso mehr für die Bewohner von Crevitch, Steven."

Was sie auch immer von ihrem mächtigen Lehnsherrn befürchtete, so wusste sie doch, dass er seine Gemahlin liebte und mehr als alles andere schätzte. Derartige Eheschließungen waren selten und kostbar in König Williams Reich. Ein ungeahntes Gefühl der Eifersucht begann an ihr zu nagen, und Rose schämte sich dafür. Soweit sie es beurteilen konnte, verdiente Lady Lily ihr Glück wahrlich. Hatte sie, Rose, wirklich erwartet, ihr sei ein ähnlich glückliches Schicksal wie das von Lily und Radulf beschieden? Sie hatte nie nach der glücklichen Liebe gesucht, da sie es vorgezogen hatte, sämtliche gefährlichen Gefühle von sich fern zu halten. Die Liebe glich einem Würfelspiel – auf einen Wurf zu setzen, war ein unsicheres Unterfangen.

„Lord Radulf befiehlt all seinen Lehnstreuen und Untergebenen, sein Glück zu feiern."

„Das brauchte er nicht zu befehlen", verkündete Rose freudig und hob ihren Kelch. „Auf Lord Radulf und Lady Lily, und auf den Erben von Crevitch Castle!"

Der Trinkspruch wurde in der Großen Halle aufgegriffen, man hob die Kelche und trank gemeinsam auf den Lehnsherrn.

Was für eine Erleichterung, bei all den schlechten Nachrichten eine gute zu hören, dachte Rose. Sie schaute sich an der Tafel um und bemerkte, dass Arno missmutig in seinen Weinkelch stierte. Ihre Hochstimmung schwand – also stimmte es doch! Arno war Fitzmortons Mann, und Fitzmorton wollte sich Somerford einverleiben. Wie es schien, blieb ihr jetzt keine andere Wahl. Ihre Lage war in der Tat gefährlich. Sie würde Steven eine Nachricht mit nach Crevitch geben. Ein Hilfegesuch, eine Bitte, Verständnis zu zeigen. Vielleicht würde Radulf ihr in seiner großen Freude die Unaufrichtigkeit nachsehen und ihr zu Hilfe eilen. Vielleicht würde er Somerford einem jener starken und gewalttätigen Männer überlassen, die zwar in der Lage wären, Fitzmorton in Schach zu halten, aber ihre Leute schlecht behandeln würden ...

Steven, der Bote, stand immer noch vor der Empore und hielt den Kelch in Händen, aber er schaute auf eine andere Person an der Tafel. Erschrocken fragte Rose sich, ob ihm womöglich Arnos düstere Miene aufgefallen war. Würde er das seinem Herrn melden? Doch er starrte gar nicht auf Arno, sondern auf Gunnar Olafson.

Gerade als Rose in Gunnars Richtung schaute, wandten die beiden Männer den Blick voneinander und gaben vor, woanders beschäftigt zu sein. Doch ihr war nicht entgangen, dass Gunnar und der Bote sich kaum merklich zugenickt hatten. Es war so schnell gegangen, dass sie es sich auch eingebildet haben könnte ... aber sie hatte es wirklich gesehen.

Die beiden kannten sich.

Sie wagte nicht, darüber nachzudenken, was das womöglich zu bedeuten hatte. Schließlich hatte sie mit so vielen anderen Schwierigkeiten fertig zu werden. Später, in der Stille der Kemenate, würde sie darüber nachdenken.

„Du musst auch etwas essen und trinken, Steven." Constances Stimme riss Rose aus ihren Gedanken. „Ich denke, wir werden nicht das letzte Mal gefeiert haben", meinte sie mit einem durchtriebenen Glitzern in den Augen. „Lord Radulf ist ein zeugungsfähiger Mann. Seine Frau wird noch viele Kinder haben."

„Soll das eine Prophezeiung sein, alte Vettel?" höhnte Arno.

Er war betrunken. Zwar nicht so betrunken wie in der Nacht des Überfalls, aber seine Laune war bedenklich.

„Ich bin keine Hexe." Constance warf ihm einen verächtlichen Blick zu. „Jeder kann doch sehen, dass Lord Radulf mit dem zufrieden ist, was er hat ... es gelüstet ihn nicht nach den Dingen, die er nicht hat."

Arnos Gesicht wurde von einer auffallenden Röte überzogen. „Ja, alte Frau, uns alle gelüstet es hin und wieder. Selbst dich." Er lachte, als hätte er einen trefflichen Scherz gemacht, und stieß Bruder Mark mit dem Ellbogen an. Doch der Burgkaplan fiel nicht in das Lachen mit ein, sondern rang sich ein schwaches Lächeln ab. Unsicher huschten seine Augen von einem zum anderen. Schließlich widmete er sich wieder dem Braten.

In diesem Moment trafen sich Gunnars und Roses Blicke. Sogleich verlor sie sich in der Ruhe seiner blauen Augen. Um sie herum johlten ihre Leute, Arno und Constance stritten sich, Bruder Mark schlang sein Essen hinunter, und die Dienstmägde machten dem großen Söldner schöne Augen. Doch Rose blieb von all diesen Vorgängen unbeeindruckt. Sie fühlte, dass sie und Gunnar eine ganz besondere Stille verband, in der nur sie sich bewegten.

Doch dann hob Steven seinen Kelch und sprach mit klarer Stimme: „Auf meinen Herrn und meine Herrin. Möge ihnen ein langes Leben beschieden sein!"

Der Zauber des Augenblicks war im Nu verflogen.

Als Rose sich abwandte, lehnte Gunnar sich zurück. Er fühlte sich leicht benommen, und die Rauchschwaden aus der Küche, die durch die Halle zogen, brannten in seinen Augen. Ja, er war müde, aber noch nicht erschöpft. Er spürte jede Faser seines Leibes, und Begehren strömte wie flüssiges Feuer durch seine Adern. Sie brauchte ihn nur mit diesen tiefgründigen, dunklen Augen anzuschauen, und schon verlangte es ihn nach ihr. Aber sie war sich ihrer Wirkung nicht einmal bewusst.

Einer der Jagdhunde schlich unter den Tisch und wartete auf einen Bissen. Beim Anblick des Tieres musste Gunnar sogleich an Sir Arno denken – das Tier hatte denselben verschlagenen Blick, kroch vor den Mächtigen, war aber stets bereit, sich auf Schwächere zu stürzen. Wie Arno würde das Geschöpf kaum Grund zur Freude haben – die Nahrungsvorräte in Somerford waren nahezu aufgebraucht, solange die Ernte noch nicht eingefahren und das gemästete Vieh nicht vor Anbruch des Herbsts geschlachtet war. Ivo musste sich morgen wieder auf die Jagd begeben.

Seine Blicke folgten der hübschesten Dienstmagd in Somerford, der Köchin Eartha, die sich soeben ihrer Herrin näherte. Gerade jetzt suchte man vergebens nach ihrem gewohnten Lächeln, als sie sich zu ihrer Herrin hinabbeugte, um ihr etwas ins Ohr zu flüstern. Gunnars Interesse war geweckt.

Die Stimmung in der Halle war von anhaltender Fröhlichkeit bestimmt, seit Steven die gute Nachricht überbracht hatte. Gunnar war froh, dass Lily wohlauf war und dass Radulf und seine Gemahlin nun neben der kleinen Tochter einen Sohn hatten. Zunächst war er verwundert gewesen, warum Radulf gerade Steven, seinen bevorzugten und aufstrebenden jungen Waffenmann, geschickt hatte, aber Stevens Blicke hatten ihm den Grund verraten. Er, Gunnar, sollte den Boten wissen lassen, was inzwischen geschehen war, sodass Radulf von allen Vorgängen unterrichtet wäre. Selbst in einem Moment wie diesem beobachtete das „Schwert des Königs“ seine Feinde – vielleicht hatte Lilys Niederkunft ihn weiter in seinem Entschluss bestärkt, den Frieden in Crevitch zu wahren. Männer wie Fitzmorton und Miles de Vessey konnten so etwas nicht nachvollziehen – sie lebten für den Krieg.

Das ist der Lauf der Dinge, dachte Gunnar. Denn wenn es keine

Kriege und Streitigkeiten zwischen den Mächtigen dieses Landes gäbe, hätte er keine Aufgabe mehr zu erfüllen. Und wie es schien, brauchte er gerade jetzt Arbeit, da sein Traum von einem eigenen Stück Land sich kaum noch verwirklichen ließ. Ob Radulf ihn wohl dauerhaft auf Crevitch Castle halten würde? Dann wäre er nah bei Somerford, wenn – Gunnar spann den Gedanken nicht weiter. Nein, in der Nähe zu verweilen, würde ihn nur an all das erinnern, was er hätte haben können. Besser wäre es für ihn, Somerford so weit wie möglich hinter sich zu lassen und in Richtung Norden zu reiten, um zu vergessen, Lady Rose jemals begegnet zu sein.

Eartha flüsterte immer noch. Rose nickte nun und hielt den Kopf gesenkt, sodass ihr ernstes, schönes Gesicht im Halbschatten lag. Gunnar sah unweigerlich auf ihren anmutigen Hals und auf die kleine Mulde, die er in der vergangenen Nacht geküsst hatte – eine der unzähligen Stellen, die er mit seinen feurigen Lippen bedeckt hatte.

Gunnar hätte beinahe laut aufgestöhnt. *Das nächste Mal!* Sie hatte nicht ein Wort an ihn gerichtet und ihn kaum eines Blickes gewürdigt, und er glaubte immer noch an ein nächstes Mal? Schämte sie sich für das, was sie getan hatten, oder war es ihr bloß unangenehm, dass ein Söldner ihre Begierde befriedigt hatte? War er ein ausgemachter Narr, wie Ivo ihn gewarnt hatte, und spielte sie womöglich ein doppeltes Spiel mit ihm? Hatte sie etwa vor, sich mit seiner Hilfe ihres Ritters zu entledigen? War sie tatsächlich derart verschlagen?

Das konnte er nicht glauben – für gewöhnlich vermochte er das wahre Wesen eines Menschen zu erkennen –, dennoch hielt er es für möglich. Alles war möglich. Und er war gewiss nicht so unvoreingenommen, wie er es eigentlich sein müsste.

Gunnar konnte nicht verstehen, was die beiden Frauen zu besprechen hatten, doch Eartha flüsterte weiter, und mit einem Mal versteifte Rose sich und ihre Finger wurden weiß, während sie die Armlehne umklammerten. Nun machte Eartha einen Schritt zurück und entfernte sich nach einem kurzen Knicks von der Empore. Rose blieb regungslos sitzen und starrte weiterhin gedankenversunken auf ihren Teller. Jetzt strichen ihre Finger über das Schnitzwerk an ihrem Stuhl.

Gunnar lächelte. Einen Tag nach seiner Ankunft hatte er sich den Stuhl genauer angeschaut. Kein Zweifel, er war nordischen Ursprungs und offenbar sehr alt. Vielleicht hatte einst ein weit gereister Angelsachse ihn einem räuberischen Wikinger entrissen, oder einer jener Eindringlinge hatte sein eigenes kleines Königreich gründen wollen und sich zu diesem Zweck einen Thron anfertigen lassen. Woher der Stuhl auch stammen mochte, Gunnar hätte nie gedacht, dass die Herrin von Somerford darauf sitzen würde. Hatte sie sich überhaupt je die Schnitzereien genauer angesehen? Vielleicht sollte er sie aufklären ...

Völlig unvermutet stand sie auf. Ihr Lächeln war unsicher und angespannt – sie gab vor, alles sei in Ordnung, doch ihm konnte sie nichts vormachen, als sie die Empore mit den Worten verließ: „Lasst euch in eurer Feier nicht stören. Ich werde gleich zurück sein."

Gunnar sah, wie Constance sich anschickte aufzustehen, um Rose zu folgen.

„Lady Constance." Sie drehte ihm den Kopf zu, als sie ihren Namen aus seinem Mund vernahm. „Bemüht Euch nicht. Ivo wird dafür sorgen, dass ihr kein Leid zustößt." Er hatte kaum den Satz beendet, da war sein großer Gefährte bereits aufgestanden und folgte Rose durch die voll besetzte Halle.

Eartha wartete an der Tür, die zum Burghof führte, und als Rose sie erreichte, gingen sie gemeinsam ins Freie. Augenblicklich war Ivo ihr ohne viel Aufsehen gefolgt.

Constance sah Gunnar an und lächelte, aber ihr Blick war scharf.

„Ich sorge für ihre Sicherheit", bekräftigte Gunnar. Doch die Worte ließen ihn nachdenklich werden.

Lag ihm eigentlich so viel daran, dass sie in Sicherheit war? Sein Körper schmerzte noch von der letzten Nacht, die Erinnerungen brannten in seinem Kopf wie Peitschenhiebe auf seiner Haut. Er musste Erleichterung finden, und ihm war bewusst, dass er sich bloß in der Halle umzuschauen brauchte, um seinen Willen zu bekommen. Doch sie war nicht da, die einzige Frau, die er wirklich begehrte. Es verlangte ihn nach Lady Rose, und keine andere der Frauen käme infrage.

Doch was hatte das zu bedeuten?

Es bedeutet, dass es mich nach ihr gelüstet, mehr nicht, redete Gunnar sich ein.

Fleischeslust? Sind diese zärtlichen Gefühle für sie wirklich Wollust?

Begehren, Lust, wo lag der Unterschied?

Gunnar ließ diese Fragen unbeantwortet. Was er fühlte, so redete er sich ein, war unwichtig. Wichtig war nur, dass Lord Radulf alsbald von der Lage in Somerford unterrichtet werden musste, bevor Lord Fitzmorton auftauchte und alles zu spät war. Was hätte Radulf noch von seinem Land, wenn das Blut der Leute aus Somerford den Boden rot färbte und die schöne Burgherrin entweder tot oder mit einem Mann wie Miles de Vessey verheiratet wäre? Gunnar wusste nur zu gut, was den Frauen widerfuhr, wenn Miles ihrer überdrüssig war.

Constance nickte ihm lächelnd zu, als hätte er laut gesprochen. Ein schallendes Gelächter irgendwo in der Halle übertönte ihre Worte, aber Gunnar sah, wie ihre Lippen sich bewegten. Er glaubte zu hören: „Du bist der Richtige", aber was ergab das für einen Sinn? *Fürwahr, ich muss mich geirrt haben,* beschloss Gunnar und gab sich wieder seinen düsteren Gedanken hin.

11. KAPITEL

„Harold?"

Eine große Hand umklammerte die Gitterstäbe im kleinen Fenster der Zellentür. Eine Fackel flackerte im Luftzug und vertiefte die unruhig tänzelnden Schatten. Harold der Müller, bleich und vom Kummer gezeichnet, spähte in den düsteren Gang vor seiner Zelle.

„Mylady?" flüsterte Harold, als er Rose erkannte. „Seid Ihr gekommen, um mich zu befreien?"

Der Hoffnungsschimmer in seinen Augen war sogleich wieder verflogen, als er keine Antwort erhielt. Harold hatte sich mit seiner misslichen Lage abgefunden und war bereit, dem Tod ins Auge zu sehen. Rose wusste, dass Eartha zu Recht darauf bestanden hatte, dass sie, die Burgherrin, nach dem Müller schaute.

„Wieso solltet Ihr?" beantwortete er seine Frage bereits selbst. „Ich habe einen Normannen getötet und muss hängen. Das ist das Gesetz."

„Normannisches Recht!" stieß Eartha wütend hervor und sah ihre Herrin halb ängstlich, halb trotzig an.

„Du vergisst dich, Eartha", tadelte Harold sie. „Lady Rose ist unsere Herrin. Normannen oder Angelsachsen, sie hat immer für alle gesorgt und uns beschützt. Es ist nicht ihre Schuld, dass ich einen Mann getötet habe."

„Ja, aber warum hast du das getan?" rief Eartha erregt. „Sollst du etwa dafür sterben, weil du deine Tochter gerettet hast?"

Rose kam näher und sah dem Müller durch die Gitterstäbe hindurch in die Augen.

„Eartha hat mich gebeten, dich freizulassen, Harold. Sie sagte mir, wenn ich es täte, habest du versprochen, dich nie wieder blicken zu lassen. Ist es das, was du willst? Willst du fortlaufen und dich für den Rest deines Lebens verstecken? Deine Kinder nie wieder zu Gesicht bekommen?"

Harold sah ihr kurz in die Augen, seufzte dann und schüttelte den Kopf. Tränen schimmerten in seinen Augen. „Nein, Mylady, das möchte ich nicht. Aber ich will auch nicht, dass meine Kinder mit ansehen müssen, wie ihr Vater gehängt wird. Fortzulaufen und im Verborgenen zu leben, erscheint mir die bessere Lösung."

Eartha schüttelte den Kopf. In der Halle hatte sie lange und eindringlich auf ihre Herrin eingeredet und sie gebeten, Harold freizulassen. Er wird verschwinden, hatte sie Rose versichert, und sich verstecken. Sie könnten doch vorgeben, er wäre entflohen, und niemand würde erfahren, wer ihm dabei geholfen hat. Niemand würde ihn je aufspüren.

Rose wusste von anderen Männern, die vor den normannischen Gesetzen geflohen waren. Die Freiheit mochte ein kostbares Gut sein, aber was war sie wert, wenn man sich in Wäldern und Höhlen verstecken musste. Immer die Angst vor Augen, dass der nächste Mensch, der einem über den Weg lief, einen wieder vor die normannischen Herren zerrte?

Sie konnte sich nicht vorstellen, dass Harold – der bedächtige, umsichtige Harold, der seine Kinder liebte – sich für ein solches Leben entscheiden würde. Einen anständigen, ehrbaren Mann wollte sie auf keinen Fall einem solchen Schicksal überlassen. Aber sie wollte ihn ebenso wenig hängen sehen.

Mit einem Mal schien es so einfach zu sein, ihrem Herzen zu gehorchen und nicht mehr auf die Warnungen zu achten, die ihr Verstand ihr zurief. Rose sprach mit fester und gebieterischer Stimme, als habe sie die Situation tatsächlich unter Kontrolle.

„Ich werde es nicht zulassen, dass du wegen eines Mannes wie Gilbert sterben sollst, Harold. Dein Handeln war gerechtfertigt, und das werde ich Lord Fitzmorton mitteilen. Aber ..." Sie holte tief Luft. „Wenn er sich nicht überzeugen lässt, müssen wir Lord Radulf für uns gewinnen. Ich werde ihm durch seinen Boten eine Nachricht zukommen lassen. An diesem freudigen Tag wird er in der Laune sein, mir eine Gunst zu gewähren."

Harold schaute zur Seite, doch sie hatte längst den Zweifel in seinen Augen gesehen. „Ihr begebt Euch in Gefahr, Mylady", murmelte er sorgenvoll. „Seid Ihr sicher ..."

„Ja! Sie muss Lord Radulf benachrichtigen!" Eartha verschlug es vor lauter Begeisterung den Atem. Ihr hübsches Gesicht glühte. „Er ist ein Mann, und nur Männer haben Macht über Leben und Tod."

„Frauen auch", sagte Rose. „Bedenke nur, heute Abend feiern wir die Geburt von Lady Lilys Sohn."

Doch Eartha war viel zu aufgeregt und schien gar nicht zu begreifen, was Rose gemeint hatte. Die Köchin trat an das kleine vergitterte Fenster. „Ich werde es Millisent erzählen. Fürchte dich nicht, Harold. Ich sorge für sie und Will. Du bist immer nett zu mir und meinem kleinen Jungen gewesen, und jetzt habe ich die Gelegenheit, mich bei dir zu bedanken."

Rose war ganz beklommen zumute, als sie die beiden beobachtete. Lord Radulf mochte ihr den Wunsch erfüllen, aber in seinen Augen wäre sie nicht länger ein verlässlicher Vasall für das Lehen Somerford. Er würde sie unverzüglich ersetzen, und sie könnte es ihm kaum verübeln. So wäre Harolds Leben gerettet, aber sie selbst würde sich ihrer Lebensgrundlage berauben.

Rose stolperte, als sie die letzte Stufe der Gewölbetreppe nahm. Die Beine wurden ihr schwer, und noch viel schwerer war es ihr ums Herz. Würde Radulf sie zu ihrem Vater zurückschicken, oder müsste sie einen anderen seiner Lehnstreuen heiraten? Welches Schicksal er ihr auch zudachte, es lief aufs Gleiche hinaus. Sie war nur eine Figur im Spiel der Mächtigeren. Stets hatte sie sich dabei bemüht, zum Vorteil ihrer Leute zu handeln, doch nun hatte sie die Partie verloren.

Abermals entsann sie sich des Gesichts ihres Vaters, das halb vom Kerzenschein beleuchtet war.

„Du wirst diesen Edric heiraten, obwohl er deiner nicht würdig ist. Radulf und ich haben uns darauf geeinigt."

„Und du schwörst, mich in Ruhe zu lassen, Vater? Du schwörst, mich nicht in deinen Spielen zu benutzen?"

„Spiele?" hatte er gehöhnt. „Krieg ist kein Spiel!"

„Ich möchte mein Leben in Ruhe verbringen. Ich will nicht länger deine Tochter spielen."

Er hatte rau aufgelacht, und beinahe hatte sie geglaubt, seine Gefühle verletzt zu haben.

Wenn er ein Herz gehabt hätte.

„Mylady?"

Rose erschrak. Als sie sich umdrehte, sah sie die Umrisse eines großen Mannes im Schatten des Treppenaufgangs. *Gunnar?* Sie verspürte ein Gefühl der Sehnsucht, doch sie zwang sich, gleichgültig aufzutreten. Aber es war gar nicht Gunnar, der dort mit wachsamen, dunklen Augen auf sie zukam.

„Ivo? Was macht Ihr hier?"

„Ich befolge Captain Olafsons Befehle, Mylady."

Rose runzelte die Stirn. „Und wie lauten seine Befehle, Ivo?"

„Ich soll für Eure Sicherheit sorgen, Mylady. Deswegen bin ich Euch gefolgt."

Sie verspürte ein wohliges Prickeln. Gunnar Olafson war auf ihre Sicherheit bedacht.

Natürlich ist er das! Närrin. Du bezahlst ihn doch dafür, dass er dich schützt!

Die höhnende Stimme, die sie in ihrem Inneren vernahm, brachte sie wieder auf den Boden der Tatsachen. Ivo beobachtete sie mit einer undurchdringlichen Miene, und schon fragte sie sich, ob sie sich soeben verraten hatte.

„Ich glaube nicht, dass mir in meiner Burg etwas zustoßen wird", erwiderte sie kühl. „Euer Captain täte besser daran, der Angreifer habhaft zu werden, als mich beobachten zu lassen." Mit diesen Worten schritt sie forsch zurück zur Großen Halle.

Ivo ließ indes nicht locker und ging neben ihr her. „Er hat seine Gründe, Mylady, und ich würde keinem anderen außer ihm trauen. Er versteht sich sehr gut auf das, was er tut."

Rose schaute neugierig zu Ivo hinüber. In seiner Stimme schwang Bewunderung mit, doch Rose hatte noch etwas anderes herausgehört: Zuneigung. Schon war ihr die Frage über die Lippen gekommen: „Ihr kennt ihn wohl schon seit einigen Jahren, Ivo?"

Er lächelte – ein freundliches Lächeln. Die strengen, unberechenbaren Gesichtszüge waren wie verwandelt. „Er hat mir das Leben gerettet, Mylady. Wenn Gunnar nicht gewesen wäre, wäre ich längst tot. Die anderen werden es ähnlich sehen, Alfred, Sweyn, Ethelred und Reynard. Er hat unser aller Leben gerettet, in verschiedener Hinsicht. Wir würden unser Leben für ihn geben, wenn wir ihn dadurch retten könnten."

Er spricht so ernst, dachte Rose verwundert. Was musste ihr Anführer für ein Mann sein, dass seine Gefährten ihm so treu ergeben waren?

„Ihr wart in Wales, ehe ihr hierher kamt." Es war keine Frage, sondern eine Feststellung.

Ivo nickte. „Ein wildes Land mit unberechenbaren Bewohnern. Somerford ist besser, auch wenn mein Bruder hier ist." Er hielt inne, als habe er mehr gesagt, als er eigentlich wollte.

„Euer Bruder? Wer ist Euer Bruder?"

Ivo holte tief Luft. Für solch einen Furcht erregenden Mann zeugte sein Blick von heftigen Gefühlen. „Miles de Vessey, Mylady.

Er ist mein Bruder, wenngleich ich wünschte, es wäre anders. Man darf ihm niemals vertrauen.“

„Oh? Ist er so schlimm, Ivo?“

Ivo hielt seine Hand hoch, die in dem schwarzen Handschuh steckte. „Mylady, dies hat Miles getan, als wir noch Jungen waren. Er wollte mich zum Krüppel machen, damit ich ihn niemals wieder im Schwertkampf besiegen könnte.“

Roses Hals war ganz trocken, sodass sie schlucken musste. „Und, habt Ihr ihn je wieder besiegt?“

Ivos dunkle Augen funkelten triumphierend. „Ja.“

Inzwischen hatten sie die Halle erreicht, und Ivo verbeugte sich, als Rose voranging und in den verräucherten, lauten Saal trat.

Rose war erleichtert, den trunkenen Arno an einem Tisch in der Mitte der Halle zu erblicken, wo er sich auf ein Würfelspiel mit den beiden blonden Söldnern, Sweyn und Ethelred, eingelassen hatte. Bruder Mark war gegangen, und auch Constance hatte sich für die Nacht zurückgezogen. Gunnar Olafson und Steven standen dicht beieinander und steckten die Köpfe zusammen. Vielleicht hatten sie den Eindruck erwecken wollen, eine höfliche Unterhaltung zu führen, doch der Ausdruck auf ihren Gesichtern verriet, dass es um wichtige Dinge ging. Gunnar machte eine wütende Handbewegung, und Steven nickte, wobei ihm das braune, wallende Haar in die Stirn fiel.

Rose wusste, dass sie jeden Augenblick nah genug wäre, um zu hören, über was die beiden sich so angeregt unterhielten. Daher beschleunigte sie die Schritte.

Als habe er ihre Gegenwart gespürt, schaute Gunnar auf. Sein Gesichtsausdruck änderte sich schlagartig, der Zorn wich einer Maske aus Ruhe und Gelassenheit. Seine Augen wurden kühl und wachsam.

Im selben Augenblick verbeugte Steven sich, zog sich in die

Schatten vor der Empore zurück und ließ die beiden allein, falls dies in der überfüllten Halle überhaupt möglich war.

„Worüber habt Ihr gesprochen?“ sagte Rose in scharfem Tonfall, als sie unmittelbar vor Gunnar stand, sodass niemand ihre Worte verstehen konnte.

„Über Wales, Mylady. Stevens Familie gehören dort einige Landstriche.“

Er log, das wusste sie, doch was sollte sie tun? Wenn sie ihn der Lüge bezichtigte, würde er ihr bloß ins Gesicht lachen. Zu spät erinnerte sie sich an die vergangene Nacht im Treppenaufgang, und sie verspürte einen tiefen, sehnsuchtsvollen Schmerz in ihrem Bauch. Warum nur hatte sie nicht einfach die Halle durchquert und sich geradewegs in ihr Gemach begeben?

„Es gibt keinen Grund, einen Eurer Männer über mich wachen zu lassen, Captain“, sagte sie verdrießlich.

Er hob eine Braue. „Ich muss Euch beschützen, Mylady.“

„Ich fühle mich beobachtet.“ Ihre Stimme klang kalt und förmlich, obgleich ihre Wangen brannten. Sie war durcheinander und von seiner Gegenwart aufgewühlt. Die Erinnerungen an die letzte Nacht hatten sich eingestellt, und Rose fiel das Atmen schwer.

Er merkte ihr die Unruhe an. Ganz gewiss. Wie sollte es ihm entgehen? Dort stand er nun, breitschultrig, und seine Lippen formten Worte, während seine Augen ganz etwas anderes verrieten. Und Rose begriff mit wachsendem Unbehagen, dass das nächtliche Zusammentreffen im Treppenaufgang noch nicht genug gewesen war. Sie begehrte ihn erneut. Heute Nacht.

Die Zeit wurde knapp. Wenn sie sich an das Versprechen hielt, das sie Harold gegeben hatte, und Radulf benachrichtigte …

Ein Lächeln umspielte Gunnars Mund. Er war mehr als gut aussehend, und sie musste damit aufhören, sich in seine Arme treiben zu lassen. Ohne den Blick von ihr zu wenden, deutete Gunnar auf den Stuhl auf der Empore. „Erzählt mir von diesem Stuhl, Lady Rose."

Der Themenwechsel verwirrte sie zunächst, doch sie griff den Faden nur zu gerne auf. Es war gewiss ratsamer, das Gespräch auf den Stuhl als auf jene Bilder zu lenken, die ihr in diesen Augenblicken durch den Kopf wirbelten.

„Wenn es Euch beliebt, Captain. Dies ist der Stuhl von Somerford, und er ist sehr alt. Ein Ahne meines Gemahls brachte ihn hierher, und man hat den Stuhl seitdem in Ehren gehalten. Es gibt da eine Legende …"

„Erzählt mir davon."

Rose war froh, über den Stuhl sprechen zu können, solange sich dadurch ihre Zukunftsängste und die heißen, leidenschaftlichen Erinnerungen ausblenden ließen, die sie nicht mehr loszuwerden schien.

„Es heißt, der Stuhl sei aus eigener Kraft nach Somerford gekommen; er soll über das Wasser geschwebt und schließlich an der Küste angespült worden sein. Davor bleibt seine Herkunft im Dunkeln."

Er nickte, aber in seinen Augen war ein Leuchten zu sehen. Als kenne er ein Geheimnis, als erheiterten ihre Worte ihn. Rose verschränkte die Arme und zog die Stirn in Falten.

Erneut lächelte Gunnar. Dieses atemberaubende Lächeln. „Lasst mich Euch etwas zeigen", sprach er und streckte seine Hand nach ihr aus.

Sie wollte nicht nach seiner Hand greifen, doch unbewusst hatte sie es bereits getan. Seine Finger umschlossen ihre, groß und warm und kraftvoll, und schon geleitete er sie auf die Empore, geradewegs zu dem Stuhl. Verwirrt stand Rose neben ihm und sah zu, als er in die Hocke ging, um eine Seite genau in Augenschein zu nehmen. Sie nahm seine kraftvollen Oberschenkel wahr, sah, wie der Stoff seiner Beinkleider sich spannte, sah, wie sein Haar ihm in die Stirn fiel, während er sich zu den Schnitzereien hinabbeugte. Sein Haar leuchtete in einer Mischung aus Bronze und Gold und Kastanie.

Berühre ihn. Schau nach, ob er sich so gut anfühlt, wie er aussieht. So gut, wie du ihn in Erinnerung hast.

Diesmal ähnelte das Flüstern in ihrem Kopf Constances Stimme. Rose schluckte und versuchte, der Stimme keine Aufmerksamkeit zu schenken.

„Seht", sagte er leise und zwang sie, näher zu kommen, um seine Worte verstehen zu können. Sie folgte den Bewegungen seines Fingers, als dieser über ineinander verschlungene Weinranken strich und schließlich vorsichtig, beinahe liebevoll, auf einer der aufwendig geschnitzten kleinen Gestalten ruhte.

„Ein Gesicht", stellte Rose nüchtern fest und versuchte, die Vertrautheit zu durchbrechen, die er geschaffen hatte.

„Das ist der Held Sigurd. Er lernte, mit den Vögeln zu sprechen. Schaut, sie sind über seinem Haupt." Er lächelte, als er ihre Überraschung bemerkte.

„Ich kann sie sehen." Waren ihr die unzähligen geflügelten Wesen, die sich im Blattwerk verbargen, schon vorher aufgefallen? Vielleicht, doch sie hatte bislang nicht gewusst, welche Bedeutung sie hatten.

Wieder deutete er auf ein Detail. Sein Finger war ruhig, und trotz all der Narben auf der Hand berührte er das Holz sachte. Wie konnte ein Mann, der so ein gewalttätiges Leben führte, nur so sanft sein? Hatte er noch andere Narben an seinem Körper? Schon stellte sie sich seinen bloßen Leib vor, und das bisschen Fassung, nach der sie gerungen hatte, geriet ins Wanken. Sie sah Gunnar mit einem strahlenden, gebräunten Körper, und ein Lächeln umspielte seine Lippen. Bisher hatte sie nur Edric unbekleidet gesehen, aber damals hatte sie kein Verlangen nach diesem Anblick verspürt. An jenem Tag, als Gunnar mit bloßem Oberkörper den kleinen Jungen im Burghof gerettet hatte, hatte sie genug gesehen, um zu wissen, dass er anders war: jung und gut aussehend. Unvergleichlich.

Rose bemühte sich, ruhig stehen zu bleiben. Sie betete für die Kraft, unbeeindruckt zu wirken.

„Und da ist Idun mit ihrem Apfelbaum", sagte er belustigt. Offenbar war ihm entgangen, wie sehr Rose nach Fassung rang. „Kostet man von diesen Äpfeln, so besagen meine wikingischen Vorfahren, wird man nicht altern."

Idun hatte langes Haar, das sich um den Stamm und um die Äste legte, als wäre sie ein Teil des Baumes. Etwas Lüsternes lag in ihrem Lächeln, während sie den Apfel darbot und ewiges Leben versprach.

Fass ihn an. Mach schon. Nimm seine Hand und führe ihn die Stufen hinauf in deine Kemenate. In dein Bett. Nimm ihn dir, bevor es eine andere tut. Bevor du gezwungen bist, Somerford zu verlassen und einen anderen zu heiraten. Womöglich hast du keine andere Gelegenheit mehr. Ist es das, was du willst? Willst du immerfort von den Dingen träumen, die möglich gewesen wären? Soll Gunnar Olafson zu einem deiner Geisterkrieger werden und nicht mehr als kalter Rauch in deinen Armen sein? Dieser Mann hier ist warm und greifbar – ein wirklicher Krieger. Nimm deine Chance wahr!

Die Stimme war so laut in ihrem Kopf gewesen. Rose war sich sicher, dass Gunnar jedes Wort gehört haben musste. Doch er deutete nun auf den Stuhlrücken und sagte: „Und seht her, dies ist Yggdrasil, der größte aller Bäume. Seine Zweige reichen bis zum Himmel, und sie sind schwer beladen mit den Leibern der Toten."

Der Toten? Rose war verblüfft und beugte sich weiter hinab, um die Schnitzereien zu erkennen, die er ihr zeigte. Es stimmte.

Die Blätter und Zweige waren wunderschön ausgearbeitet, und in ihnen sah man die unverkennbaren Umrisse von Gehenkten.

Ihr fröstelte. „Warum ist mir das nie zuvor aufgefallen? Ich begreife das nicht. Dieser Stuhl stammt aus Wales! Unterscheiden sich die Legenden der Waliser nicht von denen der Wikinger?"

„Das ist kein walisischer Stuhl, Mylady. Dies sind nordische Gottheiten. Ich kenne sie gut." Seine Augen verströmten eine angenehme Wärme, als seien Gunnar und sie weit mehr als Burgherrin und Söldner. Er war ihr so nah. Sie spürte seinen Atem, die Hitze, die seinem Körper entströmte. Mit zittrigen Fingern berührte Rose die Stuhllehne.

„Oh", war alles, was sie hervorzubringen vermochte.

Er rückte näher an sie heran, und jetzt berührten sich ihre Schultern. Ein heißes Kribbeln lief durch ihren Arm bis hinab in die Fingerspitzen. Hatte er das beabsichtigt? War er im Begriff, sie zu verführen? Und doch schien er sich der versengenden Nähe nicht bewusst zu sein.

„Seht Ihr das? Dies ist Freyja, die Göttin der Liebe. Der Lust. Der Begierde." In diesem Moment sah er sie geradewegs an – sie konnte seine Blicke förmlich auf ihrer Wange spüren, als berührte er ihre Haut. Rose wagte nicht, ihm den Kopf zuzudrehen, denn sie befürchtete, er würde unweigerlich wissen, welche Gedanken ihre Augen bargen. „Seht dort, sie ist mit einem ihrer Liebhaber zusammen." Seine Stimme glich einem Raunen. Der Wohlklang umspülte sie wie eine warme Woge und löste ein unbeschreibliches Verlangen in ihr aus.

Gott möge ihr beistehen, sie sehnte sich nach seinen Lippen. Sie wollte in seinen Armen liegen, seine zärtlich streichelnden Hände spüren und so frei sein wie einer von Sigurds Vögeln, hoch über Yggdrasil und den Wolken. Weit weg von all den Sorgen, die sie hier in Somerford niederdrückten.

Sie wollte nicht hinschauen, wo sein Finger ruhte, aber sie brachte es nicht fertig. Rose starrte auf die Schnitzereien. Ineinander verschlungene Arme und Beine, die Rundung einer weiblichen Brust, ein schlanker Schenkel, langes Haar, das sich wie eine Schlange um einen bloßen Oberkörper wand. Das Schnitzwerk war einfach gestaltet und doch unglaublich sinnlich.

Rose hielt die Luft an und fragte sich, ob ihr Gesicht so heiß war, wie es sich anfühlte. Sie verschränkte die Hände, um nicht der Versuchung zu erliegen, Freyja und ihren glücklichen Geliebten zu berühren.

„Und da, Mylady", fuhr die Stimme unerbittlich fort, „ist der sterbliche Liebhaber der Göttin Freyja, Ottar. Bevor sie ihn in einen Bullen verwandelte."

Diesmal blickte Rose unverwandt auf die kleine Figur, ehrfürchtig schweigend. Ihr war, als sähe sie die Schnitzereien zum ersten Mal, und in gewisser Weise war es auch so. Ihr waren die kunstvollen Bearbeitungen immerzu merkwürdig und wundersam vorgekommen, doch jetzt wurde ihr bewusst, dass die Details auch außerordentlich sinnlich waren. Heidnisch. Kein Wunder, dass der alte Burgkaplan den Stuhl mit misstrauischen Blicken bedacht hatte.

Ihre Blicke ruhten nun auf Ottar, und sie verstand sogleich, warum Freyja gerade ihn auserkoren hatte. Man sah ihn von der Seite, er war groß und kräftig, sein langes Haar fiel ihm über die Schultern, und zwischen seinen Beinen … Rose bezweifelte, dass er einen Speer in der Hand hielt.

„Jesus!" stieß sie erschrocken hervor und kniff die Augen zusammen.

Gunnar lachte, als sei er wahrlich von ihrem Verhalten erheitert. Er erhob sich und stand nun hinter ihr. Der Fluchtweg war ihr versperrt. Rose fühlte sich erhitzt und bedrängt – sie musste sich seiner Nähe unbedingt entziehen, doch wie sollte sie sich bewegen, ohne ihn zu berühren? Und sollte sie rein zufällig seine Schulter streifen, befürchtete sie, sich ihm in die Arme zu werfen und ihn zu bitten …

Nimm die Gelegenheit wahr, es könnte die letzte sein!

Ihr Herz pochte ungestüm in ihrer Brust. In der vergangenen Nacht hatte er sie in seinen Armen gehalten, und sie hatte die Wonnen ausgekostet, die er ihr bereitet hatte. Rose konnte nicht leugnen, dass diese Augenblicke mit einer Sinnlichkeit gefüllt waren, die sie nie zuvor erlebt hatte. Aber es war noch nicht genug gewesen – das gestand sie sich nun ein. Sie wollte, dass er sie nahm, wie ein Mann eine Frau nahm, dass er bei ihr lag, wie Freyja bei ihrem Ottar lag. Und die Stimme hatte Recht. Vielleicht war dies die letzte Gelegenheit, bei einem Mann zu liegen, den sie anziehend fand.

Wer vermochte zu sagen, in welchem Winkel der Hölle sie sich in der Zukunft wiederfinden würde?

Gunnar beugte sich nun über sie, der Hauch seines Atems berührte ihren Hals, die empfindliche Haut prickelte und ließ Rose erzittern. Sie musste sich mit beiden Händen an der Stuhllehne festhalten.

„Ihr droht jeden Augenblick zu zerspringen, Mylady." Seine Stimme glich einer sanften Liebkosung. „Jage ich Euch so viel Angst ein? Oder habt Ihr nur vor Euch selbst Angst?"

Sie war kein Schwächling. Gunnar brauchte nicht zu glauben, der Weg zur Macht führe durch das Bett der Burgherrin! Solange Radulf sie noch nicht abgesetzt hatte, war sie die Herrin von Somerford, und jeden Befehl, den sie erteilte, hatte er zu befolgen. Es gelang Rose, das Kinn emporzurecken und ihm, ungeachtet seiner Nähe, mit steifer Miene in die Augen zu sehen. „Ihr irrt Euch", brachte sie hervor, obwohl ihre Stimme bebte. „Ich habe keine Angst vor Euch."

Er schaute auf sie hinab. Seine blauen Augen schienen Flammen zu sprühen, und die Hitze drohte ihre Haut zu versengen.

„Ich habe keine Angst vor Euch", wiederholte sie, um sich selbst zu beruhigen. „Ich bin die Herrin von Somerford, und Ihr seid ein Söldner. Hier gebe ich die Befehle. Vergesst das nicht, Captain."

Ihre Worte schienen ihn nicht zu verärgern; im Gegenteil, sein Lächeln vertiefte sich. „Dann befehlt mir, Euch zu zeigen, was der Söldner für die Herrin tun kann."

Die Anspielung war unzweideutig, das Glitzern in seinen Augen verriet seine Absichten. Er begehrte sie. Er bot ihr an, ihr genauso viel Vergnügen wie in der letzten Nacht zu bereiten. Sogar mehr. Und sie brauchte ihn nur darum zu bitten … Entsprach das nicht genau ihren Wünschen?

„Habt Ihr schon vielen Damen gezeigt, was Ihr vollbringen könnt, Captain?" fragte sie.

Eine andere Gefühlsregung flammte in seinen selbstbewussten blauen Augen auf. Erstaunen? Verwunderung? Verdruss? Sein Tonfall wurde kühler. „Geht es Euch um meine Treue, Mylady? Oder um das, was ich vollbringen kann? Ich kann Euch meinen Körper geben, ich kann Euch die Freuden bereiten, nach denen Ihr Euch sehnt, aber seid gewarnt … mein Herz gehört mir."

„Es geht mir nicht um Euer Herz", gab Rose spitz zurück und war sich sicher, das zu sagen, was sie meinte. Sie brauchte ihn als ihren Liebhaber, und er bot sich ihr an. Eine ungebärdige innere Stimme trieb sie zu der Frage: „Dies ist nicht Bestandteil unseres ursprünglichen Abkommens. Wie viele zusätzliche Silbermünzen verlangt Ihr für diese Dienste, Captain?"

„Keine, Mylady. Es wäre mir ein Vergnügen."

Für einen kurzen Moment fragte Rose sich, ob sie nun vollständig den Verstand verloren habe, aber es kümmerte sie nicht. Vermutlich standen ihr in den kommenden Tagen weitaus schlimmere Dinge bevor. Für den Augenblick sollte Vergnügen herrschen.

„Also gut, Captain, wir sind uns einig geworden. Kommt zu mir … später, wenn alle anderen zu Bett gegangen sind."

Er verbeugte sich, als wäre er ihr gehorsamer Diener. Ich habe nichts versprochen, redete sie sich ein, als sie forteilte. Sie könnte es sich immer noch anders überlegen und ihn einfach vor ihrem Gemach stehen lassen. Doch tief in ihrem Herzen erkannte sie, dass es zu spät war, umzukehren.

Zu spät, weil sie nicht mehr umkehren wollte.

Draußen spürte man keinen Hauch, und die Luft war von Sommerdüften erfüllt. Rose stand an ihrem Fenster und blickte in die Nacht. Drüben im *Mere* ragte der Burrow Mump vor dem Sternenhimmel auf. In dieser Nacht schien die Kuppe sehr weit weg zu sein. In dieser Nacht hatte sie ihre Träume und Geister verdrängt. Schon bald würde sie sich wieder mit den Geisterwesen trösten müssen, doch jetzt könnte sie einen Mann aus Fleisch und Blut genießen.

Ihr begehrt ihn. Sie glaubte, Constances Stimme zu hören. *Und dennoch fürchtet Ihr Euch vor ihm.*

Mir macht Angst, welche Gefühle er in mir auslöst.

Die Gefühle einer Frau? hörte sie Constance sagen. *Davor braucht Ihr Euch nicht zu fürchten. Jede Frau sollte solche Freuden genießen, zumindest einmal in ihrem Leben. Einigen ist es nie vergönnt. Ich hatte Glück mit meinem Gemahl. Jetzt ist Eure Gelegenheit gekommen, Rose. Lasst sie Euch nicht entgehen.*

Und wenn er es sich anders überlegt hat?

Das hat er nicht, keinesfalls. Ich habe doch gesehen, wie er Euch angesehen hat.

Rose spürte die Röte in ihren Wangen und schaute abermals aus dem Fenster. Das dunkle Haar umhüllte sie wie ein samtener Umhang. Sie hatte es gekämmt und nicht zu einem Zopf geflochten; ihr dünnes Nachtgewand verbarg ihre Blöße. Eine einzige kleine Kerze flackerte neben der Tür. Rose hielt sich in den Schatten vor dem Fenster auf, damit sie ihn sehen könnte, seinen Blicken aber noch verborgen bliebe. Dieses Gefühl gab ihr Sicherheit, wenn sie an die Ankunft von Gunnar Olafson dachte.

Sie war gar nicht sie selbst. Im Augenblick mochte die Abendluft noch ihren Leib kühlen, ihr Herzschlag noch gleichmäßig schlagen und ihre Gedanken wohl geordnet sein, doch sobald er sie berührte, wäre alles anders. Sie würde ihr Gleichgewicht verlieren. Sie würde nichts weiter sein als eine weitere willige Frau in seinen Armen. Daher wollte sie jeden Vorteil für sich nutzen. Ja, sie würde sich in den Schatten aufhalten, ihn im Kerzenschein beobachten und vorgeben, Herrin der Lage zu sein.

Roses Gedanken schweiften zurück zu den nordischen Schnitzereien auf dem Stuhl von Somerford, deren Bedeutung sie nun ermessen konnte. Gunnar war wie eine dieser geschnitzten Figuren – einerseits war er gewalttätig, andererseits ungemein gut aussehend. Und immer außergewöhnlich verführerisch …

Das Klopfen an der Tür war zaghaft, dennoch erschrak Rose. Ihr Atem klang laut in der Stille des Gemachs. Sie zog sich das Nachtgewand enger um die Schultern und wünschte sich mit einem Mal, sie hätte sich nicht entkleidet. Wie töricht war es indes, zu glauben, irgendein Kleidungsstück könne sie vor Gunnar Olafson schützen!

„Mylady?“ Seine Stimme war gedämpft. Er klopfte erneut.

Rose rechnete nicht damit, dass er endlos warten würde. Er würde denken, sie habe es sich anders überlegt, oder er käme sich töricht vor und ginge fort. Kein Mann mochte es, sich töricht vorzukommen. Womöglich wäre es am besten, wenn sie gar nicht …

Die Tür schwang weit auf.

Er stand auf der Schwelle, das Kerzenlicht verfing sich in seinem Haar und seinen Augen, spielte Schattenspiele auf seinem Gesicht und seinem beeindruckenden Leib. Eine Hand ruhte auf dem Knauf des Schwerts, das er bereits halb gezogen hatte. Mit gerunzelter Stirn spähte er in das Gemach und versuchte, die Schatten zu durchdringen.

„Captain Olafson."

Sein Blick fiel rasch auf die Schatten vor dem Fenster. Langsam ließ er das Schwert in die Scheide zurückgleiten, trat weiter in den Raum, schloss die Tür hinter sich und schob den Riegel vor. Die Kerzenflamme flackerte und ließ bizarre Schattengebilde über Wände und Deckenbalken huschen. Es schien ihm nichts auszumachen, dass sie ihn sehen konnte, er sie hingegen nicht.

Als er schließlich sprach, war sein Tonfall ironisch. „Habt Ihr geschlafen, sodass Euch mein Klopfen entgangen ist, Mylady?"

„Habt Ihr geglaubt, ich hätte es mir noch mal anders überlegt, Captain?"

„Ich war mir nicht sicher." Er machte einen weiteren Schritt auf sie zu – er war so groß, dass er sie selbst auf die Entfernung einzuengen schien. „Letzte Nacht habt Ihr Gunnar zu mir gesagt … Mylady."

Rose hatte sich ihre Worte zurechtgelegt, aber er machte es ihr schwer, sich daran zu erinnern, denn ihre Sinne waren ganz auf seinen Körper gerichtet. Sie fuhr sich mit der Zunge über die Unterlippe und versuchte, ihre Fassung wiederzuerlangen.

Den Blick geradewegs in ihre Richtung gerichtet, machte er einen weiteren Schritt nach vorne, wobei die eine Hand nach wie vor auf dem Schwertknauf ruhte. Schlich er sich an? Wie ein Wolf, der seine Beute in die Enge trieb? Ehe der Mut sie verließ, redete sie drauflos, doch ihre Stimme war gehetzt und atemlos.

„Ein Mann wie Ihr, Captain, muss sich sehr gut damit auskennennen, was Frauen am liebsten mögen. Deshalb habe ich Euch auserkoren – ich brauche den Besten."

Inzwischen war er aus dem weichen Schein der Kerze herausgetreten. Sie konnte nur ahnen, dass er lächelte. Hatten die kläglichen Überreste ihrer sorgsam vorbereiteten Rede ihn derart erheitert?

„Ich war bereits eine Gemahlin, glaubt also nicht, Männer seien mir unbekannt", fuhr sie fort. Fest entschlossen, ihm standzuhalten. „Ich will einen Bettgefährten, nichts weiter. Glaubt nicht, dass Ihr mich für Eure ehrgeizigen Pläne benutzen könnt. Ich schenke Euch nichts, Captain, und ich werde Euch auch keine Begünstigungen gewähren, oder Euch vor den hohen Herren unseres Landes preisen. Dies ist eine Angelegenheit zwischen uns beiden, und ob es nun eine Nacht dauert ... oder auch länger, wir werden außerhalb dieser Wände kein Wort darüber verlieren. Habe ich Euer Wort darauf?"

Er schwieg und behielt sie im Auge. Seine Miene ließ keinen Schluss auf seine Gedanken zu. Rose wurde ein wenig unbehaglich zumute, und sie versteifte sich. War er im Begriff, sich ihr zu verweigern? Würde er sie auslachen? Sie erinnerte sich, dass er schon einmal lange darüber nachgedacht hatte, bevor er ihr ein Versprechen gab – an jenem Abend in der Halle, als Edward um Erlaubnis gebeten hatte, das Tor für die Flüchtlinge öffnen zu dürfen. Vermutlich wog er im Augenblick die Vorteile der neuen Vereinbarung zwischen Rose und ihm ab.

„Ihr habt mein Wort."

Er kam weiter auf sie zu, und nun war er nichts als ein düsterer Schatten vor dem schwachen Schein der Kerze. Ein großer Schatten. Rose schaute auf, um in sein Gesicht sehen zu können. Er streckte eine Hand nach ihr aus, und sie spürte, wie seine Finger durch ihr Haar strichen und dort sanft verweilten. Wäre er auch so zärtlich, wenn er sie aufs Bett legte und sie wie ein Mann nähme?

Der Gedanke raubte ihr den Atem. Erschrocken sprang Rose von dem Fenstersims und stahl sich an ihm vorbei. Er blieb regungslos stehen, beobachtete sie, wartete. In seiner Ruhe lag etwas Beängstigendes, als sammle er neue Kraft für den nächsten Ansturm auf ihre Sinne. Sie begehrte ihn – ihr Körper war warm, so angenehm warm. Ihre Hände zitterten. Sie spürte ihr Verlangen an jeder Faser ihres Leibes, dennoch gab sie vor, die Situation vollends im Griff zu haben.

„Ich befehle Euch, Eure Kleidung abzulegen, Captain", sagte Rose mit mutiger Stimme.

Er regte sich nicht. Wird er sich womöglich weigern? dachte sie beklommen. Verärgert aus dem Raum eilen? Schon hoffte sie, er täte es, denn dann wäre sie wieder in der Lage, wie gewohnt zu atmen. Sie wäre wieder sie selbst.

Wieder allein ...

„Euer Wunsch ist mir Befehl", erwiderte er mit leiser, tiefer Stimme. Und wirklich – Jesus! Mit langsamen, wohl bedachten Bewegungen löste er seinen Gürtel. Nach kurzem Überlegen legte er ihn vorsichtig auf den Fenstersims, auf dem Rose soeben noch gesessen hatte. Als Nächstes legte er sein braunes Hemd ab; er zog es sich über den Kopf und ließ es achtlos zu Boden fallen.

Nun trug er nur noch die Beinlinge, Lederstiefel und ein weißes Leinenhemd. Das Hemd war so abgetragen, dass die goldene Haut hindurchschimmerte. Die Schnüre an der Brust waren offen, und Rose erhaschte einen Blick von seinem harten, wohlgeformten Oberkörper.

Sie schlang die Arme um ihren Leib und zupfte aufgeregt an ihrem Nachtgewand. Solange sie einen klaren Kopf behielt, würde er wohl kaum merken, wie schwach sie sich in seiner Gegenwart fühlte.

Gunnar zog sich das weiße Hemd über den Kopf und warf es

ebenfalls zu Boden. Rose war sprachlos, und jedes Denken versagte sich ihr.

Er war wie ein Gott geschaffen.

Der kraftvolle Körper und die golden schimmernde Haut. Er war so stark. Seine Schultern waren breit, die Arme wohlgeformt, seine Brust wie eine harte Wand. Roses Blick fiel auf die schmalen Hüften und die Beinkleider, die seine Schenkel wie eine zweite Haut überzogen. Ihr wäre beinahe ein schmachtender Seufzer entwichen. Sie wollte ihn berühren, mit den Händen über den wohlgestalteten Leib streichen. Sie wollte sich bei ihm anlehnen und ihn küssen.

In diesem Augenblick löste er die Schnüre an seinen Beinlingen, während er ihr unverwandt in die Augen schaute. Rose hielt den Atem an, als er die Beinkleider ein wenig nach unten gleiten ließ. Eine Bahn dunkler Haare lief von seinem Bauch hinab in die Schatten seiner Lenden. Neckte er sie? Gerade als sie glaubte, ihre Zweifel könnten sie noch einmal von dem gefährlichen Abgrund wegreißen, schob er die Beinlinge langsam über die Hüften und Oberschenkel.

Er war bereits erregt. Seine Männlichkeit ragte ihr entgegen, so groß … Kein Wunder, dass er gelacht hatte, als sie beim Anblick des geschnitzten Ottar erschrocken zurückgewichen war. Hatte Edric eine so stattliche Männlichkeit besessen? Wie sollte sie sich verhalten? Rose legte sich die Hand auf den Mund und begann, an ihren ohnehin kurzen Nägeln zu kauen.

Gunnar schob die Beinlinge weiter über die Knie, entledigte sich dann rasch seiner Stiefel und hatte im selben Augenblick ihren Befehl vollständig ausgeführt. Als er sich aufrichtete, stand er völlig nackt vor ihr, und Rose war sich sicher, dass ihr Herzschlag ausgesetzt hatte.

Er sah wundervoll aus und war so vollkommen geschaffen, wie

sie es nie bei einem Menschen für möglich gehalten hatte. Kein Wunder, dass er die Blicke aller Frauen auf sich zog. Rose hatte keinen Grund, sich weiterhin über die weiblichen Burgbewohner aufzuregen, denn in diesem Moment war sie von seinem Anblick genauso hingerissen wie alle anderen Frauen.

Aber Gunnar Olafson sah nicht nur wundervoll aus, er besaß überdies ein magisches Etwas, das ihre Sinne gefangen nahm. Sie wollte ihn nicht nur berühren, sie wollte ihn besitzen. Und dieses Verlangen brachte sie in Gefahr, in eine weitaus größere Gefahr, als sie sich vorzustellen vermochte.

„Ich glaube nicht", brachte sie mühsam und mit zittriger Stimme hervor. „Ich fürchte, ich kann nicht ..."

Plötzlich war er unmittelbar vor ihr, obwohl sie sich nicht erinnern konnte, dass er sich überhaupt bewegt hatte. Sein Leib war so dicht vor ihr, dass sie seine Hitze spürte, seinen männlich-herben Duft wahrnahm; seine kupferfarbenen Zöpfe fielen nach vorne, als er den Kopf senkte und sie mit seinen strahlenden Augen ansah. Seine Stimme war unnachgiebig. „Doch, Mylady, Ihr könnt. Und Ihr werdet."

Rose stockte der Atem. Er eroberte ihre Lippen, bevor sie in der Lage war, etwas zu erwidern. Seine Zunge erforschte ihren Mund, als wolle er all ihre Ängste mit seiner übermächtigen Leidenschaft vertreiben. Rose taumelte und lehnte sich an ihn, um nicht den Boden unter den Füßen zu verlieren. Sie streckte die Hände aus und fand nichts außer warme Haut und wohlgeformte Schultern. Er suchte ihre Brüste, umschloss sie und strich mit den Fingern über den dünnen Stoff, der ihre harten Knospen erahnen ließ. Rose stöhnte auf, als ihr Leib sich unwillkürlich dichter an seinen schmiegte.

Er beugte sich hinab, und seine feurigen Lippen schlossen sich fordernd um ihre Brustspitzen, während er sie enger an sich zog.

Als Rose unter wonnigen Seufzern den Kopf in den Nacken legte, folgte er sogleich dieser Einladung, bedeckte ihren Hals mit Küssen und fuhr mit seiner glühenden Zunge in ihren Ausschnitt, wo ihre bloße Haut auf ihn wartete.

Der Raum schien sich zu drehen. Der sehnsuchtsvolle Schmerz zwischen ihren Schenkeln wurde schier unerträglich und raubte ihr die Sinne. Rose vergaß, wer hier wem Befehle erteilte. Vergaß alles außer ihrem eigenen brennenden Verlangen. Seine Männlichkeit drückte gegen ihren Unterleib, und sie reichte mit der Hand hinab, bis sie ihn fand. Sie berührte ihn nur leicht, ein zartes Streicheln mit den Fingern, doch er sprach sogleich auf diese Berührungen an. Sie hörte seinen keuchenden, schweren Atem zwischen ihren Brüsten.

Die Neugierde besiegte die Vorsicht – sie berührte ihn erneut, und ihre Hand umschloss das harte Zentrum seiner Erregung. Er stöhnte, sein Leib bewegte sich und verspannte sich. Rose hielt inne und vernahm ein leises Auflachen. „Was befehlt Ihr nun?" fragte er mit heiserer Stimme. Er hob den Kopf, und Rose sah die Anspannung in seinen Gesichtszügen, das Flehen in seinen Augen. „Sag es rasch, Rose, denn ich werde mich nicht länger beherrschen können."

Verblüfft schaute sie zu ihm auf. Hatte Gunnar Olafson sich kaum noch unter Kontrolle, weil sie ihn *dort* behutsam berührte? Wie war das möglich? Er verlor doch *niemals* die Selbstbeherrschung. Hier mochte ein Grund dafür liegen, dass sie so viel Angst davor hatte, sich gänzlich ihrer Leidenschaft hinzugeben.

Vorsichtig und äußerst behutsam, als halte sie ein unberechenbares Etwas in der Hand, drückte sie ein wenig fester zu. Gunnar schloss die Augen und erzitterte. Rose bewegte leicht die Hand, fasste mehr Selbstvertrauen und spürte, dass er genoss, was immer sie auch tat. Er wollte nicht, dass sie aufhörte. Erstaunlicherweise war Gunnar Olafson, der Gottgleiche, nun in *ihrer* Gewalt. Diese Vorstellung behagte Rose ungemein.

Er stöhnte auf, als sie fester zugriff, und lehnte mit der Stirn auf ihrem Kopf. Sein heißer Atem kam stoßweise, seine Arme zitterten. „Ich will ...“ Er schluckte und setzte erneut an. „Ich will in Euch sein, Mylady. Befehlt es.“

Rose streichelte ihn ein weiteres Mal und ließ ihre Fingerkuppen über die Spitze seiner Männlichkeit gleiten, wo die heiße Begierde loderte. Er bewegte sich in ihrer Hand. Sie wollte lächeln, wollte lachen, denn sie glaubte, einen geheimen Zauber bewirken zu können. Sie spürte eine Macht, die sie nie erlebt hatte, eine Macht, die sie nie hatte erkunden können. Und jetzt gestattete Gunnar ihr, aus was für Gründen auch immer, diese Macht zu erproben.

Sie war so beschäftigt, ihr war völlig entgangen, dass ihr Nachtgewand sich geöffnet hatte. Erst als seine Hände unter den Stoff schlüpften, merkte sie es. Begierig erforschte er die Fülle ihrer Brüste, strich über ihren flachen Bauch und bahnte sich schließlich den Weg durch das dunkle Haar bis hinab in ihren feuchten, heißen Schoß.

Rose hielt den Atem an. Im selben Augenblick beendete sie ihre Erkundungen und drückte gegen seine Hand. Er sah sie mit hungrigen, durchdringenden Augen an. Dann bewegte er den Daumen, und ihr schwanden die Sinne.

„Ich befehle Euch, mich zu nehmen, wie ein Mann eine Frau nimmt“, wisperte sie mit brüchiger Stimme. „Ich befehle es dir, Gunnar.“

Sie erwartete ... Rose wusste nicht, was sie eigentlich erwartete. Vielleicht, dass er sie sacht aufs Bett legte und sich auf sie schob. Stattdessen handelte er so rasch, dass ihr ein Aufschrei entfuhr. Mit kräftigen Händen umgriff er ihre Taille und hob sie hoch, bis ihre Gesichter auf gleicher Höhe waren. Ihre Augen weiteten sich vor Verblüffung.

„Leg deine Arme um meinen Hals“, sagte er leise, „und deine Beine um meine Taille.“

Rose schlang die Arme um seinen Nacken. Ihre Finger verfingen sich in seinem Haar, und dann legte sie langsam die Beine um seinen großen, kraftvollen Leib.

In dieser Stellung musste sie sich unweigerlich an ihn pressen.

Seine blauen Augen schienen dunkler zu werden, und schon folgten seine Handflächen ihren Rundungen und ruhten schließlich auf ihrem weichen Gesäß. Er bewegte sie leicht, änderte ihre Stellung, bis sein männlichstes Stück unmittelbar vor ihren feuchtheißen Schoß stieß.

Sie keuchte, stemmte sich gegen seine Schultern, wollte sich wehren, doch er schien ihre Bewegungen kaum wahrzunehmen. Schweißtropfen schimmerten in seinem Gesicht, sein Atem kam flach. Seine Arme waren angespannt und hart – er hielt ihr ganzes Gewicht –, dann ließ er sie ein Stückchen hinabsinken und drang in sie.

Die Empfindungen, die er in ihr auslöste, übertrafen alles, was sie bisher erlebt und geträumt hatte. Gunnar nahm sie, und Rose hatte das Gefühl, dass sie hiernach nicht mehr dieselbe Frau wäre.

Er bewegte sich, ließ sie auf sich ruhen, während sie sich stöhnend an ihn klammerte. Seine Lippen suchten ihren Mund, seine Zunge spielte mit ihrer. Immer noch hielt er sie so, ihr ganzes Gewicht ruhte auf seinen Armen, Beinen und Hüften. Würde er sie im nächsten Moment auf das Bett legen? Edric hatte niemals so etwas wie dies vollbracht – nie wäre er in der Lage gewesen, sie in dieser Weise zu halten. Rose hatte bislang die Erfahrung gemacht, dass ein Mann und eine Frau im Dunkeln unter den Laken beieinander lagen und der ganze Vorgang rasch und leise ablief. Man stand nicht inmitten des Raums, nackt, keuchend, von Leidenschaft verzehrt.

Gunnar hob sie leicht an, bis er sich beinahe ganz zurückgezogen hatte, dann ließ er sie wieder sinken. Diesmal drang er tiefer in sie. Er nahm sich Zeit, gewöhnte seinen Leib an ihren. Rose warf den Kopf in den Nacken, das Haar fiel ihr wirr um den Kopf. Jeder Gedanke war auf die Stelle zwischen ihren Schenkeln gerichtet, wo er sich mit ihr vereinigte. Er nahm die Gelegenheit wahr, seine Zungenspitze an den Knospen ihrer Brüste spielen zu lassen; unbeschreibliche Schauer der Erregung lösten ein heftiges Prickeln auf ihrer erhitzten Haut aus.

Als er sich erneut zurückzog, versuchte sie verzweifelt, ihn zu halten. Rasch beugte sie sich vor, küsste seinen Hals mit verlangenden und lüsternen Lippen. Ihre Leiber waren jetzt feucht und schlüpfrig. Sie griff in sein Haar und zog seinen Kopf und seinen Mund zu sich. Er küsste sie mit einer alles verzehrenden Leidenschaft.

Er bewegte sie nun heftiger auf und ab und drang tiefer in sic, bis ihr ganzer Leib in Schwingung zu geraten schien. „Gunnar", brachte sie keuchend hervor, „bitte. Bitte ..." Als habe er nur auf diese Aufforderung gewartet, zog er sie noch enger an sich, und als er das nächste Mal in sie eindrang, brachte er ihre Erregung in ganz ungeahnte Höhen.

Rose schrie verzückt auf, wand sich erregt in seiner Umarmung hin und her, überwältigt von der ungeheuer heftigen Erleichterung, die er ihr verschafft hatte. Erneut bewegte er sie auf und ab, bis sie kaum noch ermessen konnte, wie tief er in ihr war. Er verströmte sich in dem Augenblick in ihr, als sie auf dem nächsten Gipfelpunkt ihrer Erregung mit einem lauten Schrei der Lust den Kopf zurückwarf.

Als sie sich keuchend und erschauernd an ihn klammerte, fragte sie sich, ob sie je wieder aus eigener Kraft würde stehen können, doch es war ihr egal.

12. KAPITEL

Jemand liebkoste sie zärtlich am Hals, nahm ihren Duft in sich auf und bedeckte ihre empfindliche Haut mit zarten Küssen. Rose öffnete die Augen. Die Kerze bei der Tür war fast ganz heruntergebrannt, und der Raum war voller Schatten. Sie befand sich auf ihrem Bett – er hatte sie dorthin getragen und sie auf die Laken gebettet, als wäre sie das kostbarste Geschöpf auf Erden. Schließlich hatte er sich neben sie gelegt und eine Decke über ihre erschöpften Leiber gezogen. Für eine Weile hatte er sich damit zufrieden gegeben, einfach nur neben ihr zu liegen, den Arm auf ihre Taille zu legen, die Schenkel an ihre zu schmiegen und den betörenden Duft ihrer Haare einzuatmen.

Eine geraume Zeit lagen sie nun schon in dieser behaglichen Stellung, als hätten sie sich schon ihr ganzes Leben lang gekannt. Keiner hatte bislang ein Wort gesprochen. Offenbar gab es auch nichts zu sagen. Rose verspürte eine angenehme Müdigkeit, und keine ihrer Sorgen und Ängste vermochte die Augenblicke der Wonne zu stören. Sie war sogar eingeschlummert und hatte von einer warmen Dunkelheit geträumt, die sie sanft hin und her wiegte.

Gunnar hatte sie neben sich ruhen lassen, doch jetzt bewegte er sich wieder.

Nicht nur seine Lippen strichen über ihre Haut, auch seine Hände umschlossen ihre vollen, runden Brüste und ließen ihre Knospen härter werden. Weiter unten, wo die Haare an seinen Beinen ihre weiche Haut streiften, spürte sie seine anwachsende Erregung.

Unwillkürlich kam Rose wieder die geschnitzte Figur in den Sinn. Gunnar war wie Ottar – die Manneskraft in der Hand haltend, darauf wartend, seiner Göttin zu Diensten sein zu dürfen. Sie lachte leise, als sie sich vorstellte, Gunnar würde genau in der Haltung neben ihrem Bett stehen und auf ihren Befehl warten.

„Du findest das also lustig?“ Seine warme Stimme war wie ein heiseres Murmeln an ihrem Ohr.

Er schob seine Hand zwischen ihre Schenkel und hob ihr Bein an, sodass seine Finger ihre feuchte Glut erkunden konnten. Rose versteifte sich. Plötzlich war ihr Atem unregelmäßig. „Es ist zu früh!“ keuchte sie.

Er hielt inne. „Meine Finger fühlen sich aber willkommen“, raunte er.

Sie wollte widersprechen, doch er lachte leise, stützte sich auf den Ellbogen und sah sie an. Rose schaute in sein wundervolles Gesicht, berauschte sich gleichsam an seinem markanten Kinn, das von rotgoldenen Bartstoppeln überzogen war, und an dem kupferfarbenen Haar, das ihm wirr um den Kopf lag. Ein Lächeln umspielte seine Lippen, und seine blauen Augen flammten so hell auf, dass ihr Widerstand dahinschmolz.

Zwischen ihren Beinen bahnte sich etwas weitaus Größeres als ein Finger seinen Weg. Er bewegte seine Hüften, drang tiefer in sie ein und lächelte, als er sah, wie eine blinde Leidenschaft ihre Züge zu beherrschen begann. Ein Verlangen von solcher Heftigkeit, das sie nicht mehr länger verbergen konnte.

„Es ist nichts dabei, einen Mann zu begehren“, raunte er. „Eine Frau vergibt sich dadurch nichts.“

Sie spürte die sehnsuchtsvolle Anspannung in ihren Brüsten, und als er über ihre Spitzen strich, sandte er Schauer der reinen Lust durch ihren Leib, bis hinab zu der Stelle, in der sie sich vereinigten. Er drang noch tiefer in sie ein, bis sie seine ganze Größe spürte.

„Ich will dich“, murmelte er und vergrub sein Gesicht in ihrem Haar, den Duft einatmend. „Ich gebe es zu. Die Begierde schadet mir nicht, sie macht mich erst zu einem Mann.“

Sie stöhnte laut auf, als seine Bewegungen schneller wurden

und er kraftvoller in sie stieß. Seine Finger lösten sich von ihren Brüsten und glitten hinab zu der Stelle, wo die Lust keine Grenzen kannte. Bei seiner Berührung rang Rose nach Atem, presste sich gegen ihn und öffnete die Schenkel. Wie zuvor, brachte er sie wieder an den Rand jenes ungestümen Wirbelsturms, doch diesmal wollte er sie offenbar hinhalten. Seine Finger streichelten sie zärtlich, zogen sich zurück und ließen sie die Schwindel erregenden Höhen nicht erreichen.

Rose versuchte, seiner Hand zu folgen, sie zu ergreifen, doch er umfasste ihre Handgelenke. Er schien sie ganz zu vereinnahmen, schien überall zugleich zu sein, nur nicht an der Stelle, wo sie sich ihn am meisten wünschte.

„Gunnar!" stöhnte sie. „Ich befehle es dir."

Wieder lachte er. Sie fühlte sich so gut an. Besser als jede andere Frau, und es hatte viele gegeben. Er wusste schon jetzt, dass diese Nacht nicht ausreichen würde. Er brauchte sie jede Nacht, sogar noch öfter, wenn er sie dazu überreden könnte. Würde sie sich nach der Frühmahlzeit von ihm hinter die Empore locken lassen? Würde sie sich im Wald von ihm aus dem Sattel heben lassen, um im Gras bei ihm zu liegen? Würde sie in der Nacht in sein schmales Bett schleichen, rittlings auf ihm sitzen und seine Sehnsucht nach ihr entfachen?

„Autsch!" Das Brennen auf seiner Haut ließ Gunnar herumwirbeln. Sie lächelte ihn durchtrieben an, als sie den erschrockenen Ausdruck in seinen Augen sah. Sie hatte Gunnar eine Hand entwinden können und war ihm mit den Fingernägeln über den Rücken gefahren. Das hatte er also davon, sich irgendwelchen Tagträumereien hinzugeben! Gunnar richtete seine Aufmerksamkeit wieder auf den jetzigen Moment und ergriff ihre Hand.

„Nein", wehrte sie sich. Gunnar brachte sie zum Schweigen, indem er seine Finger auf ihrem geschwollenen Schoß ruhen ließ.

Ihr Atem ging rascher. Er nutzte die Gelegenheit, drang wieder in sie ein und genoss die heiße Enge ihrer Weiblichkeit. Mittlerweile keuchte sie in kurzen Abständen, und als er sie fester zu streicheln begann, schrie sie vor Lust auf und schien alles um sich herum zu vergessen.

Gunnar hatte gewusst, dass sie leidenschaftlich war, hatte es schon lange vor den Augenblicken im Treppenaufgang gespürt, aber mit ihrem grenzenlosen Verlangen nach ihm hatte sie ihn überrascht. Sie versuchte, sich zu zügeln, das Verlangen zu zähmen, doch er kannte sie bereits genau. Sie war wie für ihn geschaffen, nicht nur im Bett. Die vollkommene Gefährtin eines Kriegers.

Was für ein Jammer, dass es nicht so sein würde.

„Gunnar", wisperte sie. Ihre Hände waren wieder frei, aber jetzt umklammerte sie seinen Arm, während sie von heftigen Wogen der Erregung fortgetragen wurde. Mit einem Aufstöhnen ließ er sich mit ihr davontreiben und erreichte den Gipfel der Lust.

Rose lief vor den Kriegern des Burrow Mump davon, ihre Füße flogen über das Marschland. Sie rannte jetzt geradewegs auf den Waldrand zu, aber eines der Geisterwesen war dicht hinter ihr. Der Krieger mit dem grauen Ross. Sie schrie in dem Moment auf, als er sich auf sie stürzte und in die Höhe riss. Ihr Haar war offen, und nun fiel es ihr ins Gesicht, sodass sie ihn nicht genau erkennen konnte. Doch gerade bevor er sie vor sich auf den Sattel hob, erhaschte sie einen flüchtigen Blick von seinen Augen.

Sie waren blau. So blau wie die nördlichen Meere. So blau wie die Augen von Gunnar Olafson.

Gunnar starrte in die Dunkelheit und lauschte dem sanften Atem der Frau. Es war sehr spät – die Nacht war beinahe dem Morgen gewichen. Schon bald würden die Vögel singen, und die Burg würde einem neuen Tag entgegensehen. Die Nacht wäre vorüber, vergessen. Doch Gunnar wusste, dass er nichts vergessen würde.

Er hatte sie bereits bei ihrer ersten Begegnung begehrt. Mochte er ihr auch misstraut haben und sie um ihre Burg bringen wollen, aber es war nicht zu leugnen, dass er sie vom ersten Augenblick an gewollt hatte.

Vielleicht war das schon alles. Vielleicht wäre er nach einigen weiteren Nächten in ihrem Bett von diesem Verlangen befreit …

Sie regte sich, seufzte im Schlaf und schmiegte sich in seine Arme. Ohne nachzudenken strich er ihr eine Haarsträhne aus dem Gesicht und beobachtete, wie ihre dunklen Wimpern auf ihren blassen Wangen ruhten. Ihre roten Lippen waren leicht geöffnet, ihr hartnäckiges Kinn von süßen Träumen geglättet. Er hielt sie für die schönste Frau, die er je gesehen hatte. Für ihn war sie vollkommen.

Besaß sie dieselbe Schönheit auch in ihrem Herzen? Was, wenn sie ihn nur für ihre eigenen Pläne ausnutzte? Er hatte mit eigenen Augen gesehen, wie gut sie sich auf eine andere Rolle verstand, wie gut sie vorgeben konnte, anders zu sein als sie war. Die Kunst der Verstellung beherrschte sie nicht so gut wie Gunnar, aber er fand es dennoch beachtlich.

Unversehens beugte er sich hinab und küsste sie, denn er dachte, *wenn sie falsch ist, wird sie es nicht im Augenblick des Erwachens vor mir verbergen können. Wenn sie falsch ist, werde ich es sehen.*

Ihr Mund gab nach, blieb auf seinen Lippen, und verträumt legte sie die Arme um seinen Nacken. Ihre Finger begannen, mit seinem Haar zu spielen.

„Gunnar“, murmelte sie, als wüsste sie noch vor dem ersten Augenaufschlag, dass nur er es sein konnte.

Sie sah so liebreizend und verlockend aus – er wollte sich auf sie legen, bis sie beide nach Atem ringen müssten. Erst jetzt öffnete sie die Augen. Er beobachtete genau, welche Empfindungen sich in ihrem Blick spiegelten – Erschrecken, und dann Vorsicht, beinahe Argwohn. Sie vertraute ihm nicht, und Gunnar konnte es ihr nicht verübeln.

Er traute auch ihr nicht wirklich.

„Mylady“, hob er kühl an, als lägen sie gar nicht nackt nebeneinander in ihrem Bett. „Habt Ihr noch weitere Befehle für mich? Die Dämmerung bricht schon an, und meine Männer werden bald erwachen und ihren Anführer vermissen.“

Er hatte sie überrascht, auch wenn sie ihm vorzuspielen versuchte, es wäre nicht so. Sie war im Begriff etwas zu erwidern, als er sich bewegte und sie seine Erregung spüren ließ. „Oh“, brachte sie hervor, und da wusste er, dass sie keineswegs die Absicht verfolgte, ihn fortzuschicken ... noch nicht. Er legte sich auf sie, wobei er sich auf den Ellbogen abstützte, damit sie sein Gewicht kaum zu spüren bekam. Ein Bein schob sich zwischen ihre Schenkel. Sie war warm und weich, und er brannte vor Verlangen.

„Mylady?“ flüsterte er, bewegte sich auf ihr und versuchte, eine gleichgültige Miene aufzusetzen. Ein Söldner, der Befehle entgegennahm; war es nicht das, was sie wollte? Wollte sie nicht vorgeben, es wäre nichts weiter dabei als pure Fleischeslust? Nun, auch er verstand sich darauf, eine Rolle zu spielen – einst hatte seine Mutter ihn Loki genannt, den Gott der Lüge und Täuschung. Sie hatte es mit einem Lächeln gesagt, als wüsste sie es besser, aber er hatte sich ernsthaft gefragt, ob der lächelnde Lügner eines Tages den ehrenhaften Mann in ihm verdrängen würde.

Ein weiterer Grund, warum er seinem jetzigen Leben für immer den Rücken kehren wollte.

„Ich ...“ Sie räusperte sich, zögerte, und dann berührten ihre Hände seine Oberarme. „Captain, da Ihr schon so gut vorbereitet seid, könntet Ihr ... ich meine, ein weiteres Mal bevor Ihr mich verlasst, wäre ... falls dreimal nicht zu viel für Euch ist.“

Sie war noch voller Unwissenheit, auch wenn sie sich in der letzten Nacht als eine erfahrene, verheiratete Frau ausgegeben hatte. Er hatte sich von ihrem Spiel nicht in die Irre führen lassen, und er würde es auch jetzt nicht zulassen.

Gunnar glitt langsam in sie; sie war bereit. Fast hätte er gelächelt. „Ihr zweifelt an meiner Kraft?"

„Oh." Sie hielt den Atem an. „Ich ... ich dachte bloß ... Edric brachte es alle paar Wochen kaum fertig, und ..."

Sein Mundwinkel zuckte, aber er lächelte immer noch nicht. „Ich bin nicht Edric", sagte er und zog ihre Schenkel höher, damit sie sich seinen Diensten weit öffnete.

Zu seiner Erheiterung versuchte sie verzweifelt, sich nicht anmerken zu lassen, wie hingerissen sie war, aber eine Röte stieg ihr in die Wangen, und ihr Blick wurde verschwommen. Sie drehte den Kopf zur Seite.

„Nein", sagte er rau. „Ich möchte dich diesmal sehen. Ich will in deinen Augen lesen, den Moment sehen, wenn du deinen Körper hinter dir lässt."

Langsam änderte Rose ihre Stellung. Die letzte Nacht hatte sie bereits stark gefordert, aber ihm jetzt in die Augen zu schauen, erschien ihr besonders abwegig. Doch warum spürte sie jetzt einen erregenden Schauer? Warum gefiel es ihr, dass er sie auf ihrem Weg zum Höhepunkt beobachtete? Sie durfte sich nicht länger etwas vormachen. Im Augenblick zählte für sie nur, Gunnar Olafson zwischen ihren Schenkeln zu spüren.

Die Bewegungen seines Körpers bereiteten ihr Vergnügen – zuvor hatte sie seine Hand benötigt, aber jetzt schien sie dem Himmel auch ohne seine Hilfe nah zu sein. Rose sah ihm in die Augen und entdeckte das heiße Aufsteigen der Begierde, und mehr als das. Befriedigung, vielleicht, und ein Leuchten, dessen Helligkeit sie verängstigte.

„Lass dich gehen, Rose", murmelte er. „Jetzt, jetzt ..."

Ein weiterer Stoß, und Rose bäumte sich mit einem unterdrückten Schrei unter ihm auf. Sie glitt hinüber in andere Sphären, jenseits ihres Gemachs, hinaus in die Sommerdämmerung, um in der kühlen Brise zu tanzen. Mit einem leisen Stöhnen folgte Gunnar ihr in den Garten der Lüste.

Als er sich erhob und die Beine über die Bettkante schwang, öffnete Rose überrascht die Augen. Er hatte gesagt, dass er gehen würde, aber insgeheim hatte sie geglaubt, er würde bleiben.

Närrin! Hast du geglaubt, er würde den ganzen Tag hier bleiben? Was würden deine Leute davon halten? Was würden Arno und Lord Radulf denken? Du kannst nicht einfach deine Sorgen vergessen, weil du den Söldner anziehend findest.

Gunnar Olafson zog sich die Beinkleider an und verschnürte sie an der Taille. Das erste Licht des Tages kroch über das Land und schien nun matt durch ihr Fenster. Sie konnte seinen Rücken sehen, die kraftvollen Schultern, als er sich hinabbeugte, um sich die Stiefel anzuziehen. Seine Haut war glatt und von goldener Farbe, abgesehen von einigen weißen Narben. Letzte Nacht waren die Narben nicht sichtbar gewesen, doch jetzt erkannte sie, wo ihn ein Schwertstreich verletzt und wo ihn ein Messer am Schulterblatt getroffen hatte ... Jede Narbe barg ihre eigene Geschichte, und jede Narbe hätte genauso gut den Tod bedeuten können.

Rose fröstelte.

Gunnar nahm den Gürtel mit dem Schwertgehenk vom Fenstersims und schnallte ihn sich um die Hüften. Wenn sie vergessen hatte, was er war, so wurde sie jetzt daran erinnert.

Ein Söldner.

Ein Mann, der gegen Bezahlung focht und tötete. Ein ungebärdiger Wikinger. Und dennoch hatte er ihr letzte Nacht Dinge gezeigt, die Rose nie zuvor gesehen oder gefühlt hatte, und tief in ihrem Herzen wusste sie, dass er sie für immer verändert hatte, indem er einfach nur bei ihr gewesen war. Wie sollte sie jemals wieder die alte Rose sein?

Rose spürte am ganzen Leib, welches Ausmaß die nächtlichen Liebesspiele angenommen hatten, aber es waren angenehme Empfindungen. Doch tief im Innern fühlte sie sich unglücklich. Der Tag brach so schnell über sie herein und brachte all die kurzzeitig verdrängten Schwierigkeiten mit sich. Und Fragen. All die Entscheidungen, die noch getroffen werden mussten. Sie ertappte sich bei dem Wunsch, diesen Moment für immer festhalten zu wollen. Jesus, warum hatten sie sich nicht etwas länger in den Augenblicken der Lust verlieren können?

Er zog sich das abgetragene Leinenhemd über den Kopf. An einem Ärmel war es geflickt worden. Vielleicht, dachte Rose, kann ich ihm ein anderes besorgen. Ihm ein neues Hemd nähen. Doch dann verbannte sie derartige Gedanken, denn sie entsann sich ihrer Worte vor der Liebesnacht. *Ich werde Euch nichts schenken.* Nähme sie diese Worte zurück, würde er sie für schwach halten. Ja, für eine schwache, leicht zu beeinflussende Frau – eine Frau, die vor Liebe krank war.

Ihr könnt meinen Leib haben, aber mein Herz gehört mir.

Das hatte er ihr letzte Nacht geantwortet, als sie ihn nach anderen Frauen gefragt hatte. Es war eine Warnung gewesen – Gunnar Olafson war kein liebeskranker Narr. Er hatte ihr das gegeben, was sie von ihm verlangt hatte, und nicht mehr. Und nun verließ er sie.

Er war angekleidet.

Jetzt wandte er sich ihr zu, und er war wieder jener ruhige, gelassene Mann, den sie kennen gelernt hatte … und dem sie, Gott möge ihr beistehen, vertraute.

„Schlaft, Mylady“, sagte er. „Es ist noch sehr früh, und Ihr seid müde. Lasst Euch nicht durch mich stören.“

Ehe sie etwas erwidern konnte, schritt er zur Tür, schob den Riegel zur Seite und öffnete die Tür gerade so weit, dass er auf den Gang spähen konnte. Offenbar war niemand zu sehen, denn er schlüpfte lautlos zur Tür hinaus und zog sie hinter sich zu, ohne sich noch einmal umzudrehen. Im Raum herrschte Stille, eine Totenstille, die Rose bislang noch nicht erlebt hatte.

Er war fort.

Sie schloss die Augen und versuchte hartnäckig, nicht an ihn zu denken. Heute musste sie Steven eine Botschaft mit auf den Weg geben, ein Hilfegesuch an Lord Radulf. Sie musste ihr eigenes Schicksal dem Wohl ihrer Leute unterordnen und Harolds Leben retten. Heute musste sie ihr eigenes Glück zurückstellen zum Wohle anderer Menschen.

Doch zumindest, dachte Rose, haben wir die letzte Nacht miteinander verbringen können. Die wilden Freuden, die Gunnar ihr in der lustvollen Hitze der Dunkelheit bereitet hatte, waren mehr, als sie sich je vorgestellt hatte. Was auch immer aus ihr werden mochte, die Empfindungen der vergangenen Stunden würden in ihr lebendig bleiben. Sie waren wie ein Talisman gegen die beängstigenden Tage, die noch vor ihr lagen.

Doch dann lachte sie bitter auf, denn ungeachtet ihres Schwurs hatte sie doch wieder an ihn gedacht.

„Dort drüben habe ich sie gesehen, Captain. Drei Tage, bevor das Dorf niedergebrannt wurde. Ein halbes Dutzend Männer, vielleicht auch mehr. Ich hielt es nicht für erwähnenswert, bis jetzt … alle redeten nur von den Marschlandbewohnern, aber jene Männer stammten nicht aus dem *Mere.*"

Mit krummen Beinen stand der alte Edward am Rand der feuchten Marschgebiete und deutete mit dem Finger in die Ferne. Gunnar kniff die Augen zusammen. Wasser und Sumpf und Inseln, nichts weiter. Wenn die Männer, die Edward zu sehen geglaubt hatte, über das Wasser gekommen waren, waren sie längst fort, ohne Spuren zu hinterlassen.

„Was haben diese Männer gemacht, Edward?“

Der alte Mann ließ mit seiner Antwort nicht lange auf sich warten. „Sie haben jemanden getroffen, Captain. Einige Augenblicke haben sie da gestanden, aufeinander eingeredet und mit den Armen in der Luft herumgefuchtelt. Und dann sind die Männer wieder in ihre Boote gestiegen und fortgerudert. Derjenige, mit dem sie sich getroffen hatten, ging in Richtung Burg.“

„Und du hast nicht erkennen können, wer diese Person war?“

„Die Gestalt war von Kopf bis Fuß in einen Mantel gehüllt, Captain, aber sie war nicht sonderlich groß. Eher ein kleinerer Mann … vielleicht sogar eine Frau.“

Rose.

Der Name kam ihm sogleich in den Sinn, und das alte Misstrauen erwachte wieder in ihm. Im selben Augenblick verspürte er einen Schmerz in der Magengegend, als ob er etwas Verdorbenes gegessen hätte. Hatte Rose sich womöglich mit diesen Männern getroffen und mit ihnen vereinbart, ihr eigenes Dorf in Brand zu setzen?

„Ich bin mir ziemlich sicher, dass die Männer in den Booten keine Marschlandbewohner waren“, sagte Edward.

„Wie sahen sie aus?“

„Es war dunkel.“ Edward wirkte zögerlich.

Gunnar wandte sich ihm zu und richtete seinen kühlen, ruhigen Blick auf den alten Mann. „Waren es Normannen?“

Edward war Gunnar Olafson nicht gewachsen. „Sie sahen wie Krieger aus, Sir.“

Vermutlich Lord Fitzmortons Leute, die sich im *Mere* versteckt hielten, jeden Moment bereit, zuzuschlagen. Rose hatte sich mit ihnen getroffen, sie hatten die Einzelheiten des Überfalls abgesprochen, und dann war sie wieder nach Hause geeilt.

Es war nicht stimmig.

Gunnar schaute erneut über die wasserreichen Gebiete und sah eine besonders düster wirkende Insel. Er war erschöpft von der letzten Nacht. Trotz der körperlichen Befriedigung nach Tagen harter Anspannung wünschte er sich nichts sehnlicher als den Schlaf. Doch an Schlaf durfte er jetzt noch nicht denken. Fragen mussten beantwortet werden, und er musste sich um Somerford kümmern.

Wenn Rose nicht infrage käme, wer könnte dann in jener Nacht zu dem geheimen Treffpunkt geschlichen sein? Nicht Arno – er würde sich nie der Gefahr aussetzen, möglicherweise erkannt und festgehalten zu werden. Nein, er würde eher eine Nachricht schicken, durch einen Boten. Könnte der Ritter jemanden geschickt haben, jemanden, dem er vertraute und der in den Verrat gegen Somerford und Lord Radulf verwickelt war? Hatte Arno einen Verbündeten in der Burg?

„Könnte es Bruder Mark gewesen sein?“ fragte Gunnar leise und musterte Edwards faltiges Gesicht.

Der alte Mann dachte lange nach, und dann nickte er unsicher. „Ja, es wäre möglich, Captain. Bruder Mark ist klein, und er trägt einen Mantel. Ja, vielleicht war es der Burgkaplan.“

Gunnar nickte zufrieden. Ein weiteres Geheimnis schien gelöst. Arno und Mark waren befreundet, und sie waren beide an Fitzmortons Verschwörung beteiligt, Somerford einzunehmen. Vielleicht hatte Arno den zwielichtigen Mark nur deshalb in die Burg geholt – der Kerl war gewiss kein Geistlicher. Seine Hände wiesen Narben von Kämpfen auf und seine Kenntnisse von geistlichen Angelegenheiten waren miserabel. Trotzdem hätte er ein Priester sein können, denn Gunnar hatte manch einen armselig gebildeten Geistlichen getroffen. Doch Bruder Mark hatte etwas Verschlagenes, etwas Niederträchtiges an sich, das dem Anschein von Frömmigkeit zuwiderlief.

„Hab Dank, Edward", sagte Gunnar schließlich und lächelte. „Du hast mir sehr geholfen, und das werde ich nicht vergessen."

Edward schaute zu ihm auf und fasste ihn scharf ins Auge, als habe ihm etwas in Gunnars Tonfall nicht gefallen. „Ihr seid in dieser Angelegenheit doch auf Lady Roses Seite, nicht wahr, Captain? Wir hier in Somerford lieben unsere Herrin. Das müsst Ihr mir glauben. Es ist Arno, den wir nicht leiden können. Er hat zwei Gesichter. Seit seiner Ankunft in der Burg beobachtet er unsere Herrin und erhofft sich mehr, als ihm zusteht. Lady Rose vertraut ihm, da sie ein gutes Herz hat; nie würde sie glauben, er könnte sie womöglich betrügen."

„Sie ist ihm demnach zugetan?" Gunnar tat so, als bedeuteten ihm die Worte nichts, doch er war überrascht, wie schwer es ihm mit einem Mal fiel, sich zu verstellen.

Edward schnaubte verächtlich. „Ihr denkt, sie sind ein Liebespaar, Captain? Nein, das sind sie gewiss nicht! Lady Rose ist zu gut für Arno. Er war Lord Edrics Freund, und daher vertraut auch sie ihm. Wisst Ihr, dass er ihr an Edrics Sterbebett die Treue geschworen hat?" Der alte Mann zog argwöhnisch eine Braue hoch. „Edric hat es von ihm verlangt."

„Und du denkst ..."

„Ich denke, Lord Edric hat sehr genau gewusst, was es mit Arno auf sich hat. Er hat ihn den Treueid leisten lassen, damit er Lady Rose zur Treue verpflichtet war. Vielleicht hat er gehofft, unsere Herrin würde wieder heiraten. Einen Mann, der stark genug wäre, mit dem Normannen fertig zu werden."

Als Gunnar zur Burg zurückkehrte, fühlte er sich mehr als erleichtert. So musste es sein. Der alte Edward hatte Recht. Rose war keine verräterische Frau. Nein, *er*, Gunnar, war der Verräter. Er beschleunigte seine Schritte, getrieben von einem düsteren, ungewohnten Zorn. *Er* war hier, um Rose zur Seite zu stehen, aber in Wirklichkeit war er Lord Radulfs Spion. Schlimmer noch, denn er trachtete nach den Dingen, die ihr gehörten. Und wenn Rose die ganze Tragweite seines Auftrages gewahr wurde, würde sie sich verraten fühlen.

Vermutlich würde sie ihm das doppelte Spiel nie verzeihen.

Constance hatte Rose beobachtet, seit sie am Morgen das Schlafgemach betreten hatte, um ihrer Herrin beim Ankleiden zu helfen. Ein Leuchten lag in den Augen der alten Frau, doch bislang hatte sie nichts gesagt. Zu Roses Erleichterung. Vielleicht würde sie die Erschöpfung auf Roses Gesicht bloß auf eine schlaflose Nacht zurückführen – Jesus, sie hatte wahrlich genug Sorgen, die ihr den Schlaf raubten! Sie wollte noch nicht über Gunnar sprechen. Noch war sie zu aufgewühlt, um darüber nachdenken zu können, wie es jetzt weitergehen sollte, und Constance würde sie gewiss zum Nachdenken zwingen.

„Mylady? Heute das rote Gewand mit dem blauen Unterkleid?"

Rose nickte und überließ ihrer Zofe die Wahl. Gefügig stand sie da, während die alte Frau das Kleid zurechtzog. Da fiel Constances Blick auf das Bett, und Rose verspannte sich augenblicklich. Sie hatte zwar sämtliche Falten in den Laken geglättet, die Gunnars Anwesenheit verraten hätten, aber ihr war, als ließen sich nicht alle Anzeichen verbergen. Würde Constance merken, dass er hier gewesen war?

Bislang hatte die alte Frau noch keine Anspielung gemacht.

„Der goldene Gürtel, Mylady? Und die roten Schuhe mit den Schnallen aus Kalbsleder?"

„Ja, Constance, hab Dank.“

Die Zofe tat, wie ihr geheißen, und bürstete schließlich das Haar ihrer Herrin. Rose seufzte zum wiederholten Male und fragte sich, wie sie Gunnar an diesem Tag in die Augen sehen sollte – am Vortag war es schon schwierig genug gewesen, doch jetzt hatte sich so viel mehr zwischen ihnen abgespielt.

Sie schloss die Augen und dachte wieder an die vergangene Nacht. Es war alles ganz anders verlaufen, als sie es sich vorgestellt hatte. Sie hatte geglaubt, er würde einmal bei ihr liegen und sogleich wieder aufbrechen, als sei sie ein gewöhnliches Freudenmädchen. Stattdessen hatte er sie genüsslich genommen und sie mit seinem Leib verwöhnt. Seit sie sich das erste Mal begegnet waren, hatte sie befürchtet, er würde all ihre Sinne gefangen nehmen, und das hatte er wahrlich getan. Doch auf der anderen Seite hatte sie durch ihn erfahren, dass sie auch über ihn Macht ausübte.

Damit hatte sie nicht gerechnet.

In der letzten Nacht hatte Rose gelernt, dass Gunnar Olafson nicht der unverwundbare Krieger war, für den sie ihn gehalten hatte. Sie vermochte es, ihn zum Schwitzen zu bringen, ihn erschauern zu lassen, sie konnte ihm ein Stöhnen entlocken, wenn er nach körperlicher Erleichterung drängte. Er war ein Mann, der Schmerz und Freude empfinden konnte. Und seit sie das erfahren hatte, hatte sich vieles geändert.

Inzwischen hatte Constance begonnen, ihr das Haar zu einem Zopf zu flechten; sie stand dicht hinter Rose, und für ihr fortgeschrittenes Alter waren ihre Finger immer noch flink und geschickt.

„Manchmal“, hob sie leise an, „sind die Wesenszüge eines Mannes wichtiger als seine Herkunft.“ Bei diesen Worten nickte sie und flocht die dunklen Strähnen zu einem langen Zopf. „Ein Mann mit Ehrgefühl, ein starker Mann, der Recht von Unrecht zu unterscheiden vermag. Ja, so ein Mann wäre viel besser als ein Mann mit mächtigen Verbündeten, der Dirnen aufsucht, flucht und sich keinen Deut um seine Gemahlin und Familie kümmert."

Rose saß steif auf ihrem Stuhl und blickte starr geradeaus, als ob Constance ihr einen Dolch in den Rücken bohrte. Offenbar ist Constances Adleraugen nichts entgangen, dachte sie verzweifelt.

„Ich habe gehört, die Wikinger leben wie mächtige Könige in ihren Ländern."

„Sie sind Barbaren und Mordbrenner in unserem Land gewesen", erwiderte Rose verstockt.

„Mylady, Euer eigener Vater ist selbst kein leuchtendes Vorbild. Der alte Edric hatte Angst vor ihm, trotzdem hat er Euch geheiratet, und nicht nur, weil Radulf, sein Lehnsherr, ihn dazu aufgefordert hat. Er hat Euch geheiratet, weil Ihr schön und liebreizend seid, und so hat der alte Mann sein Herz an Euch verloren. Vielleicht habt Ihr ihm auch Leid getan, als er Euren Vater kennen lernte und sah, was für ein Mensch er ist. Eines Tages werdet Ihr erneut heiraten müssen, und Euer zweiter Gemahl wird nicht so leicht zu handhaben sein wie der erste."

Rose schüttelte den Kopf; von all ihren Leuten war Constance die einzige Person, die ihre Vergangenheit kannte. „Constance, das hilft mir im Augenblick nicht ..."

„Unter Eurem Stand zu heiraten, muss Euch nicht unbedingt zum Nachteil gereichen. Das ist alles, was ich sagen wollte", kam sie ihrer Herrin zuvor.

Rose atmete tief durch. „Wie ich sehe, hast du erraten, was sich zwischen mir und Captain Olafson abgespielt hat. Es war die Lust, die uns trieb, Constance, weiter nichts. Du hast ja selbst gesagt, ich bräuchte einen Liebhaber, und letzte Nacht nahm ich mir einen. Das ist alles. Miss der Sache nicht zu viel Bedeutung bei."

Constance war mit dem Zopf fertig und ließ ihn sanft gegen Roses geraden Rücken fallen. „Glaubt Ihr wirklich, was Ihr da redet? Ich habe den Ausdruck in Euren Augen gesehen … in seinen Augen, und daher weiß ich, dass da mehr im Spiel ist als reine Fleischeslust."

„Nein." Rose erhob sich. Ihr Herz pochte, ihre Hände zitterten. „Ich möchte nichts weiter davon hören, Constance, verstehst du? Kein Wort mehr!"

Schon war sie aus der Kemenate hinaus und eilte die Treppe hinunter. Constance schaute ihr mit einem weisen Lächeln nach. „Ja, Mylady, diesmal mögt Ihr noch davonlaufen, aber es wird eine Zeit kommen, da werdet Ihr nicht mehr fortlaufen können. Und dann werdet Ihr sehen, dass diese alte Frau Recht hatte."

13. KAPITEL

„Steven?“

Zögernd schaute er zu ihr auf. Der junge Mann sah äußerst blass aus, und das braune Haar hing ihm bis über die rot unterlaufenen, haselnussbraunen Augen. Rose verkniff sich ein Lächeln. Radulfs Bote hatte in der vergangenen Nacht offensichtlich gezecht und zahlte jetzt den Preis für seine Maßlosigkeit. Mühsam versuchte er, auf die Beine zu kommen, aber Rose legte ihm sanft eine Hand auf die Schulter.

„Nein, Steven, ruhe dich ein wenig aus.“

„Habt Dank, Mylady.“ Die mühsam herausgepressten Worte glichen eher einem Krächzen.

„Du stehst schon länger in Lord Radulfs Diensten?“

Er rang sich ein schwaches Lächeln ab. „Ja, Mylady.“

„Und du verehrst ihn? Ja, ich sehe, das tust du. Du musst mehr als dankbar sein, dass seine Frau die Geburt gut überstanden und einen gesunden Erben zur Welt gebracht hat. So ein Glück ist nicht selbstverständlich.“

Sein Lächeln wurde breiter. „Das bin ich, Mylady. Lord Radulf ist … seiner Gemahlin sehr zugetan.“

„Er ist in sie vernarrt, nicht wahr?“ sagte Rose. „Die beiden dürfen sich glücklich schätzen, Steven. Eine solche Verbindung ist in diesen Zeiten selten.“

Der junge Mann nickte sehr ernst, doch aus seinem Blick sprach Verwunderung, da er offenbar nicht wusste, auf was die Burgherrin hinauswollte.

Rose kam auf den Punkt. „Ich wünsche, dass du Lord Radulf und Lady Lily eine Nachricht von mir überbringst.“ Sie hielt das Schreiben in der Hand, das Edrics Siegel trug – ein großer Fisch, der einen kleineren verschlang.

Steven räusperte sich. „Ja, Mylady, ich werde Eure Nachricht sicher überbringen."

Sie lächelte ohne Freude. „In dem Schreiben steht, dass die Leute von Somerford die Geburt des Erben von Crevitch Castle feiern, der eines Tages unser Herr sein wird."

„Ja, Mylady."

„Da ist noch mehr." Rose sah ihm in die Augen. Sein glasiger Blick verschwand, als er ihre Unruhe bemerkte. Sorgsam legte sie das Pergament vor ihn auf den Tisch. Einen Moment lang war sie versucht, die Worte laut auszusprechen: *Ich ersuche Lord Radulf um Unterstützung – einer von Fitzmortons Leuten ist im Dorf Somerford zu Tode gekommen, und mein Müller hat zugegeben, dieses Verbrechen begangen zu haben. Doch die Umstände waren die, dass …* Ungeduldig schüttelte sie den Kopf. Nein, es wäre besser, Radulf würde die Zeilen selbst lesen. „Sag ihm, dass er so schnell wie möglich herkommen muss", sagte sie hastig.

„Ja, Lady Rose. Das werde ich ausrichten. Er muss nach Somerford kommen." Steven zögerte verunsichert, erhob sich dann aber und steckte das Schreiben unter seinen Umhang. Er war so groß wie sie und trotz seines jugendlichen Aussehens gar kein so junger Bursche mehr. „Macht Euch keine Sorgen, Mylady, was auch immer im Argen liegt, Lord Radulf wird es wieder richten."

Rose rang sich ein schwaches Lächeln ab, bevor sie sich auf ihren Weg machte.

Aber in Wahrheit fühlte sie sich wie betäubt. Schon bald wäre Steven fort, um Lord Radulf die verhängnisvolle Nachricht zu überbringen. Ihr Lehnsherr würde die Gefahr erkennen und unverzüglich seine Männer herschicken, falls er nicht selbst in Somerford erschiene. Die Burg wäre gegen Fitzmortons Männer gewappnet, und Harold hätte noch ein langes Leben vor sich. Ja, alles wäre gut.

Nur nicht für Rose.

Sie würde Somerford verlieren. Sie wäre keine Burgherrin mehr, würde nicht mehr geliebt und geachtet, würde nie wieder in der Großen Halle sitzen, in der sie sich zu Hause fühlte.

Nie mehr nachts wach liegen und sich um das Wohlergehen deiner Leute sorgen. Nie mehr Entscheidungen über Leben und Tod fällen. Nie mehr gegen die hartnäckige und gefährliche Dummheit von Männern wie Miles de Vessey ankämpfen …

Wäre der neue Herr so gerecht und rücksichtsvoll gegenüber den Leuten wie Rose? Vielleicht wäre er ein Mensch wie Arno, selbstsüchtig und herrisch, der die angelsächsischen Untertanen wie Vieh behandelte.

Doch zumindest bliebe Somerford ein Mann wie Lord Fitzmorton erspart.

Rose warf einen flüchtigen Blick auf Bruder Mark, als sie die Große Halle verließ. Er beobachtete sie, während er dabei leicht den Kopf neigte. Er hatte an diesem Morgen die Nachricht für sie geschrieben. Sie hatte ihm den Wortlaut diktiert, und seine Schreibfeder war mit kratzenden Geräuschen über das Pergament gehuscht. Als der Brief versiegelt war, hatte er ihr versichern müssen, kein Wort über die Botschaft zu verlieren. Da er der Einzige in Somerford war, der lesen und schreiben konnte, hatte Rose keine andere Wahl gehabt, ihm diese wichtige Aufgabe zu übertragen.

Als Alfred die Große Halle betrat, hatte Millisent aufgeschaut und dann rasch zur Seite geschaut. Niemand sollte bemerken, dass sie auf ihn gewartet hatte.

Alfred selbst fiel es auch nicht auf.

Er zögerte einen Moment und war kurz davor, sie aufzusuchen, aber sie war in ihre Näharbeit vertieft. Daher wandte er sich sogleich seinen Gefährten zu, die an einem Tisch hockten und sich mit einem Würfelspiel die Zeit vertrieben.

Millisent starrte auf ihre Nadel. Seit ihr Vater verhaftet worden war, hatte sie immerfort an ihn denken müssen. Sie hatte sich den Kopf zerbrochen, wie sie ihm nur helfen könnte. Dann hatte Eartha ihr vergangene Nacht zugeraunt, dass Lady Rose versprochen habe, alles würde gut. Millisent vertraute der Burgherrin.

Zugleich kreisten ihre Gedanken unaufhörlich um den Söldner Alfred, der stets freundlich und hilfsbereit zu ihr war. Jetzt war es ihr ein wenig unangenehm, dass sie sich in jener Nacht unter Tränen im Burghof an ihn geklammert hatte, nachdem ihr Vater festgenommen worden war.

Alfreds Gesicht war von Narben entstellt. Er hatte schwere Brandverletzungen davongetragen, als die Normannen seine Familienangehörigen töteten, wie sie von Ivo, dem anderen Söldner, erfahren hatte. Bislang war Millisent so sehr mit ihren eigenen Sorgen beschäftigt gewesen, dass ihr die Narben gar nicht aufgefallen waren. Doch nun betrachtete sie ihn genauer und war … erstaunt. Überhaupt nicht verängstigt oder angewidert, ganz gewiss nicht. Nur ein wenig erstaunt, dass ihr die Entstellungen nicht aufgefallen waren.

Einige der anderen Frauen schauderten und sagten, beim Anblick des Söldners würde ihnen übel. Millisent konnte diese Ansicht nicht teilen. Sie glaubte, dass er einst gut aussehend gewesen war – die andere Gesichtshälfte war sehr ansprechend. Und selbst die vernarbte Hälfte sah gar nicht so schlimm aus, wenn man sich daran gewöhnt hatte. Außerdem schaute sie die ganze Zeit über in seine Augen. Sie waren braun, und in seinem Blick lagen Verständnis und Mitgefühl.

Es waren seine Augen, an die sie denken musste, wenn sie hinter dem Vorhang auf ihrem schmalen Strohlager saß. Der enge Raum war eigentlich Eartha und ihrem Sohn zugedacht, aber nun waren dort auch noch Millisent und Will untergebracht. In Alfreds kraftvollen Armen hatte sie Trost gefunden, als sie geweint hatte. Er war ein Mann, dem Entsetzliches in seinem Leben widerfahren war, und der trotzdem großes Mitgefühl mit anderen empfand.

Millisent hatte da ganz andere Erfahrungen gemacht. Einige Männer wurden härter und grausamer, als sei das bisschen Freundlichkeit, das einst in ihnen gesteckt hatte, von den eigenen leidvollen Erfahrungen aufgezehrt worden. Alfred war anders. Bis vor Kurzem hatte er sie wie seinen Augapfel gehütet, und wenn sie oder Will ihn brauchten, dann war er gleich für sie da. Millisent hatte sich noch gar nicht richtig bewusst gemacht, wie sehr sie sich bereits auf Alfred verließ.

Und genau da lag im Augenblick ihre Schwierigkeit. Als ihr endlich aufgegangen war, dass Alfred sich für sie interessierte, hatte er sich zurückgezogen.

Glaubte er etwa, sie brauchte ihn nicht mehr? Oder war er ihrer überdrüssig geworden wegen ihres Selbstmitleids? Sie wollte sich bei ihm für das bedanken, was er für sie getan hatte, aber mit einem Mal war sie zu schüchtern, um ihn anzusprechen. Ein Söldner, ein Mann, der viel und weit gereist war, musste ein Mädchen langweilig finden, das Somerford noch niemals verlassen hatte. Vermutlich wartete jetzt an irgendeinem Ort auf dieser Welt eine andere Frau auf ihn.

Millisent war sehr überrascht, wie wenig ihr dieser Gedanke behagte.

Die Söldner unterhielten sich laut und waren ganz in ihr Spiel vertieft. Ihr Anführer hatte den Tisch plötzlich verlassen, nachdem der alte Edward ihm etwas mitgeteilt hatte. Nun warteten sie auf seine Rückkehr. Der Bote mit den wachsamen Augen, Steven, war wieder nach Crevitch Castle aufgebrochen. Er hatte Millisent mehr als einmal verstohlene Blicke zugeworfen, die sie aber nicht erwidert hatte. Er war ja noch ein junger Bursche – Alfred aber war ein Mann.

„Sweyn hat schon wieder gewonnen!" rief Ivo mit lauter Stimme aus, als könne er die Glückssträhne seines Gefährten nicht fassen. Missmutig schaute er zu Alfred hinüber. „Halte dein Geld zusammen, Alfred. Der Däne ist mit dem Teufel im Bunde."

Der blonde, gut aussehende Sweyn grinste nur und achtete nicht weiter auf Ivos Bemerkungen, sondern schüttelte abermals die Würfel in der Hand und wagte einen neuen Wurf. Reynard, wieder vom Glück verlassen, stöhnte entsetzt auf.

Alfred lächelte und schaute sich verstohlen nach Millisent um. Sie beobachtete ihn, sah aber sogleich wieder zur Seite, als sie seinen Blick bemerkte. Das war schon das zweite Mal! Doch jetzt überzog eine Röte ihre Wangen, und ihre Bewegungen waren zu unbeholfen, um natürlich zu wirken.

Nach all den Anstrengungen der letzten Tage sah sie sehr blass und zerbrechlich aus. Eine unerwartete Woge der Zuneigung erfasste Alfred. Verlor er jetzt schon den Verstand, dass zärtliche Gefühle sich seiner bemächtigen konnten? Sicher, sie war ein hübsches Mädchen, aber es verband ihn noch mehr mit ihr. Sie hatte etwas an sich, das in ihm den Wunsch auslöste, über sie zu wachen, sie zu schützen …sie zu lieben? Was für ein Irrsinn, dachte er.

Warum sollte sich Millisent, die hübsche Tochter eines wohlhabenden Müllers, auf einen angelsächsischen Söldner mit einem verunstalteten Gesicht einlassen? Doch wieso starrte sie ihn dann an? Seine Stimmung verschlechterte sich, und ihm war elend zumute.

Gewiss, es lag an *seinem Gesicht.*

Nur wenige Frauen waren bislang in der Lage gewesen, ihn anzuschauen, ohne eine Bemerkung über sein Gesicht fallen zu lassen. Und dann hatten sie sich entweder entsetzt von ihm abgewandt oder ihn mit falschem Mitleid überhäuft. Alfred wollte kein Mitleid. Er wollte lediglich wie jeder andere behandelt werden. Mochten die Normannen ihn auch gezeichnet haben – dies würde er überleben. Aber das Mitgefühl so genannter Freunde drohte ihn gänzlich zu zerstören.

Er erinnerte sich, dass Lady Rose ihn in der Nacht des Dorfbrandes so behandelt hatte, als wäre ihr gar nicht aufgefallen, dass etwas mit ihm nicht stimmte. Sie hatte seine Hilfsbereitschaft begrüßt und sich bei ihm bedankt. Sie hatte sogar gelacht, als er ihr eine lustige Begebenheit aus seiner Jugend erzählt hatte. Kein Wunder, dass Captain Olafson nicht die Augen von ihr lassen konnte ...

Abermals sah Millisent zu ihm herüber. Die bernsteinfarbenen Augen wirkten groß in ihrem kleinen Gesicht, ihr ungebändigtes kastanienbraunes Haar hing ihr in Strähnen um den Kopf. Diesmal drehte sie nicht gleich den Kopf weg, und ... Alfred blinzelte ungläubig. Sie lächelte schüchtern zu ihm herüber.

Verwirrt raunte Alfred seinen Gefährten eine Ausrede zu und ging auf Millisent zu.

Sie nähte wieder, aber ihre zittrigen Hände verrieten ihm, dass sie mit der Handarbeit nicht weit käme. Flößte er ihr Angst ein?

Die alten Bedenken keimten wieder in ihm auf. Ja, vermutlich fürchtete sie sich vor ihm. Eigentlich sollte er an ihr vorbeigehen, sie vergessen und so tun, als habe sie keine Veränderung in ihm bewirkt. Und doch hatte sie wieder etwas zum Leben erweckt, das tief in ihm vergraben gewesen war, seitdem die Normannen gekommen waren und ihm alles genommen hatten, was überhaupt für ihn von Bedeutung gewesen war. Nie hatte er einen Gedanken daran verschwendet, ein eigenes Leben zu führen. Doch mit einem Mal begann er zu überlegen, etwas Neues anzufangen.

Da war es wieder, dieses Lächeln, das ihn lockte. Alfred blieb einige Längen vor ihr stehen und zögerte. Mit einem übertriebenen Eifer widmete sie sich ihrer Näharbeit, und gerade, als er glaubte, sich erneut zu irren und sich bereits halb abgewandt hatte, schrie sie leise auf und ließ die Nadel fallen. Ein Blutstropfen quoll aus ihrer Fingerspitze. Während er erschrocken zu ihr hinüberschaute, tropfte das Blut auf das reine Leinen, das auf ihrem Schoß lag.

Millisent sah ihn mit geweiteten Augen an. „Ich habe es verdorben", flüsterte sie und klang so entsetzt, als habe sie ein entsetzliches Verbrechen begangen.

Alfred unterdrückte ein Lächeln, doch sie musste die Erheiterung in seinen Augen gesehen haben, denn sie runzelte die Stirn und drehte den Kopf zur Seite. Plötzlich war er neben ihr. Er hockte sich neben den Schemel, auf dem sie saß, und nahm ihre Hand mit dem verletzten Finger.

Millisent versteifte sich und mied seine Blicke, doch sie zog ihre Hand nicht zurück. Alfred hielt dies für ein gutes Zeichen. Trotzdem achtete er in den folgenden Augenblicken genau darauf, ob sie seine Nähe abstoßend fand, während er ihren Finger langsam zum Mund führte und die Wunde mit der Zunge berührte.

Das Blut schmeckte salzig.

Ihre Hand zitterte, aber mit einem Mal schien Millisent sich zu entspannen. Sie wandte sich ihm zu, ihre Lippen öffneten sich, und eine leichte Röte zeichnete sich auf ihrem blassen Antlitz ab.

Alfred fasste neuen Mut und nahm ihre Fingerspitze ganz in den Mund. Ihre Augen wurden größer, Erstaunen spiegelte sich in ihnen. Und da wusste er mit einem Mal, dass sein entstelltes Gesicht ihr nichts ausmachte. Wenn sie ihn ansah, sah sie über die Narben hinweg. Sie nahm nur *ihn* wahr, und offenbar gefiel ihr das, was sie sah.

Alfred betrachtete nun den verletzten Finger genauer. Die Wunde blutete nicht mehr, aber sie war ja ohnehin nicht groß gewesen. Beinahe war er traurig darüber, denn er hatte es sogar ein bisschen genossen, die Blutung zu stillen.

„Es geht mir schon viel besser", flüsterte sie, und Tränen traten in ihre schönen Augen. „Hab Dank, Alfred."

Alfred hatte das Gefühl, dass sie ihm für viel mehr danken wollte, aber er wagte nicht, danach zu fragen. Er wollte den Zauber des Moments nicht stören, den er mit ihr erlebte. Stattdessen lächelte er und ließ ihre Hand wieder los, bevor er aufstand.

„Begleitest du mich in den Küchengarten?“ fragte er leise. Sogleich wollte er die Worte zurücknehmen, weil er befürchtete, sie würde Nein sagen.

Millisent zögerte und starrte wieder auf ihre Näharbeit. In diesem Moment war er sicher, dass sie nicht mitkäme. Doch plötzlich lachte sie fröhlich auf, legte das Leinen zur Seite und streckte ihm die Hand entgegen. „Ja, ich komme mit“, antwortete sie. Alfred wurde ganz schwindelig, als er in ihre betörenden Augen schaute.

Voller Ungeduld hatte Rose immer wieder zur Tür der Großen Halle geschaut.

Die Söldner hatten an diesem Nachmittag bei den neuen Behausungen unten im Dorf ausgeholfen. Rose wusste, dass bald die Ernte eingefahren werden musste, und dann würde sie jede Hand brauchen, um von Sonnenaufgang bis Sonnenuntergang die Arbeit auf den Feldern bewältigen zu können.

Inzwischen war die Abendmahlzeit zubereitet, und die meisten Bewohner der Burg hatten sich bereits in der Großen Halle versammelt. Ein paar Jagdhunde tummelten sich vor der Feuerstelle, bis ein Bediensteter sie auseinander trieb.

Millisent war ihr den ganzen Nachmittag über nicht von der Seite gewichen, und obgleich das Mädchen zu verträumt gewesen war, um sich nützlich zu machen, hatte Rose es nicht übers Herz gebracht, es fortzuschicken. Harold saß noch immer in seiner Zelle. Dort musste er so lange bleiben, bis Radulf käme. Rose hatte dafür gesorgt, dass er genug zu essen bekam. Sie hatte ihm in Earthas Gegenwart versichert, alles würde gut werden. Aber in ihrem Herzen war ihr elend zumute. Andererseits wusste sie, dass sie es niemals ertragen könnte, Harold dem Scharfrichter zu übergeben oder Fitzmorton ihre Burg zu überlassen. Nein, Lord Radulf zu benachrichtigen, war der einzige Ausweg aus dieser verfahrenen Situation.

Rose trat an die Tafel auf der Empore und gab ihren Dienstmägden mit einem Blick zu verstehen, die Speisen aufzutragen.

Bruder Mark rieb sich erwartungsvoll die Hände, als er sich dem Tisch näherte – Rose hatte noch nie einen so gierigen Mann erlebt. „Der junge Bursche … der Bote, ist er sicher auf den Weg gekommen?“ fragte er und kam ihr dabei ganz nah, damit ihn sonst niemand hören konnte.

„Ja, gewiss“, erwiderte Rose. Sie bekam eine Gänsehaut, was immer passierte, wenn der Burgkaplan so dicht vor ihr stand.

„Gut, sehr gut.“ Er lachte übertrieben auf, räusperte sich dann jedoch und schaute betreten zur Seite.

Bislang hatte Sir Arno sich noch nicht auf der Empore eingefunden. Er hatte sich bei Rose entschuldigen lassen und sie gebeten, nicht mit dem Essen auf ihn zu warten, da noch eine Angelegenheit zu regeln sei, die er nicht näher beschrieben hatte.

Seit dem Vorfall unten im Dorf hatte sie nicht mehr mit ihm unter vier Augen gesprochen. Ihr war bewusst, dass sie mit ihrem Ritter reden musste, doch sie scheute das Gespräch. Weichherzig wie sie war, wollte Rose niemanden verletzen, und wenn sie an Arno dachte, glaubte sie, ihn tief in seiner Ehre gekränkt zu haben. Wenn sie nur geahnt hätte, dass er mehr für sie empfand, wäre sie behutsamer mit ihm umgegangen und hätte sein Angebot in einer Weise abgelehnt, ohne ihn vor den Kopf zu stoßen. Jetzt aber war er zornig und in seinen Gefühlen verletzt.

Wenn er auf Rache sann, könnte er zu einer Gefahr werden.

Erneut schaute sie zur Tür, und augenblicklich hatte sie Arno und Bruder Mark vergessen.

Endlich war Gunnar gekommen.

Mit selbstbewussten, großen Schritten durchmaß er die Halle der Länge nach. Als er seine Gefährten erreichte, blieb er kurz stehen und flüsterte Ivo etwas ins Ohr. Der große dunkelhaarige Mann nickte ernst, und schon war Gunnar weitergegangen und erklomm die Empore.

Arnos Platz neben Rose war leer. Als Gunnar sich ihr gegenübersetzte, sah er ihr geradewegs in die Augen, und Rose glaubte, den Boden unter den Füßen zu verlieren. Dies war der Mann, der sie in der letzten Nacht in den Armen gehalten hatte, sie mit feurigen Küssen bedeckt und ihren Körper in einer Weise erobert hatte, die sie nie für möglich gehalten hatte.

„Entschuldigt bitte, Mylady", sagte er. „Ich musste noch etwas erledigen." Seine Augen verrieten, dass die Angelegenheit nicht unbedeutend gewesen war.

„Offenbar seid Ihr nicht der Einzige, der heute Abend etwas zu erledigen hat." Roses Stimme klang kühl.

Gunnar lächelte und hob fragend die Brauen.

„Sir Arno hat sich ebenfalls verspätet", erklärte sie und deutete auf den leeren Stuhl.

Er wirkte erschrocken, als habe er erst jetzt bemerkt, dass Arno fehlte. Mit zusammengekniffenen Augen ließ er den Blick durch die Halle schweifen und schien alles und jeden wahrzunehmen. Rose wartete, bis er seine durchdringenden Augen wieder auf sie richtete. „Stimmt etwas nicht, Captain?" fragte sie ihn vorsichtig.

Sie hatte sich über den Tisch gebeugt, und auch er beugte sich zu ihr herüber, sodass ihre Köpfe sich beinahe berührten.

„Ich habe Hunger, Mylady, das ist alles", raunte er. Seine Augen ruhten auf ihrem Mund und wanderten unverhohlen hinab zu den Rundungen ihrer Brüste, die sich unter dem Ausschnitt ihres roten Gewandes abzeichneten.

Rose rang nach Atem. Unversehens erinnerte sie sich wieder an all die heißen Küsse und keuchenden Schreie der Lust, an seinen harten Leib auf ihrem. Was war nur mit ihr geschehen? Warum hatte sie sich nicht mehr im Griff wie früher?

„Ich bin sicher, dass die Speisen gleich aufgetragen werden, Captain", brachte sie atemlos hervor und warf einen flüchtigen Blick auf die Tür zu den Küchenräumen.

Gunnar schüttelte den Kopf. Unter dem Tisch streiften seine Finger ihre Hand.

„Aber später, Mylady ... wenn ich in der Nacht noch immer Hunger verspüre, wird dann auch für mich gesorgt sein?"

„Überkommt Euch des Öfteren ein Hungergefühl in der Nacht, Captain?" fragte sie ihn mit einer sinnlichen Stimme.

„Das kommt darauf an." Mit einem Finger streichelte er ihre Handfläche. Rose zitterte und verspürte ein Kribbeln am ganzen Leib – wie konnte eine kleine Berührung wie diese sich so herrlich anfühlen?

„Auf was?"

„Auf die Nachspeise."

Rose hätte beinahe gelacht. Doch sie biss sich auf die Unterlippe, während sie sich ausmalte, sie läge unbekleidet auf einem silbernen Teller. Er *neckte* sie und wusste ihre Begierden in einer Weise neu zu entfachen wie noch kein Mann zuvor. Wenn sie früher an die Vereinigung von Mann und Frau gedacht hatte, hatte sie damit nie Unbeschwertheit, Lachen und Freude verbunden. Es war ihr stets wie eine Pflichtübung vorgekommen, wie ein Teil der Vereinbarung, die vor der Hochzeit zwischen den Ehepartnern getroffen worden war. Oder wie eine nüchterne Aufforderung, Kinder zu zeugen.

Jetzt hatte Gunnar ihr ganz andere Seiten der körperlichen Liebe gezeigt, und Rose war entzückt, obwohl sie im Augenblick am ganzen Leib eine sengende Hitze verspürte. War dies bereits ein Vorspiel für die späten Abendstunden? Würde er wieder ihr Gemach aufsuchen? Ja, in seinen Augen lagen betörende Verheißungen, und seine Hand hatte ihre fest umschlossen.

„Ich möchte ...", begann sie zu flüstern.

„Vergebt mir, Mylady!" Plötzlich war Arno eingetroffen und zwängte sich mit geröteten Wangen und merkwürdig glitzernden Augen zwischen sie.

Augenblicklich wich Rose zurück. Hatte Arno ihr sinnliches Geplänkel mitbekommen? Offenbar nicht, wenngleich er irgendwie aufgewühlt wirkte ... Sie musterte ihn argwöhnisch. Fürwahr, Arno war erregt. Etwas musste vorgefallen sein. Zu spät entschloss sie sich, ihren Ritter zu fragen, was sich ereignet hatte, denn in diesem Moment trugen die Bediensteten die Speisen auf.

Rose kostete von der Fischpastete und nahm einen kleinen Schluck von ihrem Wein. Constance nahm hastig am Tisch Platz und warf Rose einen entschuldigenden Blick zu. „Ich habe Harold sein Essen gebracht", erklärte sie ihre Verspätung.

„Warum hältst du dich damit auf, alte Frau?" ließ Arno sich vernehmen.

Rose sah ihren Ritter fragend an, doch sie glaubte bereits zu wissen, was er als Nächstes sagen würde.

„Warum verschwendest du Essen an einen Mann, der so gut wie tot ist?" Seine Menschenverachtung überraschte sie nicht, aber sie war entsetzt, wie offen er seine Ansichten kundgab.

Rasch schaute sie sich in der Halle um und hoffte, niemand sonst habe diese schäbigen Worte gehört. Einige erstarrte Gesichter drehten sich zur Empore um, eines war das von Millisent. Die gesunde Röte, die Rose zuvor auf den Wangen des Mädchens wahrgenommen hatte, war erneut einer auffallenden Blässe gewichen. Mit vor Angst geweiteten Augen starrte sie auf den Normannen.

Während Rose, angewidert von Arnos Taktlosigkeit, noch überlegte, wie sie den Schaden wieder gutmachen sollte, erhob Alfred sich von seinem Platz und setzte sich neben Millisent.

Das Mädchen wandte sich ihm zu, und etwas in ihrem Augenausdruck, etwas in der Art, wie sie den Kopf neigte, verriet Rose, was sich zwischen diesen beiden Menschen abspielte. Sie liebten einander. Es überraschte sie, und dennoch ... hätte man es nicht sogar vermuten können? Seit dem Brand im Dorf hatten sie viel Zeit miteinander verbracht, und Rose hatte selbst bemerkt, wie freundlich und vernünftig Alfred war. Er war ein verlässlicher Mensch, der viel hatte erleiden müssen, ein Mann, bei dem eine junge Frau, deren Welt von einem Augenblick zum anderen aus den Fugen geraten war, Geborgenheit finden konnte.

Während Rose die beiden beobachtete, streckte Millisent die Hand aus und berührte Alfred sacht am Mund. Sie streichelte ihn mit einem Finger, doch es war offensichtlich, dass sie ihn viel lieber geküsst hätte. Alfreds Augenausdruck war zu entnehmen, wie gerne er diese Gefühle erwiderte.

Plötzlich empfand Rose es als ungehörig, die Liebenden zu beobachten, und blickte wieder auf ihren Teller. Sah auch *sie* so aus, wenn sie Gunnar in die Augen schaute? Waren ihre Gefühle so offensichtlich wie die von Millisent? Gott bewahre! Bei diesem Gedanken zuckte sie innerlich zusammen. Wie sollten ihre Leute sie weiterhin achten und Gehorsam zeigen, wenn sie sich so rasch von einem gut aussehenden Söldner blenden ließ?

Man würde sie auslachen! Und Rose könnte es niemandem verübeln.

Constance fuhr mit der Bürste durch das Haar ihrer Herrin. Das Kerzenlicht schimmerte auf den dunklen glänzenden Locken. Die Pracht fiel ihr wie ein seidener Umhang über die Schultern und bedeckte ihren Rücken, während sie in ihrem dünnen Nachtgewand auf dem niedrigen Stuhl saß.

An diesem Abend war Rose in sich gekehrt und hing ihren Gedanken nach. Das war kein gutes Zeichen, wie Constance aus früherer Erfahrung wusste. Die alte Zofe wünschte einen Weg zu finden, um ihre Herrin ein wenig aufzumuntern.

Constance ließ die Bürste wieder sanft durch das Haar gleiten. „Gunnar Olafson ist ein feiner Mann", sagte sie, sich langsam vorwagend.

Rose zog die Stirn in Falten.

Aber Constance ließ sich nicht beirren und fuhr fort: „Er hat einiges zu bieten."

„Er sieht ohne Zweifel gut aus", erwiderte Rose verbittert. „Ich bin oberflächlich genug, dass mir so etwas auffällt, Constance. Vielleicht ist es nur sein Aussehen, das mich anspricht. Ich dachte, ich wäre besser als die anderen Frauen, aber in Wirklichkeit unterscheide ich mich nicht von ihnen."

Constance setzte eine düstere Miene auf und senkte den Blick. „Seid Ihr sicher, Mylady? Ist es nicht vielmehr so, dass *er* anders ist als andere Männer? Ich frage bloß, weil Gunnar Olafson, obwohl er gut aussieht und sämtliche Frauen ihn anhimmeln, diese Lage nicht zu seinem eigenen Vorteil ausgenutzt hat. Er ist nicht von einem Bett in das andere gestiegen. *Ihr* seid es, die er bevorzugt, und sonst keine."

Rose rieb sich die Schläfen, als ob ihr Kopf schmerzte. „Ich habe ihm Geld angeboten, damit er in mein Bett kommt", gab sie kleinlaut zu, während Scham in ihrer Stimme mitschwang.

Constance verdrehte die Augen.

„Er hat es nicht angenommen", fuhr Rose mit leiser Stimme fort. „Er sagte, es sei ... Teil seiner Aufgaben. Und er ... erfüllte seine Aufgabe dreimal, Constance." Sie drehte sich um und schaute ihre Zofe mit großen Augen an. „Ich dachte, er würde es nur einmal tun, aber dann weckte er mich und tat es wieder, und als die Dämmerung anbrach, tat er es noch einmal. Und jedes Mal war es so herrlich wie beim ersten Mal … Bis dahin hatte ich nicht begriffen, was du meintest, als du einmal zu mir sagtest, dass es mit einem jungen und kraftvollen Mann ganz anders wäre. Mit einem Mann, den ich begehre."

Constance verkniff sich das Lachen, als sie den freimütigen Bekenntnissen ihrer Herrin lauschte, doch ihre Stimme bebte leicht, als sie erwiderte: „Ich habe den Eindruck, Mylady, dass Gunnar Olafson Euer Bett aufgesucht hat, weil er gerne und aus freien Stücken kam, und nicht, weil Ihr es ihm befohlen habt. Ein Mann liegt einmal bei einer Frau, selbst wenn er sie nicht sonderlich mag, aber *dreimal?*" Sie schüttelte entschieden den Kopf. „Nein, Mylady, dass hat er zu seinem eigenen Vergnügen getan, denn er hat sich nach Euch gesehnt wie ein durstiger Mensch nach kaltem Wasser."

Die Verspannung löste sich in Roses Schultern, Hoffnung keimte in ihrem trostlosen Blick auf. „Glaubst du wirklich, Constance?"

„Gewiss, Mylady."

Plötzlich klopfte es an der Tür. Rose sprang auf, als stünde der Leibhaftige vor der Tür, aber Constance zögerte nicht, sondern ging forschen Schrittes zur Tür.

„Constance!" rief ihre Herrin verzweifelt aus, aber es war bereits zu spät. Die Tür schwang weit auf, und Gunnar Olafson betrat den Raum. Ihre Blicke trafen sich sogleich, und Rose spürte, dass er den Anblick ihres offenen Haars und dünnen Nachtgewandes genoss. In seinen blauen Augen loderte die Leidenschaft.

Die alte Zofe berührte ihn sanft am Arm, raunte ihm etwas zu, das Rose nicht verstand und schlüpfte geschwind aus dem Gemach.

Nun waren sie allein, und mit einem Mal wirkte der Raum viel kleiner und wärmer.

„Ich werde ...“, hob sie an.

„Ich stelle fest, dass ich Hunger verspüre, Mylady“, sagte er verführerisch.

„Oh.“ Rose zögerte, sie konnte kaum noch einen klaren Gedanken fassen. „Seid Ihr ... sehr hungrig, Captain?“

„Ja, ungemein hungrig“, neckte er sie. Er ging einen Schritt auf sie zu und nahm sie in die Arme. Mit einem leidenschaftlichen Kuss verschloss er ihren Mund, als habe er sich den ganzen Abend nach ihr verzehrt. Seine Hände verfingen sich in ihrem langen Haar und strichen durch die seidige Fülle.

Ein sehnsuchtsvoller Schmerz regte sich in ihren Brüsten, ihre Spitzen wurden hart, und sie fragte sich, ob er sie spüren konnte. Ihr zitterten die Knie, alles begann sich in ihrem Kopf zu drehen, und zwischen ihren Schenkeln machte sich eine verräterische Glut bemerkbar. Sie begehrte ihn und wollte alles tun, um ihn wieder zu spüren.

Plötzlich erinnerte sie sich an Constances Worte. Ein Mann musste eine Frau einfach begehren, wenn er so oft bei ihr lag wie Gunnar in der letzten Nacht bei Rose. Ihr Söldner begehrte sie, daran bestand kein Zweifel.

Sie berührte ihn und rieb mit der Hand über die harte Erhebung unter seinen Beinkleidern. Gunnar stöhnte auf, drückte sich gegen ihre Hand und küsste sie erneut mit ungezügelter Leidenschaft. Rose stellte sich auf die Zehenspitzen, um ihm näher zu sein, und sogleich hob er sie hoch und verschaffte ihr den Genuss, den sie ersehnte.

Sinnliches Vergnügen erfasste sie, raubte ihr die Sinne und beschleunigte ihren Herzschlag. Aber es war noch nicht genug. Nach der vergangenen Nacht würde sie sich nie wieder mit bloßen Berührungen zufrieden geben. Sie wollte ihn ganz spüren und sie wusste, dass er das auch wollte.

Gunnar trug sie hinüber zum Bett und legte sie auf die weichen Decken. Ihr Gewand verrutschte und öffnete sich weit genug, um den Blick auf eine Brust freizugeben. Sogleich schob er eine warme Hand unter den Stoff und strich ihr über den Bauch und die langen Schenkel. Er schaute sie unverwandt an, während er damit begann, die Schnüre seiner Beinkleider zu lösen.

Rose hielt den Atem an, weil sie ihn in diesem Moment so sehr begehrte. Gunnar war ein schöner Mann, und doch lag etwas Wildes in seinem Äußeren, etwas Ungezähmtes. Gewiss vermochte keine Frau, ihn länger an sich zu binden. Auch Rose machte sich keine Hoffnungen auf ihren schönen Krieger, ihren Mann, ihren Liebhaber.

Die Schnüre waren offen, und er schob die Beinlinge über Hüften und Schenkel. Atemlos starrte sie ihn an. Sie wollte schon vom Bett aufstehen, um ihn zu berühren und zu küssen, doch er drückte sie zurück und legte sich bereits auf sie. Mit einem Bein schob er sich zwischen ihre Schenkel, und seine Hände öffneten ihr Gewand, um ihre Brüste mit seinem heißen und fordernden Mund umschließen zu können. Seine dünnen Zöpfe kitzelten auf ihrer Haut, und sie strich mit beiden Händen durch sein Haar, während er mit seiner Zungenspitze ihre harten Knospen umkreiste. Rose bewegte die Hüften, doch es war noch nicht genug.

„Gunnar", flüsterte sie, „bitte." Sie umschloss seine Männlichkeit mit einer Hand.

Er stöhnte auf vor Lust. „Ich kann nicht mehr denken, Mylady, wenn Ihr das tut."

„Du brauchst nicht zu denken."

Nachdem er sich auf sie gelegt hatte, begann er, langsam in sie einzudringen.

Rose umklammerte seine Arme, als die Glut in ihr sie zu verbrennen schien. Ihre Hüften bewegten sich unter ihm, drückten gegen seine Lenden und nahmen seine ganze Größe in sich auf. Ihre sinnlichen Empfindungen waren unbeschreiblich.

Gunnar hielt den Atem an. Während sie ihn durch verführerisch gesenkte Wimpern beobachtete, bewegte Rose sich erneut stoßweise unter ihm, und als er sich zurückziehen wollte, trieb sie ihn unmissverständlich zur Eile an. Sein großer Leib erschauerte, und er begann, rascher und kraftvoller zu stoßen.

Die ersten Schauer der Lust hatten sie bereits erfasst, ihr keuchender Atem verwandelte sich in begehrliches Stöhnen. Er stieß immer schneller zu, ragte über ihr auf wie ein heidnischer Gott. Rose sah sich ihrer Sinne beraubt und wusste lediglich, dass nur noch das Hier und Jetzt, die gemeinsamen Augenblicke mit ihm, von Bedeutung waren.

Mit einem Aufschrei grenzenloser Lust bäumte Rose sich unter ihm auf und erzitterte unter den heftigen Wellen ihrer höchsten Erregung. Wie von Ferne nahm sie Gunnars heiseres Stöhnen wahr und wusste, dass auch er sich in dem Strudel der Verzückung verloren hatte.

Eine Weile lang verharrte Gunnar in der Stellung, bis er wieder freier atmen konnte und sein Herz nicht mehr so ungestüm in seiner Brust schlug. Er genoss es, einfach nur auf ihr zu liegen. Wenn dies Fleischeslust war … *wenn?* Er dachte angestrengt nach. Was sollte es sonst sein? Rose war die Witwe eines alten Mannes, und mit einem Mal hatte sie die Begierde kennen gelernt. Er hatte das Glück, der Mann zu sein, der zum passenden Augenblick am richtigen Ort war. Sie mochte ihn jetzt begehren, und er genoss es, ihrem Willen zu entsprechen, aber das war alles.

Doch was ging in ihm vor?

Ein unbeschreibliches Verlangen verzehrte ihn. Wenn er von ihr getrennt war, dachte er immerzu daran, möglichst schnell wieder in ihrer Nähe zu sein. Und wenn er bei ihr war, wollte er sie nicht mehr verlassen.

Er spürte, dass er noch immer mit ihr verbunden war, spürte, wie seine Erregung wieder anwuchs. Hatte er sie wild genommen? Er hatte versucht, sanft zu sein, aber sie hatte ihm den Verstand geraubt, und er hatte die Kontrolle über sich verloren ... Großer Odin, er verlor doch *nie* die Selbstbeherrschung. Zumindest war es immer so gewesen, bevor er der schönen Lady Rose von Somerford begegnet war.

Sie bewegte sich wieder unter ihm, und als er sie ansah, bemerkte er, dass sie schelmisch lächelte. Sie hob die dunklen Wimpern und schaute mit neckenden Blicken zu ihm auf.

„Hast du schon wieder Hunger, Gunnar?"

Sie hatte neues Selbstvertrauen gefasst. War das sein Verdienst? Er konnte nicht anders, er musste sie anlächeln und fühlte, dass sein Herz in seiner Brust dahinschmolz. „Ja, Mylady", brachte er mühsam hervor. „Ich verhungere."

Sie legte die Arme um seinen Nacken. Ihr warmer, weicher Leib drückte sich gegen ihn, bereit und willig. „Wenn du Hunger verspürst, dann musst du ihn stillen", riet sie ihm mit einem lüsternen Unterton in der Stimme. „Darauf bestehe ich."

„Nun, Mylady, wenn Ihr darauf besteht ..."

Gunnar folgte ihrem Befehl.

14. KAPITEL

„Mylady?“

Es war Constances Stimme. Rose saß auf ihrem Stuhl in der Großen Halle und schaute verdutzt auf. Sie brauchte einen Moment, um die alte Zofe wahrzunehmen, denn ihre Gedanken kreisten noch um die letzte Nacht. Sie hatte sich an Gunnars Augenausdruck erinnert, als er seinen Leib mit ihrem vereinigte, hitzig und unnachgiebig, als wollte er sie besitzen. Und sie hatte es gewollt, sie wollte ihm gehören …

Rose blinzelte, schaute sich verwirrt um und sah dann wieder ihre Zofe an.

„Mylady?“ fragte die alte Frau erneut nach. „Ihr erinnert Euch an Olwan den fahrenden Händler? Er ist wieder da.“

Olwan? fragte sich Rose. Doch dann erinnerte sie sich wieder an ihn. Natürlich, Edric hatte den kleinen Mann gemocht und ihm immer etwas zu essen und zu trinken gegeben, wenn er in Somerford Halt machte. Einmal im Jahr, im Spätsommer, kam Olwan an der Burg vorbei, wenn er mit den Bewohnern von Somerford Handel trieb. Gewöhnlich kam er erst nach der Ernte, wenn die Leute mehr für den Warentausch übrig hatten.

In diesem Jahr stand die Ernte noch bevor, daher hielten die Leute das wenige zusammen, was sie noch hatten. *Auch wenn ich nichts kaufen kann,* dachte Rose, *würde es mir gefallen, einen Blick auf Olwans Waren zu werfen. Es wäre eine willkommene Ablenkung für alle.*

Alsbald hatte der Händler seine Schmuckgegenstände auf einem der langen Tische in der Halle ausgebreitet, und nun scharten sich die Frauen begeistert um die ausgelegten Kleinode.

„Ich habe eine Brosche, die ich nur für Euch aufbewahrt habe, Mylady“, sagte Olwan mit einem walisischen Akzent. Dabei sah er sie so ernst mit seinen dunklen Augen an, dass Rose ihm zunächst gar nicht glauben wollte.

Aber das gehörte alles zu den kleinen Spielchen zwischen Käufer und Verkäufer.

„Die werde ich mir kaum leisten können, Olwan“, erwiderte sie mit einem Lächeln. Sie nahm das Schmuckstück genauer in Augenschein. Die Brosche sah alt aus. Sie war aus Fischbein gefertigt, und die Schnitzereien erinnerten sie sogleich an den reich verzierten Stuhl von Somerford. Wild wuchernde Ranken verbanden sich mit den langen Locken einer Frauengestalt. Man sah sie von der Seite, und in ihrer ausgestreckten Hand lag ein Apfel. Voller Erstaunen erkannte Rose, dass es sich um Idun handelte. War dies nur ein Zufall, oder erteilten Gunnars heidnische Gottheiten ihr ihren Segen? Vielleicht reichten sie ihr den Apfel des ewigen Lebens … oder der Liebe.

Liebe?

Das sanfte Wort wirkte auf sie wie ein hässlicher Fluch. Die Kehle schnürte sich ihr zu und ihre Hand begann zu zittern. Die Brosche wäre ihr beinahe aus der Hand geglitten und auf den Boden gefallen.

„Mylady?“

Dicht an ihrem Ohr vernahm Rose Olwans leise Stimme. Sie erschrak und wich zurück, denn mit einem Mal nahm sie den stechenden Geruch seines ungewaschenen Körpers wahr. Sie brauchte einen Moment, um zu begreifen, was er ihr zu sagen hatte.

„Mylady, ich habe so schnell ich nur konnte Lord Fitzmortons Grund und Boden verlassen, um Euch eine wichtige Nachricht zu überbringen.“

Rose zog die Stirn in Falten und vergaß sowohl die Brosche als auch den üblen Geruch des Händlers. „Was für eine Nachricht, Olwan? Sagt es mir.“

„Es gibt einen Ritter mit Namen Miles de Vessey. Kennt Ihr ihn?“

Argwöhnisch horchte Rose auf. „Ja, ich kenne ihn, leider.“

„Dann wird es Euch nicht behagen, dass er auf dem Weg nach Somerford ist, um dem Burggericht beizuwohnen. Wie ich gehört habe, müsst Ihr das Gericht einberufen, um einen Eurer Leute abzuurteilen.“

Olwan hatte Recht. Diese Nachricht behagte Rose ganz und gar nicht. Sie spürte, wie Angst und Zorn zugleich in ihr aufstiegen. Miles de Vessey kehrte nach Somerford zurück. Hatte Fitzmorton ihn gesandt? Aber warum kam er so schnell? Wie auch immer die Gründe aussehen mochten, dieser Mann würde wohl kaum untätig zusehen, während sie den Müller von dem Mord an dem Normannen freisprach. Könnte sie anordnen, das Tor zu schließen, um Miles mit seinen Männern von der Burg fern zu halten? Selbst mit Hilfe der Söldner wären die Wehrgänge von Somerford unterbesetzt. Würde Radulf eher eintreffen? Er müsste doch längst ihre Nachricht erhalten haben – warum war er noch nicht hier?

„Ist er noch weit weg?“ fragte sie Olwan ruhig, obwohl sie innerlich aufgewühlt war.

„Wenn er Rast eingelegt hat, dann vielleicht einen oder zwei Tage, mehr nicht. Ich kam so schnell ich konnte.“

Rose sah in die dunklen Augen des Händlers – Edric hatte ihm stets vertraut, und es gab auch jetzt keinen Grund, an seiner Rechtschaffenheit zu zweifeln.

„Hab Dank, Olwan. Das werde ich dir nicht vergessen. Wenn du hier fertig bist, darfst du dich an unserer Tafel bedienen. Wir sind dir sehr verbunden.“

Olwan machte eine ehrerbietige Verbeugung, doch dann zögerte er. „Mylady.“ Er seufzte. „Da ist noch mehr. Ich habe gehört, wie Miles de Vessey über Euch gesprochen hat. Es klang nicht gerade … höflich. Er will Euch Schaden zufügen und hat keinen Hehl daraus gemacht, seine Freude daran zu haben."

Besorgt schaute er sie an, und Rose verspürte kein Verlangen, den genauen Wortlaut von de Vesseys Schimpfrede zu hören. Irgendwie gelang es ihr, die Fassung zu wahren, doch in ihrem Kopf begann sich alles zu drehen. Was hatte Ivo ihr im Burghof gesagt? *Ihr dürft ihm nicht vertrauen, niemals.* Ein Schauer lief ihr über den Rücken, als sie an Miles de Vesseys kalte graue Augen dachte.

Olwan sah sie immer noch an.

„Hab Dank für die Warnung, Olwan."

Der Händler verbeugte sich erneut. „Behaltet die Brosche, Mylady, zur Erinnerung an Euren Gemahl, der stets freundlich zu einem armen Händler gewesen ist. Außerdem soll die Brosche ihrem Träger Glück bringen, und das braucht Ihr im Augenblick sicherlich mehr als ich."

Rose umschloss die Brosche und spürte, wie sie sich in ihre Hand bohrte. Wo bleibt Radulf? fragte sie sich erneut. Hatte er die Nachricht überhaupt erhalten? Vielleicht war er durch seinen neugeborenen Sohn abgelenkt. Falls Miles vor Radulf einträfe, würde er unverzüglich das Burggericht einberufen lassen. Er würde Harold so schnell wie möglich hängen sehen wollen, und wenn Rose ihn freispräche … würde Miles ihr Schaden zufügen. Sie würde Arnos Unterstützung brauchen, um Fitzmortons Mann nicht schutzlos ausgeliefert zu sein.

Nein!

Rose atmete tief durch. Dazu würde sie es nicht kommen lassen. Doch plötzlich spürte sie, dass es nur einen Mann gab, der sie retten konnte.

Gunnar.

Der Gedanke war wie Balsam für ihre gequälte Seele. Es musste ein guter Tag gewesen sein, als sie beschlossen hatte, Söldner für

Somerford anzuwerben. Womit hatte sie es verdient, dass ihr gerade diese Söldnerschar und keine andere zu Hilfe geeilt war? Ja, Gunnar. Er würde wissen, was zu tun war. In dieser Situation waren sein kühler, scharfer Verstand und seine unerschütterliche Kraft gefragt.

Miles de Vessey würde einem Mann wie Gunnar nicht gewachsen sein.

Rose ließ die anderen Frauen und Olwan stehen und eilte aus der Halle hinaus. Die Freude, die sie noch bei der unerwarteten Ankunft des Händlers empfunden hatte, war verflogen und ließ sie allein und ängstlich zurück. Der blaue Himmel und die warme Sonne erschienen ihr trügerisch. Überall schien Gefahr zu lauern – sie konnte das Herannahen ihres ärgsten Widersachers förmlich spüren.

Der alte Edward, der stolz Wache am Tor hielt, hatte Gunnar zu den Stallungen gehen sehen.

„Er wird nicht zulassen, dass unserer Burg etwas widerfährt, Mylady. Wir können uns sicher fühlen, denn Captain Olafson ist bei uns."

„Ich stimme dir aus ganzem Herzen zu, Edward", sagte Rose, denn sie wusste, dass der alte Mann die Wahrheit sprach.

Die Stallungen lagen auf der anderen Seite des Burghofs. Um dorthin zu gelangen, musste man den Übungsplatz überqueren, wo Arno gerade dabei war, die jungen Burschen aus Somerford auszubilden. Es wäre ihr im Augenblick lieber gewesen, ihrem Ritter nicht zu begegnen. *Vielleicht,* so dachte sie, *ist er gar nicht in der Stimmung, mit mir zu reden.*

Als Rose verstohlen zu ihm hinübersah, merkte sie, dass sein Gesicht vom Wein aufgedunsen war. Unter seinen Augen lagen tiefe Schatten. Sie ging etwas langsamer. Arno wirkte schlaff und müde, und sie bezweifelte, dass er in diesem traurigen Zustand überhaupt noch einem Kampf gewachsen war. In letzter Zeit trank ihr Ritter zu viel. Die durchzechten Nächte begannen mittlerweile an seinen Kräften zu zehren.

Arno sprach immer dann dem Wein unmäßig zu, wenn ihn ein schlechtes Gewissen plagte. Aber weswegen sollte Arno sich schuldig fühlen? Was hatte er getan?

Aber natürlich! Die Erkenntnis durchfuhr Rose wie ein Blitz. Mit Schrecken glaubte sie zu wissen, was hier gespielt wurde.

Lord Fitzmorton schickte Miles de Vessey nach Somerford, weil Arno sie verraten hatte. Er hatte ihren Feinden mitgeteilt, dass sie im Begriff war, Harold freizusprechen. Ja, Arno hatte sie verraten. Gunnar hatte Recht behalten. Arno war ein Verbündeter von Fitzmorton.

Unbändiger Zorn flammte in ihr auf, und mit einem Mal wollte sie Arno zur Rede stellen. Er schaute auf, als sie auf ihn zuging, und zu ihrer Überraschung sah er niedergeschlagen und elend aus. Machte ihm sein Gewissen zu schaffen? Wurde er etwa im Traum von Edrics anklagendem Zeigefinger heimgesucht? Doch Rose hatte kein Mitleid mit ihrem Ritter, der sie schändlich verraten hatte. Plötzlich war es ihr wichtig, Arno wissen zu lassen, dass sie nicht die törichte Närrin war, für die er sie womöglich immer gehalten hatte.

„Wie ich gehört habe, wird Miles de Vessey bei der Verurteilung des Müllers anwesend sein“, sagte sie mit gebieterischer Stimme. „Was sagt Ihr dazu, Sir Arno?“

Zu ihrer Überraschung wich Arno ihr nicht aus. Stattdessen nickte er, und seine schuldbewusste Miene wich seiner alten Überheblichkeit. „Ja, so ist es, Mylady. Ich selbst habe vorgeschlagen, dass er kommen soll.“

In ihrer Stimme schwangen Furcht und Zorn mit. „Arno, seid Ihr Euch bewusst, was Ihr getan habt?“

Er schaute zur Seite, während er seinen Mund zusammenkniff. „Ich habe Euch davor bewahrt, dass Ihr Euch wegen eines angelsächsischen Mörders unglücklich macht. Das ist alles, was ich getan habe, Mylady."

Bei dieser faden Rechtfertigung konnte sie nur mit dem Kopf schütteln.

Aus seinen verschlagenen Augen warf er ihr einen verstohlenen Blick zu. „Ich wollte Euch heiraten", fuhr er fort. „Ich wollte es seit Edrics Tod."

Endlich war die Wahrheit heraus. Rose bemühte sich, nicht entsetzt zu wirken. Sie hatte die ganze Zeit geahnt, dass er diese Absicht verfolgte.

„Wolltet Ihr *mich,* Arno, oder die Burg Somerford?" fragte sie ihn mit kühler Herablassung.

Unruhig trat Arno von einem Bein auf das andere. „Ich will Euch nicht belügen, Rose. Edric hat mir vor Jahren die Burg versprochen, ehe ich als sein Ritter hierher kam. Er war damals nicht in der Lage, mich zu entlohnen, und daher hat er mir im Falle seines Todes die Burg in Aussicht gestellt. Doch als er starb, hatte er es sich plötzlich anders überlegt und zwang mich, *Euch* treue Gefolgschaft zu geloben. Hättet Ihr mich geheiratet, Rose, dann wäre alles gut gewesen! Ich habe versucht, Euch zu umwerben, aber Ihr habt mir kein Gehör geschenkt. Ihr konntet meine wahren Gefühle für Euch nicht sehen, oder Ihr wolltet sie einfach nicht sehen."

Er wirkte verdrossen und schob die Unterlippe vor, wie ein kleiner Junge, dem man einen Wunsch verwehrte. Sollte sie jetzt die Schuld bei sich suchen, weil sie Arno nicht lieben konnte?

„Und daher habt Ihr mich verraten, indem Ihr Euch Lord Fitzmorton zuwandtet? Ihr habt sogar Lord Radulf verraten."

„Radulf!" höhnte Arno. „Er verdient es gar nicht, so viel zu besitzen!“ Dann fuhr er etwas vorsichtiger fort: „Lord Fitzmorton will Gerechtigkeit für seinen toten Gefolgsmann, das ist alles. Das Recht ist auf seiner Seite, und Miles de Vessey wird dafür sorgen, dass er zu seinem Recht kommt.“

Rose schüttelte den Kopf und achtete nicht weiter auf Arnos Rechtfertigungsversuche. „Ich habe Lord Radulf eine Nachricht zukommen lassen, Arno. Fragt Bruder Mark. Er hat das Schreiben in meinem Auftrag verfasst. Radulf wird schon bald hier sein, und dann möge Gott Euch beistehen.“

Ein böses Lächeln umspielte Arnos Mundwinkel, doch er versuchte, es zu verbergen.

Entsetzt starrte Rose ihn an. Sie verstand nicht, und doch wurde sie von einer fürchterlichen Angst erfasst.

„Oh, Rose“, murmelte er, und seine braunen Augen glitzerten mit einer Mischung aus Spott und Genugtuung. „Wisst Ihr denn nicht, dass unser guter Bruder Mark gar kein geweihter Priester ist? Er ist *mein* Vertrauter. Als der alte Kaplan starb, holte ich ihn nach Somerford. Er hat einst in einem Kloster gelebt. Daher weiß er genug, um als echter Priester durchzugehen, wenn man nicht allzu genau hinsieht. Und, was für ein Glück für uns, er kann lesen und schreiben.“

Rose war wie betäubt. Sie bemühte sich, die richtigen Worte für ihre nächste Frage zu finden, obwohl sie die Antwort bereits kannte.

„Und die Nachricht, die Steven Lord Radulf überbracht hat?“

„Brachte lediglich Eure Freude über die Geburt seines Erben zum Ausdruck.“

„Ich verstehe.“

„Nein, Ihr versteht überhaupt nichts!“ Er berauschte sich an seiner eigenen Gerissenheit. „Bruder Mark hat gesehen, dass Ihr mit dem jungen Burschen spracht, als Ihr ihm das Schreiben gabt.

Wir durften nicht zulassen, dass er Radulf allzu bald erreicht, nicht einmal mit Bruder Marks harmloser Nachricht."

Wütend sah Rose ihn an. „Was habt Ihr mit ihm gemacht?"

Arno zuckte die Schultern. „Ihm ist nichts geschehen. Ich werde ihn freilassen, wenn Miles eintrifft."

Würde er das wirklich tun? Rose gefiel die Art und Weise nicht, mit der er ihre Blicke mied.

„Ihr habt demnach vor, mich Fitzmorton auszuliefern", flüsterte sie. „Oh, Arno, Ihr könnt nicht ermessen, was das für mich bedeutet!"

Zornig kehrte sie sich von ihm ab und schritt über den Burghof in Richtung der Stallungen, während Arno ihr folgte.

„Ein Baron ist wie der andere. Was macht es schon, ob er Fitzmorton oder Radulf heißt? Mylady, wohin geht Ihr?"

„Ich suche Captain Olafson", sagte sie mit vor Zorn bebender Stimme. „Er wird es nicht zulassen, dass Ihr Radulfs Boten festhaltet. Und er wird es einem Mann wie Miles de Vessey nicht gestatten, auch nur einen Fuß in meine Burg zu setzen!"

Arno schnaubte verächtlich. Offenbar schenkte er ihrer Einschätzung keinen Glauben. „Denkt Ihr etwa, den Söldner wird es etwas angehen? Er dient dem, der am meisten zahlt. Auch Fitzmorton ist sein Herr. Ist es schon immer gewesen."

„Das glaube ich nicht!" rief Rose und beschleunigte ihre Schritte.

„So fragt ihn doch, Mylady! Fragt ihn!"

Rose raffte die Röcke und achtete nicht auf die Leute, die stehen blieben und ihre Herrin verblüfft angafften. Arnos freimütiges Bekenntnis hatte ihr bereits zugesetzt, aber als er jetzt auch noch behauptete, Gunnar würde sie ebenfalls betrügen … Nach all den Stunden, die sie gemeinsam in ihrem Schlafgemach verbracht hatten? Nein, sie wollte es nicht glauben! Sie könnte es nicht ertragen.

Im Gegensatz zum Burghof, der vom grellen Sonnenlicht beschienen war, wirkte der Stall staubig und düster. Rose blieb augenblicklich stehen, blinzelte und spähte in die Schatten. Sie war außer Atem und fühlte sich leicht benommen.

„Mylady?“

Seine Stimme. Sie vernahm seine Schritte, als er aus einer der Boxen trat, bis er vor ihr stand. Er sah erschöpft und besorgt aus, sodass sie ein übermächtiges Gefühl der Zuneigung überkam. Sie wollte seine Wangen berühren, die Falten an seinem Mund glätten, die dunklen Schatten unter seinen Augen vertreiben. Aber Rose ballte die Hände zu Fäusten und überwand das Verlangen.

„Man überbrachte mir soeben sehr schlechte Nachrichten“, sagte sie aufgeregt.

Er kniff die blauen Augen zusammen. Bildete sie sich bloß ein, dass sein Blick Argwohn und Wachsamkeit barg?

„Warte“, sagte er schroff. Dann gab er dem Stallburschen, der Stroh verteilt hatte, mit einer kurzen Kopfbewegung zu verstehen, den Stall zu verlassen.

„Jetzt erzähl mir, was für Nachrichten du erhalten hast“, forderte er sie auf.

„Miles de Vessey kommt, um der Verurteilung des Müllers beizuwohnen. Um sicherzustellen, dass *Gerechtigkeit* geübt wird“, fügte sie verbittert hinzu. „Arno hat mir soeben erzählt, er habe Miles gesagt, dass ich Harold freilassen würde, wenn Lord Fitzmorton nicht bei der Verhandlung vertreten sei.“

Gunnar kam näher und streckte die Hand nach ihr aus. Doch Rose machte einen Schritt zurück, denn sie wusste nur zu gut, dass sie nicht mehr in der Lage wäre, klar zu denken, wenn er sie berührte.

„Und ich hätte ihn *tatsächlich* freigesprochen, natürlich hätte ich das! Ich halte ihn für unschuldig. Ich habe sogar Steven eine Nachricht für Lord Radulf mit auf den Weg gegeben. Ich habe Bruder

Mark gebeten, die Botschaft für mich zu schreiben, und jetzt höre ich von Arno, dass der Burgkaplan gar nicht das geschrieben hat, was ich ihm diktierte. Stattdessen hat Arno seine eigene Nachricht an Miles gesandt. Und sie halten Steven irgendwo fest, als Gefangenen! Sie haben vor, Somerford in Fitzmortons Namen an sich zu reißen!"

Gunnar versteifte sich, als hätten ihre Worte ihn aufgeschreckt, aber er sah ihr nach wie vor unverwandt in die Augen. Hinter all der kühlen Ruhe regte sich etwas, aber es fiel ihr schwer, zu ergründen, was in diesem Mann vorging.

Zweifel keimten in ihr auf, doch sie verdrängte sie.

„Jetzt behauptet Arno, es sei alles mein Fehler, weil ich mich ihm nicht untergeordnet habe. Mein Fehler!" Tränen brannten in ihren Augen, aber sie ließ ihnen keinen freien Lauf. „Captain Olafson ... Gunnar, ich bitte dich jetzt, dich an dein Versprechen zu erinnern, dass du meine Befehle ausführen wirst. Ich bitte dich, zu verhindern, dass diese schrecklichen Ereignisse ihren Lauf nehmen. Bewahre Somerford vor der Gier Fitzmortons, denn er steckt hinter all diesen Intrigen. Ich weiß es! Schütze meine Leute vor Miles de Vessey und Arno. Beschütze *mich.*"

In diesem Moment legte er ihr seine großen warmen Hände auf die Schultern. Winzige Staubkörnchen tanzten um sein kupferfarbenes Haar. „Vertrau mir, Rose", sagte er. Er verlieh seiner Stimme einen leichten Nachdruck, der ihre Erregung ein wenig milderte. „Ich werde schon das Richtige tun."

Fragend schaute sie ihn an, weil sie nicht genau wusste, was er mit seinem letzten Satz gemeint hatte. Als ihr Blick ihn traf, sah sie, dass in seinen Augen dasselbe Verlangen brannte, das sie in der letzten Nacht gesehen hatte. Sie war verwirrt. Er beugte sich hinab und verschloss ihren Mund mit einem Kuss. Ihr Widerstand schmolz augenblicklich dahin.

Mit einem wohligen Seufzer schmiegte sie sich dichter an seinen kraftvollen Körper. Selbst in einer gefährlichen Lage wie dieser spürte sie, dass sie ihn mehr als alles andere begehrte. Mit Entsetzen machte Rose sich bewusst, dass sie ihm willig gefolgt wäre, wenn er sie jetzt hochgehoben und in eine der Pferdeboxen getragen hätte.

Plötzlich hörten sie von der Stalltür ein bitteres, raues Lachen. Es war Arno, der ihnen gefolgt war! Gunnar zog sich von Rose zurück, ohne aber den Blick von ihr zu wenden.

„Wusste ich es doch. Ihr seid nicht besser als all die anderen Weiber, Rose", höhnte er. „Werft Euch einfach diesem Söldner an den Hals!" In seiner Stimme schwangen Schmerz und Eifersucht, aber auch Zorn mit. „Ich hatte gehofft, Ihr wäret besser als Eartha und die anderen Küchenweiber, aber Ihr seid noch schlimmer. Sie müssen sich auf ihr Lächeln und ihre hübschen Gesichter verlassen, denn sie haben keine Macht. Ihr hingegen könnt ihn in Euer Bett beordern, und das habt Ihr getan."

Rose erbleichte.

„Und die ganze Zeit hat er Euch genarrt", fuhr Arno triumphierend fort. Es war offenkundig, dass er es auskostete, sie mit der bitteren Wahrheit zu konfrontieren.

„Er ist Fitzmortons Mann. Er ist schlimmer als ich, denn er schwört demjenigen die Treue, der ihm am meisten zahlt. Ihr habt Euch einem herzlosen Ungeheuer hingegeben, Rose." Mit einer überheblichen Kopfbewegung wandte er sich an Gunnar.

„Lüge ich etwa, Captain?"

Gunnars Gesicht hatte einen grimmigen Ausdruck angenommen. Er schaute Rose immer noch an, als versuche er, ihr etwas mit den Augen mitzuteilen. Was immer er ihr sagen wollte, sie vermochte es nicht zu ergründen. Sie fühlte sich wie betäubt und benommen, als habe sie einen fürchterlichen Schrecken durchlebt. Sie hatte das Gefühl, als könnte ihr Herz jeden Moment stillstehen. Sie konnte förmlich spüren, wie eine düstere Vorahnung ihren langen schwarzen Schatten auf sie warf …

Gunnar hatte für Arno nicht mehr als ein Schulterzucken übrig. „Ja, Ihr habt Recht, ich lasse mich für meine Treue bezahlen. Ich bin ein Söldner, Sir Arno, ich mache meine Arbeit nicht zu meinem eigenen Vergnügen."

Gunnar hörte, wie sie nach Luft rang, als habe er ihr sein Schwert zwischen die Rippen gerammt, doch er sah sie nicht an. Er wagte es nicht. Er hatte bereits die Fassungslosigkeit in ihrem blassen Gesicht gesehen, und dieser Anblick würde ihn für immer verfolgen. Aber er hatte seine Rolle zu spielen, wenn sie hier lebend herauskommen wollten. Fürwahr, er spielte seine Rolle, und gleichzeitig behielt er Arno im Auge, stellte ihn auf die Probe, beobachtete ihn ganz genau – und hasste ihn.

Arno nickte, als habe er genau mit dieser Antwort gerechnet. „Sir Miles vertraut Euch nicht, Captain. Das hat er mir und seinem Herrn gesagt. Lord Fitzmorton hält sich mit seinem Urteil zurück – er vertraut Euch nur so lange, bis er keine Verwendung mehr für Euch hat. Aber ich glaube, Miles irrt sich. Wie Ihr seht, vermag ich Euch einzuschätzen, Gunnar Olafson. Ihr seid ein einfacher Mann, und Ihr seid nicht mehr jung. Die Zeit hat Euch allmählich ausgezehrt. Irgendwann kommt der Zeitpunkt für einen Mann, an dem er das Schwert zur Seite legen und sich niederlassen möchte. Ist es nicht so? Ihr seid hinter dem Land her", fuhr Arno fort und genoss es, Gunnar vorzuführen. Seine Blicke wanderten zu Rose, als fände er eine große Befriedigung darin, sich an ihrem Schmerz zu weiden. „Auch er erhebt Anspruch auf Somerford, Mylady. Genau wie ich", erklärte er mit unverhüllter Schadenfreude. „Ist es nicht so, Captain?"

Gunnars Mund war ganz trocken, aber er wusste, was er zu tun hatte. Wenn er seinen eigenen Hals retten wollte und Rose überleben sollte, musste er Arno vormachen, genauso skrupellos zu sein wie die anderen Verschwörer. Gunnar gab sich deshalb kühl und verdrängte jegliches Gefühl. Er wandte sich Rose zu und musterte sie mit genau den kalten, lüsternen Blicken, die Miles sich angemaßt hatte, als sie sich am Rande des *Mere* begegnet waren.

Angesichts des Verrats war jegliche Farbe aus ihrem schönen Gesicht gewichen. In ihren dunklen, vor Angst geweiteten Augen schimmerten Tränen, sie presste die Lippen zusammen, um ein Zittern zu unterdrücken. Das rote Gewand, das sie bereits bei ihrer ersten Begegnung getragen hatte, schmiegte sich an ihren Körper, und selbst jetzt begehrte er sie.

Würde sie sich seiner Worte entsinnen? *Vertrau mir, Rose. Ich werde schon das Richtige tun.*

„Ja, ich will das Land", pflichtete er Arno bei. „Ich bin des Umherstreifens überdrüssig. Es ist Zeit, dass ich mich niederlasse, mir eine Frau nehme und gesunde Kinder in die Welt setze. Somerford ist so gut wie jeder andere Ort, und die Burgherrin habe ich bereits genommen."

„Oh, sehr gut, Gunnar, sehr gut. Und wenn Lord Fitzmorton keine Verwendung mehr für Euch hat, werde ich es genießen, Euch sterben zu sehen. Und das wird in sehr naher Zukunft geschehen. Verlasst euch darauf, Captain."

Der Hass in Arnos Stimme war unüberhörbar, aber Gunnar nahm ihn nicht wahr. Tränen liefen über Roses Wangen, die ihn zu verbrennen schienen. Sie hatte keinerlei Vertrauen mehr zu ihm, wenn sie überhaupt je welches verspürt hatte. Sie glaubte wirklich, er sagte die Wahrheit. In diesem Moment verfluchte Gunnar seine Fähigkeit, so trefflich zu lügen.

Aber er durfte sich seine wahren Gefühle nicht anmerken lassen. Die kalte, abweisende Art diente nur zu seinem Schutz. Arnos Blicke ruhten auf ihnen. In seiner Eifersucht weidete er sich an Roses Unglück und an Gunnars harten Worten. Nur zu! Er würde sich Arno später vorknöpfen, und dann würde er seine Rache auskosten.

„Niemand verlässt die Burg, bevor Miles de Vessey hier eintrifft“, sagte Arno mit einem gebieterischen Tonfall, der ihm eine Zeit lang abhanden gekommen war. Jetzt nahm er offenbar die Gelegenheit wahr, sich erneut aufzuspielen. „Ihr befolgt meine Befehle, Captain, wenn Euch Euer Leben lieb ist!“ sagte Arno warnend.

Gunnars Augen weiteten sich vor Erstaunen. „Warum sollte ich sie nicht befolgen?“

„Ihr habt Earthas Sohn das Leben gerettet. Es gibt Augenblicke, da erscheint Ihr mir ein wenig zu zart besaitet, obwohl Ihr doch behauptet, ein rücksichtsloser Krieger zu sein.“

„Zart besaitet?“ wiederholte er ungerührt und lachte verächtlich auf. „Wenn ich zart besaitet bin, dann ist Miles ein Heiliger, d'Alan, und wir beide wissen, dass das nicht zutrifft.“ Er beugte sich vor. „Hütet Euch vor Eurem Freund de Vessey, er wird Euch töten, wenn er die Gelegenheit dazu hat.“

Arno blickte ihm starr in die Augen.

Gunnar lächelte kurz, bevor er den Stall verließ und den Burghof betrat. „Heute verlässt niemand die Burg, Edward!“ rief er mit lauter Stimme. „Verriegele das Tor und öffne es erst wieder, wenn ich es sage!“

In den kalten Schatten der Stallungen wandte Arno sich Rose zu. Sie umklammerte das raue Holz einer der Boxentüren und war kurz davor, die Besinnung zu verlieren. Benommen und zutiefst erschüttert starrte sie ihren Ritter an. Es musste ihm Befriedigung verschafft haben, sie derart zu verletzen. Doch offenbar empfand er noch so etwas wie Zuneigung für sie, denn in seinem Blick lag keine Häme, sondern Mitleid. Während Rose sich zitternd auf dem Holzbalken abstützte, glaubte sie, Leidenschaft in Arnos Augen aufflackern zu sehen – jenes hoffnungslose Verlangen, das sie die ganze Zeit über verschmäht hatte. Er konnte oder wollte sich nicht zurückhalten.

„Fürchtet Euch nicht, Rose“, sagte er mit rauer Stimme. „Ich werde es nicht zulassen, dass der Söldner Euch noch einmal anfasst. Ihr gehört zu mir, das werdet Ihr gewiss bald einsehen!“

Schon glaubte sie, er würde sie jetzt in die Arme nehmen, und allein der Gedanke, seine Hände auf ihrem Leib zu spüren, riefen Abscheu und Ekel in ihr hervor. Rose holte hörbar Luft und stieß sich von der Pferdebox ab. Sie schenkte dem Normannen keinerlei Beachtung, als sie an ihm vorbeieilte und wie angetrunken ins Freie taumelte. Arno hielt sie nicht auf, denn vermutlich begriff er, dass ihr im Augenblick die Worte fehlten.

Man hatte sie verraten. Sie, die sich geschworen hatte, niemals Opfer eines Verrates zu werden!

Arno behauptete, sie zu lieben, und spielte sie dennoch gegen Fitzmorton aus. Bei dem Gedanken an den Baron sah sie sich vor einem tiefen dunklen Abgrund stehen. Der nächste Schritt, den sie täte, wäre ihr Untergang.

Gunnar.

Rose ballte die Hände zu Fäusten und ging unbeirrt weiter. Sie hatte geglaubt, umsichtig und wachsam gewesen zu sein, doch er hatte sie die ganze Zeit benutzt, sie im Stillen ausgelacht. Bei ihm hatte sie sich Hilfe in der Not erhofft, aber er hatte sie verraten.

Nie wieder sollte es so weit kommen!

„Ich kann es nicht glauben!“

Aschfahl stand Constance vor ihrer Herrin. Völlig aufgelöst hatte Rose die alte Zofe hinter sich hergezogen und außer Atem die Tür der Kemenate zugeschlagen.

„Du solltest es aber glauben, denn es ist die Wahrheit. Sie haben sich mit Fitzmorton verschworen … und mit diesem widerwärtigen Miles de Vessey. Miles ist nicht mehr weit von Somerford entfernt. Angeblich kommt er, um meinen Urteilsspruch gegen Harold zu hören, aber in Wirklichkeit wollen die Verschwörer die Burg in Fitzmortons Namen einnehmen. Dann werden sie unter sich ausmachen, wer demnächst über meine Ländereien und mich verfügt!“

Constance wollte nicht wahrhaben, was ihre Herrin ihr da soeben mit vor Entsetzen geweiteten Augen eröffnet hatte, und schüttelte den Kopf. „Aber Gunnar Olafson ist doch ein Held, Rose! Habt Ihr das schon vergessen?“

„Er hat es auf mein Land ebenso abgesehen wie die anderen, Constance“, flüsterte Rose. Tränen strömten ihr über die Wangen. „Du hättest den kalten Ton seiner Stimme hören müssen, als er es zugab!“

Constance wurde noch bleicher und schwankte, als sei sie der Ohnmacht nah. Unwillkürlich streckte sie die Arme aus, klammerte sich an Rose und zog den zitternden Körper ihrer Herrin an sich. „Dann verfluche ich ihn“, sagte sie mit vor Wut bebender Stimme. „Ich verfluche ihn, Rose!“

Allmählich hörte Rose auf zu schluchzen. Sie straffte die Schultern, wischte die Tränen fort und nahm noch einmal all ihre Kraft zusammen. Ihr Geist war wieder klarer, und schon begann sie, ihre nächsten Schritte zu planen. Was brachte es ihr, noch weiter an den Mann zu denken, der sie in seinen Armen gehalten und geliebt hatte?

Liebe?

Nein, Gunnar Olafson wusste nicht, was dieses Wort bedeutete! Er hatte nur Fleischeslust verspürt. Bei Gott, wie hatte sie sich nur derart in ihm täuschen können? Sie hatte geglaubt, ihn richtig eingeschätzt zu haben, doch er hatte ihr die ganze Zeit etwas vorgemacht. Rose fühlte sich hintergangen und tief verletzt. Man hatte sie auf das Schändlichste verraten! Nie wieder, nie wieder sollte ein Mann in der Lage sein, so viel Macht über sie auszuüben. Seit ihrer Kindheit war sie gewarnt worden, und nun hatte sie all die Warnungen in den Wind geschlagen. Doch jetzt hatte sie ihre Lektion endlich gelernt.

„Constance“, sagte sie. Ihre Stimme klang ungewöhnlich gefasst für eine Frau, die nun mit gebrochenem Herzen dastand. „Geh hinunter in die Küche und schick Eartha zu Harold dem Müller. Wir müssen ihn aus der Burg schaffen. Sag ihr, sie soll ihn freilassen – Edward muss die Schlüssel haben.“

Die alte Zofe nickte bereitwillig und wandte sich schon zum Gehen, doch dann schaute sie sich noch einmal nach ihrer Herrin um. „Kann ich Euch allein lassen, Mylady?“

Rose nickte. „Sei unbesorgt, Constance, mir geht es gut.“ Ihre zarten Gesichtszüge verhärteten sich. „Glaub ja nicht, dass ich mich schon geschlagen gebe, Constance. Solange Miles noch nicht hier ist, um mich aufzuhalten, vermag ich noch einiges in Gang zu setzen.“

Constance nickte mit grimmiger Miene und ließ Rose in der Stille der Kemenate zurück. Doch es dauerte nicht lange, bis sie wieder zurückgeeilt kam und ihre Herrin zitternd und mit geweiteten Augen anstarrte. „Mylady, er ist fort! Harold ist fort! Ebenso Millisent und Will! Ich verstehe das nicht ...“ Verzweifelt rang sie die Hände und trat in ihrer Aufregung unruhig von einem Bein auf das andere.

Rose nahm Constances Hand, führte sie zu einem Stuhl, auf den sie sich setzte. „Constance, glaubst du, sie sind ...“, begann sie. Sie wagte es nicht, ihre schlimmsten Befürchtungen in Worte zu fassen.

Die alte Frau schüttelte entschieden den Kopf. „Nein, nein, Mylady, sie sind nicht ermordet worden! Eartha sagte, Alfred, der Söldner mit dem entstellten Gesicht, habe Millisent und den Jungen vor Kurzem mitgenommen. Und jetzt sind sie fort. Ich bin zum Tor gelaufen, aber Edward war nicht da. Stattdessen stand ein anderer Söldner dort – der Däne. Er wollte mir nichts sagen, selbst dann nicht, als ich ihn verfluchte. Er ... er lachte nur! Er sagte bloß, sie seien sicher. Aber ich habe überall nach ihnen gesucht, konnte sie jedoch nirgends finden." Wieder rang sie die Hände, und Rose hatte alle Mühe, die alte Frau zu beruhigen.

Ihr scharfer Verstand ließ nur einen Schluss zu.

Gunnar Olafson steckte dahinter.

Er hatte geahnt, welche Maßnahmen Rose ergreifen würde, und hatte schneller gehandelt als sie – dass er offenbar ihre Gedanken im Voraus kannte, beunruhigte sie, aber darüber durfte sie jetzt nicht nachdenken. Harold und die Kinder waren mit Alfred gegangen. Rose fröstelte, als sie sich ausmalte, welches Schicksal ihnen bevorstehen mochte.

„Wo ist er?" flüsterte sie. „Ich muss mit ihm reden."

„Alfred?" Constance schaute bekümmert zu ihr auf, durch die unvorhergesehene Wendung der Ereignisse verängstigt.

Rose kniete sich vor sie hin und sprach mit fester Stimme. Sie musste ihrer Rolle als Herrin der Burg gerecht werden. Somerford brauchte sie jetzt mehr als je zuvor.

„Nein, Constance, nicht Alfred. Ich muss mit Captain Olafson reden. Er hat das getan, und nur er kann es wieder rückgängig machen. Vielleicht kann ich ihn irgendwie umstimmen."

Die alte Zofe blinzelte. „Nein, Mylady", stieß sie atemlos hervor. „Gebt Euch nicht wieder diesem Mann hin! Ich habe mich geirrt, so sehr geirrt. Opfert Euch nicht einem solchen Unhold."

Rose lächelte grimmig. „Du vergisst, alte Frau, ich habe dieses Opfer bereits gebracht ... mehrere Male sogar. Ich weiß, was auf mich zukommt, und wenn ich dadurch meine Leute retten kann, muss ich ihm zumindest das Angebot machen."

Sie meinte, was sie sagte. Constance schüttelte den Kopf, aber

Rose redete weiter auf sie ein, und schließlich gab die alte Frau nach und verließ eilends die Kemenate, um den Anführer der Söldner zu holen.

Rose sank auf den Stuhl. Sie war schwer angeschlagen und innerlich verletzt, aber sie war noch nicht am Ende. Ein neuer Entschluss reifte in ihr. Sie würde sich nicht von Leuten wie Fitzmorton, Miles de Vessey und Arno d'Alan bezwingen lassen. Diese Männer waren gewalttätig und rücksichtslos, und sie hatten ja keine Ahnung, welche Kräfte eine Frau aufzubringen vermochte. Sie sollten es alsbald erfahren.

Und Gunnar Olafson?

Die Kehle war ihr wie zugeschnürt, und der Druck in ihrer Brust wurde unerträglich. Am liebsten hätte sie laut aufgeschrien und dem erstbesten Stuhl einen Tritt versetzt.

Ich gebe Euch meinen Leib, aber mein Herz gehört mir.

Er hatte überhaupt kein Herz! Er war aus kaltem nordischen Eis gehauen. Rose erinnerte sich nun an die Momente, in denen er von Tod, Töten und Geld gesprochen hatte, und immer war es ihm nur um die Silbermünzen gegangen. *Mein Schwert heißt Fenrir, und es ernährt sich von Blut.* Wie konnte sie diese Worte nur vergessen haben! Aber als sie in seinen Armen gelegen hatte, waren all diese abstoßenden Dinge vergessen und verdrängt.

Wenn Fitzmorton und die übrigen Schergen Unholde waren, dann war Gunnar Olafson ein abscheuliches Ungeheuer. Ein Geschöpf ohne Mitgefühl, das nicht die Bedeutung von Freundlichkeit und Liebe kannte. Wie konnte sie nur glauben, ihn auf ihre Seite ziehen zu können, um das Leben des Müllers und seiner Kinder zu retten? Bei Gott, wie musste es ihn amüsiert haben, als sie ihm das Versprechen abnahm, ihr zu gehorchen! Und wie musste er innerlich gelacht haben, als sie ihn aufforderte, ihr in das Schlafgemach zu folgen …

Rose hielt inne.

Aber vielleicht war es nicht so gewesen?

Zwar wusste Rose, dass sie sich im Wesen des Söldners getäuscht hatte, aber sie zweifelte nicht an seinem Verlangen nach ihr. Fürwahr, sie war einfältig, was die Angelegenheiten zwischen Mann und Frau betraf – ein älterer Gemahl machte sie noch nicht zu einer erfahrenen Geliebten. Aber Gunnar *begehrte* sie. Den Ausdruck in seinen Augen hatte sie sich nicht eingebildet, die Art und Weise, wie er sich unter ihren Händen aufgebäumt hatte. Oh ja, er hatte ihre Liebkosungen genossen!

Ich will in Euch sein, Mylady. Befehlt es.

Rose verbarg ihr glühendes Gesicht hinter den Händen. Sie hatte ihn auch begehrt, aber jetzt redete sie sich ein, seine hinterhältige Täuschung habe ihre Begierde für immer getötet. Doch wie stand es um ihn? Warum sollte ein ungezähmter Wikinger sie jetzt weniger begehren als zuvor? Für ihn hatte sich nichts geändert. Vermutlich würde er sie mit noch größerem Vergnügen nehmen, da er ihren Hass spürte.

Vor einer Weile hatte sie in der Großen Halle gesessen und über die vergangene Nacht in Gunnars Armen nachgedacht. Hatte sich an seinen Augenausdruck erinnert, als er in sie eingedrungen war, heiß und unnachgiebig, als habe er sie sich zu Eigen gemacht.

Ja, genau das hatte er getan.

Es ist Zeit, dass ich mich niederlasse, mir eine Frau nehme und Kinder in die Welt setze. Somerford ist so gut wie jeder andere Ort, und die Burgherrin habe ich bereits genommen.

Er wollte Somerford haben, und er wollte sie.

Ja, diese Erkenntnis konnte Rose für ihre Belange einsetzen. Wenn Gunnar Olafson sie immer noch begehrte, dann könnte sie seine Begierde gegen ihn verwenden und ihn damit vernichten.

15. KAPITEL

Constance fand Gunnar Olafson in der Großen Halle. Er sprach mit Ivo, seinem Vertrauten. Die beiden hünenhaften Männer sahen sehr ernst aus, und wenngleich sie die Stimmen gesenkt hatten, erkannte Constance rasch, dass die Dinge nicht nach Plan verlaufen waren. Ivo wirkte unbeherrschter denn je, sein Haar war vom Wind zerzaust und seine dunklen Augen funkelten. Gunnar hingegen war ruhig und gefasst. Er strahlte Vertrauen und Verlässlichkeit aus, wie es sich für einen geborenen Anführer gehörte. Was für eine Schande, dass sein Herz so schwarz und verdorben war, wie Rose es in der Kemenate zum Ausdruck gebracht hatte.

Die alte Zofe wartete auf einen günstigen Moment, um die Männer in ihrem Gespräch zu unterbrechen. Sogar jetzt, als sie den Anführer der Söldner ansah, konnte sie einfach nicht glauben, dass er ein bösartiges Ungeheuer war. Er sah so gut aus! Die alte Frau seufzte. Es erschien ihr nicht gerecht. Sie hatte sich Gunnar Olafson für ihre Herrin gewünscht. Wie sehr hatte sie gehofft, er wäre der richtige Mann für Rose, einer, der in Liebe für immer zu ihr stehen würde.

Dies war ein Irrtum gewesen.

Ivo eilte nach der Unterredung mit seinem Anführer davon. Constance wandte ihr Gesicht ab, als der große Mann an ihr vorbeiging, damit sie seine düstere Miene nicht zu sehen brauchte. Ivo wirkte beängstigender denn je, er konnte seinen Zorn kaum verbergen. Gunnar aber griff gelassen nach einem Krug Bier und nahm einen kräftigen Schluck. Nachdem er ihn wieder abgestellt hatte, entdeckte er Constance. Vorsichtig näherte sie sich dem Söldner mit gesenktem Blick.

„Captain, ich … meine Herrin wünscht Euch zu sprechen."

Die alte Zofe war erleichtert, dass ihre raue Stimme nicht zu sehr zitterte.

Er rührte sich nicht, doch als Constance ihm einen kurzen Blick zuwarf, sah sie, wie seine kraftvolle Hand sich unversehens um den Schwertknauf schloss.

„Kann sie nicht selbst herkommen?“ fragte er, doch die Frage kam leise und glich keineswegs dem Brüllen eines Ungeheuers.

Constance schüttelte den Kopf.

Und dann hörte sie ihn seufzen – eine unsägliche Traurigkeit, sogar Bedauern, lag in diesem Seufzer. Es war der Seufzer eines Mannes, der alle Hoffnung verloren hatte.

Constance war verwirrt und geriet in Zweifel.

Gewiss würde ein bösartiges Ungeheuer nicht einen solchen Seufzer ausstoßen. Und hatte sie nicht mit eigenen Augen gesehen, dass er ein Kind vor einem möglicherweise tödlichen Sturz bewahrt hatte, als niemand den Mut aufbrachte, dem Knaben zu Hilfe zu eilen? Hatte sie nicht auch gesehen, dass er all den törichten Mägden, die ihn während der Mahlzeiten mit offenen Mündern angestarrt hatten, freundlich begegnet war? Und was hatte es mit der Art und Weise auf sich, wie er ihre Herrin ansah, als sei sie genau die Frau, nach der er schon immer gesucht habe?

Nein, dieser Mann war nicht bösartig! Sie hatte von Beginn an Recht gehabt. Constance wagte einen Blick in diese wachsamen blauen Augen.

„Hasst sie mich so sehr, wie ich es befürchten muss?“ fragte Gunnar sie, während er den Mund zu einem schmerzvollen Lächeln verzog.

„Ja, und noch viel mehr.“

„Ich sagte ihr, sie möge mir vertrauen.“

„Meine Herrin traut keinem Mann leichtfertig. Ihre Erfahrungen mit Männern waren nicht immer … erfreulich.“

Immer noch fühlte er sich durch ihr Misstrauen verletzt – das spürte Constance. Er hatte wirklich von Rose erwartet, auf sein Wort zu vertrauen und alles aufs Spiel zu setzen, was ihr lieb und teuer war – ihre Leute, ihr Land, ihr eigenes Leben. Und dabei kannte sie ihn gerade mal eine Woche!

Gunnar musste die Verwunderung in ihrem Gesicht wahrgenommen haben. Er verschränkte die kraftvollen Arme und zog die Stirn in Falten.

„Lady Constance, erinnert Ihr Euch, was Ihr mir vergangene Nacht gesagt habt, als ich in Roses Gemach kam?"

Die alte Frau dachte an jenen Moment zurück, als sie die Tür geöffnet hatte – an das Aufflackern der Leidenschaft in den Augen des Söldners, als er Rose erblickt hatte. Die Liebenden hatten schon vergessen, dass sie noch im Raum war, und beim Hinausgehen hatte Constance Gunnar zugeraunt …

„Ich sagte: ‚Öffnet Euer Herz.'" Unsicher trat Constance von einem Bein auf das andere, als sie seine bohrenden Blicke spürte. „Meine Herrin hat ein zartes Herz, Captain", erklärte sie, wobei sie ihre Worte sorgfältig abwägte. „In jenem Augenblick sah ich, dass Ihr sie hättet verletzen können. Ich wollte, dass Ihr Euch offenbart. Ihr solltet ihr zeigen, dass sie nichts zu befürchten hätte, wenn sie ehrlich zu Euch wäre."

Wieder verzog er den Mund zu einem wehmütigen Lächeln. „Es ist nicht leicht, sein Herz zu öffnen, wenn dadurch Menschenleben in Gefahr geraten."

„Das verstehe ich, Captain. Ich bin keine Närrin. Ihr habt eine Aufgabe zu erfüllen – wie immer sie auch aussehen mag. Aber meine Herrin wird Euch nicht so schnell wieder vertrauen können, vielleicht nie mehr. Sie hat ein weiches Herz, aber sie ist auch stark und eigensinnig."

Er lächelte.

Constances Stimme wurde weicher. „Ja, wie die Blume, nach der sie benannt ist, hat meine Rose Dornen."

Gunnar sah an ihr vorbei, und sein Blick wurde schärfer. Constance schaute sich um und erblickte Arno weiter hinten in der Halle, wo er gerade einen Krug Bier leerte.

„Könnt Ihr so tun, als hättet Ihr Angst vor mir?" fragte Gunnar sie leise und sah sie dabei so finster an, als würde er sie am liebsten auf der Stelle töten.

Constance nickte heftig.

„Dann tut es. Jetzt!" Er beugte sich drohend zu ihr hinab und schrie sie an. „Mir aus den Augen, du alte Hexe!" Mit diesen Worten stieß er sie grob zur Seite und eilte geradewegs auf die Treppe zu. Constance täuschte vor, Angst zu haben, indem sie zusammenzuckte und zur Feuerstelle lief.

Arno brach in schallendes Gelächter aus und genoss es, dass die alte Frau zurechtgewiesen wurde. Mit nicht zu übersehender Schadenfreude füllte er den Bierkrug erneut bis zum Rand.

Rose war vorbereitet. Immerzu redete sie sich ein, ruhig und gefasst zu sein. Sie musste den Söldner empfangen, zum Wohle der anderen. Sie war immer bereit, sich für ihre Leute aufzuopfern. Wie zuvor würde sie auch jetzt mit ihm verhandeln. Wusste sie doch, dass er sie begehrte. Sie konnte nicht glauben, dass sein Verlangen gespielt war, nicht, nachdem er schon so oft bei ihr gelegen hatte. Nein, er begehrte sie, und diese Leidenschaft würde sie zu ihren Gunsten ausnutzen.

Es klopfte an der Tür. „Lady Rose!" rief er laut und bestimmt.

Mit zitternden Händen schob sie den Riegel zur Seite, aber er stieß selbst die Tür auf und betrat das Gemach. Als gehörte ihm die Burg bereits, dachte sie wütend, und ihre Wut half ihr, die Fassung zu wahren. Rose wandte sich ihm zu.

Jesus, wie groß er war!

Wenn er im Raum stand, wirkte die Kemenate klein. Seine gebieterische Nähe drohte sie einzuschüchtern, doch sie atmete tief durch und streckte das Kinn vor.

Vergiss, was sich bislang zwischen uns abgespielt hat. Vergiss, was für Gefühle er in dir ausgelöst hat, als er dich in seinen Armen hielt. Das alles ist vorbei.

Jetzt zeigte Gunnar Olafson seinen wahren Charakter. Er verzog keine Miene, und seine Augen sahen kalt und gefühllos auf sie herab. Dies war der Mann, der sie in den Stallungen geküsst und im nächsten Moment fallen gelassen hatte, um sie aufs Schändlichste zu verraten. Er hatte davon gesprochen, sich Somerford zu nehmen, und die Burgherrin gleich dazu, als habe er nie darüber nachgedacht, dass ihm weder das eine noch das andere zustand.

… die Burgherrin habe ich bereits genommen …

Als sie diese Worte vernommen hatte, hatte sie nicht gewusst, ob sie weinen oder ihrem Zorn Luft machen sollte. Er wollte, dass *sie* ihm Kinder gebar. Das hatte sie in seinen Augen gelesen, in seinem versengenden Blick. Er wollte ihr Somerford wegnehmen, aber gleichzeitig wollte er sie besitzen. Wie der Geisterkrieger ihrer Träume würde er sie mit seinem eisernen Arm packen und als seine Gefangene wegtragen.

Nur diesmal wäre sie nicht in der Lage, aus ihrem Traum zu erwachen.

„Captain“, sagte Rose mit gebieterischer Stimme – in Augenblicken der Not hatte sie gelernt, diesen Tonfall anzuschlagen.

„Ja, Mylady? Ich bin gespannt, was Ihr mir zu sagen habt.“

Offenbar wäre er am liebsten gleich wieder gegangen, denn er schritt ungeduldig im Raum auf und ab. Immer wieder fuhr seine Hand zum Knauf seines Schwerts, als wollte er es jeden Moment herausziehen. Er warf ihr einen flüchtigen Blick zu und schaute dann zum Fenster hinaus. Eine solche Rastlosigkeit war ungewöhnlich für ihn. Vielleicht würde seine Unruhe Rose zum Vorteil gereichen.

„Wie ich gehört habe, habt Ihr Harold den Müller an einen anderen Ort gebracht."

Er blieb stehen. „Ist das so?"

„Ich möchte nicht, dass ihm etwas zustößt. Ihm oder seinen Kindern. Ich weiß, dass Lord Fitzmorton Gerechtigkeit für seinen Gefolgsmann Gilbert einfordert, aber Harold kaltblütig zu ermorden, ist nicht gerecht."

Er musterte sie scharf. „Glaubt Ihr denn, ich würde ihm etwas antun?"

Sie suchte nach einem Anzeichen von Nachsicht in seinem Gesicht, aber was hatte es für einen Zweck, nach Gefühlen zu suchen, wo es keine gab? Sie hätte sich einreden können, einen Anflug von Schmerz in seinen blauen Augen aufflackern zu sehen. Aber Rose hatte zuvor feststellen müssen, dass sie Gunnar Gefühlsregungen unterstellte, zu denen er nicht fähig war. Sie war so töricht gewesen, einen tugendhaften und ehrlichen Mann in ihm zu sehen, doch er war ein gewissenloses, kaltblütiges Ungeheuer.

„Bitte tut Harold und seinen Kindern nichts an", sagte sie leise.

Als er nichts darauf erwiderte, fuhr sie hastig fort: „Ich bin bereit, über ihr Leben zu verhandeln."

„Verhandeln?" Er musterte sie argwöhnisch. „Was könntet Ihr mir schon bieten, Mylady?"

Doch plötzlich schien er zu begreifen. Sie las es in dem plötzlichen Aufflammen seiner Augen, in der Art und Weise, wie er die Lippen zusammenpresste.

Er begehrte sie seit ihrer ersten Begegnung im Burghof. Und genau wie an jenem Tag spürte Rose, wie Begierde den Raum erfüllte, und sie fühlte, wie ihr Körper sich nach ihm zu sehnen begann.

Rasch kehrte sie sich von ihm ab, damit er ihre Erniedrigung nicht sehen konnte.

Doch letzten Endes musste sie es offen aussprechen.

„Ich opfere mich, Captain, wenn Ihr den Müller und seine Kinder am Leben lasst“, sagte sie mit kalter Stimme.

Er schwieg für eine Weile. Plötzlich trat er auf sie zu und stand so dicht vor ihr, dass sie die Hitze seines Körpers spüren konnte. Rose rang nach Luft, als er die Arme um sie legte und sie an sich drückte. Dann spürte sie, wie erregt er war. In diesem Moment ging ihr auf, dass er sie auf die Probe stellte. Offenbar hatte er sie mit Absicht an sich gezogen, denn er wollte wissen, ob sie wirklich willens war, sich ihm hinzugeben.

Gunnar strich über ihr Gewand, erkundete mit seinen Händen ihren Körper und umschloss schließlich ihre Brüste. Rose blieb regungslos stehen und weigerte sich, bei seinen Berührungen schwach zu werden. *Mein Geist ist stärker als mein Körper,* redete sie sich beharrlich ein. Sie vermochte ihre Schwäche zu überwinden. Sie konnte es!

Er fand ihre Brustspitzen, die sich unter seinem Druck aufrichteten. Mit zarten Fingern liebkoste er sie und löste Gefühle der reinsten Wonne in ihrem Körper aus. Rose hörte, wie sie die Luft anhielt, und wollte verzweifelt aufschreien, als ihre Vorsätze ins Wanken gerieten.

Er beugte sich hinab und bedeckte ihren Hals mit feurigen Küssen. Schauer der Begierde durchrieselten ihren Körper. Rose lehnte den Kopf an seine Schulter und schloss genussvoll die Augen. Mit einer Hand fuhr er über ihren Bauch, bis hinab zwischen ihre Schenkel. Selbst durch den Stoff hindurch fühlte sie, wie viel Vergnügen er ihr bereiten konnte, und schon überkam sie das Verlangen, sich den Wonnen hinzugeben. Rose stand in Flammen und zitterte unter der Anstrengung, ihren Körper nicht gegen seinen zu drücken. Ihr war bewusst, dass es im nächsten Augenblick um sie geschehen wäre.

Mit einem Ruck riss sie sich von ihm los und machte ein paar unsichere Schritte, ehe sie sich ihm zuwandte. Ihre Brust hob und senkte sich, ihre Hände waren zu Fäusten geballt.

„Ihr habt dem Handel noch nicht zugestimmt“, rief sie ihm in Erinnerung.

Als sie ihn länger ansah, hatte sie nicht den Eindruck, dass die leidenschaftliche Umarmung ihn verwirrt hatte. Wäre da nicht dieses Glitzern in seinen Augen, hätte Rose tatsächlich geglaubt, ihre leidenschaftliche Umarmung habe ihn unberührt gelassen.

„Erinnert Ihr Euch, was ich in den Stallungen gesagt habe?“ Rose war von dieser Frage überrascht.

Finster starrte sie ihn an. „Was Ihr gesagt habt? Spielt Ihr etwa darauf an, dass Ihr mich für ein paar Silbermünzen mehr willentlich an Fitzmorton verraten habt? Oder dass ihr endlich zugegeben habt, dass Ihr hinter meinem Land her seid und mit mir einen Nachkommen zeugen wollt, Captain?“

Missbilligend schüttelte er den Kopf. „Davon rede ich nicht, Mylady. Ich wollte Euch daran erinnern, dass ich Euch sagte, Ihr möget mir vertrauen.“

Seine Worte verwirrten sie, aber sie wollte nicht, dass er ihr das anmerkte. Glaubte er etwa, sie könne ihm jetzt noch Vertrauen entgegenbringen? Hielt er sie für so töricht, dass sie jedem Mann vertraute, nur weil er sie darum bat?

„Ich vertraue keinem Mann“, entgegnete sie kühl.

Ihm hatte sie vertraut, aber nur für eine Weile. Er entsann sich der Nacht, als sie sein Wort erbat, und er dachte an jenen Augenblick am Rande des *Mere,* als Miles mit seinen Männern über die Anhöhe geritten war. Damals hatte sie vertrauensvoll ihre Hand in seine gelegt. Ja, mochte sie es auch immer wieder leugnen, aber

Gunnar wusste, dass sie ihm einst vertraut hatte. Und, bei Odin, sie würde es wieder tun.

Doch im Augenblick war Gunnar klar, dass er ihren Gehorsam erzwingen musste, auf welche Weise auch immer. Ihr Leben hing davon ab. Und wenn das bedeutete, dass er sie mit Drohungen einschüchtern musste, dann ließe sich daran nichts ändern.

„Hört mir jetzt genau zu, Mylady. Ihr müsst Euch entscheiden. Sowohl Miles de Vessey als auch Arno wollen Euch haben – welchen der Herren bevorzugt Ihr?"

Sie warf ihm einen trotzigen Blick zu, aber dennoch sah er Angst in ihren Augen aufflackern.

„Hör mir jetzt gut zu, Rose. Alfred hat Harold und die Kinder in Sicherheit gebracht …", sagte er.

„Ich glaube dir kein Wort."

„Constance glaubt mir", erwiderte er.

Rose schürzte verächtlich die Lippen. „Constance ist halb vernarrt in dich. Sie würde nie glauben, dass du ihr etwas antust, auch wenn du ihr im nächsten Moment die Kehle durchschneidest."

Jetzt war *er* zornig. Es war ihr doch noch gelungen, ihn wütend zu machen. Er sah, wie sie sich versteifte, als sie den Zorn in seinen Augen las, doch sie wich keinen Schritt zurück. Fürwahr, bei Odin, sie war tapfer! Eine wunderschöne, mutige Frau. War Rose sein Schicksal – angenommen, er könnte ihrer beider Leben retten?

„Glaub mir", sagte er leise. „Der Müller und seine Kinder sind in Sicherheit. Ich halte sie vor Arno und seinen Helfershelfern versteckt. Ich dachte, ich hätte später noch Verwendung für sie, wenn Fitzmorton kommt. Er wird gut für sie zahlen."

Seine Lüge blieb nicht ohne Wirkung.

Sie wurde aschfahl. „Du Ungeheuer, hast du …?"

„Ich stimme zu", sagte er plötzlich.

Verwirrt und atemlos hielt sie inne. „Du … stimmst zu?"

„Ich stimme deinem Handel zu", erklärte er. „Fitzmorton würde mich mit Geld entlohnen, aber ich ziehe dich vor. Du hattest mich richtig eingeschätzt, als du dir überlegtest, mich in Versuchung zu bringen. Ich könnte dich auf der Stelle nehmen, aber du würdest Widerstand leisten, und ich will, dass du dich mir freiwillig hingibst. Ich will dich so leidenschaftlich wie zuvor."

Darauf vermochte sie nichts zu erwidern.

„Ich werde heute Nacht zurückkommen", sagte er und baute sich in voller Größe vor ihr auf. Dann beugte er sich zu ihr herunter. „Ich erwarte, dass du mich hereinlässt", flüsterte er in ihr Ohr.

Sie nickte.

„Und jetzt gibst du mir ein Zeichen, dass du es ehrlich meinst", verlangte er.

„Ich …" Ihre Augen weiteten sich, Zorn funkelte in ihnen.

„Rasch, oder ich überlege es mir noch einmal anders."

Sie behielt die Worte für sich, die ihr schon auf der Zunge brannten. Mit zitternden Händen ergriff sie sein Hemd, stellte sich auf die Zehenspitzen und gab ihm einen zaghaften Kuss. Als er sich nicht rührte, küsste sie ihn erneut mit ihren warmen, weichen Lippen. Unvermutet erwiderte er den Kuss, hart, fordernd und leidenschaftlich.

Dann drehte er sich um und verließ den Raum, ohne ein Wort zu sagen.

„Ethelred ist hier."

Als Ivos Stimme leise an sein Ohr drang, war Gunnar gleich hellwach, denn er hatte ohnehin nicht geschlafen. Sogleich richtete er sich auf und sah, dass Reynard es ihm gleichtat. „Und?"

„Sie sind hinter dem Wald. Miles und ungefähr zwanzig Männer. Sie kommen zwar nur langsam voran, aber uns bleibt nicht viel Zeit, Gunnar."

Nicht viel, aber es würde ausreichen. Gunnar sah seinem Freund in die Augen und beugte sich vor. „Hör zu, Ivo. Wir müssen Folgendes unternehmen …"

Er war nicht gekommen.

Rose hatte mehrere Stunden gewartet, war aufgeregt in der Kemenate auf und ab geschritten, hatte schließlich steif auf ihrem Bett gelegen und mit starren Blicken auf die Tür geschaut. Immer wieder hatte sie sich eingebildet, seine Schritte zu hören. Er war nicht gekommen, und mittlerweile war es so spät geworden, dass Rose nicht mehr mit seinem Erscheinen rechnete.

Was hatte das zu bedeuten?

Wollte er sie letzten Endes doch nicht haben? Waren Fitzmortons Geldmünzen verlockender als eine Frau, die er ohnehin nehmen konnte? Hatte sie ihn mit ihrem Kuss nicht überzeugen können? Er hatte ihr zu verstehen gegeben, dass sie sich ihm freiwillig hingeben sollte. Oder hatte er ihre wahren Gefühle erahnt?

Wie sehen diese Gefühle aus?

Ich verabscheue ihn!

Ja, das ist offenkundig. Verabscheut ihn so viel Ihr wollt, Ihr könnt ja doch nicht die Blicke von ihm wenden. Ihr begehrt ihn, Mylady, leugnet es nicht. Ihr wollt die Hand ausstrecken, die Schnüre an seinen Beinkleidern lösen und …

„Nein!"

Es war Rose erst gar nicht bewusst, dass sie laut gerufen hatte. Erschrocken hielt sie sich die Hand vor den Mund, schluckte und versuchte, ihre unkontrollierten Gefühle zu bändigen. Nein. Solche Dinge durfte sie nicht denken, selbst wenn sie sich vor der Wahrheit fürchtete. So merkwürdig es auch war, sie hatte ihr Schicksal einmal mehr in die Hände des Söldners gelegt. Mochte er auch ein Ungeheuer sein – tief in ihrem Herzen wusste Rose, dass sie eher mit ihm als mit Miles de Vessey oder Arno verhandeln würde.

War es Irrsinn, so zu denken?

„Mylady?“

Ruckartig richtete Rose sich auf und starrte mit großen Augen zur Tür. Das dunkle Haar fiel ihr wallend über die Schultern, und unwillkürlich zog sie die Bettdecke an ihre Brust.

„Mylady? Öffnet die Tür.“

Seine Stimme klang gebieterisch. Rose war versucht, die Aufforderung nicht zu befolgen oder sich schlafend zu stellen, aber wohin sollte das führen? Vermutlich würde er die Tür eintreten und sich voller Zorn auf sie stürzen. Sie hatte einen Handel mit ihm ausgemacht, und sollte sie es sich nun anders überlegen, stellte sie *ihre* Aufrichtigkeit infrage, nicht seine.

Rose kletterte aus dem Bett, zog sich das Nachtgewand über die Schultern und ging mit bloßen Füßen über den kalten Boden zur Tür. Er wirkte wie ein großer Schatten im düsteren Gang. Die Fackel, die für gewöhnlich in einer Halterung brannte, war gelöscht worden – der Qualm stach in der Nase. Während sie unsicher und verwirrt dastand, tauchte ein weiterer Schatten neben Gunnar auf, und dann noch einer. Rose wollte rasch die Tür wieder zuschlagen.

Mit aller Kraft stemmte sie sich dagegen, doch er drückte so lange und so unerbittlich, bis Rose mit einem Aufschrei der Verzweiflung zurück in die Kemenate stolperte. Gunnar stürmte in den Raum, und sie schrie auf, weil sie Angst hatte, er würde sie schlagen oder – wie es ihr Vater einst mit ihrer Mutter getan hatte – an den Schultern packen und schütteln. Er tat weder das eine noch das andere, sondern ging geradewegs an ihr vorbei zum Fenster. Die Blendläden quietschten, als er sie weit aufstieß und in die Dunkelheit spähte.

Rose hielt den Atem an und beobachtete ihn mit wachsamen Augen. Fackeln brannten unten am Tor, und in dem unsteten Licht sah sie, wie Arno und Sweyn auf dem Wehrgang Wache hielten. Der Normanne schritt unruhig auf und ab, fuchtelte mit den Armen in der Luft herum und sprach erregt. Der Däne hingegen stand mit vor der Brust verschränkten Armen da und behielt den Ritter scharf im Auge.

In der Dunkelheit der Kemenate war Ivo leise neben seinen Anführer getreten. Hinter ihnen stand Reynard.

„Was nun?“ brummte Ivo mit tiefer Stimme.

„Wenn Miles kommt, gehst du hinunter und spielst die Rolle, die wir besprochen haben.“

Ivo wirkte unruhig; offenbar behagte ihm das Vorhaben nicht.

Gunnar ergriff seinen Arm. „Es ist das, was Arno erwartet. Ich weiß, dass du kämpfen willst, Ivo. Ich weiß, wie du dich fühlst, aber bedenke, dass dadurch Menschen in Gefahr geraten könnten. Wenn es zu keinem Kampf kommt, dann wird auch niemand verletzt. Es würde Unschuldige treffen, Ivo, genau wie einst deine Schwester.“

Ivo nickte mit finsterer Miene, doch Rose konnte förmlich hören, wie er angestrengt mit den Zähnen knirschte. „Und du?“ fragte er Gunnar.

„Ich nehme die Burgherrin mit.“

„Sie werden sie sehen wollen – vermutlich malt Miles sich bereits genüsslich aus, was er ihr antun wird.“

Rose blieb reglos stehen, aber die düsteren Bilder, die die beiden Männer soeben heraufbeschworen hatten, jagten ihr einen Schauer über den Rücken. Ihre Knie zitterten. Voller Angst umklammerte sie den Bettpfosten.

„Bring mir Constance her, die alte Zofe, und sag ihr, sie soll Miles und seine Leute aufhalten. Ihre Herrin sei momentan zu verängstigt, um mit ihnen zu sprechen, oder irgend so ein Unsinn. Und wenn sie nach mir fragen, sag ihnen, ich liege mit einer Dienstmagd im Bett, und du traust dich nicht, mich zu stören, bis ich mit ihr fertig bin."

Ivo lachte leise auf. „So soll es sein, Gunnar", sagte er und verschwand.

Reynard reichte Gunnar etwas, das wie ein Kleidungsstück aussah, bevor auch er sich abkehrte, um sich auf den Weg zu machen. Gunnar und Rose blieben allein zurück. Obwohl sie bei dem schwachen Licht aus dem Burghof nur seine Umrisse sah, spürte sie, dass er sie vom Fenster aus beobachtete. Rose hatte alles gehört, was gesagt worden war, aber nichts verstanden.

Ich nehme die Burgherrin mit.

Wohin denn? Und warum? Miles war nur noch wenige Meilen von der Burg entfernt – daher wartete Arno dort unten am Tor –, und sobald er einträfe, wäre alles vollbracht. De Vessey würde nicht länger vorgeben, nur gekommen zu sein, um dem Burggericht beizuwohnen. Fitzmorton wollte Somerford in Besitz nehmen, und Miles würde das für ihn erledigen.

Die Zeit des Vortäuschens war vorüber.

„Glaubst du, von meiner Familie ein Lösegeld für mich zu erpressen?" fragte sie und war froh, mit einer so festen Stimme zu sprechen. „Ich habe nur noch meinen Vater, und ich befürchte, er wird es als Geldverschwendung erachten. Er war erleichtert, als ich mit Edric vermählt wurde. So war er mich endlich los, und er wird mich wohl kaum zurückhaben wollen. Schon gar nicht, wenn er dafür auch noch Geld bezahlen soll."

Gunnar schwieg. Rose war in der Stille ganz unbehaglich zumute. Deshalb sprach sie weiter, aber diesmal klang ihre Stimme nicht mehr so fest.

„Hast du vor, mich an Fitzmorton zu verkaufen? Was soll er

mit mir anfangen, wenn er mir meine Burg gestohlen hat? Falls er nicht auf den Gedanken verfällt, mich mit einem seiner Getreuen zu verheiraten, um so dem König kundzutun, die Burg sei ihm rechtmäßig zugefallen. Ist es das, was du beabsichtigst?"

Tränen traten ihr in die Augen, aber sie drängte sie zurück.

„Wir müssen gehen, Rose."

Rose ballte die Hände zu Fäusten und hätte am liebsten mit dem Fuß aufgestampft. „Antworte mir!"

„Jetzt ist keine Zeit für Erklärungen. Deine Burg kann jeden Augenblick von Fitzmortons Männern eingenommen werden. Hier bist du nicht mehr sicher. Wir müssen fliehen."

Fliehen? Rose war verwirrter als zuvor, doch sie besann sich auf wichtigere Dinge. „Ich werde meine Leute nicht verlassen."

„Deine Leute werden sicher sein, solange es zu keinen Kampfhandlungen kommt. *Du* bist in Gefahr, nicht deine Leute. Zieh dich nun an, Rose. Wir haben keine Zeit zu verlieren."

„Ich werde mich ihnen stellen und nicht davonlaufen", erklärte sie bestimmt.

Doch er ergriff ihren Arm und zog sie mit einem Ruck an sich. Ihre Haut, die nur von dem dünnen Nachtgewand bedeckt war, rieb über den groben Stoff seiner Beinkleider. Sein Kriegsgürtel bohrte sich in ihren Leib – sie konnte die eisernen Beschläge spüren, die das Leder zierten.

„Miles de Vessey will dich haben", rief Gunnar ihr mit einer leisen Drohung in Erinnerung. „Er wird dich nicht erst heiraten. Und er ist anders als ich – er wird dir wehtun. Und wenn du jetzt nicht fliehst, wenn du hier bleibst und ihm die Stirn bietest, wird er es als Einladung auffassen, mit dir umzuspringen, wie es ihm beliebt. Frag Ivo. Frag ihn, wozu Miles fähig ist!" sagte er mit wütender Stimme.

Rose war eingeschüchtert, und sie fragte sich im selben Augenblick, welche fürchterliche Tat Miles begangen haben mochte. Da regte sich die Stimme in ihrem Kopf und drängte sich vor alle anderen Gedanken.

Glaub nicht, was er dir sagt! Vertrau ihm nicht!

Doch ihr blieb keine andere Wahl.

Wenn sie bliebe, würde sie gewiss sterben, oder wünschen, sie wäre tot. Wenn sie indes jetzt mit Gunnar Olafson die Flucht ergriff, hätte sie vielleicht sogar die Möglichkeit, sich bis zu Lord Radulf durchzuschlagen. So könnte sie womöglich Somerford und ihre Leute retten. Was auch immer der Söldner mit ihr vorhatte, sie wäre vielleicht in der Lage, ihn zu überlisten oder ihm alsbald zu entfliehen.

Es blieben ihr demnach zwei Möglichkeiten. Wenn sie mit Gunnar floh, hatte sie eine Chance zu überleben. Wenn sie hier blieb, wäre ihr der Tod sicher.

„Nun gut", flüsterte sie, während sie inständig betete, jetzt nicht in Tränen auszubrechen. „Ich bin bereit, dir zu folgen. Gib mir Zeit, mich anzukleiden."

Er zögerte, als schenke er ihren Worten keinen Glauben, doch dann gab er sie mit einem schroffen Nicken frei. Rose eilte zu ihrer Truhe, zog die erstbesten Kleidungsstücke hervor, die ihr in die Finger kamen und streifte sie über. Dann begann sie, ihre Haarbürste zu suchen.

„Lass das", zischte er. „Wir haben keine Zeit mehr." Als Rose aus dem Fenster sah, glaubte sie, Bewegungen am Rande des Waldes zu sehen. Schatten tauchten im Licht der Sterne auf. Miles und seine Männer!

Sie kehrte sich ab und war im Begriff, sich in ihren Mantel zu hüllen, doch Gunnar drückte ihr das Kleidungsstück in die Hände, das er bei sich trug. „Zieh dies an."

Erstaunt betrachtete Rose den Stoff. Es war ein Umhang, älter als ihr eigener; der Stoff war dick und … Sie rümpfte die Nase. Von dem Stoff ging ein Geruch aus, der ihr vertraut war – ranziges Fett, Geruch von Bratenfleisch und … Weihrauch? An was erinnerte sie das bloß?

„Zieh es an", wiederholte er ungeduldig.

Rose verkniff sich alle weiteren Fragen und hüllte sich in den Umhang, wobei sie versuchte, ihren Ekel zu unterdrücken. Zumindest war er dick und warm. Hastig steckte sie ihr langes Haar zusammen, als sie sich die Kapuze tiefer ins Gesicht zog. Gerade war sie fertig, als es leise an der Tür klopfte und Constance um Einlass bat.

Gunnar ließ die alte Frau herein.

„Mylady", flüsterte die Zofe und legte ihre kalte, zittrige Hand auf ihre. „Sie sagen, Fitzmortons Männer stehen vor dem Tor. Ihr müsst fliehen."

Hier stand ihre alte Zofe, über die Rose sich manchmal ärgerte, die ihr indes in all den Jahren in Somerford von Herzen zugetan gewesen war. Rose machte sich bewusst, wie lieb ihr diese alte Frau war, und sie drückte Constances Hand. „Was ist, wenn sie dir wehtun? Wenn sie nach meiner Flucht ihren Zorn an dir auslassen, Constance?"

Die Zofe schnaubte verächtlich, doch in ihren Augen schimmerten Tränen. „Vor *denen* habe ich keine Angst, Mylady! Ich habe schon schlimmere Zeiten erlebt. Außerdem bin ich eine alte Frau und kann mich dumm stellen, falls nötig. Wenn sie mich für schwachsinnig halten, werden sie von mir ablassen. Jetzt eilt Euch und geht mit dem Captain, ehe es zu spät ist."

Rose spürte Gunnars Hand auf ihrem Rücken. Er drängte sie hinaus auf den dunklen Gang und weiter bis zur Treppe. Sie schaute sich noch einmal um, aber Constance hatte bereits die Tür geschlossen; Rose hörte, wie der Riegel vorgeschoben wurde. Gunnars Atem war warm an ihrem Ohr. „Was auch immer geschieht, halte den Kopf gesenkt und sag kein Wort."

Sie stiegen die Stufen hinunter.

Rose stolperte, doch er fing sie auf und zog sie mit festem Griff an sich. Seine Schritte waren eilig und sicher, und schon bald hatten sie den Eingang zur Großen Halle erreicht. Doch Gunnar öffnete die Tür nicht, sondern schlug stattdessen den Weg zu den Küchenräumen ein.

Bis auf die graue Katze mit ihren Kleinen, die es sich neben dem Ofen gemütlich gemacht hatten, lag die Küche dunkel und verlassen da. Gunnar schlich durch den Raum und führte sie zu der Hintertür, die zu einem kleinen Garten führte. Er schob den Riegel zur Seite und öffnete sie. Nachdem er sich mit einem kurzen Blick nach draußen abgesichert hatte, zog er Rose ins Freie.

Augenblicklich stiegen ihr die Düfte von frischen Kräutern in die Nase. Ihr Umhang streifte einen Rosmarinbusch, als Gunnar sie bereits weiter mit sich fortzog. Sie waren nun unmittelbar an der Wehrmauer und schlichen in Richtung des Burghofs.

Außerhalb des Torhauses war Hufschlag auf der Holzbrücke zu vernehmen. Miles und seine Männer waren offensichtlich gut vorangekommen. „Macht das Tor auf!" Der Ruf durchbrach die Stille der Nacht. „Im Namen von Lord Fitzmorton, öffnet das Tor!"

„Du da, hilf mir!" Arno winkte den alten Edward heran, der zu entsetzt wirkte, um zu handeln. „Tu, was ich sage, du Tölpel!"

Sweyn trat einen Schritt vor und zwängte sich an Edward vorbei, wobei er ihm unbemerkt etwas zuraunte. Der alte Mann starrte ihn einen Augenblick ungläubig an, erklärte sich dann aber mit mürrischer Miene bereit, beim Öffnen des schweren Holztors zu helfen.

Rose drehte sich um und schaute zu Gunnar auf. Sein Blick war auf die Stallungen gerichtet; offenbar schätzte er die Entfernung ab und überlegte, ob sie es unbemerkt bis dahin schaffen könnten. Doch wie sollte es dann weitergehen? Wie, um alles in der Welt, sollten sie aus der Burg reiten, ohne aufgehalten zu werden?

„Was sollen wir tun?" Sie zitterte. War es die kalte Nachtluft oder Angst, die sie frösteln ließ? Rose wusste es nicht.

Gunnar sagte kein Wort, doch er legte einen Arm um sie und zog sie enger an seinen warmen Körper.

Fitzmortons Männer hatten gar nicht gewartet, bis das Tor vollends offen stand, sondern galoppierten bereits mit dem unverkennbaren blaugelben Banner in den Burghof. Rose erkannte Miles' Stimme, die Schauer einflößend von den Wehrgängen widerhallte.

„Wo ist die Burgherrin?"

„In ihrem Gemach", antwortete Arno sogleich. Rose hatte geglaubt, ihr Ritter würde vielleicht doch noch zu ihr halten, aber mit diesen Worten machte er ihre Hoffnung endgültig zunichte. „Ich habe soeben jemanden losgeschickt, der vor ihrer Tür Wache hält."

Eine Wache vor ihrer Tür?

Erleichtert schloss Rose die Augen: Sie war noch rechtzeitig entkommen.

„Trefflich." Als sie die Augen wieder öffnete, hatte Miles sich im Sattel umgedreht und begann, seinen Begleitern Befehle zu erteilen. Die Männer stiegen ab, einige eilten über den Burghof, andere geradewegs zum Bergfried. Edward und Sweyn blieben nebeneinander bei dem halb geöffneten Tor stehen – der alte Angelsachse und der stämmige Däne.

Gunnar sprach leise auf sie ein. „Warte und achte genau auf meine Handbewegung. Wenn ich auf das Tor zeige, dann begibst du dich rasch dorthin. Sobald du draußen bist, rennst du los. Ich werde dich einholen."

„Aber sie werden mich erkennen!" Ihre Bedenken raubten ihr jegliche Hoffnung, doch sie sah ein wagemutiges Glitzern in Gunnars Augen. Er hatte noch längst nicht aufgegeben.

„Aber du bist doch Bruder Mark", sagte er. „Du trägst seinen

Umhang. Halte den Kopf gesenkt und ahme seinen Gang nach, dann wird dich niemand aufhalten. Warum sollten sie auch? Lady Rose ist in ihrem Gemach, mit einer Wache vor ihrer Tür."

Bruder Mark! Jetzt erkannte sie den Umhang mit der Kapuze – kein Wunder, dass der Geruch ihr vertraut gewesen war. „Und wenn nun der richtige Burgkaplan auftaucht?"

„Das wird nicht geschehen." Gunnar sprach so leise wie zuvor, aber in seiner Stimme lag etwas Eisiges.

Rose wollte sich augenblicklich nach dem Geistlichen erkundigen, besann sich aber noch einmal anders. Eigentlich will ich es gar nicht wissen, dachte sie und schlang die Arme um ihren Leib.

Einen Moment lang sah Gunnar sie unverwandt an, und dann löste er sich von ihr. Er schien ihr zu vertrauen, dass sie seine Anordnungen befolgen würde. Doch im letzten Augenblick hielt sie ihn am Arm fest.

„Was wird mit dir?" flüsterte sie ängstlich.

Etwas wie Genugtuung flackerte in seinen Augen auf, und Rose hätte sich am liebsten die Zunge herausgerissen. Jetzt glaubte er, sie bange um sein Wohlergehen! Mache sich Sorgen um *ihn!* Selbst wenn es so wäre, hätte sie sich ihre Sorgen nie anmerken lassen.

„Wenn man dich tötet, wird man mich rasch wieder einfangen", erklärte sie hastig. „Also, Captain, antwortet mir. Was wird aus Euch?"

Ein Lächeln umspielte seine Mundwinkel. „Wir brauchen ein Pferd", sagte er gelassen, und schon war er fort.

16. KAPITEL

Nachdem er fortgegangen war, stand Rose allein an der Gartenmauer. Jetzt, wo sie seinen warmen Körper und seine beruhigende Gegenwart nicht mehr spürte, fühlte sie sich leer und verlassen. Ein tiefes Gefühl der Einsamkeit überkam sie, und ihr wurde schlagartig bewusst, dass sie ihr ganzes Leben lang einsam gewesen war.

Würde es immer so sein? Es hatte einen Augenblick gegeben, als Gunnar sie in seinen Armen gehalten hatte. Beinahe hatte Rose schon geglaubt, sie hätte endlich jemanden gefunden, der zu ihr stehen würde. Es war kein Krieger aus ihren Träumen gewesen, sondern ein Mann aus Fleisch und Blut.

Aber sie hatte sich in ihm getäuscht, und die bittere Erkenntnis schmerzte.

Hör auf, hör sofort auf damit! Jetzt ist nicht die Zeit für Selbstmitleid, Rose!

Die vertraute, tadelnde Stimme in ihrem Kopf brachte fast so etwas wie Erleichterung. Es stimmte – jetzt war nicht der Zeitpunkt, um vollends die Fassung zu verlieren. Wenn sie die Herrin von Somerford sein wollte, so war jetzt der Augenblick gekommen, sich zu beweisen. Nachdem sie tief Luft geholt hatte; zitterte sie schon nicht mehr so stark und vermochte wieder klarer zu denken. Einen Moment später nahm sie all ihren Mut zusammen, beugte sich vorsichtig vor und spähte um die Ecke der Gartenmauer.

Gunnar schritt über den Burghof. Die unruhig flackernden Fackeln verliehen seinem kupferfarbenen Haar einen goldenen Glanz und schimmerten auf seinem Umhang und den dunklen Beinkleidern. Er ging gemächlich, als habe er alle Zeit der Welt, als beeindruckte ihn die Ankunft der Reiterschar nicht im Geringsten. Woher nimmt er diese Gelassenheit? fragte Rose sich verwundert.

Warum hatte er nicht genauso viel Angst wie jede andere Person in dieser Situation? Rose gestand sich ein, dass sie Gunnar Olafsons Haltung bewunderte.

„Olafson!“ Arno hatte ihn als Erster kommen sehen. „Wo zum Teufel wart Ihr? Was habt Ihr die ganze Zeit gemacht? Ich glaube bereits, Ihr kämt nicht mehr!“

„Da war eine Frau.“ Gunnar zuckte die Schultern und lächelte durchtrieben. „Sie war ein willkommener Zeitvertreib.“

„Ich dachte, Ihr wäret zu *ehrenhaft* für ein solches Benehmen“, höhnte Arno.

„Ich bin es leid, den Ehrenhaften zu spielen.“ Sein Lächeln schwand. „Ihr hattet Recht, als Ihr sagtet, ich würde allmählich alt und müde, Arno. Es wird Zeit, mich endlich unlauteren Dingen zuzuwenden.“

„Captain!“ Aus den Schatten des Bergfrieds löste sich Ivo und rannte aufgeregt zu seinem Anführer.

Gunnar wandte sich ihm zu – er schien sich innerlich zu wappnen. „Was ist los, Ivo?“

„Sie nehmen die Burg ein. Wir müssen verhindern …“

Weiter kam er nicht. Blitzschnell hatte Gunnar sein Schwert gezogen und seinem Gefährten kaltblütig die Klinge in die Seite gerammt.

Rose krallte sich an das Mauerwerk und unterdrückte einen Aufschrei. Sie fühlte sich benommen und redete sich ein, den Vorfall im Burghof nur geträumt zu haben. Wie gebannt sah sie, wie Ivo nach Luft rang und Gunnar taumelnd in die Arme fiel. Es ähnelte einer herzlichen Umarmung, doch Gunnar ließ Ivo eiskalt zu Boden fallen. Auf Ivos hellem Leinenhemd zeichnete sich ein dunkler Fleck ab, der rasch größer wurde. Der große Mann röchelte noch, ehe er regungslos liegen blieb.

Arno schien seinen eigenen Augen nicht zu trauen und starrte

Gunnar fassungslos an. Unsicher ging er um den am Boden liegenden Mann herum und kniete schließlich neben Ivo.

„Er atmet noch“, sagte er mit ausdrucksloser Stimme. Im Schein der Fackeln war sein Gesicht bleich. „Ihr habt ihn mit der Klinge durchbohrt, Olafson. Niemand kann das überleben.“

Gunnar bedachte seinen früheren Freund mit einem abschätzigen Blick. „Er hatte vor, gegen Miles de Vessey zu kämpfen – sie sind nicht gerade die besten Freunde. Ich hielt es für das Beste, ihn einfach aus dem Weg zu schaffen.“ Er schaute zu Reynard hinüber, der mit undurchdringlicher Miene in der Nähe stand und den Eindruck erweckte, dass er an das unberechenbare Verhalten seines Anführers gewohnt war. „Hier, schaff mir diesen Mann aus den Augen und lass ihn in irgendeiner Ecke sterben!“

Rose beobachtete, wie Reynard und ein anderer Mann den leblosen Körper hochhoben und fortschleppten. Gunnar sah ihnen nicht einmal nach.

Rose wähnte sich in einem bösen Traum. Ungläubig schüttelte sie den Kopf und schluckte, um ein Gefühl der Übelkeit zu unterdrücken. Sie wollte kehrtmachen und zurück in den Bergfried laufen, um sich irgendwo zu verstecken. Aber sie glaubte nicht mehr in der Lage zu sein, auch nur ein paar Schritte zu gehen, ohne zusammenzubrechen. Schwer atmend presste sie ihre Wange so fest gegen die Mauer, dass ihre zarte Haut schmerzte.

Tränen brannten in ihren Augen. Warum musste Ivo sterben? Es ergab keinen Sinn, nichts ergab mehr Sinn ... Gunnar und Arno sprachen nach wie vor miteinander. Ihr schwirrte der Kopf, aber alsbald war Rose wieder in der Lage, das Gespräch zu belauschen.

„Wir nehmen Somerford im Namen von Lord Fitzmorton.“ Arno schien den armen Ivo bereits vergessen zu haben. „Kein Grund, noch länger zu warten. Lady Rose wird sich mit der Wahrheit abfinden müssen.“

„Das sehe ich auch so“, pflichtete Gunnar ihm bei.

Unruhig trat Arno von einem Bein aufs andere. Er schien das Bedürfnis zu haben, sich zu rechtfertigen. „Somerford hat schon immer mir gehört! Edric hat einst gelobt, mir die Burg zu überlassen – als ich vor Jahren hierher kam, war er nicht in der Lage, seine Schulden zu begleichen. Doch als er starb, musste ich seiner Gemahlin die Treue schwören. Und alle haben es gehört! Das war nicht ehrenhaft von ihm. Ich wartete und hoffte, die Burg rechtmäßig zu erlangen. Doch ich bin des Wartens überdrüssig! Somerford gehört *mir*, und Fitzmorton ist bereit, meinen Anspruch geltend zu machen.“

„Was ist, wenn er selbst Anspruch auf die Burg erhebt?“ gab Gunnar zu bedenken.

Arno runzelte die Stirn. „Warum sollte er? Ich bin sein Gefolgsmann und werde ihm treu dienen. Er weiß Treue zu schätzen. Ich werde über Somerford herrschen, und er wäre einen bedeutenden Schritt näher an Crevitch Castle.“

„Wo ist Miles im Augenblick?“

„Ich habe ihn losgeschickt, um Lady Rose zu holen.“

„Ihn *geschickt?* Ich wette, er ist freiwillig gegangen.“

„Sir Arno!“ Der Ruf kam vom Bergfried. Ein hagerer Bediensteter stand auf der Treppe und sah unsicher und erschrocken aus. „Unsere Herrin hat sich in ihrem Gemach eingeschlossen und weigert sich, uns einzulassen. Sir Miles droht die Tür einzutreten.“

Arno fluchte und eilte bereits zur Treppe. Über die Schulter rief er noch Gunnar zu: „Schließt das Tor und stellt eine Wache auf!“

Gunnar drehte sich um und deutete auf das Tor. „Schließt es!“ befahl er. „Seid Ihr das, Bruder Mark? Kommt her und helft mit!“ rief er in Roses Richtung. Dies war das Zeichen. Jetzt war der Augenblick gekommen, die Flucht zu ergreifen.

Ich kann es nicht tun, ich bringe es nicht fertig …

„Bruder Mark!“ brüllte er. „Was steht Ihr da rum?“

Rose drückte sich von der Gartenmauer ab und ging mit zittrigen Knien geradewegs in die tödliche Gefahr.

Gunnar sah, wie „Bruder Mark“ sich aus den Schatten der Mauer löste und über den Burghof trottete. Die Gestalt schritt an einigen von Fitzmortons Männern vorüber. Niemand nahm von ihr Notiz. Arno drehte sich noch einmal um, offenbar erstaunt, seinen Vertrauten im Freien zu sehen, doch im selben Moment lenkte ihn ein krachendes Geräusch aus dem Inneren des Bergfrieds ab. Ein schriller Schrei folgte, der Arnos Schritte noch beschleunigte.

Gunnar trieb die Männer erneut zur Eile an und ging nun selbst ein wenig schneller. Eines der Pferde von Fitzmortons Schar war nur notdürftig an einem Karren befestigt. Gunnar griff nach den Zügeln und zog das Pferd hinter sich her; die Bewegungen waren so unauffällig, dass niemand Verdacht schöpfte.

Einige Meter vor Gunnar mühte sich der alte Edward mit dem ungewöhnlich hartnäckigen Tor ab, doch plötzlich hielt er inne und starrte auf die Gestalt des vermeintlichen Burgkaplans. Sweyn, der den alten Angelsachsen die ganze Zeit über unbemerkt daran gehindert hatte, das Tor zu schließen, versuchte ein Lächeln zu verbergen. Als Rose in der Verkleidung des Geistlichen das Tor erreichte, schickten sie sich zu dritt an, die schweren Torflügel zu schließen. Doch mit einem Mal waren nur noch zwei Personen zu sehen. Rasch war Rose durch das Tor geschlüpft und in die Nacht geflohen.

Im selben Augenblick hatte auch Gunnar das Tor erreicht. Genau im richtigen Moment schwang er sich in den Sattel und zwinkerte Sweyn verschwörerisch zu, ehe die Dunkelheit auch ihn verschluckt hatte. Hinter ihm schloss das Tor mit einem dumpfen Schlag. Er war in Sicherheit … zumindest im Augenblick, aber Gunnar wusste, dass ihm nicht viel Zeit bliebe.

Rose hatte die Röcke gerafft und war inzwischen bis zum anderen Ende der Holzbrücke gelaufen. Ihr helles Untergewand leuchtete verräterisch im Licht der Sterne – er hätte sie auffordern müssen, nur dunkle Kleidung anzuziehen. Gunnar ritt unbeirrt weiter, während er sich hinabbeugte und Rose mit einem Arm geschickt in den Sattel hob.

Ihre Hände waren eiskalt, als sie sich an seinen Arm klammerte, den er um sie geschlungen hatte. Ihre Kapuze war ihr vom Kopf geglitten, sodass der Wind ihm ihr dunkles, duftendes Haar ins Gesicht wehte. „Hat man uns gesehen?“ rief sie atemlos.

„Mag sein, aber sie haben noch nicht begriffen, was vor sich ging. Noch nicht!“

Gunnar lenkte das gestohlene Pferd vom Pfad, der zum Dorf hinunterführte und ritt durch die blass schimmernden Kornfelder auf den dunklen Wald zu. Erst jetzt, als er das Tier antrieb, fiel ihm auf, dass er vorschnell gehandelt hatte – das Pferd lahmte. Deshalb hatte sein Reiter das Tier abseits stehen lassen – es war unbrauchbar. Mit diesem Pferd würden sie nicht weit kommen.

Ungeduldig ließ er den Blick über den düsteren Waldrand schweifen. Eine Zeit lang könnten sie dort unentdeckt ausharren, aber Miles würde sie mit seinen Jagdhunden unweigerlich aufspüren. Er dachte an das Dorf, doch dort fänden sie keine Hilfe, denn die Bewohner würden Miles’ Schergen zum Opfer fallen, wenn sie die Flüchtigen versteckten. Crevitch wäre ein sicherer Ort, und vermutlich wartete Radulf zur Stunde voller Ungeduld auf eine Nachricht von ihm. Aber mit Miles’ Männern im Nacken war es undenkbar, die Burg zu Fuß zu erreichen.

Daher blieb nur das *Mere.*

Warum war ihm nicht aufgefallen, dass das Pferd lahmte? Warum hatte er nicht bemerkt, dass Roses Untergewand hell war? Und wieso hatte er nicht längst durchschaut, was Arno im Schilde führte? Dann hätte er Rose schon viel früher in Sicherheit bringen können. Einst wären ihm all diese Einzelheiten nicht entgangen. Ihm war, als habe er seit seiner Ankunft in Somerford etwas von seiner Wachsamkeit eingebüßt. Von seiner Fähigkeit, die Gegner richtig einzuschätzen. Konnte er sich nicht mehr auf seinen scharfen Verstand verlassen?

Mit einem gequälten Lächeln gestand Gunnar sich den wahren Grund für seine Nachlässigkeit ein: Er war zu sehr damit beschäftigt, die Herrin von Somerford zu erobern, anstatt seinen Auftrag zu erfüllen.

Im Stillen verfluchte er sich, dass sie einen Narren aus ihm gemacht hatte, der seine Begierde nicht zu zügeln vermochte! Sie rannten um ihr Leben, und er träumte von einer angenehmen Zukunft. Dabei war es nur ein Traum, der für ihn nie in Erfüllung gehen würde.

Als sie eine Anhöhe erreicht hatten, lenkte er das Pferd in nördliche Richtung, genau zu der Stelle, an der die nächtlichen Angreifer durch das Marschland entkommen waren.

Als Rose wahrnahm, dass Gunnar eine andere Richtung eingeschlagen hatte, schien sie aus ihrer Geistesabwesenheit zu erwachen. Sie hob den Kopf, als ihr ein salziger Geruch in die Nase stieg. „Wohin reiten wir?“ fragte sie wie aus einem Traum erwachend.

„Das Pferd lahmt.“ Die Worte kamen so beiläufig und und gelassen über seine Lippen, dass Rose einen Moment lang glaubte, es wäre nichts Wichtiges.

„Es lahmt?“

Er zögerte. „Wir haben noch eine Chance, wenn wir zu Fuß in das *Mere* gehen“, erklärte er.

Rose traute ihren Ohren kaum. Plötzlich erkannte sie, in welch misslicher Lage sie steckten. Das lahme Pferd war verheerend, aber zu Fuß durch die Marschgebiete zu müssen, war nicht viel aussichtsreicher.

Rose ließ den Blick über die silbrig schimmernden Wassergebiete schweifen. In einer klaren Nacht wie dieser konnte sie das jäh aufragende Schilfrohr und die düsteren Schatten der einzelnen Inseln sehen. Jetzt sollten sie zu Fuß durch das *Mere?* Diese Gegend kam ihr wie eine ganz andere Welt vor, gänzlich unbekannt und fremd, was ihr Angst einjagte.

Vermutlich würden sie ihr Leben verlieren.

Als habe er ihre Zweifel bemerkt, sagte Gunnar mit einem vertrauensvollen Unterton in der Stimme: „Bei mir bist du sicher, Rose."

Wie leicht wäre es, ihm zu glauben. Doch sie würde sich nicht noch einmal zum Narren halten lassen. Sie rang sich ein gequältes Lächeln ab. „Bin ich das tatsächlich? Bin ich wirklich bei dir *sicher*, Gunnar?"

„Ja." Ihre Zweifel schienen ihn zu überraschen. Oh, wie gerissen er doch war …

Rose drehte sich um und sah in sein gelassenes Gesicht. Die Umrisse seines Kopfes und die breiten Schultern zeichneten sich vor dem klaren Sternenhimmel ab. Er strahlte Kraft und Zuverlässigkeit aus! Wie sehr sehnte sie sich danach, sich in seiner Nähe geborgen zu fühlen! Doch wie sollte sie ihm vertrauen? Wie sollte sie sich jemals wieder bei ihm sicher fühlen?

„Du hast Ivo getötet", warf sie ihm unvermittelt vor.

Seine Augen bargen ein silbernes Leuchten, aber sie konnte seinen Blick nicht deuten. „Ja, so schien es. Arno glaubt es, und Miles ebenfalls. Sie halten ihn für tot, oder zumindest dem Tode nahe. Miles hasst seinen Bruder – wäre Ivo noch am Leben, hätte Miles ihn getötet, sobald unsere Flucht entdeckt worden wäre. Vielleicht sogar noch früher."

„Und deshalb musstest du ihn zuerst töten?“ fragte sie mit erstickter Stimme.

„Ich gab vor, ihn zu töten. Unter seinem Hemd befand sich ein Beutel mit Schweineblut. Genau da habe ich hineingestochen, den Rest hat Ivo gespielt. Es ist ein alter Trick, einfach aber wirkungsvoll. Reynard sorgt dafür, dass Ivo abseits vom Geschehen ist, und dann ist es an Ivo, die Flucht aus der Burg zu wagen. Vermutlich wird er entkommen, wenn sie uns jagen“, fügte er grimmig hinzu.

Rose beschlich die Angst, allmählich den Verstand zu verlieren. Entsprachen seine Worte nun der Wahrheit? Ivos Tod hatte so erschreckend echt ausgesehen, aber dennoch könnte es so gewesen sein, wie er gesagt hatte … Sie erinnerte sich, dass ihr der ganze Vorgang wie ein böser Traum vorgekommen war. Doch Gunnar hatte sie bereits zuvor belogen.

Konnte sie überhaupt einem einzigen Wort aus dem Munde dieses Mannes Glauben schenken? Sie sollte darauf bestehen, vom Pferd gehoben zu werden. Jetzt! Sie sollte auf einem anderen Versteck bestehen. Jetzt! Niemand begab sich freiwillig in das *Mere* – abgesehen von den Marschlandbewohnern.

Aber Rose wusste, dass sie nicht mehr umkehren konnte. Selbst dann nicht, wenn er sie hätte gehen lassen. In Somerford warf Miles de Vessey begehrliche Blicke auf alles, was einst ihr gehört hatte, und Arno, der vorgegeben hatte, ihr treu ergebener Ritter zu sein, würde sich seinen Anteil an der Beute holen. Und hinter all diesen üblen Gestalten stand Fitzmorton, Radulfs Erzfeind.

Fitzmorton, den sie am meisten hasste.

Was machte es für einen Sinn, sich aufzulehnen? Ihr blieb keine andere Wahl, als ihr Schicksal in Gunnar Olafsons große, vernarbte Hände zu legen.

Zunächst.

Ihre Schuhe drohten in dem aufgeweichten Boden stecken zu bleiben. Mühsam machte sie einen Schritt nach dem anderen und raffte die Röcke so weit sie konnte, obwohl sie am Saum bereits nass und schmutzig waren. Ihre Strümpfe starrten vor Dreck. In der Luft lag ein übler Dunst von fauligen Pflanzen und modrigem Wasser. Vor ihr bewegte sich Gunnar Olafson wie ein dunkler Schatten vor dem sternenreichen Firmament.

Weit entfernt zu ihrer Linken sah Rose die düsteren Umrisse des Burrow Mump. Wenngleich in dieser Nacht kein Mond schien, waren die Sterne sehr hell. Würden die Geisterreiter dem Erdboden entspringen? Oder blieben sie in der Sicherheit ihrer unterirdischen Behausungen?

Ein lautes, platschendes Geräusch und ein Fluch unterbrachen sie in ihren Gedanken. Rose sah, wie Gunnar verzweifelt versuchte, sich auf dem unsteten Marschboden auf den Beinen zu halten, ehe er ins Straucheln geriet und unsanft gezwungen wurde, sich hinzusetzen.

„Ist alles in Ordnung?“ Als sie auf ihn zuging, merkte sie, wie ihr Schuh einsank.

„Ich kann den Pfad nicht finden.“

Bis hierher hatte es einen gegeben, wenn man die wenigen, schwer einzuschätzenden festen Stellen überhaupt so nennen konnte, die sich durch das sumpfige Wasser schlängelten. Gunnar war bis tief ins *Mere* immer genau auf diesem Pfad geblieben. In weiter Ferne ragten die Umrisse von Somerford in den Nachthimmel hinein.

Rose setzte sich neben ihn auf den Boden. Sie kümmerte sich nicht mehr länger um ihre Röcke, denn mit einem Mal war sie zu erschöpft, um noch stehen zu können.

„Jetzt werden sie uns nicht mehr finden, oder?“

„Wir müssen zu einer dieser Inseln gelangen“, erwiderte er. „Wir brauchen einen Unterschlupf. Wenn die Sonne aufgeht, werden sie uns hier draußen sehen und bis zu uns vordringen. Miles wird dich mir nicht überlassen, solange er es verhindern kann."

Sie dachte über seine Worte nach. „Dann ist es so etwas wie ein Spiel zwischen euch beiden? Wie Tauziehen? Und ich bin der Preis?"

„Vielleicht. Aber eines kannst du mir glauben, Rose. Ich habe nicht vor, dich aufzugeben." Obwohl sein Gesichtsausdruck ernst war, weigerte sich Rose, ihm zu glauben.

Sie verlieh ihrer Stimme einen eisigen Tonfall. „Du und Miles, ihr scheint euch ja gut zu kennen."

Er straffte die Schultern und wischte sich die schmutzigen Hände an seinem Hemd ab. „Wir haben gelegentlich Seite an Seite gekämpft, aber seine Art zu kämpfen habe ich nie geteilt. Er besitzt kein Ehrgefühl."

Ehre. Ja, das war etwas, auf das Gunnar Olafson großen Wert zu legen schien. Aber wie Rose am eigenen Leib erfahren hatte, war der äußere Schein oftmals trügerisch. Obwohl er ein Lügner und ein grober Mensch war, nahm er trotzdem ein Wort wie Ehre in den Mund. Nun, warum sollte sie seine Ehre eigentlich nicht auf die Probe stellen?

„Wirst du mich nach Crevitch Castle bringen, zu Lord Radulf?" fragte sie.

Er schien sie in der Dunkelheit zu beobachten. Wartete er etwa auf eine Erklärung?

Rose drehte den Kopf weg und blickte ins Leere. Sie bemühte sich, so ausdruckslos wie möglich zu sprechen. „Ich weiß, dass Lord Radulf mich in seinem Spiel nur für eine äußerst schwache Figur hält. Er würde sich meiner entledigen, wenn er für mich keine Verwendung mehr hätte. Doch ich muss jetzt an Somerford denken, und er ist der Einzige, der etwas gegen dieses Unrecht ausrichten kann. Er hat die vielen Männer, um gegen Fitzmorton zu kämpfen; ich nicht."

„Radulf wird dir Gehör schenken, Rose."

Voller Erstaunen wandte Rose sich ihm wieder zu. „Das klingt so, als würdest du ihn kennen." Verwirrt suchte sie in seinen Augen nach einer Erklärung. Gespannt wartete sie.

Gunnar war versucht, ihr die Wahrheit zu sagen. Würde sie ihm Glauben schenken? Zuvor, in ihrem Gemach, hatte sie ihn für ein mordendes Ungeheurer gehalten. Er hatte sie sogar in ihrem Glauben gelassen und war auf ihren Handel eingegangen – ihr Körper für die Freigabe des Müllers und seiner Kinder. Jetzt wollte er aber, dass sie die Wahrheit kannte.

Er nahm die Gelegenheit wahr.

„Mein Vater, Olaf, ist Radulfs Waffenschmied, meine Mutter, Gudren, ist Lady Lilys Hebamme." Er sprach leise und nüchtern, als böten seine Worte keinen Anlass für Überraschungen. „Sie sind ihm seit Jahren treu ergeben. Ich habe meinen eigenen Weg in der Welt gefunden, aber Radulf ist ein guter Mann, stark und verlässlich. Als er mich bat, auf deine Bitte hin als Söldner nach Somerford zu reiten, ließ ich mich darauf ein, Fitzmortons Gefolgsmann zu spielen. Ich war in Wales, als seine Nachricht mich erreichte, und ich war froh, das Land verlassen zu können. Ich war es leid, in kleine Scharmützel zwischen gierigen Baronen hineingezogen zu werden, die es nach mehr gelüstete, als ihnen zustand. Endlich bot sich mir die Gelegenheit, etwas Wichtiges in Angriff zu nehmen. Radulf war sehr ... besorgt."

Sie war keine Närrin. Sie begriff, welchen Teil der Erzählung er ausgelassen hatte.

„Du meinst, er hat mir nicht vertraut. Ja, das war nicht anders zu erwarten. Eine Frau, ganz auf sich gestellt. Die Normannen denken, Frauen taugen nur zum Kinderkriegen." Sie warf ihm einen zornigen Blick zu, und Gunnar wusste, dass sie sich an seine Ausdrucksweise in den Stallungen von Somerford erinnerte.

Dabei hatte er seine Rolle vor Arno spielen müssen, doch darauf ging er im Augenblick nicht ein. Stattdessen lachte er und sagte: „Wenn Radulf jemals ein Normanne gewesen ist, dann hat Lily ihm den Kopf zurechtgerückt! Er schickte mich, da er sich nicht traute, so kurz vor Lady Lilys Niederkunft selbst nach Somerford zu eilen, um eine Erklärung von dir zu verlangen! Das war vielleicht ein wenig hinterhältig, aber …"

„Wenn all dies stimmt, was hat er dir im Gegenzug angeboten?" Ihre leise, aber eindringliche Stimme ließ ihn stocken.

Woher wusste sie davon? Erneut hatte sie seine kluge Wortwahl durchschaut und die Wahrheit erkannt. War sie eine Hexe? In den nächtlichen Schatten sah sie geheimnisvoll aus: Ihr ovales Gesicht war bleich, ihre Augen wirkten dunkler als zuvor und ihr wallendes Haar erstrahlte im Sternenlicht.

Da sie bereits die Wahrheit ahnte, war es an der Zeit, ehrlich zu ihr zu sein. „Er bot mir das Lehen Somerford."

Einen Moment lag schwieg sie. „Ah", war alles, was sie darauf erwiderte.

Kein zorniges Aufbegehren, kein herzerweichendes Weinen, keine Schuldzuweisungen – mit diesen Verhaltensweisen hätte Gunnar umgehen können. Aber bei diesem leisen „Ah" beschlich ihn das unbestimmte Gefühl, dass sie die ganze Zeit über geahnt hatte, dass er lediglich hinter ihrem Land her war. Er wollte mehr erklären, ihr die Vorgänge begreiflich machen, aber dazu blieb überhautp keine Zeit.

Zunächst galt es, Roses Leben zu retten. Dann erst konnte er daran denken, ihr Vertrauen zurückzugewinnen.

Gunnar stand auf. Mit grimmiger Miene schaute er sich um. „Ich denke, ich weiß jetzt, wo ich vom Pfad abgekommen bin", sagte er zuversichtlich. „Komm. Die Dämmerung bricht bald an, und wir haben noch einen weiten Weg vor uns."

Er streckte die Hand aus, um ihr beim Aufstehen zu helfen.

Rose reichte sie ihm, zog sie jedoch sofort wieder zurück, sowie er sie hochgezogen hatte. Er konnte ihr die kühle Zurückhaltung kaum verübeln. Gunnar seufzte und ging weiter. Als er wieder festen Grund unter den Füßen spürte, wagte er sich vorsichtig weiter in das *Mere* hinein. Vor ihnen lag eine der unzähligen Inseln; sie hob sich wie ein kauerndes Wesen vom Sternenhimmel ab. Wenn sie die Insel noch vor Sonnenaufgang erreichten, wären sie für eine Weile in Sicherheit.

Gunnar fragte sich, ob Ivo inzwischen die Flucht gelungen war. Er hatte seinem Gefährten aufgetragen, Alfred und der Familie des Müllers nach Crevitch Castle zu folgen. Hatte er mittlerweile Steven, den Boten, gefunden? Sweyn, Reynard und Ethelred kamen sehr gut allein zurecht. Sie wären in der Lage, die Situation richtig einzuschätzen und entsprechend zu handeln. Ivo war derjenige, um den Gunnar sich die meisten Sorgen gemacht hatte; Ivo, den Miles hasste und den er beim geringsten Anlass getötet hätte. Es war eine Schande, dass Ivo nicht schon vor Jahren mit seinem älteren Bruder abgerechnet hatte, aber Ivo waren Blutsbande heilig. Gunnars Ansicht nach war genau das der Unterschied zwischen den beiden Brüdern.

Die Insel schien größer zu werden; sie kamen wieder besser voran. Der feste Pfad war inzwischen dichtem Röhricht gewichen, vor ihnen glitzerten die Wasser des Marschlandes. Gunnar watete bis zu den Oberschenkeln im kalten Brackwasser und suchte nach einem neuen Weg, aber es war aussichtslos. Sie müssten den etwa zwanzig Fuß breiten Wassergürtel bis zu der Insel durchqueren. Vielleicht hatten sie ja Glück und das Wasser war nicht zu tief.

Rose beobachtete ihn, und wieder beschlich ihn das merkwürdige Gefühl, dass sie seine Gedanken las. Keine Frau, abgesehen von seiner Mutter, war dazu je in der Lage gewesen.

„Kannst du schwimmen, Rose?"

Sie schüttelte den Kopf. Inzwischen war die Dämmerung angebrochen.

„Leg deinen Umhang ab."

Er sah, wie sie zögerte, und versuchte, sie mit einem Lächeln aufzumuntern.

„Ich werde deinen Umhang auf die Insel werfen, damit du etwas Trockenes überziehen kannst, wenn wir drüben ankommen."

Langsam löste sie die Bänder an ihrem Hals, streifte das Kleidungsstück ab und reichte es Gunnar. Gunnar zog sein Schwert und achtete nicht darauf, wie Rose sich beim Anblick der düsteren, tödlichen Klinge versteifte. So gut er konnte wickelte er den Stoff um den Schwertknauf, trat dann einen Schritt zurück, nahm seine Waffe wie einen Speer in die Hand und schleuderte sie mit aller Kraft über das Wasser. Als es auf dem festen Boden aufschlug, wandte er sich wieder Rose zu.

„Wenn ich im Wasser bin, dann legst du deine Arme um meinen Nacken und hältst dich an mir fest. Ich werde mit dir auf dem Rücken schwimmen. Dir kann nichts geschehen."

Rose schien diese Lösung nicht ganz geheuer zu sein, doch sie behielt ihre Einwände zurück. Gunnar watete in das Wasser und versank bis zur Brust im Schilf. Er spürte, dass sie hinter ihm war, und dann schlang sie die Arme um ihn und klammerte sich an ihn, wobei sie Acht gab, ihm nicht die Luft abzudrücken. Sie zitterte am ganzen Leib, als sie an seinem Rücken hing. War ihr kalt oder hatte sie Angst vor ihm?

Gunnar wagte sich weiter in die dunklen Wasser hinein, immer tiefer. Die Oberfläche kräuselte sich und ließ die sich spiegelnden Sterne verzerrt erscheinen. Er hörte, wie sie die Luft anhielt, als sie keinen festen Boden mehr spürte. Sie klammerte sich fester an ihn. Auf der Hälfte der Strecke wurde es mit einem Mal so tief, dass ihm keine andere Wahl blieb, als zu schwimmen.

Er war ein guter Schwimmer. Aber er war noch nie mit einer anderen Person auf dem Rücken geschwommen. Das Gewicht ihrer Kleidung zog sie beide hinab, und er bemühte sich, weiterhin gleichmäßig durchzuatmen und nicht in ein Keuchen zu verfallen.

„Halt mich fest!" hörte er ihre angsterfüllte Stimme.

„Keine Sorge, ich lasse dich nicht los", erwiderte er prustend und versuchte, ihr die Angst zu nehmen. Dann endlich fühlte er wieder den aufgeweichten Boden unter den Füßen und watete mit aller Kraft durch den hoch gewachsenen Schilfgürtel bis zu der kleinen Insel.

Roses nasse Kleidung legte sich um ihre Beine und behinderte sie beim Laufen. Durchnässt und erschöpft sank sie auf die Knie. Gunnar überließ sie einen Augenblick sich selbst und erkundete das kleine Eiland. Er verdrängte den Schmerz in seinem Kopf und das Zittern in seinen Beinen.

Wann hatte er zum letzten Mal gut geschlafen? Erst hatte die Begierde ihn nicht ruhen lassen, und dann hatte er sich verausgabt, als er die Freuden in Roses Bett ausgekostet hatte.

Wie er vermutet hatte, war die Insel sehr klein und hatte ihnen nicht allzu viel zu bieten. Doch schließlich lächelte Gunnar erleichtert: auf der anderen Seite, abgewandt vom Festland, hatte offenbar ein Marschlandbewohner Soden und Torfstücke zu einem notdürftigen Unterschlupf aufgeschichtet. Ein verkümmerter, vom Wind gebeugter Baum wuchs davor.

Er ging zurück, um Rose zu holen. Sie kauerte über seinem Schwert und versuchte, mit kalten, zittrigen Händen, ihren Umhang von ihm zu lösen. Als er näher kam, hob sie die Waffe gerade mit aller Kraft hoch und fluchte dabei leise vor sich hin.

„Rose?“

Er hatte sie erschreckt. Nach Luft ringend ließ sie die Waffe wieder zu Boden fallen und starrte ihn an. Im fahlen Morgenlicht war die Erschöpfung in ihrem Gesicht unverkennbar. Das Gewand klebte an ihrem Leib, lag eng über ihren vollen Brüsten und wohlgeformten Hüften und ließ ihre langen Beine erkennen. Ihr Haar glich schwarzem Seegras, klebte an ihrem weißen Gesicht und hing ihr in langen, nassen Strähnen über Arme und Rücken. Sie sah aus wie eine Frau, die im letzten Moment dem Ertrinken entronnen war.

„Wenn du mich mit meinem eigenen Schwert erschlagen willst“, riet er ihr freundlich, „dann musst du erst lernen, wie man die Waffe anhebt.“ Verstimmt schaute sie mit zusammengepressten Lippen zu, wie er sich bückte und sein Schwert mit einer Hand vom Boden aufnahm. Behutsam löste er ihren Umhang von dem Knauf und der Klinge. Er warf Rose das trockene Kleidungsstück zu und schob Fenrir zurück in die Schwertscheide.

„Da ist ein Unterschlupf am anderen Ende der Insel“, sprach er. „Geh und zieh die nasse Kleidung aus. In dem trockenen Umhang wirst du besser schlafen können.“

Sie bedachte ihn mit einem langen, kühlen Blick, obgleich sie am ganzen Leib vor Kälte zitterte. Er hielt ihrem Blick stand, und schließlich kehrte sie sich ab und ging in die Richtung, in die er zuvor gedeutet hatte.

Gunnar gab ihr ein wenig Zeit.

Als er schließlich zu ihr trat, hatte sie sich längst umgezogen. Ihre nasse Kleidung hatte sie auf den Ästen des verkrüppelten Baums zum Trocknen aufgehängt. Mit angezogenen Beinen lag sie in dem Unterschlupf aus aufgeschichteten Torfstücken und hatte sich in den Umhang gehüllt. Ihre Augen waren geschlossen, aber er merkte an der Art, wie sie zitterte, dass sie noch nicht schlief.

Langsam löste er die Bänder seines Hemds, streifte es über den

Kopf und legte auch das dünne Leinenhemd ab. Dann entledigte er sich seiner Stiefel, des Schwertgürtels und zuletzt der Beinkleider. Unbekleidet begab er sich in gebückter Haltung in den Unterschlupf, der offenkundig für sehr viel kleinere Menschen erbaut worden war.

Rose hatte die Augen nicht geöffnet, aber ihr dürfte wohl kaum entgangen sein, dass er sich ausgezogen hatte. Gunnar lächelte vor sich hin. Doch sollte sie damit gerechnet haben, dass er sie nach all den Anstrengungen der Nacht noch lieben würde, hatte sie sich getäuscht.

„Mir ist ebenfalls kalt“, sagte er nüchtern. „Es ist besser, wenn man sich gegenseitig wärmt, anstatt allein zu liegen.“

Sie öffnete ein Auge und blickte ihn argwöhnisch an. Gunnar ließ sich nicht beirren, wertete ihren Blick als Einverständnis und legte sich neben sie. Nachdem sie halb zögerlich, halb bereitwillig den Umhang abgestreift hatte, legte er ihren Kopf auf seine Schulter, schlang einen Arm um ihre Taille und breitete das wollene Kleidungsstück über ihnen aus. Der Stoff bedeckte sie beide nur notdürftig, aber die Hitze seines Körpers wärmte sie besser als jeder Umhang.

Sie zitterte noch eine ganze Weile. Ihre Haut fühlte sich kalt und feucht an, und obgleich sie ihr Haar ausgewrungen und lose zu einem langen Zopf zusammengebunden hatte, war es immer noch verklebt vom salzigen Wasser. Als seine Körperwärme sie umfing, entspannte Rose sich allmählich. Anstatt sich steif und abweisend zu verhalten, schmiegte sie sich enger an ihn, sodass er ihre vollen Brüste an seiner Brust spüren konnte. Als er seinen Oberschenkel über sie legte und sie noch enger an sich zog, seufzte sie leise auf.

Vielleicht bin ich gar nicht so müde, dachte Gunnar, als er merkte, wie die Erregung in ihm aufstieg. Aber er musste sein Verlangen jetzt nicht stillen. Er genoss einfach das Gefühl, eng umschlungen neben ihr zu liegen.

Gunnar sah, wie das erste Licht des Tages durch die Ritzen des Unterschlupfs fiel und die aufgehende Sonne lange Schatten über das *Mere* warf. Vor ihnen erstreckte sich nichts als Wasserflächen und einzelne Inseln bis zum Horizont. Doch Gunnar entdeckte noch etwas anderes, etwas sehr Willkommenes. Halb versteckt im Schilfgürtel lag ein kleines schmales Boot. Zumindest von nun an würden sie trockenen Fußes vorankommen.

Gunnar lächelte zufrieden, als ihm schließlich vor Müdigkeit die Augen zufielen.

17. KAPITEL

Mit dem Tageslicht kamen Scharen von Vögeln. Wie eine große Wolke zogen sie über das *Mere* und stießen heisere Schreie aus. Sie stürzten hinab und tauchten ein in das glitzernde Wasser, um ihre erste Tagesmahlzeit zu jagen. Fische sprangen und huschten silbern durch die dunklen Wasser, unzählige Insekten schwirrten und summten in der Luft, um möglichst viel aus ihrem kurzen, geschäftigen Dasein zu machen.

Das Marschland war voller Leben – Rose hatte das zuvor nicht für möglich gehalten. Wenn sie aus dem Fenster der Kemenate geschaut hatte, hatte sie nachts die geheimnisvolle Seite des *Mere* und tagsüber die schier endlosen, von kleinen Inseln unterbrochenen Wasserflächen gesehen. Ihre Leute fingen Fische und Aale am Rand des *Mere* und gewannen Salz, indem sie das Wasser aus flachen Trögen verdunsten ließen. Hier aber, inmitten des Marschlandes, erlebte Rose die Einzigartigkeit dieser Gefilde.

Gunnar hatte sich entfernt, damit sie ungestört ihre noch feuchte Kleidung anlegen konnte, und als sie angezogen war, machte sie sich auf die Suche nach ihm. Er stand im Schilfgürtel und beugte sich über ein kleines, schmales Boot, das er offenbar auf Löcher und schadhafte Stellen hin in Augenschein nahm. Als er ihre Gegenwart spürte, schaute er mit einem jungenhaften Grinsen zu ihr auf.

Verzweifelt versuchte Rose, nicht auf seinen kraftvollen Körper zu achten, der sich deutlich unter der verknitterten, vom Salzwasser befleckten Kleidung abzeichnete. Sein kupferfarbenes, vom Wasser verfilztes Haar hatte sich in kleine Locken gelegt, und golden schimmernde Barthaare bedeckten Kinn und Wangen. Augenblicke zuvor hatte sie noch in seinen Armen gelegen, gänzlich umschlossen von seinem starken Körper und hatte die Wärme seines Körpers förmlich in sich aufgesogen.

Ihre Gefühle verwirrten und ängstigten sie.

Als er Ivo getötet hatte, hatte sie nichts als Hass für ihn empfunden, obgleich sie während der Flucht auf ihn angewiesen gewesen war. Dann aber – und sie war sich immer noch nicht sicher, ob er ihr die Wahrheit gesagt hatte – hatte er ihr eröffnet, Ivos Tod sei bloß vorgetäuscht gewesen, er sei gar nicht Fitzmortons Mann, sondern Radulfs Vertrauter. Er war ein Spion im Auftrag von Lord Radulf, und für das Aufdecken von Arnos Ränken winkte ihm Somerford als Belohnung. Ihr Land, ihre Burg, ihre Leute. Roses gesamte Existenz.

Das waren Gründe genug, ihn zu hassen.

Das Boot war offenbar in gutem Zustand. Gunnar streckte die Hand nach ihr aus. „Komm, Rose. Wir müssen aufbrechen. Miles ist uns womöglich dicht auf den Fersen."

Miles de Vessey war der Dämon, der sie immer tiefer in die Marschgebiete trieb. Wenn sie jemanden hassen müsste, dann diesen Normannen.

Rose reichte Gunnar die Hand. Er half ihr über das Schilfgras und hob sie in das schmale Boot. Nachdem sie Platz genommen hatte und sich mit beiden Händen an der dünnen Bordwand festklammerte, kletterte auch er ins Boot. Durch ihr gemeinsames Gewicht sank das Boot tief ins Wasser. Gunnar hatte kein Ruder, doch er benutzte die breite Klinge seines Schwerts, um sie über die nächste Wasserfläche zu rudern.

Die zahllosen Wasserarme des *Mere* waren miteinander verbunden. Inzwischen ruderte Gunnar das Boot durch kleine Kanäle, die sich durch Röhricht und festeren Marschboden schlängelten. Rose gewöhnte sich allmählich an die Schreie und Rufe der Vögel. Die Tiere selbst nahmen von den Menschen nur dann Notiz, wenn das Boot herannahte; im letzten Augenblick wichen sie dem schmalen Bug geschickt aus. Während sie weiter über das

Wasser glitten, paddelte eine Ente eilig davon, dicht gefolgt von ihren halb ausgewachsenen Küken.

Rose musste bei dem niedlichen Anblick unwillkürlich lächeln, und ehe sie sich versehen konnte, hatte sie in ihrer Freude zu Gunnar hinübergeschaut.

Er beobachtete sie.

Ihr Lächeln schwand. Hastig wandte sie sich von ihm ab, blickte wie zuvor starr geradeaus und gab vor, nicht zu bemerken, wie seine kraftvollen Arme sich beim Steuern des Bootes unter dem dünnen Hemd abzeichneten. Im gleißenden Sonnenlicht kniff er die blauen Augen zusammen. Nun sieht er wahrlich wie ein Wikinger aus, dachte Rose voller Grimm. Wie einer jener Räuber, die einst über das Meer gekommen waren, begierig auf Bluttaten. Ein Dieb und ein Mörder und ein Lügner, das war Gunnar Olafson.

Aber warum fühlte sie diesen plötzlichen Schmerz? Warum sehnte sie sich nach den Stunden in der Kemenate zurück, als er sie in seinen Armen gehalten und sie mit der Hitze seiner Leidenschaft versengt hatte?

Wieso dachte sie an jene Zeit der Wonne zurück, bevor sie die Wahrheit erfahren hatte? Doch sie wusste nicht einmal, wie diese *Wahrheit* wirklich aussah.

„Siehst du das dort drüben?“

Rose blickte auf. Er zeigte auf eine größere Insel; sie wirkte grün, beinahe üppig bewachsen. An einem Ende stand sogar eine größere Baumgruppe, und Nebel stieg aus der Mitte des Eilands auf. Oder war das sogar Rauch? Rose richtete sich im Sitzen auf. Es sah nach einem Dorf aus. Dies verhieß Essen, und Rose machte sich mit einem Mal bewusst, dass sie sehr, sehr hungrig war.

„Ich denke, dort sind Hütten.“ Gunnar sprach ihre Gedanken offen aus. „Wir brauchen Nahrung und Schutz, Rose.“

„Marschlandbewohner?“ Ihre Stimme klang ängstlich. Sie umklammerte die Bordwände und achtete nicht auf das Rumoren in ihrem Bauch. „Werden sie uns etwas antun?“

„Ich werde dich beschützen.“

Sie starrte ihn aus zornigen Augen an. „Warum fällt es mir so schwer, dir zu glauben, wenn du das sagst?“

Fürwahr, sie war wütend! Und ihr Zorn wuchs weiter an, als sie sich seine Heimtücke vor Augen führte. Er war wie Arno, nur noch schlimmer. Selbst Edric, der gute freundliche Edric, hatte sie belogen. Ohne ihr Wissen hatte er Arno Somerford in Aussicht gestellt und dann sein Versprechen zu ihren Gunsten gebrochen. Was hätte seiner Meinung nach geschehen sollen? Rose vermutete, ihr verstorbener Gemahl habe damit gerechnet, dass sie erneut heiraten würde. Jemanden, der stark genug war, die Burg zu halten. Vermutlich hatte er sie für zu zaghaft befunden, um allein durchs Leben zu kommen.

Doch sie war allein geblieben. Sie hatte Somerford sicher verwaltet … bis jetzt. Und nun war Gunnar, der ihre Rettung hätte sein sollen, zu einem Albtraum für sie geworden.

Er hatte sie verraten. Wie allen Männern, durfte man auch ihm nicht vertrauen und ihn gewiss niemals lieben.

Schenke keinem Mann deine Liebe, denn er wird dich gewiss zerstören, wenn du es tust.

Und was sollte nun aus ihr werden? Selbst wenn sie zu Radulf gelangen und Somerford retten könnte, war ihr zukünftiges Leben den Launen anderer Menschen ausgesetzt. Sie konnte dann nicht einmal mehr für sich selbst entscheiden.

Rose spürte, dass ihre Lippen zu zittern begannen, und daher schaute sie in Richtung des Burrow Mump, der in der Ferne aufragte. Gunnar sollte nicht sehen, was in ihr vorging. In der letzten Nacht hatte sie wieder von dem Geisterreiter auf dem grauen Ross geträumt. Als er sie diesmal auf seinen Schoß gehoben hatte, hatte er sich zu ihr hinabgebeugt, um sie zu küssen. Und sein Mund hatte sich wie Gunnars Mund angefühlt.

Jetzt hatte er sich endgültig in ihre Träume gedrängt und ihr den letzten Zufluchtsort geraubt.

„Ich bin ein Söldner." Seine Stimme klang gewohnt ruhig und beherrscht. Doch sie spürte einen Unterton, der sie aufhorchen ließ, obwohl sie weiterhin auf den Burrow Mump blickte. Etwas schien Gunnar zu bewegen.

„Ein Söldner besitzt kein Land, Rose. Er kämpft und wird dafür entlohnt. Ich kann gut kämpfen – ich bin kräftig und gut ausgebildet. Ich habe treue Gefährten, die mir folgen. Sie vertrauen mir, und ich tue mein Bestes, um ihnen ein angenehmes Leben zu bieten."

„Abgesehen davon, dass du einen von ihnen getötet hast, obwohl du beteuerst, alles sei vorgetäuscht gewesen. Soll ich dir noch ein einziges Wort glauben?"

Er warf ihr einen verstohlenen Blick zu, gab aber ansonsten vor, ihre Worte nicht gehört zu haben. „Ich bin wie geschaffen für das Söldnerleben, aber kein Söldner kann ewig leben. Ich sehe den Tod nahen, Rose, und dieser Ausblick ist düster. Eines Tages werde ich zu alt sein und nicht mehr schnell genug sehen, dass die tödliche Klinge auf mich niedersaust. Das wird mein Ende sein. Fremde werden mich an einem fremden Ort begraben."

Darauf erwiderte sie nichts, doch sie zitterte bei seinen Worten, als könne auch sie diesen letzten Tag sehen.

„In diesem Jahr habe ich zum ersten Mal eine schmerzliche Sehnsucht nach etwas anderem verspürt. Nach eigenem Land, einer eigenen Frau und nach gemeinsamen Kindern. Ich bin des Söldnerdaseins überdrüssig. Ich habe viel zu bieten, Rose, und das möchte ich denen geben, die mir etwas *bedeuten.* Ich kann diese schmallippigen normannischen Barone nicht mehr sehen, die sich an dem Land der

Angelsachsen bereichern. Als Radulf mir Somerford anbot, erschien mir die Aussicht wie die Antwort auf meine Träume."

Was er sagte, klang aufrichtig. Wenn sie ihn nicht von seiner anderen Seite erlebt hätte, hätte Rose ihm geglaubt und ihm vermutlich sogar Verständnis entgegengebracht. Aber sie wusste es nach all den Geschehnissen besser.

„Und nachdem Lord Radulf dir Somerford angeboten hatte, ist dir nie in den Sinn gekommen, dass die Burg eigentlich mir zustand? Dass meine Leute glücklich mit dieser Regelung waren?"

Er zögerte. Kein Zweifel, er legt sich irgendeine neue Lüge zurecht, dachte Rose erzürnt.

„Die Aussicht auf eigenes Land übte eine große Versuchung auf mich aus. Als ich das erste Mal nach Somerford kam, habe ich mir vorgestellt, wie ich dort bleiben würde. Die Leute brauchten Schutz – *ich* konnte ihnen den Schutz geben. Woher sollte ich wissen, ob man dir vertrauen durfte? Du hattest hinter Radulfs Rücken nach Söldnern geschickt – so stellte er es zumindest dar. Du schienst gemeinsame Sache mit deinem Ritter zu machen, schienst Ränke gegen deinen Lehnsherrn zu schmieden. Radulf musste sogar mit dem Schlimmsten rechnen: dass du dich Fitzmorton angeschlossen hattest, um gemeinsam mit ihm Crevitch Castle zu erobern. Bestenfalls konnte er dich für eine schwache, leicht zu täuschende Närrin halten."

Rose schaute ins Wasser, doch ihr Blick ging ins Leere. Tränen des Zorns raubten ihr die Sicht.

„Arno bat Bruder Mark, den Brief zu schreiben", sagte sie und kniff die Lippen zusammen. „Ich versiegelte das Schreiben, nachdem er mir erzählt hatte, was darin stand. Er muss mich angelogen haben, und dann hat er den Brief vermutlich zu Lord Fitzmorton bringen lassen. Ja, ich bin eine Närrin, dass ich das geglaubt habe."

„Rose ..."

„Nein! Fahr nur fort, erzähl mir, wie es weitergeht. Ich möchte mehr von deinen Märchen hören.“

Sein Tonfall blieb sachlich und ruhig. „Einer von Radulfs Männern fing den Brief ab. Er trug dein Siegel. Radulf ließ nach mir schicken, und ich begab mich unverzüglich zu Fitzmorton, um ihm meine Dienste anzubieten – Miles war zu diesem Zeitpunkt im Norden, sonst wäre das ganze Vorhaben gescheitert. Als der Brief dann bei Fitzmorton eintraf, erhielt ich den Auftrag. Zunächst wusste ich nicht, wie die Intrige genau aussah, oder ob es sich überhaupt um eine handelte. Aber ich begriff rasch, dass Arno hinter allem steckte und du völlig unschuldig warst.“

„Und das alles hast du für dich behalten und gelogen.“ Rose wunderte sich, dass sie so abgeklärt klang – dabei löste der Zorn heiße und kalte Schauer in ihr aus.

„Jetzt sage ich die Wahrheit.“

Bei diesen Worten schaute sie ihn an. Er *lächelte!* Ein bitteres Lächeln. Ihr Zorn ließ sie innerlich erstarren: je länger sie über jeden erlittenen Schmerz nachdachte, desto größer erschien ihr das Ausmaß seines Verrats. Er hatte immer wieder gelogen, hatte ihren Körper erobert und ihr Verlangen nach ihm angefacht, hatte sie glauben gemacht, sie könne ihm vertrauen.

Er hatte sogar gelobt, ihr zu gehorchen – was waren Gunnar Olafsons Versprechen wert?

Sie waren wie Wasser, das ihr durch die Finger rann.

Rose hob das Kinn und holte hörbar Luft. Sie war im Begriff, ihn zu verletzen, so wie er es mit ihr getan hatte.

„Meine Leute brauchen einen Mann wie dich nicht. Du bist schlimmer als Miles de Vessey – er kämpft zumindest für das, woran er glaubt, mag es nun gut oder schlecht sein. Du kämpfst gegen Bezahlung, und jetzt erzählst du mir, du würdest mir aus einer Laune heraus mein Land wegnehmen. Ich kann das Blut an deinen

Händen riechen. Ehre? Du weißt nicht einmal, was das ist! Was auch immer aus mir wird, ich werde alles daransetzen, um zu verhindern, dass du der Herr von Somerford wirst.“

Er schwieg. Seine Miene war kalt und undurchdringlich, sein Mund eine harte, dünne Linie. Er sah wie aus Stein gemeißelt aus. Offenbar hatten ihre Worte ihre Wirkung nicht verfehlt! Rose empfand etwas wie Befriedigung. Vielleicht würde er endlich erkennen, wie nutzlos sein Bemühen war, sich bei ihr zu entschuldigen – falls er das überhaupt vorhatte. Sie würde ihm nie verzeihen und ihm niemals wieder vertrauen ...

Rose lehnte sich im Boot zurück und sah mit müden Augen, wie die Insel langsam näher kam.

Gunnar fragte sich, was sie wohl denken mochte, doch dann redete er sich ein, dass es ihn wenig kümmerte. Was ging es ihn an? Warum sollte er sich überhaupt bemühen, ihr Vertrauen wiederzugewinnen? Zuvor hatte es stets genügt, nur an sich selbst zu glauben. Wieso brauchte er jetzt die Gewissheit, dass auch *sie* an ihn glaubte? Es war kindisch, und Gunnar hatte sich nie kindisch benommen. Er war ein Mann, der geborene Führer. Sie hatte Recht, es klebte Blut an seinen Händen, aber darin unterschied er sich keineswegs von den anderen kämpfenden Männern in König Williams Reich. Mit ihren Worten hatte sie ihn demütigen und verletzen wollen.

Sie hatte ihr Ziel erreicht.

Er fühlte sich herabgesetzt, wenn auch nur für einen kurzen Moment. Bis er sich in Erinnerung rief, dass Frauen nichts weiter seien als eine Ablenkung von den ernsthaften Herausforderungen des Lebens. Sie verschafften seinem Körper vorübergehend Erleichterung, mehr nicht.

Warum sollte es ihn kümmern, wenn Rose durch sein Verhalten verletzt und verbittert war?

Weil ihr Schmerz ihn berührte.

Sie war wie das Sonnenlicht, das alles in seinem Leben erstrahlen ließ. Ohne sie, das wusste er, würde seine Welt in ein ewiges Schattendasein zurücksinken.

Nun, du solltest dich besser an die Finsternis gewöhnen, denn sie will dich nicht und wird dir niemals vergeben!

Gunnar war nicht eitel, aber er legte auch keine falsche Bescheidenheit an den Tag: Die Frauen fühlten sich einfach zu ihm hingezogen. Noch nie hatte er sich in einer Lage befunden, in der die Frau, die er begehrte, ihn ablehnte.

Bis jetzt.

Bei Odin, warum musste er auch die eine Frau auswählen, die nichts von ihm wissen wollte!

„Gunnar."

Als Rose leise seinen Namen aussprach, blickte er ruckartig auf und folgte ihren Blicken. Sie waren inzwischen nah an die Insel herangekommen, und es sah so aus, als würde man ihnen einen Empfang bereiten. Ein gutes Dutzend Marschlandbewohner stand am Ufer und erwartete ihre Ankunft. Einige Männer hielten Waffen in den Händen.

„Wenn wir anlegen, bleibst du im Boot", raunte Gunnar ihr zu. „Hab keine Angst. Ich beschütze dich."

„Ich habe keine Angst", entgegnete sie, aber ihre dunklen Augen hatten sich geweitet. Er wusste, dass sie vor ihm keine Schwäche zeigen wollte. Das konnte er nachvollziehen, er bewunderte sie sogar dafür ... solange sie sich genau an seine Anweisungen hielt.

Die Marschlandbewohner waren klein und drahtig, ihr Haar war dunkel, ihre Haut gebräunt und gezeichnet von dem harten Leben auf den Inseln. Diese Menschen waren die letzten der alten britannischen Bevölkerung, Kelten zumeist, die einst durch die Landnahme der Angeln und Sachsen tief in die Marschregionen getrieben worden waren. Die Männer trugen Speere, Pfeil und Bogen, gelegentlich ein Schwert. Keines davon war so sorgfältig geschmiedet wie Fenrir – Gunnar war sich sicher, dass er die Hälfte der Männer besiegen würde, bevor sie ihn zu Fall bringen könnten. Und selbst dann würde er sich der übrigen entledigen.

Auf der seicht ansteigenden Anhöhe, auf der eine Anzahl Torfhütten zu erkennen war, standen einige Frauen und Kinder eng beieinander. Rauch entstieg den flachen Dächern und wurde vom Wind zum Ufer getrieben. Gunnar nahm den Geruch von Essen wahr.

Mit einem schabenden Geräusch erreichte das Boot den schmalen Schilfgürtel am Ufersaum. Gunnar stieg aus und warf Rose einen flüchtigen Blick zu. „Bleib sitzen, bis ich dich hole", befahl er. Er wartete gar nicht erst auf ihre Antwort, sondern wandte sich an die Marschlandbewohner. Seine Haltung wirkte entspannt; eine Hand auf dem Schwertknauf, die andere locker an der Seite herabhängend, stand er breitbeinig am Ufer. Niemand konnte wissen, dass dies seine bevorzugte Haltung vor einem Kampf war.

„Wir kommen von der Burg Somerford", sagte er in der Sprache der Angelsachsen.

Ihre Mienen blieben unverändert. Abgesehen von ihrer fremden, abgeschiedenen Lebensweise waren sie genauso unfreundlich und argwöhnisch wie die Bewohner von Somerford. Gunnar nahm ihnen ihr Misstrauen nicht übel, doch er hoffte, es möge ihm gelingen, sie von ihrer ablehnenden Haltung abzubringen.

„Dies ist Lady Rose." Mit einem Kopfnicken deutete er auf das Boot. „Somerford war ihre Burg, aber jetzt hat man ihr die Ländereien geraubt."

Ein älterer Mann trat vor. Durch die faltige Haut waren seine dunklen Augen zu kleinen Schlitzen verengt. Sein graues Haar hing ihm lang und zerzaust über die Schultern, doch trotz seiner gebeugten Haltung hatte er ein beeindruckendes Auftreten. „Wer hat ihr

Land geraubt? War es ‚das Schwert des Königs'? Ich habe immer damit gerechnet, dass er das Lehen für sich beanspruchen würde."

Der Alte hatte einen merkwürdigen Akzent, aber Gunnar, der weit im Land herumgekommen war, hatte keine Schwierigkeiten, ihn zu verstehen. „Nein, es war nicht Radulf. Fitzmorton hat ihr Somerford gestohlen."

Niemand sagte ein Wort, und doch schien es so, als habe ein Schauer sie durchlaufen. Der ältere Mann hob erneut an. „Seit Kurzem streifen Fitzmortons Männer durch unser *Mere,* fangen unsere Fische und erschrecken unsere Leute", sprach er. „Sie blieben auf einer der unbewohnten Inseln und brachten Geschichten über uns in Umlauf, die nicht stimmen." Die listigen schwarzen Augen beobachteten ihn erwartungsvoll.

Gunnar wusste nicht recht, was man nun von ihm erwartete. Ungläubiges Lachen? So hätte sich vermutlich Arno verhalten, aber nicht er.

„Das Dorf Somerford wurde angegriffen, und obwohl man euch die Schuld zuschiebt, wissen wir, dass Fitzmorton hinter diesen Schandtaten steckt."

Gunnar lächelte, doch dann hatte er das Gefühl, dass die Leute ihre starre Haltung allmählich aufgaben und voller Spannung an ihm vorbeisahen.

„Was sagt er? Er spricht so merkwürdig."

Gunnar war mehr als überrascht. Unmittelbar hinter sich vernahm er ihre Stimme, was nichts anderes bedeutete, dass *sie* hinter ihm stand. Er spürte, wie ihre Hand sich auf seinen Rücken legte – die Berührung war ungewöhnlich kühl.

„Ich habe dir gesagt, dass du im Boot bleiben sollst", ermahnte er sie barsch in französischer Sprache. Es klang wie eine Zurechtweisung.

Sie zog die Hand zurück. Doch bevor sie sich auf den Streit

einlassen konnte, wiederholte er bereitwillig die Worte des älteren Inselbewohners. Er war noch nicht ganz fertig, da trat sie hinter ihm hervor und war bereits im Begriff, mutig auf die Marschlandbewohner zuzugehen, doch Gunnar hielt sie am Arm fest.

„Ich werde mir Somerford zurückholen, und dann wird wieder Frieden herrschen für die Dorfbewohner und die Leute aus dem *Mere.*" Ihre Worte klangen überzeugend. „Doch jetzt benötigen wir für eine kurze Zeit Unterschlupf und Nahrung, bis Lord Radulf uns zu Hilfe eilt. Werdet ihr uns Schutz gewähren?"

Der alte Mann hatte Rose aufmerksam zugehört und wandte sich nun an seine Leute, um sich mit ihnen zu beraten.

„Du hättest im Boot bleiben sollen", wiederholte Gunnar, ohne Rose anzuschauen.

Er spürte, dass sie ihn eingehend betrachtete, um zu ergründen, was in ihm vorgehen mochte.

„Ich bin keiner deiner Söldner", sagte sie leise. „Ich tue das, was ich für richtig halte. Merk dir das."

Er schürzte spöttisch die Lippen. „Na schön, wie es Euch beliebt, Mylady."

Rose schwieg.

Der alte Mann wandte sich nun wieder Rose und Gunnar zu. „Wir nehmen euch für ein oder zwei Tage bei uns auf, aber ihr könnt nicht länger bleiben. Wenn ihr vor Fitzmorton flieht, wird er euch suchen, und dann wird er uns alle töten."

„Wir haben Verständnis für eure Befürchtungen", sagte Gunnar. „Wir wollen euer Volk nicht in Gefahr bringen."

Der Alte beäugte Gunnar mit neugierigen Blicken. „*Ihr* seid nicht aus Somerford."

„Mein Name ist Gunnar Olafson", lächelte er überlegen und besonnen, als ob ihn nichts in dieser Welt erschüttern könnte. „Ich bin Lady Roses Schild, ihr Beschützer."

Der Dorfälteste nickte ernst, obgleich ein wissendes Lächeln über sein verwittertes Gesicht huschte. „Ich bin Godenere. Kommt mit mir, ich zeige euch, wo ihr euch ausruhen könnt."

Rose nahm einen weiteren Bissen Fisch in den Mund und nippte an der Schale mit frischer, warmer Ziegenmilch. Die Hütte war klein und düster, und der Rauch von dem kleinen Feuer in der Mitte der Behausung entwich durch eine Öffnung im Torfdach. Die Wände der Hütte säumten einige Regalbretter, eine Bank, ein Stuhl und ein kleiner Tisch. Bei der Schlafstatt auf dem Boden handelte es sich um eine Matratze, die mit duftigen, trockenen Blättern gefüllt und mit einer weichen Tierhaut überzogen war.

Die Behausung unterschied sich nicht von einigen der Hütten im Dorf. Musste Rose erst in äußerste Bedrängnis geraten, bis ihr klar wurde, dass die Marschlandbewohner sich kaum von ihren Brüdern auf dem Festland unterschieden? Gewiss, wenn es stimmte, was Godenere ihnen gesagt hatte, waren die Leute aus dem *Mere* nicht ihre Gegner.

Fitzmorton und seine Helfershelfer waren die wahren Feinde. Gegen diese üblen Gesellen hätte sie sich seit Langem wappnen müssen. Doch sie hatte Arno vertraut, weil er Edrics Freund gewesen war, und durch dieses blinde Vertrauen hatte sie alles leichtfertig verloren.

Ich werde es zurückbekommen. Lord Radulf wird Somerford zurückerobern.

Ja, letzten Endes würde er obsiegen. Aber wie viele Leute müssten ihr Leben lassen? Und wie stand es um die bevorstehende Ernte? Würde die Ernte auf den Feldern verrotten, während die Mächtigen Krieg gegeneinander führten? Ja, und wieder einmal würden die Armen Not leiden. Und was würde aus der Burgherrin, der man Somerford weggenommen hatte?

Nein, Rose erwartete nicht, dass man ihr eine zweite Chance geben würde.

Verzweifelt nippte sie an der Milch. Die Ziegen waren am anderen Ende des Dorfes eingepfercht. Das Dorf selbst war an der höchsten Erhebung des Eilandes errichtet worden. Es gab zahlreiche Hütten und Behausungen, zwischen denen Enten und Gänse frei herumliefen. Als sie und Gunnar durch das Dorf geschritten waren, hatten Kinder sie von den Eingängen aus mit großen Augen beobachtet. Vermutlich waren sie wie gebannt von Gunnars Erscheinung. Er war so groß, wie ein Riese mit kupferfarbenen Zöpfen und wilden blauen Augen.

Rose aß ihren Fisch auf, beugte sich über eine andere Schale und betrachtete das grüne Gemüse mit gemischten Gefühlen. Es sah fremdartig aus, und sie hielt es für eine Art Algenpflanze. Gewiss hatte sie so etwas noch nie zuvor gegessen.

„Es ist gut, Mylady. Unsere Kinder werden kräftig, wenn sie davon essen."

Rose schaute auf. Eine Frau – eher noch ein Mädchen – betrachtete sie mit einem dünnen, leicht überheblichen Lächeln. Rose hob eine Braue und schaute zu Gunnar hinüber. „Ich vermute, sie will mir sagen, dass ich es aufessen soll, aber sie spricht so merkwürdig. Ich bin mir nicht sicher, was sie meint."

„So hat sie es in etwa gemeint", pflichtete er ihr in Französisch bei. Er saß wie ein heidnischer Gott im Schatten, seine auffallenden Zöpfe umrahmten sein markantes Gesicht. Daher war Rose keineswegs überrascht, diesen verträumten, schmachtenden Blick in dem hübschen Gesicht des Mädchens zu entdecken.

Er raunte dem Mädchen etwas in ihrer Sprache zu, und sie lächelte unsicher, während sie die leeren Schalen aufnahm. Das Mädchen füllte noch Milch in seinen Krug nach, bevor sie hinausging und einen letzten, sehnsuchtsvollen Blick über die Schulter warf.

Draußen hörte man aufgeregte Frauenstimmen durcheinander sprechen. Eine andere Frau spähte kurz in die Hütte und zog den Kopf sogleich wieder zurück. Dann hörte man sie lachen.

Rose, von wachsender Unruhe erfasst, war erleichtert, Godeneres Stimme zu hören. Sie verstand nicht genau, was er sagte, doch er schien den Frauen zu sagen, dass sie fortgehen und den Fremden etwas Ruhe gönnen sollten. Das Geplapper und Gekicher wurde leiser, als die Frauen sich entfernten.

Sie hatten ausreichend zu essen bekommen, es war angenehm warm in der Hütte, und im Augenblick waren sie vor der Bedrohung durch Miles, Arno und Fitzmorton sicher. Mit einem Mal fand Rose die Frauen sogar erheiternd, die sich vor der Hütte eingefunden hatten, um einen Blick auf den Söldner zu erhaschen. Sie schaute zu Gunnar hinüber und schmunzelte.

„Was ist?“ Er war soeben im Begriff, seine Schale mit Milch zu leeren, hielt nun aber inne und runzelte die Stirn.

„Es geht um dich“, erwiderte Rose. Er sah aus zusammengekniffenen Augen zu ihr herüber, was sie im Stillen noch mehr erheiterte. Ließ sich dieser stets so gelassen wirkende Mann denn so einfach aus der Ruhe bringen? Vielleicht hatte Gunnar Olafson auch einen schlechten Tag.

Aus einem unerfindlichen Grund musste sie plötzlich lachen.

„Um mich?“ Als er sah, wie sie hinter vorgehaltener Hand lachte, wich sein Argwohn offenkundiger Verwirrung. Scheinbar wusste er wirklich nicht, wie ihm gerade geschah.

„Die Art und Weise, wie sie dich anschauen – die Frauen meine ich. Für sie bist du wie eine riesige Blume, Gunnar, und sie sind wie törichte Bienen und Schmetterlinge, die deinen Duft wahrnehmen und von deinem Nektar naschen wollen. Du hältst sie von allen anderen Blumen fern.“

Er hob eine Braue und wartete geduldig ab, während sie die

Hand vor den Mund hielt und versuchte, ihr Lachen unter Kontrolle zu bekommen.

Gunnar lehnte sich behaglich zurück und verschränkte die Hände hinter dem Kopf. Er wirkte so entspannt, aber Rose traute seiner nach außen getragenen Ruhe nicht mehr. Wahrscheinlich täuschte er die Gelassenheit nur vor. Ein Mann wie Gunnar Olafson wäre wohl nie in der Lage, sich wirklich zu entspannen. Sie fragte sich, wie lange es wohl dauern mochte, bevor eine der Frauen einen Grund vorschieben würde, um die Hütte erneut betreten zu können. Mehr Milch? Mehr von dem Fisch? Oder gar mehr von diesem widerlichen grünen Seekraut?

Abermals musste sie herzhaft lachen, doch inzwischen tat ihr der Bauch weh.

„Bist du eifersüchtig, Rose? Ist es das?"

Augenblicklich verging ihr das Lachen. Rose setzte sich aufrecht hin, atmete die rauchige Luft ein und wischte sich mit dem Ärmel über die tränenden Augen. Aber das getrocknete Salz in dem Stoff brannte nur noch mehr in den Augen, die weiterhin trieften.

„Wohl kaum", spottete sie, rieb sich die Augen und blinzelte. „So einfältig bin ich nicht, Captain."

„Und was gibt es dann daran auszusetzen, wenn Frauen das Aussehen eines Mannes bewundern? Männer bewundern Frauen die ganze Zeit." Er hatte sich leicht nach vorn gebeugt, und nun sah sie ein Leuchten in seinen Augen, das sie in Unruhe versetzte.

Rose schniefte. „So nennst du das also. Bewunderung? Die armen Geschöpfe würden sich dümmlich im Kreise drehen, wenn du sie dazu auffordern würdest."

„Und du würdest es nicht tun?" fragte er nach und rückte näher an sie heran. Seine Stimme barg einen warnenden Unterton, und Rose warf ihm einen flüchtigen Blick zu. „Nun, Mylady?"

„Nein, ich würde es nicht tun! Einige Frauen sind einfältiger als andere. Und ich weiß, dass man Männern nicht trauen darf, Captain – wenn ich es auch vor Kurzem noch nicht gewusst habe, so weiß ich es jetzt allemal. Männer fühlen nicht so wie Frauen, verstehst du. Die Herzen der Männer sind kälter, härter. So wie das Schwert, das du an deiner Hüfte trägst, benutzen Männer ihre Herzen, um zu verletzen, Captain. Manchmal ist die Wunde tödlich."

Im schwachen Schein des Feuers starrte Gunnar zu ihr herüber. Der Nachdruck in ihrer Stimme hatte ihn offenbar nachdenklich gemacht. „Wie ich sehe, glaubst du wirklich jedes einzelne Wort, das du sagst. Hat sich diese Ansicht in dir festgesetzt, als du jung warst, Rose?"

Sie erbleichte, sah sich indes nicht in der Lage, etwas zu erwidern. Sie hatte bereits zu viel von sich selbst preisgegeben.

Er sprach unbeirrt weiter – seine Stimme glich einem leisen, betörenden Gemurmel. „Mein Vater würde sein Leben opfern, um meine Mutter zu retten. Er würde gegen ein ganzes Heer antreten, um sie zu schützen. Zeugt das nicht auch von tiefen Gefühlen?"

Sagte er die Wahrheit? Oder war es wieder eine seiner Lügen?

„Lord Radulf würde den Verstand verlieren, wenn seiner Gemahlin irgendetwas zustoßen sollte. Er sagte einst zu mir, Lady Lily sei sein Mond, die seinen Pfad mit ihrem Licht erhellte. Zeugt das nicht von tiefen Gefühlen, Rose?"

„Du drehst mir das Wort im Munde herum."

„Wieso? Ich versuche dir lediglich klarzumachen, dass du dich irrst. Vielleicht gibt es Männer, die so sind, wie du sie darstellst. Aber nicht alle sind so."

„Du nennst mir zwei Männer, die sich um ihre Frauen kümmern", entgegnete Rose. „Wie viele bleiben übrig, die ein kaltes Herz haben?"

„Du beurteilst alle Männer nach dem Verhalten einiger weniger. Das ist nicht richtig."

Rose runzelte missbilligend die Stirn, denn sein überlegenes Lächeln verdross sie. Offenbar ging er davon aus, den Streit schon für sich entschieden zu haben. Er irrte sich, und sie war davon überzeugt, dass sie Recht hatte. Daher zuckte sie unbeeindruckt die Schultern und antwortete: „Warum solltest du das auch verstehen? Du bist ja ein Mann."

„Ja, ich *bin* ein Mann", wiederholte er leise, und nun lag wahrlich etwas Unberechenbares in seiner Stimme. „Und es gibt viele Dinge, die ich verstehe." Sie beäugte ihn unsicher, als er noch näher heranrückte. Seine große, warme Hand umschloss ihr Knie. „Ich verstehe, wie gerne du es hast, wenn ich dich berühre, Rose", raunte er.

Sie stieß seine Hand weg. „Das ist etwas anderes!"

„Wieso?" Inzwischen kniete er vor ihr. Sie bedachte ihn mit finsteren Blicken, doch er lächelte sie nach wie vor an. Konnte er denn nicht sehen, wie sehr sie ihn hasste?

„Ich kenne dich doch", raunte er mit seiner tiefen Stimme, beugte sich vor und strich mit den Lippen sacht über ihre. Seine Nähe und die Hitze seines Körpers raubten ihr die Sinne.

„Du irrst dich", flüsterte sie.

Er lachte leise, öffnete die Lippen und küsste sie leidenschaftlich. Alles um sie herum schien ins Wanken geraten zu sein. Es kam ihr so vor, als wäre alles unscharf und in weite Ferne gerückt, bis sie nur noch Gunnar wahrnahm. Seine feurigen Lippen, seinen harten, männlichen Körper. Rose seufzte vor Wonne und schlang die Arme um seinen Nacken.

Als seine Hand über ihre Brust strich, schmiegte Rose sich dichter an seinen wärmenden Leib. „Ich weiß, wie sehr du vor Verlangen brennst, Rose, denn ich verspüre dasselbe."

Sie öffnete die Augen und starrte ihn an, wachsam und vorsichtig. Doch trotz ihrer Zweifel fesselte sein Blick sie. „Ist das wahr?" fragte sie atemlos.

„Du weißt, dass es wahr ist, Rose." Er verteilte federleichte Küsse über ihre Wange, ihre Schläfe und ihren Hals. Dann zog er sie mit sich, als er sich auf die Seite rollte und sie fest an seinen Leib drückte. „Du brauchst mich nur anzuschauen, Rose, und schon begehre ich dich. Du lachst und erzählst mir, dass die Frauen mich für eine Blume halten, dabei möchte ich am liebsten den ganzen Tag über von deinem Nektar kosten."

Seine Augen waren dunkel vor Verlangen, und sie sah sein angespanntes Lächeln, das ihr schon vertraut war.

Er begehrte sie; in dieser Hinsicht belog er sie nicht.

Sie streichelte über seinen straffen Bauch und umschloss seine Männlichkeit, die sich unverkennbar unter den Beinkleidern aufbäumte.

„Ich spüre etwas Hartes, Captain", murmelte sie. „Ist das für mich gedacht, oder habt Ihr vor, der Reihe nach die Frauen aus dem *Mere* zu nehmen?"

Er hielt den Atem an, doch dann legte er sich auf sie, stützte sich beiderseits ihres Gesichts ab und schob seinen Schenkel zwischen ihre Beine. „Ich begehre dich", raunte er, beugte sich hinab und küsste sie, bis sich alles in ihrem Kopf zu drehen begann. Dann schob er mit kundigen Händen ihre Röcke hoch, strich über die Innenseiten ihrer Schenkel und spürte, dass sie genauso erregt war wie er. Rose löste die Bänder seiner Beinkleider und zog sie herunter. Nur kurz hob er ihre Hüften an, drang sogleich tief in sie ein und schien sich ganz in ihr verlieren zu wollen, als könne er ihr gar nicht nah genug sein.

„Rose", stöhnte er und zog sich wieder zurück, um erneut in sie einzudringen. Sie bewegte sich mit ihm und unterwarf sich dem Rhythmus seines kraftvollen Leibes. Das Haar lag ihr wirr um den Kopf, ihr Blick war vor Begierde und Lust verschwommen. Ihre Hände glitten unter sein Hemd und strichen über seine feste harte Brust. Wieder verschloss er ihren Mund mit feurigen Küssen, hörte, wie sie leise aufschrie, als sie den Höhepunkt erreichte, bevor auch er in rasender Verzückung Erleichterung fand.

Hör auf, hör jetzt auf damit!

Rose rang nach Atem und wollte sich von ihm abwenden. Als sie die Röcke glatt strich, war ihr Gesicht von Zorn und Verlegenheit gerötet. „Nein", keuchte sie, „nein, ich wollte nicht … ich hatte nicht vor …"

Doch Gunnar nahm ihre Hand, zog Rose in seine Arme und versuchte, sie zu beruhigen. Unverwandt sah er ihr in die Augen.

„Es sind nur wir, du und ich", hörte sie ihn sagen, während der Sturm der Entrüstung sie nicht loslassen wollte. „Wir beide müssen dies durchstehen, Rose. Vertrau mir, lehn dich bei mir an. Lass mich dein Schild sein, nur für jetzt. Darauf verstehe ich mich. Ich werde dich in meinen Armen halten, und vielleicht fühle ich mich dann nicht mehr so einsam."

Seine Worte klangen so glaubwürdig. Er schien es ehrlich zu meinen. Plötzlich wünschte Rose sich von ganzem Herzen, dass er es auch *wirklich* ehrlich meinte. Tränen brannten in ihren Augen, doch sie wollte ihnen keinen freien Lauf gewähren. Langsam, noch von Zweifeln geplagt, entspannte sie sich und barg ihren Kopf an seiner Brust. Es fühlte sich so gut an, so unendlich gut …

Warum auch nicht? fragte sie sich im Stillen. Wieso nahm sie nicht bedenkenlos an, was er zu bieten hatte? Später, nach der Rettung Somerfords, könnte sie die Beziehung beenden.

Beenden? Einfach so?

Ja! dachte Rose. *Ich werde es beenden … aber jetzt nehme ich das, was er mir bieten kann – damit wir beide zufrieden sind.*

Sie nickte beinahe zu heftig mit dem Kopf; ihr Entschluss stand fest. Geduldig hatte er ihre Antwort abgewartet. Jetzt strich er ihr das Haar aus dem Gesicht und begann sie von Neuem zu küssen.

Er liebkoste ihre Haut mit zarten Küssen, bis die Feuer der Leidenschaft erneut entfacht waren und weiche, gehauchte Küsse nicht mehr ausreichten, um das wachsende Verlangen zu stillen. Einmal mehr verloren sie sich im Reich der Lust, und beide schienen sie zu verkennen, dass ihre Vereinigung so viel mehr bedeutete, als sie zugeben wollten.

18. KAPITEL

„Gunnar Olafson?“

Es war Godeneres Stimme draußen in den Schatten vor dem Eingang. Die Abenddämmerung brach an, und Rose hatte in der rauchigen Dunkelheit in Gunnars Armen geschlafen.

„Gunnar Olafson?“ Godenere rief ein zweites Mal, lauter als zuvor.

Rose setzte sich auf, als Gunnar sich erhob. Er hatte sich noch kein Hemd übergezogen, trug aber bereits die Beinkleider. Mit einem sehnsüchtigen Seufzer dachte Rose an die Liebesspiele, in denen sie sich verloren hatten. Er ist wie ein Traum, der wahr geworden ist, dachte sie. Und mit einem Mal spürte sie das stechende Gefühl der Eifersucht, als sie an all die Frauen dachte, die Gunnar schwärmerische Blicke zuwarfen.

Um nicht an das niedrige Dach zu stoßen, ging Gunnar in gebückter Haltung zum Eingang. Die aus geflochtenen Weidenzweigen bestehende Tür wurde mit Lederriemen an einem Pfosten geschlossen. Als Gunnar die Tür öffnete, stand Godenere geduldig wartend im goldenen Licht der untergehenden Sommersonne. Hinter ihm …

Rose seufzte. Sie hatte es kommen sehen. Hinter Godenere hatte sich offenbar das gesamte Dorf versammelt.

Von innerer Unruhe getrieben, stand auch Rose rasch auf. Notdürftig flocht sie ihr dunkles Haar, warf es über die Schulter und strich ihr Gewand glatt. Dort, wo Gunnar sie berührt hatte, verspürte sie immer noch ein wohliges Prickeln. Doch sie fühlte sich unsauber, da ihre Haut und die Kleidung noch immer vor Salz starrten. Sich den Blicken anderer ausgesetzt zu sehen, rief ein tiefes Unbehagen in ihr hervor.

Zuvor war es ihr stets gelungen, ihre Verletzlichkeit rasch hinter ihrer gebieterischen Miene zu verbergen, aber hier im *Mere* hatte sie keinen Machtanspruch. Sie könnte genauso gut eine Leibeigene sein, eine Bäuerin, die den Launen ihres Herrn oder ihrer Herrin ausgeliefert war.

Zögernd trat sie hinter Gunnar und legte eine Hand auf seinen breiten Rücken. Seine Haut fühlte sich weich an, abgesehen von den Narben – den augenfälligen Anzeichen seines gefahrvollen Lebens. Am liebsten hätte sie die Arme um ihn geschlungen, seinen männlich-herben Duft eingeatmet und alles um sich herum einfach vergessen.

Gunnar warf ihr einen fragenden Blick über die Schulter zu. Vielleicht las er ihr Bedürfnis nach Schutz in ihrem Gesicht, denn er wandte sich ihr halb zu und legte einen Arm um sie. Sie schmiegte sich an seinen Leib, und seine große Hand ruhte auf ihrer Hüfte, als wären sie sich schon immer so nah gewesen.

Godenere sagte irgendetwas über Normannen, aber Rose konnte seinen Worten nicht so schnell folgen. Daraufhin erwiderte Gunnar etwas in seiner ihm eigenen ruhigen Art, doch Rose spürte, wie sein Körper sich verspannte – es handelte sich offenbar um schlechte Nachrichten.

Hinter Godenere standen zahlreiche Männer, Frauen und Kinder und starrten Rose und Gunnar an. Einige jüngere Frauen unterdrückten ein Kichern, aber ansonsten sah Rose neugierige, aber auch misstrauische Blicke. Man konnte den Leuten den Argwohn nicht verübeln. Immerhin brachten sie und Gunnar die Dorfbewohner mit ihrer Anwesenheit in Gefahr, und so wäre es das Beste, unverzüglich aufzubrechen.

Gunnar lauschte Godeneres Worten und nickte zustimmend. Zärtlich und beruhigend strichen seine Finger über Roses Hüfte. Sie spürte, wie ihr Blut langsam in Wallung geriet. Angestrengt versuchte sie, sich auf das Gespräch der beiden Männer zu konzentrieren, doch das Streicheln seiner warmen Finger lenkte sie ab.

Plötzlich deutete Godenere mit einem Kopfnicken in Roses Richtung. „Ist Lady Rose Eure Frau?“ fragte er.

Diese Worte hatte Rose verstanden. Sie erstarrte und wagte nicht zu Gunnar aufzuschauen. War es das, was die Leute dachten? Kam es ihnen wirklich so vor, als sei sie Gunnars Gemahlin, mit der er machen konnte, was ihm beliebte? So wie ihr Vater ihre Mutter zu seinem Geschöpf erzogen hatte?

Gunnar ließ sich mit der Antwort Zeit; seine Hand hatte aufgehört, sie zu streicheln. Neugierde trieb die Menge kaum merklich näher an die Hütte heran, und das hübsche Mädchen, das die Speisen gebracht hatte, stand ganz vorne.

Nein, niemals könnte ich in dieser Weise an Gunnar Olafson gebunden sein, dachte Rose verstimmt. Wie sollte sie das jeden Tag aushalten? Sie würde noch den Verstand verlieren …

„Nein.“ Gunnar lächelte den alten Mann an, und ein Anflug von Bedauern schwang in seiner Stimme mit. „Ich bin ihr Ritter, das ist alles. Sie gehört mir nicht, auch keinem anderen Mann.“

Aus Godeneres Blick sprachen Zweifel. Er sagte etwas zu der gaffenden Menge, und augenblicklich erhob sich ein fragendes Gemurmel. Einige der Frauen seufzten vor Enttäuschung auf. Rose spürte, dass ihre Wangen zu glühen begannen, da sie sich von so vielen Augen gemustert fühlte. Daher war sie froh, als Godenere und Gunnar endlich das Gespräch beendeten und sie sich wieder in die Hütte zurückziehen konnte.

„Was hat er gesagt?“ fragte sie wissbegierig, mied jedoch Gunnars Blick, als sie sich über das kleine Torffeuer beugte, um ihre Hände zu wärmen.

Er nahm neben ihr Platz, wobei seine kraftvollen Schenkel sich unübersehbar unter den schwarzen Beinkleidern abzeichneten.

Die kupferfarbenen Zöpfe schwangen nach vorne, als er sich vorbeugte und mit leiser Stimme sprach. „Sie haben Normannen im *Mere* gesehen, die zweifellos nach uns suchen. Warum sollten sie auch sonst hier draußen sein? Miles wird Somerford inzwischen in seine Gewalt gebracht haben, aber er wird sich erst sicher fühlen, wenn er mich getötet und dich gefangen hat."

Sie drehte den Kopf, und ihre Blicke trafen sich. Ein heißer Zorn loderte in seinen stürmischen blauen Augen auf – es war Gefahr im Verzug. Aber in seinen sengenden Blicken lag keine Gefahr für sie – es war Miles, dem Gunnar nach dem Leben trachtete.

Er streckte die Hand aus und berührte ihre Wange mit zärtlichen Fingern – es überraschte sie immer von Neuem, wie sanft er sein konnte, obwohl seine Hände für gewöhnlich ein Schwert schwangen.

„Wir sind hier nicht mehr sicher", fuhr er fort und ließ die Hand sinken.

„Was sollen wir tun?" wagte sie zu fragen, während sie auf ein Torfstückchen im Herd starrte, das kurz aufflammte, um dann ruhig weiter zu glimmen.

„Solange wir hier sind, bringen wir die Leute in Gefahr. Wenn Miles und seine Schergen uns hier aufspüren, werden sie die Dorfbewohner töten, weil sie uns Schutz gewähren. Fitzmorton herrscht über seine Ländereien, indem er Furcht und Schrecken verbreitet, Rose. Er ist nicht wie du oder Radulf."

„Ich weiß, wie Fitzmorton ist", antwortete sie leise.

„Godenere möchte uns auf eine andere, unbewohnte Insel bringen. Sollten wir dort in Miles' Hände geraten, wird niemand aus dem Dorf umgebracht."

„Ich verstehe." Die Enttäuschung drückte schwer auf ihren Schultern. Sie hatte gehofft, ihnen würde die Rückkehr nach Somerford gelingen, um das wiederzuerlangen, was bereits verloren schien. Doch jetzt mussten sie noch tiefer in das unheimliche *Mere* hinein.

Gunnar riss sie aus ihren trüben Gedanken.

„Godenere und ich haben einen Plan."

„Was für einen Plan?" Der Magen zog sich ihr zusammen. Stünde sie jetzt erneut vor der Frage, ob sie Gunnar trauen durfte?

„Godenere wird einige seiner Leute aussenden, um die Normannen zu finden. Sie werden Miles' Leuten erzählen, sie hätten uns gesehen und wüssten, wo wir uns versteckt halten. Wenn die Häscher kommen, werden wir sie schon erwarten. Wir lassen die Falle zuschnappen und werden sie besiegen."

„*Wir* werden die Falle zuschnappen lassen?" wiederholte sie ungläubig. „Wie gerne würde ich gegen Miles kämpfen, aber ich kann nicht einmal dein Schwert hochheben!"

Er lächelte, und kleine Falten legten sich um seine Augenwinkel. „Ich wette, du würdest sie alle mit einem finsteren Blick vernichten, Rose. Aber das wird nicht nötig sein. Godenere hat sich bereit erklärt, uns einige seiner Kämpfer zur Seite zu stellen."

„Dazu ist Godenere bereit?"

„Ja. Du hast versprochen, ihnen Frieden und Sicherheit zu gewähren, wenn du Somerford wiedererlangst. Die Aussicht auf Frieden haben sie nicht, wenn Fitzmorton deine Burg einnimmt."

In *diesem* Punkt sprach er die Wahrheit.

Der Vorschlag war verlockend, aber es behagte Rose nicht, dass sie den Köder in einer Falle spielen sollten ... Starr blickte sie auf das Feuer und versuchte, ihrer inneren Unruhe Herr zu werden.

Du hast schon Schlimmeres durchlebt. Und wenn es bedeutet, dass wir der jetzigen Bedrohung entkommen, dann ist es zumindest einen Versuch wert.

„Wann müssen wir aufbrechen?"

Gunnar kniete neben ihr. Zwar berührte er sie nicht, war ihr aber so nah, dass sie seine Wärme spüren konnte. Er bot ihr Trost, wie die Sonne an einem kalten Tag. Wie schade, dass er bald fort wäre und sie erneut allein leben müsste.

„Schon bald."

Rose nickte. Plötzlich wollte sie um jeden Preis seinen Blick meiden. Sie schien die Worte wie aus weiter Ferne zu sprechen. „Du hast gesagt, du seist mein Ritter."

„Ja. Das ist wahr, ob du es nun glaubst oder nicht. Ich habe mein Wort gegeben, dir zu gehorchen, Rose."

„Ich möchte nicht ..."

„Ich werde Somerford für dich zurückerobern. Das schwöre ich." Unversehens neigte er den Kopf vor ihr. „Ich gelobe es bei allem, was mir heilig ist. Bitte glaube mir."

Zögerlich legte Rose eine zitternde Hand auf sein gesenktes Haupt. Sein Haar fühlte sich so weich an, wie sie es befürchtet hatte. Heiße Tränen liefen ihr über die Wangen, doch sie vermochte nicht zu sagen, ob sie weinte. Sie wollte ihm so gerne Glauben schenken. Sie sehnte sich danach, sich sorglos in seinen Schutz zu begeben. Aber sie konnte es nicht. Dafür war sie zu lange auf sich allein gestellt gewesen.

„Gunnar, bitte ...Ich möchte nicht, dass du das tust. Ich bin nicht deine Herrin. Ich kann nicht deine Herrin sein. Niemals."

„Ist das dein letztes Wort, Rose?"

Sie spürte das hoffnungsvolle Leuchten in seinen blauen Augen. Gewiss meinte er, was er sagte, und in diesem Moment schenkte sie ihm beinahe Glauben, auch wenn ihre alten Ängste sie nicht losließen. Eine furchtsame, innere Stimme riet ihr zur Vorsicht.

„Ja", erwiderte sie schließlich.

Das *Mere* leuchtete in der Dämmerung und spiegelte die vielfältigen Farben der Abendsonne wider. Vögel kreisten wie dunkle

Schatten über ihnen, und Libellen schwirrten unmittelbar über die Wasseroberfläche. Das Wasser schimmerte unwirklich und das Röhricht ragte düster auf, als die Boote wie Geisterwesen durch verborgene Kanäle und größere Wasserflächen glitten.

In vier Booten begleiteten sie zwölf schweigsame, junge Männer, die bereit waren, im Ernstfall gegen Fitzmortons Häscher zu kämpfen. Sie steuerten die Boote sicher und mit so viel Geschick, wie es nur jemand zu vollbringen vermag, der im *Mere* aufgewachsen war.

Langsam legte sich die Nacht wie ein dunkles Tuch über die Wasser, und wie eine Plage entströmten dem Schilfrohr lästige, stechende Insekten. Rose zog sich die Kapuze tief in die Stirn und versuchte, ihre Haut so gut wie möglich zu bedecken. Als sie nach vorne schaute, fiel ihr auf, dass die Boote auf festes Land zuhielten. Ein Hügel erhob sich plötzlich aus den flachen Sumpfgefilden und ragte in den Nachthimmel hinein.

Der Burrow Mump.

Der Ort ihrer Träume.

Sie würden doch nicht etwa dorthin fahren? Und doch glitten die Boote unbeirrt weiter und näherten sich dem dunkel aufragenden Berg. Die Ruderschläge waren so leise, dass man nur ein leichtes Plätschern vernehmen konnte. Die Luft war noch angenehm warm, das Licht schimmerte geheimnisvoll, und unmittelbar vor ihnen lag der Ort ihrer Träume.

War *dies* ein Traum? Rose war sich einen Moment lang nicht ganz sicher.

Plötzlich schien das Schilf sich neben ihr wie von Geisterhand zu bewegen. Ihr fröstelte.

„Rose?“ Es war Gunnars Stimme.

„Fahren wir wirklich dorthin?“

Er schaute an ihr vorbei auf die aufragende Insel. „Ja. Godenere sagt, niemand käme je auf diese Insel. Es heißt, dass dort niemand wohnt, so schön sie auch ist."

„Warum nicht?" fragte sie im Flüsterton; irgendwie hatte sie das Gefühl, dass man an diesem Ort die Stimme nicht heben durfte. „Warum kommt niemand hierher?"

„Er sagte, die Geister ihrer Vorfahren leben hier. Die Toten. Das ist ihr Walhalla. Sollten Miles' Männer uns finden, werden die Geister uns beistehen."

Rose hielt den Atem an, als die Boote durch den Schilfgürtel glitten und das Ufer erreichten. Einen Moment lang bewegte sich niemand. Kein Laut war zu hören. Nichts.

Die Stille wirkte unheimlich.

Gunnar stieg aus dem Boot und half Rose an Land. Als sie sich in den Umhang gehüllt hatte und festen Boden unter den Füßen spürte, zog er das Boot weit ans Ufer. Die anderen Männer taten schweigend dasselbe und entschwanden in der Dunkelheit.

Rasch folgten Gunnar und Rose ihnen nach.

Der Burrow Mump wirkte verlassen. Vielleicht lebten nur ein paar kleinere Tiere auf dieser Insel. Die Männer holten mitgebrachte Torfstücke hervor und zündeten ein Feuer an. Bald schon glühte der Torf und verströmte eine angenehme Wärme. Rose saß nah am Feuer, lehnte sich bei Gunnar an und hatte die Augen halb geschlossen.

Draußen im *Mere* war es sehr dunkel geworden; selbst die Sterne schienen ihren hellen Glanz verloren zu haben. Ab und an fuhr eine leichte Brise in das Röhricht, ansonsten herrschte eine merkwürdige Stille. Sie konnten nur warten und hoffen.

Die Männer sprachen mit gedämpften Stimmen, und manchmal nickte Gunnar oder erwiderte etwas. Die leisen Stimmen lullten Rose ein, sodass ihre Angst allmählich schwand. Nach einer Weile schlief sie ein.

Rose war ganz allein in der Nacht. Über ihr schien der Mond, doch er war klein und unbedeutend und so weit weg. Sie drehte sich um, versuchte sich zurechtzufinden und suchte nach einem Anhaltspunkt in der düsteren Landschaft. In diesem Augenblick ragte vor dem Sternenhimmel eine Kuppe auf, und mit Schrecken machte Rose sich bewusst, dass sie auf dem Burrow Mump stand.

Das Blut schien ihr in den Adern zu gefrieren. Sie wollte fortrennen, aber ihre Beine waren schwer und wollten ihr nicht gehorchen. Und dann tat sich der Boden vor ihr auf, und sie sah eine Kammer und einen langen Gang, der in das Herz des Berges zu führen schien.

Tief im Innern hörte Rose ein dröhnendes Geräusch, das zu einem Donner anschwoll.

Jetzt fand sie die Kraft, um die Flucht zu ergreifen. Irgendwie hatte sie den Burrow Mump hinter sich gelassen und erreichte nun den Rand des *Mere.* Als sie auf dem aufgeweichten Boden ausrutschte, fühlte sie einen stechenden Schmerz in der Seite. Hinter ihr heulte ein furchtbarer Wind über die Levels, der ein heiseres Brüllen aus mehr als hundert Kehlen zu ihr herübertrug.

Die Krieger waren ihrer unterirdischen Welt entstiegen.

Rose verlor einen Schuh. Doch sie ließ ihn einfach liegen und rannte keuchend weiter. Plötzlich sah sie die festen Wehrmauern von Somerford vor sich. Ein einsames Licht flackerte im Fenster der Kemenate, das Geborgenheit verhieß. Sie hatte es fast geschafft …

Sie schaute sich um.

Sie waren dicht hinter ihr. So dicht!

Geisterhafte Rosse mit wehenden Mähnen galoppierten über das Wasser. Sie erblickte die Krieger mit ihren gespenstischen, glühenden Oberkörpern; das lange Haar war vom tosenden Wind zerzaust, der ihnen aus den unterirdischen Behausungen gefolgt war. Die Geisterreiter waren jeden Augenblick über ihr.

Rose schaute wieder auf die Burg und stolperte weiter, obwohl sie wusste, dass alles Fliehen nutzlos war. Sie kamen zu schnell näher; sie würde es nie schaffen.

Ruckartig richtete Rose sich auf. Gunnar beugte sich sogleich über sie und sah sie verwundert an. „Rose? Du hast geträumt."

War das nur ein Traum gewesen? Rose blinzelte verwirrt. Sie hatte das Gefühl, alles wirklich erlebt zu haben. Die Geisterreiter, die Flucht über das *Mere.* Diesmal war *ihr* Krieger nicht aufgetaucht, nur die wilde Horde im brausenden Wind. Was hatte das zu bedeuten?

Ihr fröstelte, und sie versuchte sich hinzusetzen. Erst jetzt ging ihr auf, dass sie auf seinem Schoß ruhte und er mit dem Rücken an einem der Boote lehnte.

„Was ist?" fragte er und betrachtete sie so ruhig, dass ihre Aufregung noch zunahm. „Was ängstigt dich?"

Rose richtete sich auf, strich sich das Haar aus dem Gesicht und blinzelte im Rauch des Torffeuers. Torf knackte und prasselte nicht wie Holz; es war ein niedrig brennendes Feuer, heiß und lange andauernd.

„Es ist dieser Ort", brachte sie schließlich mit bebender Stimme hervor, obwohl sie sich zur Ruhe zwang. Sie zitterte vor Angst, denn der Traum war noch so lebendig. „Fühlst du das nicht?"

Gunnar schaute sich um, zog die Knie an und schlang die Arme um die Beine. Er lächelte. „Meinst du die alten Gottheiten? Hast du Angst, sie könnten dich entführen …"

„Hör auf!" rief sie entsetzt aus und blickte sich voller Furcht um, als sähe sie die unterirdische Höhle, die wartenden Krieger.

Gunnar biss sich auf die Unterlippe. Rose hatte tatsächlich Angst. Wer hätte gedacht, dass sich die unbeugsame Herrin von Somerford vor alten britannischen Knochen fürchtete? Ihre Schutzbedürftigkeit ließ ihn hoffen, dass sie ihn vielleicht doch noch brauchte. Gunnar hatte sich immer als Beschützer gesehen. Wie sehr würde es ihm gefallen, wenn er in der Lage wäre, Rose vor allem Übel zu bewahren. Wenn es auch nur um böse Fabelwesen und düstere Legenden ging.

„Ich habe keine Angst", sagte er gleichmütig. „Fenrir steht mir in jeder Gefahr zur Seite, gegen Menschen aus Fleisch und Blut oder überirdische Wesen. Er vermag in beiden Welten verlässlich zu kämpfen."

„Fenrir", wiederholte sie leise. In ihrem bleichen Gesicht wirkten ihre dunklen Augen ungewöhnlich groß.

„Der große, schwarze, nordische Wolf. Keine Kette vermag ihn zu halten. Er würde die alten Geister in alle Winde vertreiben."

Sie seufzte und schloss die Augen, doch sie blieb angespannt und konnte keine Ruhe mehr im Schlaf finden.

„Komm, Rose, du hast mehr von Miles als von diesem Ort zu befürchten", schalt er sie mit einem Lächeln.

Sie öffnete die Augen und versuchte, im schwachen Schein des Feuers Gunnars Gesichtsausdruck zu deuten. „Glaubst du, wir werden ihn besiegen, Gunnar? Wird er uns in die Falle gehen?"

„Gewiss."

„Und Radulf wird kommen und meine Leute retten?"

„Das wird er."

Sie nickte, doch sie schien nicht erleichtert zu sein. Die Mundwinkel hingen herunter. Sie wirkte betrübt.

„Erfüllt dich diese schöne Aussicht nicht mit Freude?" fragte er überrascht.

Rose schüttelte den Kopf. „Doch, gewiss. Ich freue mich. Es ist nur so, dass ... Radulf mich nach alldem nicht länger als Vasall wird haben wollen. Ich werde Somerford verlassen müssen. Vielleicht muss ich sogar zu meinem Vater zurück."

Sie sprach völlig ausdruckslos, als hätten die Worte keine Bedeutung für sie, aber Gunnar spürte die Angst hinter ihrer gleichgültigen Miene. Rose war zu Tode erschrocken. Die Vorstellung, dass offenbar jemand großes Leid über sie gebracht hatte, löste eine Woge des Zorns in ihm aus. Er konnte sich nicht mehr länger zurückhalten.

„Wer hat dich so verletzt?“ stieß er so laut hervor, dass sie zusammenzuckte.

„Sei still, Gunnar! Du weckst noch alle …“

Er schluckte schwer, doch seine Hände waren zu Fäusten geballt. „Was setzt dir dann zu? Sag es mir, und ich werde schweigen.“

Sie beäugte ihn unsicher, doch er schaute weiterhin finster drein. Einen Moment später ließ sie die Schultern sinken und senkte niedergeschlagen den Kopf. Aber er vermochte nicht einzuschätzen, was sie derart entmutigt hatte, bis sie mit leiser Stimme sprach.

Er musste sich zu ihr hinüberbeugen, um überhaupt etwas verstehen zu können, doch er erfasste die Tragweite ihrer Worte. Ihr Schicksal, das sie vor ihm ausbreitete, war nicht ungewöhnlich in diesen Zeiten; es kam ihm bekannt vor. Rose, das in sich gekehrte, kleine Mädchen, hatte stets zwischen ihrem gewalttätigen Vater und ihrer rückgratlosen Mutter gestanden und war obendrein den spöttischen Bemerkungen ihres selbstsüchtigen Bruders ausgeliefert gewesen. Nie hatte sie Kind sein dürfen. Schon in frühen Jahren hatte sie die Pflichten einer Erwachsenen übernehmen müssen und war sogar bereit gewesen, ihr eigenes Glück dem Wohle anderer zu opfern. Immer hatte sie sich nach Liebe gesehnt, sie aber nie finden können.

Vielleicht hatte Edric sie auf seine Art geliebt. Arno hatte es nach ihr gelüstet. Zwar wurde sie von ihren Leuten in Somerford geliebt, aber das war die Art von Zuneigung, die Kinder für ihre Eltern empfanden.

Sie fühlte sich schuldig, denn sie hatte sich an ihre Burg geklammert, obwohl sie sich auf der Stelle an Radulf hätte wenden müssen. Stattdessen hatte sie sich überlegt, Söldner anzuwerben, um Zeit zu gewinnen und ihre missliche Lage auf ihre Art zu lösen. Stets hatte sie um ihre Stellung gefürchtet.

Vermutlich hatte sie Recht.

Radulf *würde* sie absetzen.

Gunnar schaute auf und merkte, dass Rose ihn eingehend betrachtete. Offenbar bereute sie es, dass sie sich seinen bohrenden Fragen so bereitwillig geöffnet hatte. Gunnar konnte ihre Anspannung und ihr Misstrauen förmlich spüren. Und er spürte die Last, die sie ihm durch ihre Worte auferlegt hatte. Sie hatte ihn nicht gebeten, diese Bürde zu tragen – das würde Rose niemals tun –, doch er war zu allem bereit. Gunnar verstand sich darauf, Menschen zu retten, und wenn im Augenblick jemand Hilfe brauchte, dann war es Lady Rose von Somerford.

Er war ihr Ritter. Das hatte er ihr gesagt, und es entsprach der Wahrheit. Jetzt bot sich ihm die Gelegenheit, seine Aussage zu beweisen.

Doch Gunnar hatte zu lange mit seiner Antwort gewartet.

„Es tut nichts zur Sache“, sagte sie unvermittelt, legte sich neben das Feuer und hüllte sich in ihren Umhang. Sie wollte ihre Gefühle nicht offen zeigen und zog sich in ihr Schneckenhaus zurück. „Jetzt kann ich schlafen.“

Auch Gunnar legte sich hin, aber er schloss die Augen nicht. Ein wehmütiges Lächeln umspielte seine Lippen. Seine Mutter würde lachen, wenn sie erführe, dass er im Begriff war, einer Frau zuliebe alles aufzugeben. Für ihn, den großen und starken Anführer einer Söldnerschar, waren Frauen schwache Geschöpfe, die er in sein Bett rief, wenn das Verlangen ihn überkam.

Aber nie hatte er sie in sein Herz gelassen.

Und jetzt schien es so, als habe eine Frau doch den Weg in sein Herz gefunden. Fürwahr, er liebte sie. Er war wie Fenrir gewesen, wie der nordische Wolf, der stets frei und ungebunden herumstreifte. Rose hatte ihm die unsichtbaren Fesseln der Liebe angelegt, und er war froh darüber.

Er würde sein Versprechen erfüllen, er würde ihr Somerford zurückgeben, und dann wäre es ihre Entscheidung, ob er seine Wanderschaft wieder aufnähme oder an ihrer Seite bliebe.

„Gunnar Olafson?"

Gunnar hob den Kopf und sah in die Augen des jungen Burschen, der neben ihm hockte. Er ist gerade in dem Alter, dass ihm ein Bart wächst, dachte Gunnar mit einem Seufzer, und doch ist er tapfer genug, gegen die Normannen zu kämpfen.

„Kommt", drängte ihn der Junge und winkte ihn zu sich.

Gunnar erhob sich leise, um Rose nicht zu stören. Sie hatte die Beine angezogen und sich so in ihren Umhang gehüllt, dass nur der Kopf ein wenig herausschaute. Der Bursche führte ihn zu einem felsigen Aussichtspunkt an der einen Seite der Bergkuppe. Von dort aus hatte man einen hervorragenden Blick auf die wasserreichen Levels, die sich im frühen Morgenlicht über ein endlos erscheinendes Gebiet erstreckten.

Fitzmortons Männer waren ausgeschwärmt; etwa ein Dutzend näherte sich dem Burrow Mump, einige zu Fuß, andere in großen Booten.

Der Zeitpunkt war demnach gekommen. Der Kampf, den er vorausgeahnt hatte. Eine freudige Erregung bemächtigte sich seiner, und er legte eine Hand auf Fenrirs Knauf. *Bald, mein Freund,* dachte er. *Bald.*

Und bei Gott und Odin, Miles würde es noch bereuen, dass er Gunnar Olafson und die Frau, die er liebte, verärgert hatte.

„Rose?"

Sie blinzelte und schaute zu ihm auf. Unbewusst lächelte sie. Doch dann wurde ihr Lächeln zaghaft und schwand schließlich ganz, als sie seinen ernsten Gesichtsausdruck sah. Sie wandte sich von ihm ab und erhob sich langsam von dem harten Boden. Vom langen Liegen war sie ganz steif geworden, und ihr Körper schmerzte. Doch sie biss die Zähne zusammen, um nicht laut aufzustöhnen.

Wer hätte gedacht, dass sie ihr Bett so sehr vermissen würde?

„Bist du hungrig?" fragte er sie ruhig, als wäre ein ganz gewöhnlicher Tag angebrochen. „Wir haben gesalzenen Fisch, etwas Brot und etwas Ziegenkäse. Wir müssen rasch weiter, Rose. Miles' Männer sind uns auf den Fersen."

Die Aussicht auf gesalzenen Fisch am frühen Morgen rief bei Rose Widerwillen hervor, doch es waren Gunnars letzte Worte, die sie nicht mehr an das Essen denken ließen.

„Wir haben einen Plan, Rose. Heute Nacht wirst du wieder in Somerford schlafen, das verspreche ich dir."

Sie versuchte, seinen Gesichtsausdruck zu deuten, vermochte aber nichts anderes zu entdecken als siegesgewisse Entschlossenheit. Er schien von seinen Worten überzeugt zu sein. Letzte Nacht nach ihrem Albtraum war sie erschöpft und töricht gewesen und hatte ihm von ihrem Vater und ihrer Mutter erzählt. Auf was hatte sie gehofft? Mitgefühl? Eine aufmunternde Geste?

Jetzt wünschte sie, sie hätte nichts erzählt. Offensichtlich bedeutete es ihm nichts, und warum sollte es auch? Er hatte sich ihr gegenüber verpflichtet, liebte sie indes nicht. *Mein Herz behalte ich.* Rose konnte nachvollziehen, warum ein Mann, der sein Schwert gegen Bezahlung zur Verfügung stellte, sein Herz an niemanden verlieren wollte.

Aber warum verspürte sie dann dieses wehmütig-sehnsüchtige

Verlangen, dass es ihr gelingen möge, sein Herz zu erobern? Wenn er so etwas wie Liebe für sie empfände, würde er dann für immer bei ihr bleiben? Wäre er für sie das, was Radulf für Lily bedeutet?

Rose malte sich ein Leben aus, in dem sie so geliebt würde wie die Herrin von Crevitch Castle. Mit all ihren Fehlern und Unzulänglichkeiten. Bei diesen Träumereien wurde ihr ganz schwindelig, als habe sie zu viel starken Met getrunken.

Gunnar beobachtete sie geduldig.

Doch jeden Moment kamen Fitzmortons Männer näher. Sie hatten keine Zeit mehr für törichte Gedankenspiele.

In diesem Moment wusste sie, dass er keine schwächliche Frau wollte. Er wünschte sich Stärke und ein gebieterisches Auftreten. Sie musste jetzt erneut die standhafte Burgherrin spielen. Für ihn, nur für ihn.

„Hab Dank, Gunnar", sagte sie schließlich und hob stolz das Kinn. „Nun sag mir, was ich zu tun habe."

Ihr schmales Boot glitt hinaus aufs offene Wasser und geriet in den Gesichtskreis der Normannen. Jemand rief ihnen etwas zu, aber Gunnar wendete bereits das Boot, während Rose sich an den dünnen Bordwänden festhielt. Sie blickte sich um, und in ihren dunklen, geweiteten Augen spiegelte sich ihre Aufregung wider.

„Sie sind auffallend langsam", meinte sie mit einem zaghaften Lächeln. „Ah, jetzt besteigen sie ihre Boote und folgen uns."

Gunnar paddelte nun kräftiger und trieb das Boot durch die hohen Schilfgewächse. Aufgeschreckte Vögel suchten kreischend das Weite; eine Ente streifte beinahe seine Schulter, doch Gunnar schien sie nicht einmal wahrzunehmen. Entschlossen und mit grimmiger Miene lenkte er das Boot – er sah so Furcht einflößend aus wie bei seiner Ankunft in Somerford.

Hinter ihnen mühten sich Fitzmortons Männer mit den Rudern ab; ihr Keuchen und Prusten verriet, dass sie überhaupt nicht an eine Verfolgung in Booten gewöhnt waren. Laut erschollen ihre wütenden Stimmen über das Wasser. Erneut schaute Rose zurück. Miles de Vessey war nirgends zu sehen – gewiss, er würde sich die Hände nicht schmutzig machen, sondern nur seine Handlanger in die sumpfigen Gefilde schicken, um der Feinde habhaft zu werden. Erst wenn seine Gegner gebunden vor ihm stünden, würde er ihnen den Todesstoß versetzen.

„Sie kommen näher, Gunnar", rief sie ängstlich aus.

„Wir haben es gleich geschafft", munterte er sie auf. Er atmete schwer, denn er hatte das Boot mit hoher Geschwindigkeit vorangetrieben – ein Mann gegen ein Dutzend Verfolger.

Der Burrow Mump lag nun zu ihrer Linken, als sie die größere Wasserfläche erreichten, deren Ränder mit dichtem, hohem Schilf bewachsen waren. An dieser Stelle sollte die Falle zuschnappen. Gunnar lenkte das Boot in dem Moment in das hohe Röhricht, als Fitzmortons Männer hinter ihnen auftauchten. Nach wie vor paddelten sie mit aller Kraft und hatten das offene Gewässer zur Hälfte überquert, als sie ihren Irrtum erkannten.

Urplötzlich tauchten hinter den Schilfgräsern die Marschlandbewohner auf, hoben ihre Speere und spannten die Bogensehnen. Laut fluchend wendeten die Normannen die Boote und suchten fieberhaft nach einer Fluchtmöglichkeit. Es gab indes kein Entkommen. Sie sahen sich von zahlreichen Männern umzingelt, und da sie schutzlos auf dem offenen Wasser trieben, waren sie zwangsläufig die Unterlegenen. Als sie erkannten, dass sie im Nachteil waren, nahmen sie dennoch ihre eigenen Waffen zur Hand und waren bereit, sich dem Kampf zu stellen.

Plötzlich erhob sich Gunnar.

„Gebt auf!" rief er. „Wir sind in der Überzahl. Streckt die Waffen. Wofür wollt ihr kämpfen? Lord Radulf wird bald kommen und Somerford zurückerobern. Ihr würdet alle euer Leben lassen. Wenn ihr jetzt aufgebt, sollt ihr verschont bleiben!"

Gunnar hatte sich auf einen Wortwechsel eingestellt, oder zumindest auf eine mutige Gegenwehr. Stattdessen schauten die Normannen von den seltsamen Marschlandbewohnern zu Gunnar Olafson. Sie waren verwirrt und überfordert und wussten nicht, was sie tun sollten.

„Gunnar!"

Der Ruf hallte über die Levels hinweg und wurde von der Anhöhe einer Insel zurückgeworfen. Es war eine Stimme, die Gunnar allzu vertraut war. Verwundert stellte er sich auf die Zehenspitzen und spähte über das Röhricht. Sein Blick fiel auf einen großen Mann, der in einem schwankenden Boot stand. Er trug keinen normannischen Helm und grinste über das ganze Gesicht.

Diese wilden schwarzen Haare hätte Gunnar auf jede Entfernung erkannt.

„Ivo?" murmelte er ungläubig. Doch dann rief er laut: „Ivo!"

Sein Gefährte lachte laut auf. „Was hast du mit Radulfs Männern vor, Gunnar? Du solltest sie besser nicht töten – es könnte Radulf missfallen."

19. KAPITEL

Das Tor stand weit offen. Rose trieb ihr Pferd an und versuchte, ihre Angst zu unterdrücken. Einerseits brannte sie darauf, zu erfahren, was in Somerford vor sich ging, andererseits fürchtete sie das, was sie erwartete. Sie nahm die Männer kaum wahr, die neben ihr ritten. Ivo war unmittelbar hinter ihr, Gunnar ritt vor ihr. Die übrigen Reiter waren Fremde – Lord Radulfs Männer.

Ivo hatte ihr die Geschehnisse detailliert erzählt. Nachdem Alfred mit Harold dem Müller, Millisent und Will in Crevitch Castle eingetroffen war, hatte Radulf sich unverzüglich auf den Weg nach Somerford gemacht.

Er hatte die Burg noch am gleichen Tag eingenommen. Radulfs Ritter hatten einen vergleichsweise leichten Sieg errungen, denn Arno und Miles hatten nicht mit dem Widerstand von Roses Leuten in der Burg gerechnet. Insbesondere Miles hatte versucht, die Angelsachsen mit Einschüchterungen und Drohungen zu unterjochen, doch der alte Edward und seine Gefährten waren heimlich vorgegangen und hatten so lange ausgeharrt, bis Radulfs Reiterschar in Sichtweite der Burg gewesen war. Dann war es ihnen gelungen, das Tor zu öffnen.

Nach einem kurzen und blutigen Gefecht war Somerford in Radulfs Hand.

„Dem Allmächtigen sei gedankt“, hatte Radulf angeblich ausgerufen, als der Kampf vorüber war. „Ich hätte meiner Gemahlin nicht mehr in die Augen schauen können, wenn wir diesen verloren hätten.“

Rose hatte lächeln müssen, als Ivo ihr das erzählte. „Ihr lebt“, hatte sie hinzugefügt und ihn von Kopf bis Fuß in Augenschein genommen. „Ich habe gesehen, wie Ihr den Tod fandet.“

Bei diesen Worten hatte Ivo aufgelacht. „Ja, das war ein Trick. Hat Gunnar es Euch nicht erzählt? Den haben wir schon zuvor angewandt. Ich bin bereits mehr als einmal auferstanden, Mylady."

Fürwahr, Gunnar hatte es ihr erzählt, und sie hatte gesagt, dass sie ihm glaube. Jetzt, als Ivo leibhaftig vor ihr stand, wurde ihr bewusst, dass sie ihm nicht *wirklich* geglaubt hatte. Das konnte sie erst jetzt.

Nun schämte sie sich für ihr Misstrauen, auch wenn sie sich all der Lügen entsann, die Gunnar ihr erzählt hatte. Und als sie sich nun den Wehranlagen von Somerford näherten, versuchte sie angestrengt, sämtliche Gefühle zu unterdrücken.

„Wie viele meiner Leute mussten ihr Leben lassen?" fragte sie nun leise.

Gunnar schaute sich zu ihr um. Sie fragte sich, was er wohl in ihrem Gesicht las, denn in seinem für gewöhnlich gelassenen Blick entdeckte sie zärtliches Mitgefühl. Sie traute ihren Augen nicht.

„Rose ...", begann er zögerlich.

„Lady Rose", verbesserte sie ihn mit Nachdruck, denn sie fürchtete, er würde sie womöglich zum Weinen bringen. Sie durfte doch jetzt nicht weinen, denn ihre Leute brauchten eine starke Herrin.

Seine Miene erstarrte. Zu spät fragte sie sich, ob sie ihn in seinem Stolz verletzt hatte und er sich durch ihre Worte herabgesetzt fühlte. Schon hatte er sich wieder von ihr abgewandt, und sie blickte auf seine breiten Schultern und das kupferfarbene Haar.

Schweigend ritten sie durch das Tor und erreichten schließlich den Burghof.

Es herrschte Stille. Überall erblickte Rose bewaffnete Männer. Doch als ihre Augen sich an den Anblick von Rüstungen, Helmen und grimmigen Mienen gewöhnt hatten, fiel ihr auf, dass auch ihre Leute im Burghof standen. Sie wirkten ein wenig unsicher und erschüttert, aber viele von ihnen hatten bereits andere Kämpfe erlebt – auch diese Wunden würden heilen.

Plötzlich ließen ihre Leute sie hochleben. Tränen brannten in Roses Augen, als sie eine Hand zum Gruß hob. Besorgt schaute sie sich um, suchte nach all den geliebten Gesichtern und hoffte, dass niemand fehlte. Sie blickte in das verschmutzte, faltige Gesicht des alten Edward, der mit stolzer Haltung in der Menge stand. Er hatte eine Verletzung auf der Wange, grinste aber dennoch triumphierend.

„Lady Rose!" rief er. „Gott segne unsere Herrin!"

Andere stimmten in den Ruf mit ein, und Rose neigte das Haupt. Tränen liefen ihr über die Wangen. Wenn das ihre letzte Heimkehr sein sollte, so war sie etwas ganz Besonderes. Diesen herzlichen Empfang würde sie niemals vergessen, was auch immer geschehen mochte.

Die Pferde blieben in der Nähe des Bergfrieds stehen. Tränen raubten ihr die Sicht, als Rose versuchte, den Fuß aus dem Steigbügel zu ziehen, doch eine feste Hand umschloss ihren Spann und löste ihren Fuß. Warme Finger umfassten ihre Hüfte, starke Arme hoben sie ohne Mühe aus dem Sattel. Durch ihre Tränen und losen Haarsträhnen hindurch sah sie forschende blaue Augen, doch gerade als sie an seinem Arm Halt suchte, trat Gunnar einen Schritt zurück.

Er hielt Abstand von ihr.

Rose taumelte leicht und fühlte sich in diesem Moment so verwirrt und haltlos wie nie zuvor. Es war kein Anfall von Schwäche, denn sie wusste jetzt, dass sie stark war. Vielmehr verspürte sie einen Verlust, als fehle ein Teil von ihr, weil Gunnar zu weit von ihr entfernt stand.

Ehe sie die Tragweite ihrer Gefühle ermessen konnte, durchbrach ein schriller, hoher Ausruf den Lärm und das Stimmengewirr um sie herum.

„Mylady! Meine teure Lady Rose!“

Constance humpelte die Stufen hinunter. Rose lief ihr sogleich entgegen und schloss ihre alte Zofe in die Arme. Erst als sie die kleine Frau umarmte, bemerkte Rose, dass Constance ein blaues Auge hatte.

„Sie haben dir wehgetan“, rief sie erschrocken aus, und sogleich verspürte sie einen unbändigen Zorn.

Doch Constance kicherte. „Ich habe schon Schlimmeres erlebt“, entgegnete sie tapfer, obgleich ihre Lippen bebten. „Als dieser Miles herausfand, dass Ihr fort wart, schlug er mich. Ich fiel zu Boden und täuschte einen Anfall vor. Da haben sie von mir abgelassen, Mylady.“

Rose legte die Hand auf den Mund, denn sie wusste nicht, ob sie lachen oder weinen sollte. „Geht es dir wirklich gut, Constance? Was haben diese ungehobelten Scheusale dir angetan? Du hast dir nichts gebrochen oder …?“

„Nein, Mylady, nichts. Ich werde noch leben, wenn Ihr Somerford einen Erben schenkt, darauf könnt Ihr Euch verlassen.“

Lächelnd schüttelte Rose den Kopf.

„Ihr hättet Miles' Gesicht sehen sollen, als er erfuhr, dass Lord Radulf im Anmarsch auf die Burg ist“, fuhr Constance fort, und in ihren Augen leuchtete eine grimmige Genugtuung. „Ich dachte schon, er würde sich jeden Augenblick in die Hosen machen!“

„Miles ist fort?“ Gunnar trat zu den beiden Frauen und sah Constance mit gerunzelter Stirn an. Zorn und Enttäuschung schwangen in seiner Frage mit.

„Ja, Captain“, antwortete Constance und beäugte ihn vorsichtig. „Er ergriff die Flucht, bevor Radulf die Burg stürmte. Er wird wohl zu seinem Herrn und Meister Fitzmorton gekrochen sein.“

Bei diesen Worten warf sie einen Blick auf Rose, der die Sorgenfalten ihrer alten Zofe nicht entgingen. Vermutlich befürchtete

Constance, dass ihre Herrin sich gezwungen sähe, noch vor Sonnenuntergang dieselbe Richtung einzuschlagen.

In diesem Augenblick betraten auch Sweyn, Reynard und Ethelred die Stufen des Bergfrieds. Ethelred sah sehr blass aus und trug einen notdürftigen Verband am Arm, aber er war offenbar fest entschlossen, seine Verletzung zu überspielen. Als er stolperte und vor Schmerzen das Gesicht verzog, warf Ivo ihm einen tadelnden Blick zu und wies ihm einen Sitzplatz zu, damit er nicht zu Boden stürzte.

Gunnar schaute sich um. „Wo ist der Rest von Miles' Männern? Es waren mindestens zwanzig, wenn ich mich nicht täusche . Sind sie alle geflohen?"

„Radulf hat sie alle in Fesseln nach Crevitch bringen lassen", erwiderte Ivo. „Er sagt, sie sollen Fitzmortons Übergriffe bezeugen, wenn er dem König Bericht erstattet. Fitzmorton wird in Ungnade fallen, sobald sein Verrat offenkundig wird – schließlich ist Lord Radulf des Königs treuster Gefolgsmann. Steven hat man gefesselt jenseits des Waldes gefunden. Der Bursche war verletzt, aber zum Glück noch am Leben. Vermutlich hätten sie ihn umgebracht, doch offenbar wollten sie Lösegeld erpressen."

Gunnar nickte. „Und Arno?" fragte er weiter.

Ivo warf einen kurzen Blick auf Rose. „Sir Arno ist gefallen, Gunnar. Er hat Mut bewiesen und ist ehrenvoll gestorben. Nachdem Miles ihn im Stich gelassen hatte, hat er wie ein Berserker gekämpft. Er hat den Tod der Gefangenschaft vorgezogen."

„Verstehe." Auch Gunnar sah zu Rose hinüber und betrachtete forschend ihren Gesichtsausdruck. „Er wusste, was ihn erwartete, wenn man ihn gefangen genommen hätte."

Rose schloss die Augen. *Arno ist tot?* Sie konnte es nicht fassen. Ihr war, als wäre ein enger Familienangehöriger gestorben. Obwohl er sie verraten hatte, empfand sie Mitleid mit ihm. Sie wusste, wenn sie in Zukunft ihres Ritters gedenken würde, würde sie um den Mann trauern, für den sie ihn einst gehalten hatte.

„Mylady?“

Gunnar stand unmittelbar neben ihr und musterte sie. Glaubte er etwa, sie würde jeden Augenblick ohnmächtig? Rose straffte die Schultern. „Ja, Captain?“ sagte sie förmlich, als hätten sie nie beieinander gelegen und sich nie keuchend und stöhnend ihren Liebesspielen hingegeben. Als wären sie sich wieder fremd.

„Lord Radulf ist hier“, meinte er leise.

Rose hatte das Gefühl, der Burghof sei plötzlich ins Wanken geraten, doch sie riss sich zusammen und wandte sich mit erhobenem Kopf dem Eingang des Bergfrieds zu. Am oberen Treppenabsatz stand Radulf und beobachtete sie.

Der Augenblick, vor dem sie sich stets gefürchtet hatte, war gekommen.

Rose ging auf ihren Lehnsherrn zu, doch der Boden, den ihre Füße berührten, schien ihr mit einem Mal nicht länger vertraut zu sein. Als sie die unterste Treppenstufe erreicht hatte, sank sie in einen tiefen Knicks. Sie wusste, dass ihr Schicksal in seiner Hand lag. Ihre Zukunft hing von den kommenden Augenblicken ab.

„Lord Radulf“, sagte sie ehrerbietig, aber stolz.

„Lady Rose“, erwiderte er den Gruß mit seiner tiefen, heiseren Stimme.

„Habt Dank, dass Ihr uns zu Hilfe geeilt seid, Mylord. Ich … ich bin Euch zu größtem Dank verpflichtet.“

Er stieß einen Laut aus, den man für ein Lachen hätte halten können. „Seid Ihr das, Lady Rose? Kommt herein, damit wir bereden können, was sich unlängst in Somerford zugetragen hat und warum Ihr mich von den Vorgängen in Kenntnis hättet setzen müssen.“

„Ja, Mylord.“ Langsam erklomm sie die Stufen, die unter ihren unsicheren Schritten zu verrutschen schienen.

„Und wir haben zudem über Euren Vater zu reden, Mylady. Widmen wir uns kurz seiner Person." Sein Tonfall war bedrohlicher geworden.

Rose erstarrte, doch da spürte sie eine kraftvolle, warme Hand auf ihrem Rücken, die ihr Halt bot. Erst jetzt fiel ihr auf, dass Gunnar da war. Wie ein schützender Schild stand er hinter ihr, und dafür war sie ihm unendlich dankbar.

„Ich wusste nichts von seinen Ränken", flüsterte sie erschrocken, und ihre Kehle schnürte sich ihr zu. „Ich hasse ihn schon mein ganzes Leben, und jetzt versucht er, mich in Machenschaften hineinzuziehen, mit denen ich nichts zu tun habe. Ich bitte Euch, Mylord, glaubt mir, ich wusste nicht, was er und Arno im Schilde führten!"

Radulf musterte sie mit strengen Blicken, und seine schwarzen Augen schienen sie durchbohren zu wollen.

„Ihr Vater?" Gunnar stand nun neben ihr, als wolle er einen Teil von Roses Schande auf seinen Schultern tragen. „Was hat es mit Lady Roses Vater auf sich, Lord Radulf?"

Radulf hob eine Braue, wandte den Blick aber nicht von Roses Gesicht. „Möchtet Ihr es ihm erzählen, oder soll ich das übernehmen? Nachdem die Heiratsverträge zwischen Euch und Edric unterzeichnet waren, habt Ihr mich ersucht, die Wahrheit für mich zu behalten. Dieser Bitte habe ich entsprochen, doch jetzt ist es wohl an der Zeit, für klare Verhältnisse zu sorgen."

Rose schluckte, und ihre Augen huschten zu Gunnar, der sie verwirrt und mit gerunzelter Stirn ansah. Sie hatte es ihm im *Mere* sagen wollen, aber irgendwie hatte sich keine geeignete Gelegenheit ergeben.

Nein, das stimmte nicht. Sie hatte ihm nicht vertraut.

„Fitzmorton ist mein Vater", brachte sie trostlos hervor. „Ich bin seine uneheliche Tochter. Nach dem Tod meiner Mutter brachte er mich aus der Normandie mit, um mich für seine Vorhaben zu benutzen. Er und Lord Radulf wollten durch mich die Sicherung des Friedens erreichen. Ich sollte Edric ehelichen, und Fitzmorton musste seinerseits geloben, sich nicht an Lord Radulfs Land zu vergreifen. Doch meinem Vater hat nie etwas an mir gelegen, und daher schreckte er nicht davor zurück, sein Wort und mir mein Herz zu brechen. Vermutlich hat er stets vorgehabt, mich und meinen Lehnsherrn zu verraten, sollte sich ihm die Gelegenheit bieten. Nach Edrics Tod suchte er Somerford durch Arno zu beherrschen, und als das Vorhaben misslang, beschloss er, Miles zu schicken. Und jetzt liegt der Verdacht nahe, ich hätte mich mit meinem Vater verschworen, um Fitzmorton Somerford in die Hände zu spielen. Aber so ist es nicht gewesen. Ich hasse meinen Vater. Lieber würde ich sterben, als Fitzmorton mein Lehen zu überlassen."

Gunnar starrte sie an. An seiner Miene war nicht zu erkennen, was er dachte. Sie sah keine Wärme in seinen Augen.

Sie war Fitzmortons Tochter.

Wie sehr er sie nun hassen musste!

„Ich kann nicht zu ihm zurückkehren", sagte sie leise und nur zu Gunnar gewandt. „Das wäre mein Tod."

Offenbar hatte Lord Radulf ihre letzten Worte vernommen, denn er war die Stufen hinabgestiegen und hatte Roses Hand genommen. „Mylady, Ihr seht zu schwarz!" Seine Finger waren warm, und er drückte ihre Hand, als wolle er ihr Trost spenden. Aber Rose war zu verzweifelt, um seine Geste deuten zu können.

„Kommt", fuhr Radulf sanft fort, „lasst uns alles in Ruhe besprechen. Gunnar, wirst du auch kommen? Wir hatten ein Abkommen getroffen, nicht wahr, mein Freund? Ich habe nie daran gezweifelt, dass du deinen Auftrag ausführen würdest. Nun schlage ich einen Kompromiss vor ..."

Gunnar sah sie nach wie vor an. Rose wusste nur zu genau, auf welches Abkommen ihr Lehnsherr anspielte. Radulf hatte ihm Somerford in Aussicht gestellt, wenn es Gunnar gelänge, die Ränke aufzudecken. Seltsam, obwohl die Zukunft ihr Angst einflößte und der Verlust ihres Lehens schmerzte, war sie froh, dass ihre Burg und ihre Leute von nun an in Gunnars Obhut wären. Sie wusste, dass er die Bewohner Somerfords mit seinem Leben schützen und sich um jeden Einzelnen kümmern würde. Unter dem ansprechenden Äußeren und der kühlen Berechnung verbarg sich ein zutiefst ehrenhafter Mann.

Das hatte sie nun erkannt – als es zu spät war. Dennoch löste sich durch diese Erkenntnis ein dunkler Schatten, der auf ihrer Seele gelastet hatte. Rose holte tief Atem und schaute Gunnar in die Augen. Sie wusste nicht genau, was sie ihm sagen sollte, aber sie musste etwas sagen, denn sie konnte nicht länger schweigen …

Doch er ließ ihr keine Zeit. Gunnar wandte sich an Radulf, zog ihn beiseite und redete mit tiefer und ernster Stimme auf ihn ein. Rose fühlte sich ausgeschlossen und stand unsicher einige Schritte entfernt; das geheime Gespräch rief Unbehagen in ihr hervor. Sie sprachen über sie, das war ihr klar. Doch ihrer Meinung nach durften sie nicht über sie sprechen, ohne ihr die Gelegenheit einzuräumen, etwas zu erwidern.

Sie war gerade im Begriff, zu den beiden Männern zu treten und sich Gehör zu verschaffen, als Radulf heftig nickte und auf sie zukam. Gunnar blieb, wo er war. Eine Hand ruhte auf dem Schwertknauf, die andere hatte er in die Hüfte gestemmt, die kraftvollen Beine standen ein wenig auseinander. Diese Haltung nahm er oft ein, sie war Rose inzwischen vertraut. Doch es waren seine Augen, in die sie blickte. Sie leuchteten unglaublich blau, und Rose glaubte, etwas wie Kummer in ihnen zu entdecken.

Ihr sank das Herz.

Nein, nicht das. Bitte, nicht das.

Er kehrte sich ab, stieg die Stufen hinunter und schritt über den Burghof. Schweigend folgten ihm seine Gefährten. Er war im Begriff, die Burg zu verlassen; er wollte aufbrechen, ohne sich noch einmal an sie zu wenden.

Entsetzt und am ganzen Leib zitternd, wandte Rose sich Radulf zu. „Mylord! Was ..."

Radulf nahm ihre Hände und versuchte, Rose zu beruhigen. Seine dunklen Augen betrachteten sie eingehend und zwangen sie, seinen Worten zu lauschen.

„Lady Rose, Ihr erhaltet Somerford zurück. Ich bin nun davon überzeugt, dass Ihr in all den Ränken bloß ein unschuldiges Opfer gewesen seid. Die Burg und das Lehen gehören Euch, Ihr seid immer noch mein Vasall, aber Ihr müsst mir versprechen, dass Ihr nie wieder zögert, meine Hilfe in Anspruch zu nehmen."

Überwältigt von seinen Worten, schüttelte sie den Kopf. „Aber ... Gunnar? Ich dachte, er ..."

„Gunnar Olafson erhebt keinen Anspruch mehr auf die Burg. Er hat Euch Euer Lehen zurückgegeben. Wie er mir sagte, hat er Euch ein Versprechen gegeben, Mylady. Ich habe den Eindruck, dass Ihr mit diesen Söldnern eine gute Wahl getroffen habt, nicht wahr?"

Er beobachtete sie genau, als suche er etwas in ihrem Gesicht. Rose nickte zögerlich.

„Ja, Mylord", flüsterte sie, „eine sehr gute Wahl."

Er lächelte. „Wenn Ihr wieder Hilfe braucht, dann wisst Ihr ja, bei wem Ihr welche findet. Ich hätte nichts dagegen, wenn Ihr Euch an Gunnar Olafson wendet, solltet Ihr in Bedrängnis sein. Ich sprach vorhin von einem Kompromiss. Damit meinte ich eine gemeinsame Verwaltung Somerfords. Ihr und Gunnar. Vielleicht sprechen wir zu einem anderen Zeitpunkt noch einmal darüber."

Der Blick, den er ihr zuwarf, war beinahe durchtrieben. Und

dann hatte er sie bereits entlassen, rief nach seinem Pferd, drehte sich ein letztes Mal um und verabschiedete sich mit einem breiten Lächeln.

„Ich lasse Euch genug Ritter hier, um Somerford vor der Gier Eures Vaters zu bewahren, Mylady! Jetzt muss ich heimkehren. Lily erwartet mich."

„Mylord. Gewiss, Mylord …", stammelte sie verwirrt.

Rose blickte ihm nach und fragte sich, was dies alles zu bedeuten hatte. Hatte er ihr Hoffnung machen wollen, als er auf Gunnar zu sprechen gekommen war, oder hatte er ihr gar gedroht? Eine gemeinsame Verwaltung ließ sich unterschiedlich deuten. Radulf stellte sie immer wieder vor neue Rätsel, und jetzt war sie zu erschöpft, um den Sinn seiner Worte zu hinterfragen. Ein einziger Wunsch beherrschte ihr ganzes Denken.

Ich möchte, dass er zu mir zurückkehrt. Bitte, oh bitte, ich möchte ihn zurück …

Ist es wirklich zu spät?

In ihrem Herzen spürte sie einen tiefen Schmerz, doch als sie sich ihren Leuten zuwandte, setzte sie die gewohnte Miene der Herrin von Somerford auf. Sie hob die Stimme und sprach kühl und gebieterisch.

„Hört mich an! Wir sind vor Lord Fitzmorton und seinen Ränken sicher, aber es waren nicht allein Lord Radulf und Captain Olafson, die uns gerettet haben. Ich möchte euch von den Marschlandbewohnern erzählen, damit ihr seht, was ihr mutiges Eingreifen in diesen schweren Zeiten für uns bedeutet …"

Der Traum drängte sich in gewohnter Weise in ihren Schlaf.

Rose war allein im *Mere*, der Burrow Mump ragte wie ein vertrauter Schatten hinter ihr auf. Sie rannte durch die Nacht, denn sie wusste, was ihr bevorstand. Die Reiter waren bereits hinter ihr.

Die wilde, schaurig brüllende Horde preschte über die Levels, das Wasser spritzte unter den geisterhaften Hufen der gewaltigen Streitrosse, und ein tosender Wind erfasste die Schilfgräser.

Sie schrie aus Leibeskräften, und doch entfuhr ihr kein Laut.

Vor ihr lag die Burg, eine schwache Kerze flackerte im Fenster. Die düsteren Steine wirkten fest und sicher, und doch wusste Rose ganz genau, dass sie ihre Zuflucht niemals erreichen würde. Die Geisterreiter waren so nah, als sie sich umschaute. Sie blickte in wild verzerrte Gesichter und rot glühende Augen, die nur auf sie allein gerichtet waren. Obwohl sie angestrengt umherschaute, erblickte sie niemanden, den sie kannte.

Wo war *er*? Warum war *er* nirgends zu sehen?

Rose ließ schon alle Hoffnung fahren, sank auf die Knie und erwartete ihr Schicksal.

Doch endlich erblickte sie ihn.

Er kam aus der Richtung der Burg auf sie zugeritten! Mit wehender Mähne donnerte das graue Pferd über das *Mere.* Im Mondlicht wirkte das kupferfarbene Haar matt, das der stärker werdende Sturm vom Burrow Mump durcheinander wirbelte. Er zog sein Schwert, hob es hoch und schwang es kraftvoll zu Boden, und es schien so, als habe er die Luft in zwei Teile durchtrennt.

Rose hörte, wie die Geisterkrieger hinter ihr einen markerschütternden Schrei ausstießen.

Grelle Lichter zuckten über den Nachthimmel, ein überirdisches Leuchten schien die düsteren Wolken zu teilen, und das Brausen des Sturms dröhnte in ihren Ohren. Rose hielt schützend die Arme über den Kopf und rechnete jeden Augenblick damit, vom schwankenden Erdboden verschluckt zu werden. Doch als sie es wagte aufzuschauen, herrschte eine unwirkliche Stille.

Die Krieger waren verschwunden und hatten sich wieder in ihre unterirdischen Behausungen verkrochen.

Nur er war noch da, ihr Krieger. Gunnar Olafson saß auf seinem grauen Pferd und lächelte ihr zu. Als er den Arm ausstreckte, nahm sie bereitwillig seine Hand, und er hob sie vor sich auf den Sattel.

„Ich bringe dich nach Hause“, sprach er.

„Mylady?“

Sein Atem war warm auf ihrer Wange; sein vertrauter Körper schmiegte sich an ihren. Rose blinzelte und öffnete die Augen. Es erschien ihr gar nicht seltsam, dass Gunnar nun in ihrem Bett lag. Schließlich hatte er sie doch nach Hause gebracht.

Sie stieß einen wohligen Seufzer aus und schlang die Arme um seinen Nacken.

Zunächst versteifte er sich, doch dann entspannte er sich merklich und strich ihr das duftende Haar aus der Stirn. „Ich bin gekommen, um Lebewohl zu sagen.“

Diese Worte rissen sie aus ihrem Halbschlaf.

Sie starrte ihn mit weit aufgerissenen Augen an. „Lebewohl?“ wiederholte sie und rang nach Luft. Erst jetzt schien sie zu begreifen, wo sie sich befanden, und setzte sich im Bett auf. „Was ist geschehen? Was machst du hier in meinem Gemach?“

Gunnar seufzte und stützte sich auf einem Ellbogen ab. „Eigentlich wollte ich gar nicht herkommen, aber ich brachte es nicht übers Herz, fortzugehen, ohne mich von dir zu verabschieden. Wir haben im Norden zu tun, es ist dort zu kleineren Gefechten gekommen. Radulf möchte, dass wir zu Lilys Ländereien reiten und …“

„Du willst fortgehen?“

Er sah sie lange an. „Ja, Rose, wir brechen auf. Ich denke, ich sehe dich erst …“ Er schüttelte den Kopf, und seine Lippen bildeten einen dünnen, grimmigen Strich. „Ich werde dich nicht wiedersehen.“

Verzweifelt schüttelte sie den Kopf. „Nein! Das werde ich nicht zulassen. Radulf kann Ivo schicken. Du wirst hier gebraucht, Gunnar. Somerford braucht dich. Selbst Radulf ist da mit mir einer Meinung!“

Offenbar benötigte er etwas Zeit, um die Bedeutung ihrer Worte zu ermessen, denn er schwieg und blinzelte nachdenklich.

Rose sprach unbeirrt weiter. „Ich weiß, dass du zu meinen Gunsten auf Somerford verzichtet hast, und dafür bin ich dir sehr dankbar. Ich verstehe nicht, warum du das getan hast, aber ...“

„Das Lehen hat immer nur dir gehört, Rose. Außerdem habe ich die Burg nicht für dich zurückerobert, wie ich es ursprünglich versprochen hatte. Das war Radulfs und Ivos Verdienst. Ich bin es ohnehin nicht wert, dein Lehen zu erhalten, denn ich konnte mein Versprechen nicht einhalten.“

Rose blickte ihn ungläubig an. „Aber du hast mir doch Somerford zurückgegeben! Wärst du nicht gewesen, hätte ich alles verloren. Ich wäre längst tot. Es hätte sogar noch schlimmer für mich kommen können, wenn mein Vater mich Miles überlassen hätte. Davor hast du mich bewahrt, Gunnar. Ist dir das denn gar nicht bewusst?“ Ihre Stimme zitterte und versagte schließlich ganz.

Etwas schien ihm Unbehagen zu bereiten. Gleichgültig zuckte er die Schultern.

„Vielleicht.“ Immer noch auf den Ellbogen gestützt, warf er ihr einen verstohlenen Blick zu. „Du bist Fitzmortons Tochter“, sagte er, als sei dies die einzige Antwort.

„Ja, seine uneheliche Tochter. Das hat keinerlei Bedeutung.“

„Du bist die Tochter eines einflussreichen Barons. Das bedeutet sehr wohl etwas.“

Wollte er deshalb aufbrechen? Weil er seinen eigenen Stand als zu niedrig erachtete? Rose konnte diesen Gedanken nicht ertragen. Constance hatte Recht – ein Mann zeichnete sich nicht durch seine Herkunft aus. Wichtiger war, wie es in seinem Innern aussah, was er aus seinem Leben machte, und ob er aus den Widrigkeiten, denen er sich zu stellen hatte, gestärkt oder geschwächt hervorging.

Gunnar hatte seine Stärke unter Beweis gestellt, und dadurch, dass er in ihr Leben getreten war, hatte er auch ihr Kraft gegeben. Aber das war bei Weitem nicht alles. Sie liebte ihn, sie brauchte ihn. Sie war nicht wie ihre Mutter, die flehentlich um Fitzmortons grausame Liebe gebettelt hatte. Sie war Lady Rose, und sie liebte einen Mann, der ihr ebenbürtig war. Erst durch ihn wurde sie vollkommen. Und wenn er sie jetzt verließe, würde sie mit Trauer an jenen Tag zurückdenken, an dem man ihr Somerford zurückgegeben hatte.

Rose schüttelte den Kopf, sprang unvermittelt aus dem Bett und rang verzweifelt die Hände. „Gunnar, bitte verlass mich nicht. Bitte geh nicht nach Norden. Ich will dich ... ich brauche dich hier, bei mir. Ich kann unmöglich die Herrin von Somerford sein, wenn du nicht an meiner Seite bist. Ich bin schon ganz krank vor Sehnsucht nach dir. Bleib bei mir und sei mein schützender Schild."

Gunnar schwieg nach wie vor und sah sie an. „Vertraust du mir?" fragte er vorsichtig.

„Ja, von Herzen. Ich werde dir immer vertrauen. Jetzt weiß ich ja, dass die Dinge, die du mir erzählt hast, mit Radulfs Auftrag zu tun hatten. Du musstest dich verstellen. Unser aller Leben hing davon ab. Das verstehe ich jetzt." Sie sah ihm ernst in die Augen. „Du würdest mich nie verraten, Gunnar."

„Nein, niemals", gelobte er leise. Er nahm ihre Hand, zog Rose zu sich und schloss sie in die Arme. Ihre Erleichterung ließ ihr Gesicht erstrahlen.

Er legte sich auf sie und sah ihr tief in die Augen. Noch trug er seine Reitkleidung und die Stiefel und hatte sogar das Schwert an seiner Seite. Doch das kümmerte sie nicht. Er war ihr Mann, ihr Krieger, und sie liebte ihn.

Plötzlich sprach sie das, was sie fühlte, laut aus.

„Ich liebe dich, Gunnar."

Er lächelte, und das Leuchten in seinen blauen Augen betörte sie. „Ich liebe dich auch, Rose."

„Dann küss mich, Gunnar, denn ich kann nicht mehr länger warten."

„Befiehlst du es mir, Rose?"

Sie lachte und hob den Kopf, bis ihre Lippen über seine strichen. „Ja, ich befehle es dir, Gunnar."

Ihr Wunsch war ihm Befehl.

– ENDE –

Susan Wiggs

Leuchtfeuer der Liebe

Columbia River, 1876: Bei dem verschlossenen Leuchtturmwächter Jesse Morgan findet die junge Mary Geborgenheit und Liebe. Doch Jesses Vergangenheit droht ihre zärtlichen Gefühle zu zerstören …

Band-Nr. 25089
5,95 € (D)
ISBN: 3-89941-116-1

Sara Bennett

Im Bann der Rebellin

Seit Lord Radulf die schöne Lady Lily zum ersten Mal auf seinem Lager in den Armen gehalten hat, steht er in ihrem Bann. Radulf ahnt nicht, dass sie die Todfeindin seines Königs ist …

Band-Nr. 25163
5,95 € (D)
ISBN: 3-89941-202-8

Jo Goodman
Schätze der
Leidenschaft
Band-Nr. 25111
5,95 € (D)
ISBN: 3-89941-147-1

Jo Goodman
Küsse der
Leidenschaft
Band-Nr. 25156
5,95 € (D)
ISBN: 3-89941-195-1

Lynsay Sands
Zärtliches Spiel mit
dem Feuer
Band-Nr. 25157
5,95 € (D)
ISBN: 3-89941-196-X

Gaelen Foley
Die Lady mit
der Maske
Band-Nr. 25164
5,95 € (D)
ISBN: 3-89941-203-6

Julia Justiss
Die schöne Mätresse
Band-Nr. 25148
5,95 € (D)
ISBN: 3-89941-187-0

Lauren Royal
Das geraubte Herz
Band-Nr. 25139
5,95 € (D)
ISBN: 3-89941-178-1

Betina Krahn
Der Liebesfluch
Band-Nr. 25138
5,95 € (D)
ISBN: 3-89941-177-3

Deutsche Erstveröffentlichung

Heather Graham
Der Mann mit der dunklen Maske
Band-Nr. 25147
5,95 € (D)
ISBN: 3-89941-186-2